The Antinomies of Realism

当　代　世　界　学　术　名　著

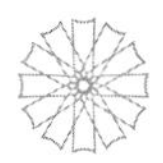

现实主义的二律背反

[美] 弗雷德里克·詹姆逊（Fredric Jameson）／著
王逢振　高海青　王丽亚　／译

中国人民大学出版社
·北京·

“当代世界学术名著”
出版说明

中华民族历来有海纳百川的宽阔胸怀，她在创造灿烂文明的同时，不断吸纳整个人类文明的精华，滋养、壮大和发展自己。当前，全球化使得人类文明之间的相互交流和影响进一步加强，互动效应更为明显。以世界眼光和开放的视野，引介世界各国的优秀哲学社会科学的前沿成果，服务于我国的社会主义现代化建设，服务于我国的科教兴国战略，是新中国出版工作的优良传统，也是中国当代出版工作者的重要使命。

中国人民大学出版社历来注重对国外哲学社会科学成果的译介工作，所出版的“经济科学译丛”“工商管理经典译丛”等系列译丛受到社会广泛欢迎。这些译丛侧重于西方经典性教材；同时，我们又推出了这套“当代世界学术名著”系列，旨在迻译国外当代学术名著。所谓“当代”，一般指近几十年发表的著作；所谓“名著”，是指这些著作在该领域产生巨大影响并被各类文献反复引用，成为研究者的必读著作。我们希望经过不断的筛选和积累，使这套丛书成为当代的“汉译世界学术名著丛书”，成为读书人的精神殿堂。

由于本套丛书所选著作距今时日较短，未经历史的充分淘洗，加之判断标准见仁见智，以及选择视野的局限，这项工作肯定难以尽如人意。我们期待着海内外学界积极参与推荐，并对我们的工作提出宝贵的意见和建议。我们深信，经过学界同仁和出版者的共同努力，这套丛书必将日臻完善。

中国人民大学出版社

前　言

众所周知，弗雷德里克·詹姆逊（Fredric Jameson，1934—）是当代著名的思想家和批评家，也是公认的仍然活跃在西方学界的马克思主义者，曾于2008年获得挪威霍尔堡国际纪念奖（相当于人文学科的诺贝尔奖）。其作品已经被翻译成十多种语言，产生了广泛影响。詹姆逊生于美国的克利夫兰，自幼受到良好的教育，他聪明好学，博闻强记，20岁获哈佛大学学士学位，22岁获耶鲁大学硕士学位，之后在著名理论家埃里希·奥尔巴赫指导下获耶鲁大学法国文学和比较文学博士学位。此后他先后在哈佛大学、加州大学、耶鲁大学和杜克大学任教。现为杜克大学终身教授。

《现实主义的二律背反》是詹姆逊的《社会形式诗学》（*The Poetics of Social Forms*）的第三部。在某种意义上，该书是一部特殊形式的19世纪现实主义小说史，它从社会和文化历史切入，结合具体作家的作品，论述现实主义的形成、发展和特点，以及它与意识形态和社会历史的关系。詹姆逊在书里特别强调，现实主义本身既是一种文学现象，也是社会生活性质的象征。因为，我们的生活经验并不具有叙事形式，但通过选择和组织加工可以赋予它那种形式，使实际经验情节化，也就是写成现实主义的作品。

在《现实主义的二律背反》里，詹姆逊重点论述了左拉、托尔斯泰、佩雷斯·加尔多斯和乔治·艾略特等人的现实主义作品，但把它们置于与现代主义和后现代主义的对照之中，论及流行小说和大众文化，强调情感和个人实现与社会的联系。然而，詹姆逊是个自成体系的思想家，甚至局部和具体的分析，也总是处于一种大的理论框架之中。因此，阅读詹姆逊的作品，应该特别关注三个关键词：**总体性，历史化，辩证法**。

在《现实主义的二律背反》里，詹姆逊从四个方面阐发他的思想。第一，他坚持历史参照，开篇第一句他就说，"我观察到一种奇怪的发展"——这与他在《政治无意识》里的第一句"永远要历史化"正好对应。他认为作品充满对立的历史语境，充满矛盾的社会条件；历史要通过语言和文本的解释进行思考，但必须承认历史的本体存在。因此，他认为限定现实主义具有历史或断代的特征。第二，他坚持资本主义社会物化过程的协调规则。这种协调既不是遗传的连续性，也不是目的的一致性，而是一种"非共时性的发展"（nonsynchronous development）。按照这种观点，历史和文本可以看作一种共时性的统一，由结构上矛盾或变异的因素、原生的模式和语言等组成。因此詹姆逊可以把过去的某些方面看作现时物化因素的先决条件。第三，他坚持一种道德或精神的理解，遵循阿尔都塞的意识形态概念，认为再现的结构可以使个人主体想象他们所经历的那些与超个人现实的关系，例如人类的命运或者社会的结构等。第四，詹姆逊坚持对集体历史意义的政治理解，主要论述超个人现实的特征，因为正是这种超个人的现实，把个人与某个阶级、集团或社会的命运联系在一起。

综合地看，《现实主义的二律背反》试图通过对具体作家作品的阐发，把"认知测绘"（cognitive mapping）用作一种新的现实主义形式。当然，所谓新的现实主义不再是旧的意义上的"模仿"，而是詹姆逊所说的现实主义概念中原创的东西：既表示认知也表示审美。

它不像19世纪的现实主义，这种现实主义形式力图“产生我们无法想象的某种东西的概念”[1]，体现了詹姆逊的诉求——在政治上不断需要的一种新生的“现实主义”美学。

实际上，在詹姆逊的作品里，他大量引述了黑格尔、卢卡奇和阿多诺，由于过于注意商品化与经济和经验的联系，仿佛忽视了政治。在这种意义上，必须把他的著作理解为一种政治选择，或者说当代美国难以驾驭的阶级斗争造成了这种对政治的偏离。但是，詹姆逊是在展开一种政治上有用的“现实主义”美学的概念，他把这个概念加以提炼，重新定义为“认知测绘”，并把它用于探索左派政治的深层问题，涉及更广阔的范围。换句话说，在今天的社会里，旧的政治形式，即关于国家和国家机器的特征，只是问题的组成部分，而不是问题的解决办法。就左派内部的争论来看，尤其关于各种后马克思主义的争论，詹姆逊常常被贴上“旧卫士”的标签，因为他坚持一种总体性的概念。这一点显然具有反讽的意味，因为正是在这一点上他与后结构主义分道扬镳，反对它对一切总体性模式的“权力主义”的批判。

其实，早在1971年，詹姆逊就开始注意关系研究，如主体与客体的关系、部分与整体的关系、具体与抽象的关系等，他强调总体性的概念以及现象与本质的辩证，并尽力联系世界的政治。今天看来，很难再对他关于后工业社会或晚期资本主义社会的判断进行争论，因为晚期资本主义本身就是世界商品化的结果。詹姆逊认为，在这种情况下，我们需要一种“灾难的辩证法”，就是说，既要测绘决定我们经验存在的世界结构，也要对社会投入某种乌托邦欲望，想象今天尚未出现的某个社会。

实际上，詹姆逊的论述跨越了整个文化和经验领域，包含着他对文学方法的阐述，对文学形式历史的独特创见，以及对主体性隐于历

---

① Fredric Jameson. “Cognitive Mapping,” Marxism and the Interpretation of Culture. ed. Cary Nelson and Lawrence Grossberg. Urbaba：University of Illinois Press，1988：347. ——译者注（本书脚注均为译者注，以下不一一列出。）

史的描述。他在从总体上考察了文学形式的发展历史之后，通过对意识形态和乌托邦“双重阐释”（坚持乌托邦的同时对意识形态进行批判）的论述，确立了一种马克思主义的解释方法。受卢卡奇启发，詹姆逊利用历史叙事说明文化文本何以包含着一种“政治无意识”，或被埋藏的叙事和社会经验，以及如何以复杂的文学阐释来说明它们。詹姆逊还明确谈到了资本主义初期资产阶级主体的构成，以及在当前资本主义社会里资产阶级主体的分裂。

詹姆逊的现实主义理论的主要构成因素，来自 20 世纪 30 年代卢卡奇、布莱希特、布洛赫、阿多诺和本雅明等人对现实主义和现代主义的争论。他在《对布莱希特和卢卡奇争论的反思》一文里指出，我们之所以回到这些争论，乃是因为从今天的境遇观察，这些争论的情况（包括争论的政治立场）可能与当初完全不同。因此他既不急于对卢卡奇攻击现代主义进行判断，也不急于对布莱希特抨击现实主义进行判断。在他看来，通过这些争论，我们不仅可以了解现实主义和现代主义以及它们彼此的关系，而且还可以在更普遍的意义上了解马克思主义文化批评中的新东西。《对布莱希特和卢卡奇争论的反思》可以被看作一系列的干预行为，因为它以政治批判的语言评价各方面的力量，包括一般的美学作用、形式主义、意识形态分析，以及形式和内容的关系等各种问题。

按照詹姆逊的看法，在对现实主义进行讨论时，应该首先承认它所包含的矛盾。现实主义不像其他的美学，它既要求一种美学的地位，又要求一种认知的地位：

> 在资本主义之下，作为一种与世俗化同时的新的价值观，现实主义的理想预设一种审美经验的形式，但它主张一种贴近实际生活的关系，就是说，一种贴近那些传统上与美学领域区分的知识和实践领域的关系，它进行客观的判断，它的构成是纯粹的表象。①

---

① Fredric Jameson. “Reflections on the Brecht-Lukacs Debate,” The Ideology of Theory：Vol. 2. Minneapolis：University of Minnesota Press，1988：135.

然而，这两种特征并非和谐地共存，实际上，总是有一方试图成为主导，因此艺术的虚构性质（美学的特征）或者“现实主义的‘现实’”（认知的特征）会遭到否认。否认艺术的虚构性会导致对再现的天真看法，造成自然主义或社会现实主义的弊端；而否认“现实主义的‘现实’”则可能把一切事物都看成是再现，因而取消了现实主义的指涉性质，使现实主义变成了“现实的效果”。

换种方式说，认知的要求隐含着一种审美理想，其后果没有同一的维度。如果我们想从现实主义获取社会真知或认识，我们很可能得到的是意识形态；如果我们从现实主义中寻求某种美感或美学，我们很快发现我们面对的是过时的风格或纯粹的装饰。如果我们从现实主义寻求历史，不论社会历史还是文学历史，我们将面对如何利用过去和如何了解历史本身的问题，结果必然要求我们从此时此刻的现在介入。因此，詹姆逊特别强调历史性和现时性的联系。

詹姆逊认为，如果没有实际的、具体的或者物质的客体世界的检验，任何“方法”都容易变成只是它自己的设想。如果我们要理解詹姆逊自己的方法，也必须努力在现实主义的两极之间“走钢丝”，既考虑虚构性质又考虑实际现实，既考虑美学又考虑认知。也可以说，方法本身的转换是一个辩证的过程，它在形式和内容、理论和实践之间进行调和。按照这种看法，物质的东西和抽象的东西彼此相互生产，并通过讲故事的方式表现出来，因此这种叙事的体现会限定美学实践。另一种使这个过程戏剧化的情况是通过它的对立面实现的。詹姆逊引用布莱希特的话写道：“黑吉［黑格尔］大师认为，你可能说这样一个句子或者类似地构成的句子太久了，就是说，你可能在特定时间和特定境遇里用这种说法是正确的，但过后当境遇改变时，那时你可能又是错误的。”①

简单说，在《现实主义的二律背反》里，詹姆逊阐述的现实主义包含着一种新的维度，也就是他在《布莱希特与方法》里已经提出的

① Fredric Jameson. Brecht and Method. London：Verso，1998：116.

三重性：

> “现实主义的”艺术作品是这样一种作品：其中“现实主义的”和实验的态度都是经过选择的，不仅在人物以及他们虚构的现实之间选择，而且在读者和作品本身之间选择，还要——同样重要——在作者和他的素材及技巧之间选择。这种“现实主义”实践中的三重维度，显然打破了传统的模仿作品的纯再现范畴。①

显然，一旦对这第三维度进行考虑，现实主义的观念就不再是任何传统意义上的模仿，然而在对它的人物、读者和素材的试验中仍然保持着认识的地位，其中每一个方面都以不同的方式对作品与现实的关系进行试验。但是，正如詹姆逊阐述现代主义及其在消费文化中的命运时所表明的，晚期资本主义同样会使这种关系复杂化。在这种已经根本改变的语境中，总体性的概念反而具有明显的革命性：“因为，当现代主义及其相关的‘间离’技巧已经成为主导的风格，而消费者与资本主义妥协时，碎片化的习惯本身就需要被‘陌生化’，需要一种更总体化的观察现象的方式对它矫正。”② 在这种被重新激活的现实主义的复杂的构想中，日益迫切的问题是：在一个被晚期资本主义神秘化弄得模糊不清的世界上，首先要认识并测绘人类的关系。简言之，我们必须明白，资本物化的逻辑妨碍我们看出当代资本主义是一个总的、全球性的体系。

在詹姆逊的分析里，现实主义的内容充斥着意识形态，与资产阶级及其日常生活密切相关，在某种意义上，现实主义及其叙事参与了资产阶级的构成。换句话说，美学具有关键的作用，但其基础则是阿尔都塞的意识形态的定义，即意识形态是“想象的关于个人与他们实际生存条件关系的再现”③。按照拉康的看法，意识形态在想象和真

---

① Fredric Jameson. “Reflections on the Brecht-Lukacs Debate,” The Ideology of Theory: Vol. 2. Minneapolis: University of Minnesota Press, 1988: 141.

② Ibid., p. 141.

③ Louis Althusser. Lenin and Philosophy and Other Essays. New York: Monthly Review Press, 1971: 162.

实之间进行调解。如果我们承认拉康的看法，那么显然会像布莱希特的现实主义方法那样，必然要出现第三个方面，即拉康所说的象征。再现的想象、真实和象征这三个方面共同作用，使简单模仿的现实主义变得复杂而有意义，因为再现的或然性现在也成了“现实主义”方案的组成部分。这种方案既要赋予现实主义形式以内容，又要表明其自身内部有一种对立在发生作用——现实主义与其他话语形式之间的对立，或形成现实主义的外部关系问题。

《现实主义的二律背反》内容十分丰富，既有对作品的分析，又在分析中体现了作者的理论思考，表明了作者的思想和理念。它不像我们有些同学写论文那样，先提出一个理论框架，再往这个框架内填补作品例证。因此我想强烈建议，阅读这部作品，一定要学习其分析问题的方法，学习其以历史观和辩证观交叉的立体方式，阐发与文学作品相关的社会形态、思想意识、文化结构、审美情感、自我实现，等等。

由于种种原因，此书由三个人共同翻译，导论和第一部分的前三章由北京外国语大学王丽亚教授翻译，第四章至第九章由广东外语外贸大学高海青博士翻译，第二部分三章由王逢振翻译。由于三人翻译，虽然力求统一，难免有各自不同风格的痕迹，好在理论翻译重在思想表达，我们重点也放在这一方面。当然，翻译总有不尽如人意之处，恳切希望读者批评指正。

此书得以出版，得到中国人民大学出版社的大力支持和理解，再次谨致衷心的感谢。

王逢振

2019 年夏

献给吉姆·斯坦利·罗宾孙

（**Kim Stanley Robinson**）

目　录

导论　现实主义及其二律背反

我观察到一种奇怪的发展，当我们集中探究现实主义问题时，总 *1*
会出现如下奇特现象：我们考察的对象变得摇晃不定，我们的注意力莫名地转向两个相反的方向，最后，我们发觉，所有的思考均不是关于现实主义，而是关于它的发生以及消散。的确，围绕现实主义的研究已经成绩斐然。关于现实主义的发生，有伊恩·瓦特（Ian Watt）的经典论著《小说的兴起》、迈克尔·麦基翁（Michael McKeon）具有里程碑意义的著作《小说的起源》。关于现实主义消弭显现的研究，我们只需留意一下包含如下词语的文集，就可以看出研究的力度：“现实主义问题”（卢卡奇针对现实主义蜕变为自然主义、象征主义、现代主义的批评）、“新型小说”（罗伯-格里耶认为巴尔扎克的技巧已经不合时宜，难以展现当代现实）。那么，现实主义的消散对于此后的理论具有什么样的影响？我将对这一问题进行解释。

在讨论这一问题之前，我们首先对可能与之相关的其他现象加以思考（这并不表示这些现象不属于讨论范围）。古老的文学概念——模仿（mimesis）——仍然具有启发意义和思考价值。法兰克福学派把模仿看作人类的冲动，在人类学和心理学研究领域享有重要地位；

一些学者，譬如，罗伯特·韦曼（Robert Weimann），参照列宁的反映论（Widerspiegelung）对模仿进行了改造和利用，这一做法引发争议。[1]（奥尔巴赫同样采用“模仿”一词。当然，这一用法并不经典，我在后面的讨论中将论及这一点。）亚里士多德在讨论模仿时尚
2 无我们现在称之为小说的文类。在黑格尔看来，小说属于“散文”（prose）。我接下来的讨论不涉及戏剧领域的模仿（这就使问题变得更加复杂）！我觉得，人们后来对模仿的讨论深受绘画艺术影响，倾向于关于展现（representationality）与抽象（绘画）、好莱坞或实验性质的电影艺术。

由此，不妨以如下假设开始讨论：围绕现实主义的争论总是转向视觉问题，即，方法的可操作性，通过对这种或那种二元对立进行界定后，继而对价值展开讨论；这一倾向在所有关于现实主义的讨论中似乎都难以避免，而恰恰是这一特点使得问题难以解开。需要明确的是，没有一个二元对立项意味着非此即彼的立场选择［除非像阿诺德·豪瑟（Arnold Hauser），或者像沃林杰（Worringer）那样，把二元对立视为某种互换位置的永恒循环[2]］。就现实主义而言，支持或者反对，其对立面是什么？与现实主义有关的二元对立项足以构成一个长名单：现实主义与传奇、现实主义与史诗、现实主义与情节剧、现实主义与理想主义[3]、现实主义与自然主义、（资产阶级或批判的）现实主义与社会现实主义、现实主义与东方故事[4]。当然，最常见的是现实主义与现代主义的二元对立。在这些二元项中，任何一对都具有深刻的政治意义，甚至形而上学意义。比如，电影批评领域里有一个如今看来已然过时的对立项：好莱坞“现实主义”与戈达尔（Godard）“新浪潮”的形式颠覆实验。[5]在这些二元项中，大部分都引导读者对现实主义做出非此即彼的选择，或反对或支持，后者将现实主义抬高到一种理想地位（审美的或者别的）。

用二元对立界定现实主义，这一做法有可能呈现出一种历史的，或者对现实主义进行断代的特点。的确，现实主义与现代主义，这一对立本身已经是一种历史叙事，也就是说，我们不能把现实主义简单

理解为某种结构或文体问题；这一认识表明，我们很难把现实主义确 3
定在某种固定意义中，因为它有可能重现于所属时代以外的历史时
期，比如，后现代性（假设“后现代”在这里是个时间概念，发生在
现代之后）；再如，启蒙时期与世俗化早期的现实主义。依照时间序
列，启蒙与世俗化先于通常所说的现实主义，此后才是古典或前资本
主义体系下相对固定的模式、文类等。这种立足于历史断代的做法是
否导致将文学历史置于笼统的文化历史（继而进入基于生产方式的历
史模式），这或许取决于研究者如何看待资本主义以及与之相应的文
化体系。换言之，这里的关键在于是否把现实主义视为各种模式中的
一种，否则，这种方法仅仅是将一些不同概念进行调和而已，如现代
性，把资本主义作为一种特殊性置于人类历史中心。

说到这里，就得引出另一个与现实主义有关的现象，即，学界常常把现实主义与小说相提并论，并且把小说视为一种特殊的现代形式（未必就是“现代主义的”）。但凡讨论现实主义与小说，人们往往将二者看作同一对象：小说的历史无异于现实主义小说史；据此，人们对各种与之发生偏离的写作样式进行甄别，比如，把奇幻小说或缀段小说（episodic novel）看作对现实主义的背离，对此很少有人提出异议。故事时间序列成为类似的观察对象。站在巴赫金的立场上，我们可以说，“新颖”（novelness）本身是一个符号，堪称“现代性”的基本符号与症候，这一特点早在亚历山大时期与中国明朝就已得到充分展现。[6]

应该看到，在巴赫金以及持有同样立场的研究者看来，小说，或
者说，小说展现的现实主义，既是文学现象，同时也是社会生活质量
的表征。巴赫金认为，小说是众声喧哗的载体，是言说多种社会声音
并加以确认的方式，因此，小说是现代的，它为不同社会群体及其意
识形态多样性开启了通往民主的途径。就这一样式的象征意义而言，
奥尔巴赫同样赋予现实主义以民主意义，当然，这种姿态在他那里遍
及全球范围，它以“现实的”（realist）社会生活图景，或现代性在
全球范围得到实现为历史前提。[7]不过，对于奥尔巴赫而言，“现实主 4
义”，或者说，从他的立场提出的模仿，相当于句法层面的征服姿态

(syntactic conquest)，即，使不同层面的复杂社会现实和日常世俗生活得以一并呈现的话语形式。在他看来，西方文学史上，只有但丁和左拉两位大师实现了这一目标。

在看待小说形式与其历史关系时，卢卡奇的态度有些含糊。他在《小说理论》一书中认为，形式的重要意义在于将表征问题化，使得形式能够对一种完全世俗的现代性及其无法调和的矛盾进行记录；在他后期的著述中，他把现代性视为资本主义，把小说看作现实主义，认为小说的功能在于揭示历史动力。[8]在这些把现实主义小说置于形式问题（姑且这么形容）的解释中，形式是否记录了某个社会的发展状况，抑或形式本身就是社会对其发展状况及其潜在问题（政治或其他）的自觉意识？面对这一问题的模糊立场（或者称之为摇摆状态）构成了学界对现实主义的一种评价姿态。在接下来的讨论中，我首先将对这一现象进行描述，分别从内容和形式两个维度加以辨析。

作为一种形式（或者模式），现实主义在历史上一直与去神秘化相关。如果以具有里程碑意义的《堂吉诃德》为参照，这一特点尤其明显。去神秘化呈现为方式的多样性，在《堂吉诃德》中则是对传奇的拆解，这一样式使得那种通过美化某些价值展现社会特征的做法被减弱。我曾提到过，在现代性初期，启蒙时期，尤其是世俗化时期，这一特点十分重要（某种资产阶级的文化革命）：这一特点对于现实主义却是负面的、批判的，甚至是破坏性的，此后将让位于资产阶级主体性的建构；不过，主体的建构过程同时也是一个干预过程，后者受到各种禁令与内部结构的限定（韦伯的“新教伦理”就是这样的例子）。消除原先结构中的心理与价值残余，这一直是现实主义叙事的功能，而现实主义叙事的力量正是来自为消除这些难以祛除的幻想所做的努力。然而，当现实主义小说开始发现（或者说“建构”）全新的主观体验时（从陀思妥耶夫斯基到亨利·詹姆斯），对社会的否定
5 功能开始衰减，原先的去神秘化转变为陌生化，走向带有现代主义冲动的新认识，作品中的情感色彩开始衰退、放弃，或妥协。卢卡奇和莫雷蒂（Moretti）都注意到了这一现象。

现实主义的形式通常表现在内容层面，就这一点而言，现实主义模式与资产阶级和资产阶级日常生活的形成密切相关。我要强调的是，这同样是一种建构物，由现实主义和叙事共同参与并完成。萨特认为，模仿含有的批评从来都是有针对性的：它举起镜子对着自然。就这里的议题而言，它直面资产阶级社会，却没有展示人们希望看到的一面，从这个意义上讲，模仿就是神秘化。[9]当然，前述提到，现实主义招致不少攻击，不过，这些批判主要基于如下认识，即，现实主义文学的意识形态功能在于诱导读者接受资产阶级社会现实，接受舒适，看重内心生活，强调个人主义，并把金钱看作一种外部现实（放在现在，或许就是诱导读者接受市场、竞争、人性中的某些方面，等等）。在接下来的阐述中我将提出，现实主义小说有其既得利益，即，本体论意义上的效益，它巩固社会现实，有利于资产阶级社会抵抗历史，抵制变化。[10]从文体和意识形态角度看，晚期资本主义条件下的消费主义不再是原先资产阶级社会中的样式，日常生活形式不同于18、19世纪：曾经如此重要的内容已经不再显眼，现实主义让位于现代主义。这一认识将资产阶级文化区别于晚期资本主义的经济动力。

我对上述现实主义的多种认识进行梳理，意在揭示现实主义在不同语境中的变化。接下来的讨论将不涉及这些方面。不过，我在别处指出，现实主义是一个混杂概念，从认识论层面提出的（关于言说的
知识或真理的）界定将它形容为一个美学概念，而现实主义又是个无 6
法用同一标准进行衡量的概念，这就使两个方面的讨论变得愈加困难。[11]倘若我们希望从现实主义中获得某种社会真理或知识，最终得到的却是意识形态；倘若我们希冀的是审美或审美满足感，结果只是一些勉强可以接受的过时文体，甚至仅仅是一些点缀品（即便不是聊以安慰的消遣）。如果我们期待从中寻找历史——社会历史或关于文学形式的历史——我们获得的仅仅是关于如何利用、重拾过去的问题，而这些问题本身又没有答案的，于是，这种考问最终把我们带到了文学和理论以外，让我们与所处的当前现实直面而对。[12]

辩证地看，我们或许容易理解为何如此。如今，以社会学和美学

为思考与探究的途径显得有些过时。这是因为当前的社会，所谓的文化或审美经验已不再是可以从经验和哲学范畴进行分析的稳定物。此外，历史（如果仍然是一种存在的话）与辩证法融为一体，只有它声称的答案才是它的问题。

本书提倡辩证地看待现实主义。聚焦于现实主义的二律背反，我将揭示，各种不同的现实主义实际上都围绕着二律背反形成；由此，我把现实主义看作一个历史进程和演变过程，其间否定与肯定互相缠绕；其发生、发展的过程同时也是它自我分化、拆解和消弭的过程。在这个过程中，越是显得强劲的时刻，实际情况越是衰弱；赢家即是输家，成者也是败者。这里的意思并非指生命周期［“成熟了，也就结束了”（ripeness is all）］，也不是指进化或熵，或起伏过程，而是一个悖论，一种不规则现象；我把它描述为一种矛盾结构，或是两难之境（aporia）。正如德里达所说，与其把两难境地看作“无路可走，面临路障时的机能障碍”，倒不如把它理解为“对路径加以思索”的
7 前提。[13]在我看来，两难境地的思考（aporetic thinking）相当于辩证法。不论效果如何，我将尝试着用这一辩证法进行思考。

以德勒兹（Deleuze）的立场观察，他可能会把这一概念形容为辩证法溶解后的新形状，并且认为变化有可能持续发生。黑格尔的思想当然有其独特的形状，不过，我们今天面临的问题不是采用其中的哪一种。“辩证法”这个词除了对旧概念进行更新，主要意义在于为我们提供启发，更何况大部分的旧概念缺乏历史准确性。

当对立面溶解为一体时，导致这一现象的因素同时也作用于这一现象，促使现象瓦解。这并不表示构成现象的基本要素因此变得无法识别：在现实主义发展过程中，哪些要素是否定的？哪些是肯定的（假设围绕意识形态的斗争在这里尚未呈现）？事实上，仔细阅读黑格尔，我们不难发现，在一方看来具有肯定力量的，在对方眼中却是否定的，反之亦然。因此，统一体是这里的关键——不是混合，而是对立，在互相吸引又彼此排斥中的较量与统一。

除了上述认识以外，还有另一个发现——很可能仅仅是某种无意

识意义上的结构主义假设，先于文字的某种定见——二元对立依然存在。对此，我在别处有过阐述。我认为，结构主义兴起后我们习以为常的二元对立不是语言中的补充物，而是源于古代哲学，后来在黑格尔时代，尤其是在他的著述中得到完善的思想。[14]我们现在要做的是，除了赋予这一抽象概念以文学内容，还应该揭示它在现实主义内部的运作方式（不是外部，或是现实主义与其他话语之间）。二元对立让我们立刻联想到的某些表面特征，如陈述语与对话语之间的对立，不仅仅对现实主义具有具体意义，而且与现实主义形成、发展这些看似属于外部的问题关系密切。

总括地看，由不同素材不断混合，直至演化成我们称为小说的形
式——或者说现实主义！——包括以下成分：民谣、广告印刷品、报 8
刊摘要、回忆录、日记与书信、文艺复兴故事，以及类似于戏剧和民间故事、童话故事的样式。从如此繁芜的书写样式中挑选出这些典型，主要依据是它们的叙事成分（这些成分起初呈现为对某些典型类型或行为、风景或地域的静态描述，如巴尔扎克、狄更斯的作品）。这么做是为了将叙事冲动（narrative impulse）作为一个单项，免得将小说所有动力要素全部列出。至于叙事冲动，它必须依赖于小说这一形式才能得到实现。

与叙事冲动形成对立的是什么呢？倘若在抽象的层面进行推测，我们当然可以设想为任何一种非叙事的句子类型（non-narrative sentence types），如判断，即，叙述者在故事结尾添加一笔，以点明故事的道德主旨；像乔治·艾略特那样，使用一些借用带点民间智慧的语句让读者感到心领神会。这些常见的叙事手法提醒我们，讲故事虽然是一种时间艺术，但从来不乏绘画般的停顿，致使叙事进程受到阻碍或延缓。阿喀琉斯之盾！这个用于描述叙事时间属性著名比喻堪称一语中的。关于叙事时间性的讨论出现在18世纪末莱辛的《拉奥孔》里。艺格敷辞（ekphrasis）①，这一古老的辞格能否将这一描述冲动

① 也译为“图像化展现”。

(descriptive impulse）重新放回叙事艺术，并与叙述融为一体？

凡是读过巴尔扎克小说的读者都知道，阅读过程必须保持足够的耐心。巴尔扎克娓娓道来，慢条斯理地将各种叙事要素呈现给读者——小镇的景象、主人公的发家史、房间里的各种摆设、周围里里外外的样子、家族的经历、人物的相貌，包括他/她喜爱的服饰，以及对旧日时光的回忆——总之，巴尔扎克将这些未经加工的素材聚合在一起，不厌其烦地一一描述，阻挡读者直接进入故事世界（我们在阅读小说开篇数页时以为马上会有突发事件，或是即将出现某个悬而未决的大事，并且期待故事将沿着这一想象发展）。

然而，如果我们的思考仅仅是回到莱辛和艺格敷辞在当代小说中的使用情况，寻找叙事冲动对立面的努力就没有多少意义。我们要做的是，从现实主义这一类型史的另一端，即，现实主义发生消弭的那
9 一刻，挖掘更多与叙事构成对立的内容。至于这个另一端，我们通常称之为现代主义，却没有意识到对多种现代主义加以甄别的必要性。总之，我们不能把这些不同的现代主义简化为某个单一的共性。

上述提到的简化来自这样一种假设：只要把现代从叙事中剥离出来，叙事就只剩下了现实主义的精髓，如此一来，对“什么是现代主义？”（抑或“现代主义曾经怎样？”）的问题，我们就会得到一个大致的认识。这种假设显然过于乐观，最终得到的只是一些定见和程式（比如，现代主义诉诸人的主观世界——“向内转”，反思的，或是对叙述过程的自觉，高度关注原始素材，具有形式主义倾向，反叙事，具有艺术神秘化倾向）。在这些问题上，罗兰·巴特的立场比较明智，也更加谨慎：“涉及‘现代’一词时，你能做的仅仅是一些策略性的做法：有时候你感到有必要允许差异和变化，以示情景不同，或是承认现代性的差异。”[15] 当然，巴特关注战后现代主义，也就是我说的“晚期现代主义”，目的在于对 20 世纪前半叶发生的主要事件进行命名，继而对其加以理论化。

一些具有悖论意义的事件当然值得关注，如在电影领域，汤姆·冈宁（Tom Gunning）对我们现在称之为从现代主义到现实主义的进

程进行了描述。我们通常把格里菲斯（D. W. Griffith）看作（无论是否正确）现代主义电影的创始人（这一认识主要依据文学领域的判据，特别是以狄更斯作品为参照的做法），他的电影以一些描绘氛围的镜头开始；至于如何把这些场景变为故事情节，使之成为电影叙事的一部分，这是格里菲斯努力的目标。[16]

这个例子表明，不管我们依照什么主题线索探寻叙事冲动的对立面，从理论角度对这一问题的探究势必涉及一个具有悖论意义的哲学命题，即，对时间和时间性的概念认识。在艺术领域里，关于这一问题的思考缺乏相应的词汇和术语，致使讨论进入两难之境。比如，“叙述”（récit）或“故事”（tale）的区分，后者指叙述尚未开始之前 *10*
已经发生的事件，对于听者和读者的经验而言（当然，还有观者），“故事”属于现在时，对于我们而言也是现在，是阅读故事的现在，而不是事件发生的过去时间。

在接下来的讨论中，我将从时间维度探究现实主义。在我看来，与所述内容在时序上的时间性（chronological temporality）形成对立的那个维度与现在的时间有关；但是，这种现在时间不同于过去—当前—将来三分法中的“当前”，因此不能依照前后时序关系来理解。在接下来的讨论中，我对这种“当前”（this present）——亚历山大·克鲁格（Alexander Kluge）称之为“现在对其他时间性的反叛”[17]——进行辨识，将这种当下性视为感受（affect）① 并加以辨析。

“感受”一词常被误用，在分析这一现象之前，我将对叙事冲动进行总体描述，并用具有限定意义的“Fremdwort”（法语为“récit”）替代宽泛的“叙事”（narrative），使得叙事概念包含叙述情景和关于故事的叙述两个部分。

由此，我们可以看到现实主义发展进程中的两个端点：一是关于讲述故事的谱系及其故事；二是感受在文学展现中的淡出。前者指向过去，后者指向未来。倘若我们同时把握这两个端点，我们就有可能

① 也有译为“情感”“感情”“情动”。全文均译为“感受”，以接近英文词“affect”在全书中强调的身体感受以及未被命名的情感。

对现实主义进行新的界定。

沿着这个方向思考，我们可能产生一系列联想：带有正极与负极的电流，这个比喻或许不是很妥帖。不妨把它想象成缠绕在一起的DNA链，或者是一种化学反应：加入新的催化剂以后，发生了结合，渐渐地又发生分离，原因在于加入了新元素。以此比附思想形态，而不是哲学命题，我认为其中的辩证法具有启发意义：无须确定阈值，肯定的力量变成了否定（量变演化为质变），发生和消解被置于同一
11 种思考下，这使得任何试图对其进行肯定或否定的区分完全不可能。我想强调的是，在上述比喻中，不可改变的两个对立面（彼此纠缠在一起）仍然存在：它们永不妥协，从来不会消退至各自的对立面中，也不会在妥协中成为一体。我将讨论的现实主义之所以具有力量与魅力，正是由于这样一种张力关系。如果对立的双方在斗争中以一方屈服于另一方告终，它就会以放弃阵地、销声匿迹作为自罚。

当纯粹的讲故事形式和场景描写（尤其是对主观感受的描绘）共生互利时，我们所说的现实主义就应运而生。描述使叙事朝着展现此时此景的现在推进，而实际上，描述与构成故事力量或叙述的不同时间性相向背反。

除此以外，由描述引出的场景冲动（scenic impulse）在故事人物的等级关系中发现了自己的对立面，但是，故事总得有人物，因而，这种对立面实际上无法避免。在情景剧中，面对对手的威胁，场景描写一直与情景剧结构展开较量。场景描写在此过程中摆脱了其他类型的纠缠，如，成长小说，而此前有一段时间这一类型不仅占据重要地位，而且左右着对现实主义的定义。最后的搏斗将发生在语言内部的微观结构中，尤其是对具有主导位置的视点（point of view）发起反抗，因为视点制约着感受冲动（affective impulses），并且使得意识中心成为小说的结构元素。这场较量一旦开始势必消耗、毁坏现实主义，最终，现实主义只剩下一些零散、古怪的手法与技巧，最终以现实主义之名进入大众文化和大众传媒领域，由此逐渐式微。

本书第一部分提出一种现象学意义上的结构模式；与各种现实主

义研究常用的方法一样，它假设一种特殊的历史情境，但不对这一情景的具体内容进行探究。现实主义之后先后发生了现代主义和后现代主义，我将在结论部分对后现代主义的后果加以勾勒。第二部分的三篇专题文章聚焦于叙事可能性与具体素材之间的关系。《现实主义的二律背反》是《社会形式诗学》系列的第三部。

2013 年 4 月

注释

[1] Robert Weimann，"Mimesis in Hamlet，" in Geoffrey Hartman and Patricia Parker，eds.，*Shakespeare and the Question of Theory*，New York：Routledge，1985. 同类观点，见 Dieter Schlenstedt，ed.，*Literarische Widerspiegelung*，Berlin：Aufbau，1981。

[2] 我这里指的著作，见 Arnold Hausser，*Social History of Art* (1954)；Wilhelm Worringer，*Abstraction and Empathy* (1907)。后者从宇宙哲学范畴建构二元对立。

[3] "理想主义小说"(idealist novel) 一词出自娜奥米·肖尔(Naomi Schor) 对乔治·桑的研究。简·汤姆金斯 (Jane Tomkins) 在研究美国西部小说时同样使用该词，描述西部小说中的宗教与家庭传统（传统西部小说以批评姿态对待这两个主题）。

[4] 参见 Srinivas Arvamudan，*Enlightenment Orientalism*，Chicago：University of Chicago Press，2012。

[5] 风行于 20 世纪 60 年代和 70 年代，参见当时的电影杂志 *Screen*。

[6] 参见 "Epic and Novel，" in Michael Holquist，ed.，*The Dialogical Imagination*，Austin：University of Texas Press，1994。

[7] Erich Auerbach，*Mimesis*：*The Representation of Reality in Western Literature*，Princeton：Princeton University Press，1953，552："地球上所有人的共同生活。"

[8] 关于卢卡奇形式观，最简洁的概述见 "Narrate or De-

scribe?" in George Lukás, *Writer and Critic*, London: Merlin, 1970。我们不难看出，这一对立解释了他为何反对左拉的自然主义。

[9] Jean-Paul Sartre, "*What is Literature?*" *and Other Essays*, Cambridge, MA: Harvard University Press, 1988, 91: "他谦卑地提供给读者的镜子像是一个魔镜：它向人们施展魅力，同时又做出妥协的姿态。"

[10] 参见本书第二部分第一章"时间实验：天命和现实主义"。

[11] 参见 Jameson, "The Existence of Italy," in *Signatures of the Visible*, New York: Routledge, 1992。

[12] 具有深刻历史意义的不仅仅是文学的内容（内容对形式当然具有影响），感觉媒体同样如此。马克思对感觉具有历史意义的认识是把握这一问题的指导。参见 *Early Writings*, London: Penguin, 1975, 351-355。

[13] Jacques Derrida, *Memoires for Paul de Man*, New York: Columbia University Press, 1989, 132.

[14] 参见 Michael N. Forster, *Hegel and Skepticism*, Cambridge, MA: Harvard University Press, 1989, 10-13, on "equipollence"。

[15] 引自 Alain Robbe-Grillet, *Why I Love Barthes*, trans. Andrew Brown, London: Polity, 2011, 39。我对现代主义的看法，见 *A Singular Modernity*, London: Verso, 2002。

[16] 参见 Tom Gunning, *D. W. Griffith and the Origins of American Narrative Film*, Chicago: University of Illinois Press, 1991。

[17] 书的标题为 *Der Angriff de Gegenwart gegen die übrige Zeit*, Frankfurt: Europaeische Verlagsanstalt, 1985。

第一部分

现实主义的二律背反

第一章　现实主义双重根源：叙事冲动

要想探究现实主义独特性，就得首先辨析现实主义与通常所说的 15
叙事存在哪些差异，或者说，至少应该划定一般意义上的叙事范畴，使之区别于现实主义（但叙事同时又属于现实主义，我们通常也把现实主义看作叙事）。单一的答案并不难，比如，奇幻叙事，也称作原始神话（“神话”一词原本就指叙事）；再列举一个范围小一些，也更接近文学的文类，即史诗（前提是如果我们认为它不同于小说）；假如我们认为口述与笔述不同，那么，还可以把口头故事作为例子。

我提出上述问题，并非为了以此作为开篇引论，而是为了探究叙述得以发生的叙事冲动。叙事冲动先于现实主义小说，但在现实主义小说兴起以后一直与之相伴，并在各种新的关系及其影响中经历多种变化。我把叙事冲动的产物称作“故事”（tale），以此强调叙事结构多样性、属性的异变以及容易被上述文类挪用的特点。展现叙事冲动的故事容易为多种叙事形式利用，比如，舞台上的史诗表演、讲述神秘事件的部落传说、文艺复兴和浪漫主义时期的艺术故事（art-nouvella）、民谣、类似于科幻故事或鬼故事的次要文类，还有短篇故事，但同时，这些故事本身不乏自身独特而严格的形式标识，且拥有自己的历史。

从问题的抽象层面看，上述提到的故事是普遍化的产物，它来自叙述活动生产过程，不过，如此描述其类型特征容易让人忽略叙述行为蕴含的心理学或人类学意义，这不利于我们当前的讨论。

16 不妨参照传统或现代心理学理论有关能力或功能的认识，把叙事性看作认知的对立面，把感情视为理性的对立；如果叙述故事是一种功能，它就是认知予以否定的对象，不然，我们试图加以限定的范围就会延伸至所有思维活动，认为一切都是叙事，一切都有可能成为某种故事。[1]

20 世纪 20 年代，拉蒙·费尔南德斯（Ramon Fernandez）主张把故事（tale）和小说（novel）加以区分——法语对这两个词的区分更加确切——叙事（récit）与小说（roman）——翻译成英语后意思并不妥帖。[2]这一区分在当时颇具影响，从纪德到萨特，好几代法国作家都认为这一区分具有实际意义。就我们目前的议题而言，这一区分同样富有意义，它以不同的形式呈现在其他国别文学传统中。

费尔南德斯提出这一区分的依据在于他对两种不同文类的认识，这一点对于我们了解这一概念的历史沿革以及结构变化具有标记意义。人们在翻译“récit”这个词的时候根据“recital”（背诵）这个词的字面意义将它译为“叙事”。这一处理仅仅点明了关于某个事件的复述，或是关于某些事情先后次序的陈述。至于“故事”（tale）一词，则含有文类意义。在接下来的讨论中，我倾向于使用“故事”一词，因为从这个词入手，我们更加容易回溯历史上的一些文类形式，比如，文艺复兴时期的故事，浪漫艺术故事（Romantic art-story）。

费尔南德斯的两分法以及揭示的差异均在于此。作为一个术语，“小说”一词的可操作性远不及“叙事”（récit）：我们可以对“叙事”
17 进行明确的具体化，这一点在涉及不同国家文学传统时的差异时尤其如此。“小说”在接下来的讨论中（现实主义小说）与费尔南德斯的两分法几乎无关。通常情况下，小说家们都是根据各自的审美取向和意识形态各行其道。

依照纪德的观点，叙事是关于个人生活或命运独特性的故事（他的作品大都采用第一人称），因此，他认为小说犹如一个个“十字路口”（carrefour），或是由多个方向、多重命运构成的一个个交汇点。在他的作品中，只有一部被作家本人称作小说，即，《伪币制造者》（*The Counterfeiters*）。在这部作品中，纪德将多个不同的生活故事汇集在一起，以展示故事的交叉特点。可以说，大量作家，尤其是那些擅长短篇故事的，都持有相同看法，把小说看作形式艺术中富有挑战的珠穆朗玛峰。

与此不同，萨特倾向于从哲学和意识形态角度看待故事与小说的对立。他从时间维度进行考察，使得讨论富有思辨与批评力度。他把莫泊桑的短篇故事解释为资产阶级的生活场景，比如，富人晚餐后在房间里抽着雪茄时：

> 这种手法在莫泊桑作品中最为明显。他的短篇故事结构几乎千篇一律：首先介绍故事的听众，通常是晚饭后聚集在客厅里的社交圈，个个聪明能干，深谙世故；深沉的夜色驱散了人们的疲劳和激情。被压迫者和反抗者已经入睡，白天的喧嚣已经隐退，故事于是产生。虚无之中浮现一团光晕，这群精英分子毫无睡意，他们专心于某种仪式。如果说他们之间有爱、有恨，我们此时尚不知道，欲望和怒意此时也得到了平息；这群男女此刻正忙于保存他们的文化和行为方式，忙于通过种种礼仪来相互辨认。他们以最精致的方式展现着一种秩序：静谧的夜晚，尚未言说的情欲，所有这一切都准备齐全，象征着世纪末地位稳定的资产阶级；这个阶级认为将来什么也不会发生，相信资本主义体系是永恒不变的。就在这一刻，叙述者上场了：此人是一位中年男子，“见过不少世面，读过许多书，记得许多事情”，他是经验丰富的专业人员，医生，军人，艺术家或唐璜式的风流人士。他处于生命中一个特定阶段，依照一种令人起敬又感到安慰的说法，他在这个阶段已经摆脱了情欲，能用清醒和宽容的态度回顾他过去的经历。他的心与夜色一样宁静。他讲述自己的故事，仿佛叙述一

> 段遥远的往事。如果说这个故事曾经使他痛苦，他已经将它酿成了蜜。他回头审视往事，思索事情的原样，即，sub specie aeternitalis（从永恒的角度）。当然，有过艰难时刻，不过，那早
> 18 已成为过去：牵涉其中的人物或者已经死了，或者已经结婚成家，或得到了安慰。所以，那段历险不过是一次短暂且已经结束的扰动。叙述者站在一个经历者和智者的立场讲述，聆听者也从一种井然有序的观点加以接受。秩序胜利了，秩序无处不在，它注视着过去那种被取消的混乱状态，这一刻保存的记忆犹如夏日平静的湖面上掠过的一阵涟漪。[3]

纪德的创作包含两种“类型”，而在萨特看来，那些构成叙事核心的趣闻逸事不值一提。在他眼里，那些事件仅仅代表了老一代人的“经验”，对于年轻一代具有抑制作用（比如《恶心》里的那些描写）。基于这一立场，他形成了存在主义小说观——小说应该讲述关于真实的存在之事——在时间中展开。

由此可见，叙事的时间属于过去时，所述之事在叙述开始前已经完成，属于已经成为历史的事件。我们不难发现，对于存在主义而言，面对这样一个不真实的、具体化的时间，它必须反对的是什么：这种时间性遮蔽了事件在发生那一刻的新鲜感，以及人物在做决定那一刻的焦虑感。换言之，它括除了此时此刻的时间，把未发生的时间变为“死亡的将来”（某个故事人物在 1651 年或 1943 年产生的期待）。很显然，萨特希望小说能够重新展示对自由发出召唤的此时此刻，同时赋予尚未明确的未来以开放性。用他喜欢的比喻来形容，没有人有资格通过扔骰子的方式决定未来。对于存在主义小说而言，叙事手法的目的是展现未来的开放性，这一观点来自存在主义美学纲领；即便过去的时间一成不变，人类也得用行动对其进行重写，使之发生改变。

为了充分理解这一小说观的深意，我们有必要了解萨特对弗朗索瓦·莫里亚克（François Mauriac）小说展开的猛烈抨击。萨特认为，莫里亚克的小说让人感到大难临头，厄运随时可能发生，通篇充斥着

夸张的修辞（如“致命一击”，“她当时还不知道”，等等）；此外，小说对罪恶与末日审判做出种种铺垫与预示。萨特认为，在莫里亚克的小说中，这些内容，无论是已经发生的事件，还是即将发生的未来，都是从上帝般的全知视角下呈现。“上帝不是讲故事的高手，”他这样说，“莫里亚克先生也不例外。”[4]

不可否认，萨特的小说观受到他那个时代历史条件的影响、制约与限定：即将面临的重大选择、行将发生的那个大事件、日常生活的 19
消失、和平时期日复一日单调重复，以及他称之为“极端情景”（extreme situations）导致的压力。禁止预料未来之事，这种萨特式禁忌后来出现在亨利·詹姆斯的小说中，并在视点运用中形成差异。在接下来的讨论中，我们将看到，现实主义消弭之后，商业现实主义接踵而至，在此情形下，这两种情形均被挪用，并服务于一些更加不真实的目的。

萨特的叙事观给我们的启示在于其强调的“不可撤回性”（irrevocability），我们从中可以看出与之略有差异的德语传统对此的影响；德语小说相对薄弱，但它在讲故事艺术方面拥有各种丰富的类型，尤其是浪漫主义时期，更是丰富多彩。比如，歌德把故事内容概括为对“未曾听说过的事件或事态”的展现（unerhörte Begebenheit）[5]，视之为某个前所未有的事件或危机，因此，事件本身值得牢记、重复讲述，并且在家族，甚至群体中间世代相传，比如，三个人突然死于雷击、大洪水、遭受野蛮人入侵、丽兹·鲍敦（Lizzie Borden）持斧杀人，等等。这些值得讲述的事件常见于传统叙事与故事，对此，本雅明在他那篇著名的文章《讲故事的人》中对这样的人（列斯克夫）表示怀念。

本雅明以许多例子揭示了“未曾听说过的事件”具有的共同点：死亡。“用关于死亡的故事来暖手”——形象地描述了他对叙事的看法。[6]如果我们觉得这个比喻太令人沮丧，可以把这里的死亡理解为那些无法挽回的事。也正是这种属性使得萨特对叙事缺乏真实性的批评有了新的意义：无法进行改变，也无法重复或纠正，以此作为条

20 件，萨特对时间概念中的过去进行了重新定义，使过去呈现为日常生活或乏味的程序。于是，不可逆转成为代表区别于其他时间性的一个标记；从这个角度看，我们可以把歌德的定义重新理解为一种有标记的时间，一种截然不同于日常存在的时间，而不是日常存在中令人感到奇怪或奇特的时间。

值得一提的是，对于本雅明而言，这种日常存在本身具有集体和历史意义，代表农民或村庄，对立于工业化的都市生活，随后蓬勃兴起的故事大抵都是关于这一对立。[7]的确，在本雅明看来，故事或叙事，无论它们中的哪一个，都不是现实主义小说，而是波德莱尔论述现代主义时所说的那些事，即，难忘且可以叙述的事不再牢记，也难以叙述；或者，是借助爱森斯坦的蒙太奇手法得到恢复的波德莱尔式碎片，所谓的艺术复制。[8]

同时，具有悖论意义的是，把这种不可逆转的标记看作叙事的基础，这种新认识近似于萨特的真实性，不同于莫泊桑笔下烟雾缭绕的客厅及其代表的资产阶级不真实性。在萨特那里，不可逆转也指那种自由选择的行为以及这一行为代表的勇气，即，一种具有标记意义的行为，提示你意识到从此永远离开原点，并且无法回去：这种行为像一个球，又像一条锁链（萨特的比喻），牵扯着你。真正使你面对选择感到恐惧和退却的是这个意义上的不真实。不妨以《培尔·金特》为例做些说明。当培尔闯入山妖洞窟时，他想要的都已经摆在他面前：山妖的女儿、难以计数的财富、无尽的享受与快乐、王位——国王向他保证他将拥有所有这些，但有一个小小的条件，即，培尔与妖怪们同流合污，以此表示他与山妖们之间的盟誓，同时保证他永远不能回到人间生活——这对于培尔来说当然有些为难。面对这种不可逆转，他给自己划定了最后底线，选择让未来保持开放状态，避免将“萨特式的自由”因为承诺上述种种而受到损害。[9]

由此，我们或许可以把叙事引发的这一启迪看作对身体做出的标
21 记，它把个体变为一种特殊的命运；正如一位美国小说家所说，它是一种“生命之痛”，生命赋予你的某种东西，你拥有它，同时因为它

而痛。[10]海德格尔在形容个人死亡时说，这是一种“属于自己的东西”（je mein eigenes），意义相似。说到这里，关于叙事，或者故事的定义已经相当于命运，犹如悲剧艺术中的形式问题。到了现代，比如，在托多罗夫的理论中，这种命运体现在《一千零一夜》中那位讲述自己故事的人物形象上，构成了“人物的叙事”（hommes-récits）[11]，这种把叙事看作形式问题的观点算是当时对这一问题的充分肯定。后来，人们最多只是把它看作近似于发生在人物身上的坏运气。我将保留“命运”，或“天命”这种说法，把它视为蕴含在叙事形式中的哲学内容；它以叙述的过去式（narrative preterite）呈现，带有不可逆转的标记，指那些发生了一次的事件。上述讨论表明，这一标记逐渐变化并转向他人——这一点在后面的阐述中显得尤为重要：它不仅仅是我为我自己所做的行为，以及由此形成的我的命运，我的伤痛，我的生命之痛与困苦；换言之，我的存在化身为故事中的人物。

以上说了那么多，但是没有谈到叙事的对立面，小说（roman）。在论及存在的现在时，萨特提出，选择总是接受或拒绝的发生过程，它发生在命运铸就之前，甚至可以说，发生在叙事之前，这种存在的时间正是小说描述的现在。从存在角度对现在进行定义值得我们深思，它与叙事不可逆转的过去形成对立。但是，我们这里有必要从另一个角度理解。在解释这一问题之前，我们有必要对另外一个传统略作回顾，即，英语世界的叙事学（narratology），说得更确切一些，是这一传统中的美国学派。

说到叙事学理论开创者，首先当然是亨利·詹姆斯。他在为自己小说撰写的《前言》中提出了许多思想，后来由珀西·卢伯克（Percy Lubbock）在《小说的技巧》一书中加以理论化。在这些论述中，叙事与小说之间的界限显现为“讲述”（telling）与“呈示”（showing）之别。如果事件由叙述者讲述，就是复述（recite）；如果是从事件发生时的那一刻进行展示，则是“呈示”。当然，这两种叙事话语在小说艺术中都有。从一种转换到另一种，这个过程本身具有文体 22
意义，甚至具有形而上意义——“选择哪一种”，正如安德烈·马尔罗（André Malraux）所说，“使得场景直接呈现，还是采用叙事，是像巴尔扎克那样，还是像陀思妥耶夫斯基那样，相当于对人物进行了安排，好比人类即将面对的命运一样，至关重要”[12]。

然而，与詹姆斯一样，马尔罗赞赏呈示，贬低讲述；对于这种偏见，包括将詹姆斯的“视点”（point of view）奉为圭臬，我们应该从这一对立的理论化过程加以审视。

詹姆斯认为，如果用讲述法完成故事——他称之为对于小说整体产生“双重压力”的叙事部分——相当于小说家偷懒。[13]概述法（narrative summaries）与缩短线条（foreshortenings）同样带有偷懒之义，意味着小说家能力不及，未能将严肃的形式设计（同时也是为读者）付诸实践。“许下的承诺最终只得以和盘托出的方式来收场。”[14]在他看来，小说中出现这些叙述方式的段落时，小说家急于用一种经济有效的手法（他本人常常如此）完成一个叙事过程，他称之为“可怜的作家对承诺的草率处理”[15]。为此，他号召文学批评家努力实现使命，不要以上述理由为借口无视小说家的“躲避”（他用了“dodges”一词）。离我们更近一些的另一种区分话语是“话语”（discourse）与“故事”（story）的两分法，不过，这一区分依然暗含了此前的成见。对此，我希望我提出的双向模式能够起到纠偏作用，将故事艺术的部分荣耀重新给予那些讲故事的高手，以及艺术故事的奠基人。

不过，詹姆斯十分关注两种叙事模式之间的对立。他提出：

> 图画法（picture）与戏剧法（drama）长期不和，戏剧法（虽然总体情形我觉得略好一些）对图画法存有疑虑。毫无疑问，两者都对主题具有很大促进意义；但是，它们之间展开的斗争却是十分剧烈的，各自都想从边缘对对方进行侵蚀，以期破坏其效果，动摇其立场；各自都迫不及待地说：“只有用我的方法，才能产生效果。”[16]

23 萨特在论及莫泊桑时，对其讲故事的方法提出了强烈批评：若要对这一批评进行重新思考，为“讲述”做些辩护，我们应该认识到，

“呈示”（showing）在叙事作品中实际上并没有那么重要。这一点不仅仅体现在那些古老的口头叙事中，即便在一些复杂的故事作品中，比如，薄伽丘的故事集，也是如此。在那些用“讲述法”写故事的作家中不乏杰出者，他们给世界留下了伟大的故事。德国作家保罗·海斯（Paul Heyse）以《十日谈》第五天第九个故事为底本提出了他称为的“猎鹰理论”（Falkentheorie）[17]。需要说明的是，我对他的立场并不完全赞同，不过，在讨论之前，不妨先看一下薄伽丘对这则故事“道德”主旨的概述：

> 为了得到一位贵妇的爱，费德里哥（Federigo degli Alberighi）散尽财富，只剩下一只猎鹰。当贵妇来拜访他时，他已经家徒四壁，只好把心爱的猎鹰做成了美味招待客人。后来当贵妇得知事情真相后，便改变了原先对他的看法，答应了他的求爱，嫁给了他，而他也因此成了富人。[18]

海斯认为，在这个小故事中，不同的意义汇集在一个物体上，集中体现在故事题目《猎鹰》中，使得故事整体精湛完美。这一处理将叙事的时间浓缩为一种特殊的感受，换言之，时间使得空间，或者说那个事件，显现为一个物体；这个过程相当于本雅明所说的某个“值得纪念”的时刻。[19]这里的物体不是某个象征，对于故事而言十分重要的不是物体的意义，而是统一性和深刻性。

海斯这里表达的意思再清楚不过了。他从这个具有启发意义的故事中发现了某些属性，并把它们明确为故事的出发点［用亨利·詹姆斯的话来说，是“主题”（subject）］；也就是说，这里的关键并不是某种结构规律：出现在当代小说中的物体往往显得散漫而随意，接近于巴特（Barthes）说的“刺点”（punctum），而不是提供信息与教育功能的“知面”（studium）。[20]使得海斯这番论述显得合理的是，他揭示了薄伽丘没有在故事梗概中提到的内容（或许由于疏忽，或许有意为之）。在这个故事中，猎鹰具有双重效价，即，无论它出现在该故事中哪种情形下，它都具有与之相应的叙事功能；犹如格式塔效应 *24*
一样，它来回移动；这里的效果与许多情节急转和出人预料的结尾一样，后者也未必依赖于某个物体。

值得回味的是，薄伽丘在他简短的故事梗概里只字未提相交的故事线及其语境。那只猎鹰不仅仅是主人公的心爱之物（我们从梗概中看出这是他全部所有），同时也是一个替代物，代表他对贵妇人蒙娜·乔万娜热烈的爱情以及因为对方无动于衷让他感到的深深绝望。正因为如此，他才把猎鹰当作自己的全部奉上，使他感到活得有意义。

对于这个故事中其他故事线而言，猎鹰同样具有核心意义。若不是为了她不久于人世的爱子，蒙娜·乔万娜不会专程拜访费德里哥，事实上，她此前一直尽可能避开他。此次登门，是为了满足她儿子最后的心愿。

故事表明，为了乔万娜，费德里哥什么都愿意，他把猎鹰做成美味款待她，目的在于展示这一心愿。猎鹰使得三种挫败的感情结合在一起，因此，故事完美，让读者觉得凄美而圆满。

然而，这个故事并没有依赖“呈示”手法，也没有采用场景，没有叙事的现在，相反，它是纯粹的叙事（récit）。关于这一趣事的叙述不需要人物对话，也没有视点（这些都已经包含在薄伽丘简短的“讲述”中），但是，讲故事的艺术蕴含在逸事本身，所谓的“趣闻逸事”（fait divers）说的就是如此，事件可收缩，也可以伸展，全看实际叙事情景而定。我们甚至可以认为，重要的是这样一种显而易见的情形：故事不可能发生在现在，所述之事必然已经发生。这就是萨特所说的“真理时刻”（moment of truth）。在他看来，所谓绝对的过去，已经发生之事，不可逆转的，并不存在，因为它在现在或未来被重写、重新评估、重新修正。叙事将这一事件进行了封锁，使之不可能被重新修改（猎鹰之死代表了不可逆转的死亡）。这里最大的问题当然是读者，读者永远都处于现在，并将不同的时间带入叙事过程。

这里，有必要区别两种时间，两种暂存性，这也是接下来讨论的基础。一是意识中的现在，二是我们熟悉的过去—现在—未来三分法中的时间（如果不是先后次序中的时间）。我想说的是，意识中的现

在属于非个人的，因为意识本身就是非个人的；真正构成一般所说的 25
个体身份感的是意识主体，或者说是自我。然而，自我本身对于现在的非个人意识而言又仅仅只是一个客体；或者说，个体对过去—现在—未来的认同不同于非个人的现在；无论这种认同与对象之间存在什么样的关联，它们也仅仅是客体。这很容易让人想起“主体之死”这一著名命题，或者后结构主义和拉康的理论，对此，这里按下不表。我将就这一问题对叙事理论的影响进行阐述。特别要指出的是，我们将看到，过去—现在—未来这一定见，以及个人身份或存在意义上的现在不在叙事范畴的内部；而非个人意识中那个永恒或存在的现在则是从外围控制着纯粹的场景，即，呈示，而呈示与讲述截然割裂，并且全无其痕迹。我们不妨试着从后一种角度对一个事件做一番观察：

> 午餐有条不紊地进行着，七道餐已经所剩无几，等水果上来时，差不多就是个摆设了，削了皮，摆在了一边；像顽童手里的一朵雏菊，花瓣被一片片扯落。

这顿饭与我们在其他文学作品中读到的饮食描写很不一样：《尤利西斯》中布鲁姆先生心满意足地打着饱嗝；《追忆逝水年华》近两百页的描写中不乏各种就餐场景，其间各种小道消息、趣闻逸事不胫而走；真正让人不快的描写出自左拉的《人兽》（*La bête humaine*），开篇便是关于用餐的叙述，其间发生的事生发了整个叙事；另有报道称，有人在一次正式的午餐会上咽下了放射性有毒颗粒；相比之下，薄伽丘笔下那位穷困潦倒的主人公只是为爱奉献所有。这些聚餐活动——一会儿我还要提到一场美妙绝伦、堪称具有救赎意义的午餐——关于这些聚餐的描写都嵌入在一种不同的叙事时间里；那些在叙述中未经详述的一道道菜肴，则不然。

关于隐喻的理论追问历史久远。保罗·利科（Paul Ricoeur）把
隐喻看作存在（Being）的核心所在（以亚里士多德理论为依据）[21]， 26
还有从比喻修辞角度进行的各种探讨，以及从相似与辨识关系展开的讨论，各种各样，不胜枚举。在这里，我们要关注的是隐喻对存在进

行的去时间化功能，即，消解现在在时间秩序中的排序位置，继而消解现在的叙事性；换言之，我们将建构，或者说，重新建构一种新的现在时。听上去有些别扭，不过，我仍然想称之为永恒（the eternal)。之所以用这个词，目的是想摆脱通常用来描述时间经验的词语常有的暂存性，“永恒”与个人意识的“永恒”意义相通（前提是个人意识没有消失；绝对而言，意识没有对立面，即便进入睡眠状态我们也在意识中)。

经过上面的讨论，我们至少可以对两种彼此对立的话语模式进行重新界定与命名。我们看到，它不是叙事（récit）与小说（roman)、讲述与呈示，而是命运与恒久的现在。面对这样的对立，重要的不是抢得理论先机，像一些理论那样选取其中一个立场并与之站队，而是要领悟其中的精义：现实主义来自对立项之间发生重叠后的界面之中。现实主义实为这两个术语之间的张力及其结果；倘若采取非此即彼立场，无异于对现实主义的破坏。从这个角度看，亨利·詹姆斯的不安不仅可以理解，而且也是必需的。反过来看，我们也就不难理解为什么总是听到关于现实主义产生或衰微的谈论；比较之下，少有人对这种现象本身加以关注，而这也解释了为何我们总是感到现实主义行将形成或即将消亡。

注释

[1] 杰克·古迪（Jack Goody）对主张泛叙事论的人（比如我本人）提出了批评，但是，这个术语有时候特指某一类话语时的情形（比如，歌咏、预言、演说)，有时候则是文学解释学意义上的泛指，意思是分析的对象如同具有乐感般的递进（比如，解开一个数学难题，或是就某个哲学命题展开的讨论及其对概念进行阐发)；Jack Goody, “From Oral to Written,” in Franco Moretti, ed., *The Novel*, *Volume I*: *History*, *Geography*, *and Culture*, Princeton: Princeton UP, 2006。

[2] 不过，我觉得这一区分产生的积极意义实际上基于一种误

解：费尔南德斯（*Messages*，1943）在一篇论述巴尔扎克的文章里用“récit”形容巴尔扎克小说中那些与不同人物相关的故事背景与“幕后故事”，而不是指具有自身独立意义的概念。

［3］Jean-Paul Sartre，“*What is Literature?*” *and Other Essays*，Cambridge，MA：Harvard University Press，1988，125-126.

［4］Sartre，*Situations I*，Paris：Gallimard，1947，67.

［5］Johann Peter Eckermann，*Gespräche mit Goethe*，Vol. I，Basel：Birkhäuser，1945，210（January 25，1827）. 法文如下：“den was ist eine Novelle anders al seine sich ereignete unerhörte Begebenbeit.”

［6］Walter Benjamin，“Der Erzähler,” *Gesammelte Schriften*，Vol. 2，Frankfurt：Suhrkamp，1989，457. 法文如下：“Das was den Leser zum Roman zieht，ist die Hoffnung，sein fröstelndes Leben an einem Tod，von dem er liest，zu wärmen.”需要注意的是，在这一段文字之前他把构思小说的过程比作点燃篝火。

［7］他认为，讲故事的“源头”可以追溯到水手、商人与村民两种不同生活方式之间的相交与重叠，前者四处走动，后者久坐不动。

［8］本雅明先后写了三篇文章，分别论述列斯克夫、波德莱尔，以及爱森斯坦与电影。我认为这三篇文章揭示了历史在叙事起伏中的构建过程，是关于经验的表征。

［9］Henrik Ibsen，*Peer Gynt*，Act II.

［10］这位作家是保勒·马歇尔（Paule Marshall）。参见 Susan Willis，*Specifying：Black Women Writing the American Experience*，Madison，WI：University of Wisconsin Press，1987，70。

［11］Tzvetan Todorov，*Poetics of Prose*，Ithaca：Cornell，1977，chapter 5，“Narrative Men.”

［12］André Malraux，*Les voix du silence*，Paris：Gallimard，1951，353.

［13］Henry James，*The Art of the Novel*，New York：Scribners，1934，300. 戴维·库尼克（David Kurnick）重新肯定了詹姆斯对“叙述”与“呈示”的区分，见 *Empty Houses*，Princeton UP，2012。他罗列了现代主义经典种种不成功，将现代主义对呈示法的青睐看作一种结构处理，使戏剧性得以重现。

[14] Ibid.，298.

[15] Ibid.，301.

[16] Ibid.，298. 引文全部来自詹姆斯为小说《鸽翼》撰写的序言。

[17] Paul Heyse，“Einleitung，” *Deutscher Novellenschatz*，Munich：Oldenbourg，1971.

[18] Boccaccio，*The Decameron*，London：Penguin，1995，xiv.

[19] Benjamin，“Der Erzähler，” 453 - 454，section xiii on *Erinnerung*.

[20] Roland Barthes，*La Chambre Claire*，*Œuvres completes*，*tome III*，Paris：Seuil，1995，1126.

[21] Paul Ricoeur，*The Rule of Metaphor*，Toronto：University of Toronto Press，1977，307.

第二章　现实主义双重根源：感受，或身体的当下

前述提到，薄伽丘对《猎鹰》的概述忽略了某些重要的内容；我 27
们此前的讨论也不例外，故事大团圆结局：小男孩恢复了健康（虽然没有得到他渴望拥有的猎鹰），蒙娜·乔万娜变得宽厚仁慈；她没有因此对费德里哥产生激情，不过同意嫁给他，“从此以后他们全家生活幸福”。不过，这一处理实际上是一种低调叙事，相当于一种对此前压力的释放，使得叙事回到了平淡无奇的日常生活，将事件（叙述，或“叙事”）的密度慢慢松开，使之回到不那么令人兴奋却更有趣、富有人性的日常（借用奥尔巴赫意义上的“日常”一语，该词已经暗含了现实主义的意味）。

从故事过渡到日常生活，这一转变验证了我们这里要说的两种时间性。如果不失偏颇的话，我想强调，与这一叙事相伴的还有某种淡淡的寂寥与失落，无论是故事的叙事模式还是其结尾，都给人这样的感觉。我用“忧伤”（sad）来形容这种感觉（我将在进入正题后对此详加阐述），意在思考一下问题：这种感觉来自读者？抑或是我们尚未纳入思考的一个叙事问题？

沿着对这一问题的思考，我将关注故事的第二种力量，即，叙事

的第二种冲动——感受（affect），并把它与现实主义的兴起放在一起加以考察。首先，我把这第二种冲动作为叙事的对立面，换句话说，我从时间性角度进行观察，揭示叙事对于过去、过去式的指代与表述，这个意义上的时间性属于先后次序，所述之事均已经发生，故事
28 里的所有事件都以人们通常称为“线性时间”的方式先后呈现（“线性时间”这个时髦术语得归功于麦克卢汉）。有没有可能想象这样一种时间概念：它与传统线性时间截然不同，以至于我们不能用“时间”一词对这种新的时间进行描述（前述提到了“永恒”，大体指这个意思）？

后现代理论（关于历史经验的理论），包括我称为“时间终结”的相关理论，给了我们许多启示，这里提出的问题或许可以使关于时间性（或者时间性的丧失）的认识变得更加具体。我在《时间性的终结》一文中提出，当代（资产阶级）生活对时间的经验趋于弱化，现在不再是时间意义上的流逝，也不再是一种连续的现象，而是一种无期限的、永久的此时[1]；我认为，这种永久的现在感类似于德勒兹（Deleuze）和瓜塔里（Guattari）描述的分裂的现在（《反俄狄浦斯》）[2]，不过，这种“现在”在他们的阐述中基本上是一个乌托邦景观，继承了传统文学史上对时间直接性（temporal immediacy）的强调，从华兹华斯吟诵的老实人到福楼拜的“简单的心”[3]，再到现代主义文学，都是如此。我认为，应该把当代，或后现代的“无限期的现在时”看作“对身体的还原”，当经验还原到无限期的现在时，经验只能把自己交付给身体。然而，我这里的意思并非是说，当身体的感官处于这样一种被孤立的时间状态时其存在得到了强化；有时候，因为某种原因，某一种感官上升至主导地位（比如，19 世纪绘画和音乐逐渐成为专业），但我这里说的不是这种情形，而是说，身体被孤立在无期限的现在，它开始感知更多的感官信息；因为一时找不到更合适的词，我姑且把这些总体化的感觉叫作“感受”（affect）。

这个词与近期一些理论密切相关，大都与弗洛伊德、德勒兹有关；与后现代性理论引发的关注一样，有人把对感受的讨论看作人际

关系和新型主体性（以及政治学）的转向。[4]我无意在此提出一种全 29
新的理论，也不准备对暗含其中的哲学思想表示支持或纠正，虽然关于感知的讨论已经成为一个标识，为某一个群体认同。我想做的是，对“感受”一词的所指限定在当前讨论的语境里，使这个词具有实际运用意义；具体而言，把它置于一个二元项中，使该词的历史意义得以显现，同时将它与展现、与文学史一并进行思考。

据此，我将首先对感受（该词在我讨论的语境中的意思）与感情（emotions）加以区别。感觉（feelings）与感情之对立由来已久，不过，相关理解大体上基于传统认识而不是清晰的结构分析。“感知”即便不是一个医学术语，也算得上一个技术词，用它替代所指模糊的“感觉”，这一做法在思辨层面的确显得更具力度，虽然它不一定能够因此揭示蕴含在古老问题里的新意义；事实上，那个古老问题经过多年沉积之后已经变为常识。

同时，我将对“感受”一词的对立面“感情”进行界定：我想把“感情”重新定义为“命名了的感情”（named emotion），在此基础上，我将对感情和感知的结构性差异进行区分，同时从语言角度对这一问题的另一面加以强调。由此揭示的新意义是，感知（各种各样）逃遁语言之牢笼，也不为命名所羁，而感情则受制于各种命名，由语言对它们进行分门别类。一般而言，对感情的命名——爱、仇恨、愤怒、恐惧、厌恶、愉快，等等——被理解为一个现象体系（犹如色谱）；与颜色一样，感情体系的形成是一个历史过程，它在不同文化、不同时代中逐渐形成。大部分像教科书一样，对当时的感情体系加以记录，从亚里士多德的《尼各马可伦理学》到笛卡尔的《论激情》。[5]
不过，就这里讨论的语境而言，我们这里有必要进一步解释的是，感 30
受这个术语本身的具体化，而不是这些体系——因为在情感受到重视的时代它们通常似乎趋于消散，与其他诸多传统一样以残存的方式继续存在。

将现象学意义上的存在状态（state of being），如愤怒的经验，区别于用于对这种经验的描述与命名，如“缪斯，唱出阿喀琉斯的愤怒”（即，thumos）。如果我们不认为这不完全是个伪命题，那么，它的确是个微妙的哲学问题。语文学的辩证法将我们对事物本身的兴趣——古人如何感受愤怒——转向对词语历史的兴趣。但是，这里的问题是：“愤怒”这个词与关于愤怒的体验难道完全无关吗？对于那些相信一切皆为建构的人而言，愤怒并非由该词才产生，不过，语言使这种感受得以表达，这一点至少表明语言为感受打开了许多新途径，使之扩散、蔓生。

由于习惯和传统，我们现在提到具体化（reification）就以否定或批判的眼光待之；这种态度隐含着这样一层意思：感情被赋予名称也就意味着具体化；也就是说，在语言施咒、命名之前存在着某种真实的体验（只要稍微用力便可以将这种真实的感受解救出来）。不过，持有这一立场的人所忘记的是，黑格尔在阐述这个概念时，明智地保留了它的含混性：人将期待和欲望客体化，也因此使它们变得丰富。生活本身就是一系列的具体化，而这些客体化因为新对象的出现被重新吸收，并得到扩大。命名是具体化过程中[6]的基本组成部分，而异化（alienation）在这一普遍规律中只是其中的一种可能。

“如果‘爱’这个词出现在他们之间，我就完了！”莫斯卡伯爵看到吉娜与法布利斯在一起时说的这句话或许是一个例子，它生动地揭示了名词何以能突然产生一个全新的世界（无论好坏）。同样我们也应该注意到，许多类似这样的词语表达了特定历史语境中某些存在的情状，这些情状或许初露端倪，但在人类日常生活中已然存在，即便不是在人们的潜意识中，也是潜在待发，用不了多久，它们便会发挥作用，对生活进行重现调整。比如，“倦怠”（ennui）原是个古老的词，但这个词重现于19世纪，用于描述19世纪的无聊与厌倦，由此将许多与行动甚至生存有关的问题摆在人们面前。我觉得“焦虑”
31 （anxiety）这个词也是如此；它将日常的紧张经验从“苦恼”（anguish）这个过于夸张、带有宗教意味的严肃词语下解放出来，表达了日常生活从容节奏的消失。最后，用古代经院哲学术语描述我们现在称为“感受”的那些情感，更不用说“医学化”（medicalization）

了，也是同样的例子。[7]但是，本体论—语文学的困境仍然存在（或者说，这是萨丕尔-沃尔夫假说）：这个词使得感受得以显现，但是，在这之前感受是否已经存在？还是说，这个词渐渐使存在意义上的现实发生了改变，并赋予我们切身体验，使得我们拥有一份其他人没有经历过的感受？比如古希腊人。

如我在前述中提到，我认为以这种方式对该问题进行思考，这将是无解的；但同时，如果我们对历史语言在某个具体时代能表达哪些内容加以限定，本体论的讨论与历史讨论将不再起冲突。[同时，感受在被命名过程中是否会具体化，我们应该让这个问题处于开放状态：中世纪术语“懒惰”（acedia）是否对中世纪教士的经验进行了修改？“忧郁”一词长期存在于西方话语中，它对我们的内心世界有没有重要影响？“感受”一词本身在命名过程是否对具体化具有重新组织作用？][8]

无论如何，我们将看到，除了把被命名的感情（而不是感情本身）看作感受的对立面（至少命名使得我们可以表达某种感情具有的特质），我强调应该关注感受对语言的抗拒，由此我们可以探究诗人和小说家为了捕捉、表达稍纵即逝的感受在写作方法上所做的努力。那些尚未被探究、被表达的感情总是渴望得以展现，但是这种强烈的愿望难以实现（现实主义的这种冲动与现代主义以标语式的表达式加以强调的创作目的立场相同），用于描述已有感情的术语系统又过于笼统、过于老套：对感情进行微观辨析好比观察布朗运动（Brownian movement），我们难以对单个颗粒加以确切的命名，但的确需要一套新的话语方式。19 世纪中叶，大概在 1840 年代的资产阶级时代，对新术语的需求明显变得强烈，至少大部分人期盼艺术能够对新时代的现实加以标识。

在开始讨论之前，我们首先要对感受具备的另一个特点做些介 32
绍：我基本上接受雷·特拉达（Rei Terada）对感受的认识（来自康德的思想）：感受（affect）是身体的感觉，感情（emotions，有时也叫激情 passions）则属于意识到的状态（conscious states）[9]。后者具有对象，前者则是身体的感觉：它们之间的差异犹如一见钟情时的感觉与平常总体上的情绪低落状态。这一描述相当于赋予感受概念以某种具有肯定作用的内容：如果要对感情具有的肯定属性进行界定，感受在内容层的肯定意义在于赋予身体以动力。在这里，语言被置于身体的对立面，至少把它置于那个处于体验状态的身体的对立面（这里的身体本身就是一种“现代”现象)。由此我们可以看到，语言发生了危机，原来用于描述情感的符号系统显现为一种传统的修辞话语，显得陈旧且过时；与语言危机相伴，一场对身体进行书写的新历史由此开启，我们现在称为“资产阶级的身体”在当时的封建时代从关于身体的老套描述与分类中逐渐显现。（福柯对“生命”产生的历史断代，或者新兴的生命科学为思考这一问题提供了可以参照的语境，不过，我把这种现象看作一种具有存在意义和阶级与社会价值的现象，它与日常生活中的新形式及其产生有关。[10]）

如果将巴尔扎克和福楼拜的小说的相关描述略做比较，我们就可略知差异。在巴尔扎克的小说中，故事大多由一位王朝复辟时期的成年人娓娓道来；福楼拜比巴尔扎克晚了十年，他采用的方式则是对叙事话语进行精心安排。两位小说家用不同的方法调整语言方式，展现历史变化中的真切感受，描述主体及其感知的差异。

由此我们可以看到，将围绕感受问题展开的讨论与语言和展现领域对身体的现象学探究进行关联，这个观察角度恰当合理；这样的观察角度有助于从历史维度揭示对感情进行命名的符号体系与无名称的身体感知之间的竞争；我们将看到，19 世纪中期的文学如何呈现身体的感受（文学展现提供的佐证包罗万象，使得我们能够对这类单调乏味、只能在理论层面加以假设的历史变化进行思考）。福楼拜和波德莱尔堪称具有标志意义的作家，我们可以从他们的笔下发现感觉范畴的变化，以他们的前辈巴尔扎克对感觉世界的描述作为参照，我们可以发现文学作品中感官差异的历史性。巴尔扎克小说中的描述令人过目不忘，下面这段对伏盖公寓里房间的描述尤其著名：

33 房间里散发着一股无法用语言描述的气味，只能叫作公寓气

> 味。那是一种封闭的、发霉的、酸腐的气味，吸进鼻孔觉得潮湿油腻，还有一种阴冷直接穿透衣服；是刚吃过饭的饭厅的气味，酒菜、碗碟、救济院的气味混合在一起。这种难闻的气味中的基本成分来自老老少少的房客，和他们伤风感冒的气味混杂在一起，令人作呕。如果有人发明了某种仪器，我们或许才能知道这些成分是什么。[11]

这里的描写用于展示第一印象，而这种第一印象正是我们这里讨论的感受：它没有确切的名称，难以分类，但是，人的感官却被调动起来。巴尔扎克真切地意识到语言和展现的问题，在如何记录这些感受这件事上颇费心思。但是，这里的描述并非为了引发感受，理由充分：感受在这里表示某种意义。

这段文字堪称一个例子，契合我对文学作品中的身体的认识，同时说明，巴尔扎克如此细致入微的描写丝毫没有削弱蕴含其中的历史意义。对于巴尔扎克而言，任何一样看似属于生理范畴的感觉——霉味、腐臭、油腻的布料——都具有意义，是一个符号，或者与某个故事人物相关的某种道德象征，或者象征其社会地位的寓言：体面的贫穷、肮脏、暴发户的装腔作势，旧贵族特有的那种高贵，等等。总之，感受不完全是感觉，它本身已经是一种意义，一种寓言。在福楼拜笔下，这些符号依然存在，但它们已经是刻板套话，因而，新的描写方式实际上代表了对新意义的记录，也是对旧意义的超越。

罗兰·巴特对现代性及其相应的社会变化怀有浓厚的兴趣；关于生活体验与可理解的（现代性的特性）之间的断裂、存在的与有意义的之间的隔绝，他有过权威论述。[12]经验——尤其是感官经验——在 34
现代社会中具有或然性：如果经验有意义，我们会立刻对它的真实性产生怀疑。不过，巴尔扎克不会放弃对意义的追问：他怀着极大的热情持续采用暗喻（“高老头是一头狮子!”）和明喻这两个法宝；明喻在他的小说中俯拾皆是。在前面引用的那个段落中就有不少明喻。无可名状的气味从那些靠领取养老金活着的穷人中散发出来——他们中有体面的人，也有绝望者，——但都承受着苦难；这个安息所里到处是这些人的踪迹。

我们可以将福楼拜在描述中列举的偶然性和巴尔扎克的进行对比（巴特称之为“现实效果”）。波德莱尔的例子同样有用：

> 被废弃房的屋内的一个衣柜
> 散发着刺鼻气味，肮脏而黑暗。
>
> 《香水瓶》（“Le flacon”）

在时间中凝聚的陈腐气息由衣柜中散发出来，令人感到肮脏，但这种感觉本身又是那样的无法确定。如果巴尔扎克描述的气味变成了某种令人不悦的忧郁，这个意义上的气味已经具有了自足性，波德莱尔描述的气味也是如此。不管怎么说，这些感受已经不再是意义的代表，而是实实在在的存在。

然而，这又是一个引发重要哲学思考的历史问题。难道说，世俗的或资产阶级的身体在 19 世纪确立之前，根本就不存在感受，于是，前现代时期某种古老的人性只能借用前述提到的各种感情系统？这种假设草率而武断，也不是我在这里提出的观点；我想提出的是这样一种假设：通过关注某些细微的变化，将关于人性的种种说法加以区别。我的意思是，这些感受在 19 世纪中叶以前没有被命名，也没有进入语言表述领域，更不要说成为这种或那种语言编码的对象。毫无疑问，这也是一个历史问题，涉及的是语言本身，以及经验在被命名时使之可见，同时，反过来对经验加以改变并使之具象化。这里的前提是，没有以这种方式被命名的感受或感情无法进入人的意识，或者说，它们以不同方式进入主体性之后变得不可见、不明显，继而导致它们难以区别于那些被定名的感情，而原本这些感受是用来充实情感系统中的某些空白，以便赋予身体和存在以实质。也就是说，任何关于感受的命题都是关于身体的命题，因此也是一个历史命题。

35 至此，我们已经通过举例，从身体感觉，或者说，从感官知觉两个方面概述了感受的特点。气味，用阿多诺的话来说，是最受抑制与贬低的人体感觉[13]，然而，它在文学作品中似乎一直是一个重要的媒介，将感受凸显出来，并且确认其具有的多种动力［我们应该记得

特蕾莎·布伦南（Teresa Brennan）的惊人之语：历史地看，感受的感染力——人与人之间的传播——是气味的结果；作为传递性信息的媒介，弗洛蒙只是个非常明显的例子[14]]。但是，和感受相关的这些感官媒介容易与身体感觉混淆、等同，也因此导致将感受简单理解为身体感觉或感知，这就使得问题引向了展现层面。比如，气味能够有效地传递不同感受，但是，这种有效性部分原因在于它在象征要素系统中处于边缘位置，或者说，是因为它不受重视。

在继续阐述这一问题前，有必要列举感受显现的（或者需要的）一些特点。首先，特征的多样性说明这种新要素可以通过多种方式进入 19 世纪现实主义并且打开其叙事结构，使得叙事不仅面向场景和意识开放，更加重要的是，面向与感受有关的新型现实主义开放，使之以增强的姿态显现在文学展现中。

在上述的讨论中，我们一直强调这种新现实具有不可命名的特点。当然，它可以在文学以及其他艺术中得到建构，不过，这个机制本身是辩证的，同时显现了展现系统中持续存在的唯名论及其两面性。不管是对身体的颂扬，还是把某些现象，如忧郁，确定为人类生存的基调，对感受的定名（无论在哪个领域）必然把感受变为一种新的物自在（a new thing in its own right）。象征主义关于暗示的说法在这里透露了一个深层真理，即，命名与展现性建构之间的巨大差异，而这一点使我们联想到此前提到的讲述与呈示之间的差异，由此揭示了感受为何不能在叙事（récit）机制下得到展现。

然而，命名的诱惑来自感受具有的另一个特点，即，自足化。感受似乎没有语境，浮动在经验之上，没有缘由，与被命名的感情形成的同源体之间不存在结构关系。[15]这不等于说，感受在现实中没有缘 36
由，也不是说它与显现的情形无关：任何一种因素，不管是化学的、心理分析的，或是人与人之间的，都有可能提出并且在实验中得到测试。但是，感受的本质一直保持浮动状态，并与上述要素（只为别人而存在）保持独立，而这显然是感受的时间性功能：一种永恒的当下，作为要素表现的自足性，只依靠自己，并以自己的存在继续发展

(“所有欢乐都希望永恒!”)。这里有必要提出感受的另一个特点：感受的强度（德勒兹和利奥塔近期对此有过研究[16]），即，根据幅度大小对感受强度——从细微的到震耳欲聋的——进行测量，全部加以记录并予以确定。事实上，利奥塔明确表示，可以用“强度”替代“感受”，前提是在复数意义上使用该词——不过，这里的问题不仅仅是形式与内容问题，也是与当代批评中一个时髦语有关，即，独特性(singularity)。感受具有独特性和强烈度，是存在，而不是本质；它们对那些较为确定的心理分析与生理学术语产生颠覆效果。

感受具有的这些特点正是巴特所说的“现实效果”(reality effect)。他用这个术语将所有具有本质的现实主义（尤其是那些基于内容的）替代为符号学概念，由此我们看到，现实主义是由文本释放的多种可能符号中的一种。毫无疑问，那些有意设计为“现实主义”并期待获得这一符号的文本释放，或者暗含了巴特在《零度写作》里描述的那些信号［他称之为“书写”(écriture)］，虽然这些文本试图传递的那种现实主义具有历史的和意识形态的意义。不过，我觉得该有一个更加令人满意的方法看待现实主义，以避免仅仅简约为符号的做法。本书将论证这一观点。

凭着对知识及其思考结果的奇特感觉，巴特在提出上述看法后立刻对自己的立场进行了历史化：“在我们这个时代的意识形态氛围中，
37 对‘具体’的执着……总是被训练成针对意义锻造的一种武器，从道理上讲，仿佛活着的东西无法指代意义——反之亦然。”[17]可以被理解的知识与事实经验之间、意义与存在之间不可撤销的隔绝被视为现代性的基本特征；这种认识在文学中尤其如此，词语的存在必然滑向观念论。一旦说它意指什么，就不是真实的；如果是真实的，它就不能进入纯粹的思想或概念范畴。（理想的“具体”是将这两个维度进行综合，而这又是不可能的；很显然，现象学建构了一项最艰难的现代使命。）事实上，巴特这里的描述早已拥有另外一个名称，即“偶然性”。对于他那个时代的知识分子而言，萨特的小说《恶心》对这一发现给予了最令人难忘的表达，对普遍的形式问题提出了一个独特

且不能重复的解决方案。在这一点上，巴特把福楼拜笔下的非意义（non-meaningful）、非象征（non-symbolic）之物变为许多修辞符号（现实主义符号），将它们用于自己的作品中。但同时，我们仍然可以与现象学的目标保持一致，可以说，通过祛除巴尔扎克赋予符号以象征与寓言的可能性，福楼拜使感受得以呈现，而这个意义上的感受类似于巴特的偶然性，两者都关注那些无法纳入意义的“属性”，把它们看作对词语、知识抽象（命名）以及理性概念化的拒斥。实际上，这里不可调和的并非存在与意义（虽然哲学研究领域别的问题上可能有这样的情况），而是寓言与身体；它们彼此排斥，无法调和。

我将在别处论述[18]，上面提到的寓言指传统意义上的人格化，也就是命名（naming）和定名（nomination）；由此可见，与身体及其感受无法调和的是词语（中世纪的普遍现象）。因此，我们可以从上述关于感受的讨论中得出第一要义：为了识别感受同时又不对其进行命名，或者界定其内容，我们需要一种别样的语言。隐喻与隐喻性语言本身不可靠；前述提到了弗吉尼亚·伍尔夫的午餐—花束[19]，它具有感受意味，但那只是一种推测，需要读者从外部引入作品中。不过，我们仍然可以从它的时间性中获得至少一个特征：花瓣被一一 38
摘下，与此同时，午餐被分解成一堆不能当作食物的物，令人黯然。

感受要想实现自我定名，不管是经验还是展现，它必须摆脱对身体的传统命名（萨特所说的他人的身体），获得独立。我近来觉得海德格尔对感受的论述很有启发意义，原因在于此。海德格尔开启了对感受的关注［不仅是萨特现象学的起点，也是梅洛-庞蒂尝试具身化（embodiment）论述的起点］。较之他使用的德语词“Stimmung”（情绪）[20]，与之对应的英语词“mood”显得乏味而单调。海德格尔希望表达的意思是，情绪既非主观也非客观，既不是理性的，也不是认知的，而是我们“存在于世”（being-in-the world）的维度；这个词的意思远不只是像形容阴云密布的天空为“不祥”，或是形容某种闪电为“险恶”那般简单，例如，像加斯东·巴什拉（Gaston Bachelard）对自然的心理描述（欢快的水流泛着涟漪，死气沉沉的水池)[21]——当然，我们在下文将看到，光线占据的优先地位在此具有重要意义。

事实上，海德格尔或者萨特式的 Stimmung（情绪）为暗含在“感受”一词中的主观性增加了某种客观性（由此可见，要想摆脱迫使我们从一开始就判断事物是客观还是主观的认识偏见，这实在相当困难）。就目前讨论的语境而言，我们因此有了另一种观察角度，拓展了关于这一领域的视域：要么是客观世界，不然，就是个体的主观，后者则是我们现在简单称之为“感受”的来源。

德语词 Stimmung（情绪）的一个优势在于它具有听觉维度，但不是指它与 Stimme（呼声者）或人声的关系，而是说这个词带有音乐调谐之义，像是对乐器进行调音（包括对不和谐的刺耳声音进行调整）——所以德语中有“das stimmt!”的说法，意思是“的确如此!”或“没错!”(及其反义)。

留意更多与音乐有关的含义，我们会发现，情绪有主要和次要之别（也包括古希腊对音阶多样性的区分)[22]，这一发现引导我们关注
39 感受的半音阶特征（chromaticism）：感受在强度上的递增与递减，在音域和音阶上呈现的细微变化。瓦格纳的《特里斯坦》（*Tristan* 1865）(与福楼拜和波德莱尔，以及马奈的作品）被视为摆脱传统和成规的现代主义开山之作，这不是没有道理的。我觉得，瓦格纳摆脱了贝多芬将奏鸣曲和器乐推向完善的音乐叙事传统。半音阶在这里指音阶的上升或下降，音调的增强或减弱，由此导致对个别音调的忽视（主音与下属音之间的内在逻辑)，同时又使每个音调发展至各自的独特韵味（通过乐器材料的发展得到表达)。

音乐的演化与发展生动地体现了感受的逻辑。事实上，浮动音节(sliding scale）这个说法本身已经暗示了四分音符以及后来对西方音调体系的解体作用（依照韦伯的看法，它与西方现代性和“合理性”的诞生同步发生)[23]。

但是，这里讨论的是 19 世纪中叶，因此，我们最好将讨论限定在奏鸣曲这种音乐形式的合理性及其解体上（或者叫作在贝多芬那里

得到完善以及随后的耗竭)；这将有利于我们看到瓦格纳的创新——对奏鸣曲的时间性进行重新安排，使之成为主题（Leitmotiven）的重复，将增强了的不和谐（减七和弦和减九和弦）变为感受的中介，而不是为解决冲突所做的简单准备；半音阶，以及将音调系统变为我在前述中提到的浮动音阶。在这些现象中，或许都带有退回到前西方音乐调式系统的奇怪倾向；瓦格纳式的“无终旋律”（endless melody）本身呈现的时间性明显有别于奏鸣曲的“过去—当下—未来”，事实上，正是这种形式使我们此前语境中提到的“永恒当下”得以产生。瓦格纳关于“过渡的艺术”的说法[24]以一种令人意想不到的方 40
式预示了现代批评家对福楼拜叙述风格的各种说辞，不仅如此，它还建构了一种纯粹的当下，其间，过渡本身逐渐取代了之前与之后那些更具独立属性的状态（或者是音乐领域里那些被命名了的感情)。

当然，以上讨论均未涉及瓦格纳和柏辽兹在音乐染色（以及乐器）方面进行的巨大开创与发展，而这方面似乎最能体现感受多变、忽隐忽现这些最基本、最明显，包括渐强与渐弱（动因不明）这些特点。同时，瓦格纳式的感受对外部形式（音乐剧形式本身）的危机与革新具有重要意义，虽然与现实主义小说之间没有类比关系，但它预示了随后发生的形式变革。

除了与奏鸣曲形式之间的张力关系，瓦格纳式的半音阶为感受这个概念［或许还包括身体性的现实（bodily reality)］提供了另一种显现方式，它的连续性（所谓的“无终旋律”）也可以被看作对封闭结构和插曲的系统性排斥，而后者对于瓦格纳试图取消的传统意大利歌剧咏叹调而言却十分重要。稍加回忆我们就会想起瓦格纳音乐中那些打破连续性的“歌曲”——《纽伦堡的名歌手》、《唐豪瑟》中的正歌，或《女武神》中的“你是春天”——实际上，我们也可以说，瓦格纳音乐中那些大段的回忆叙事相当于是对传统咏叹调的替代——因为咏叹调要表达的正是我们称为被命名了的感情（爱！复仇！悲伤！)；要表达的就是这种形式：从意识形态角度讲，它使感情得以呈现，并将这一形式作为感情的具身摆在人们眼前。这一形式十分繁

荣，使得声音具有了修辞作用，将物质的声音与表达感情的内容合二
41 为一。瓦格纳对咏叹调的排斥意味着他对“被命名了的感情”带有深刻的批判姿态，这种批判指向现实，也针对概念本身；他用来取而代之的正是这里所说的感受。

诚然，管弦乐染色这个说法让我们想起一种艺术从另一种艺术那里借用术语和逻辑的倾向，让我们联想到绘画领域的平行发展，比如，莫奈对颜料［格特鲁德·斯坦（Getrude Stein）可能称之为油画材料］的关注在不知不觉中削弱了原本基于首要地位的叙事内容。的确，“半音阶”这个词本身源于希腊语“chroma”，起初的意思是“皮肤”或“肤色”，与之关系密切的是身体，而不仅仅是具体化的某种感觉。

就这样，时间在莫奈著名的印象主义风格中变为永恒——从他画的草垛或教堂中，我们可以看到从早到晚任何一刻的时光，他捕捉到了光线在瞬间的细微变化，把这些变化看作一个特殊的事件，其表面现象仅仅是为了实现这一目的的借口。我们现在需要把握的正是新的光线和时间性集合体与瓦格纳半音阶之间的密切关系，它以一种我们难以察觉的方式从一个感觉层过渡到另一个感觉层。这里的情形与印象主义一样，各个元素之间完全不同的异质性被转化为新的同质性，由此出现了现象学意义上的新兴连续体。

与感知有关的各种伪科学实验（包括那些带有神秘色彩的概念，如毫无意义的“感觉资料”一词，声称人类的感官知觉均为“感觉资料”的组合）十分流行，这些说法同样含有这里所说的双重运动：身体在分析中被分解成最小单位，接着又被科学地重新组合为一个抽象观念，在这个过程中，此前一直处于积蓄状态同时受到传统统一体及其命名的情感得到了释放，显现为“感受”。但是，如果我们把它看作对叙事的排斥，那就错了，这就等于依然接受对叙事的传统的理解：后者仅仅依照绘画的展现内容或故事所述内容理解叙事。颜料与绘画的视觉材料呈现的新的“纯粹当下”包含新的叙事运动，促使眼睛运动轨迹发生变化，改变我们对视觉事件及其时间性的认识。

不管怎样，在上述当代症候中，某种感官异质性掩藏在我们称之为风格的同质性中，由此出现了现象学意义上的新型连续体：游戏和变奏、扩展和收缩、增强和减弱，都属于与身体有关的新生命，即， 42
感受。感受成为身体的半音阶性。

这种容易变化的特点使感受具有转化和变形的能力，从而使情绪的各种细微状态得以记录，比如，一种情绪转变至它的对立面，从抑郁到狂躁，从悲观到狂喜。希腊词的词源将我们带回到身体，以及与之相关的不同状况：从浑身发热到冷得发抖，从面红耳赤到由于恐惧或震惊而脸色苍白。

就这样，感受以“半音阶”方式在身体的音阶上来回移动，从忧郁到欢快，从情绪的低谷上升至高峰——从尼采的狂躁到斯特林堡的忧郁与负疚。正如我在前述中强调，这与被命名了的情感及其展开方式完全不同；当然，随着现代主义的推进，它们的展现方式可能被新的感受（以及用于记录的装置）改变和着色，产生新的变化与调整。

这一点让我们看到感受特有的时间性，我称之为移动的半音阶，其间每一个细微的瞬间均通过音调的调整或强度的变化使自己区别于前一个瞬间。这里的讨论必然涉及更具物质性的艺术形式，这不仅仅因为这里的议题是关于身体及其感受——在音乐和视觉艺术领域尤其如此，同时也因为这样的描述注定外在于物本身，所使用的语言是外在的，但我们不得不借助于语言才能对语言效果产生的结构加以描述；至于身体本身的经验，就更不用说了。

印象主义与后印象主义绘画，瓦格纳的音乐革性——相较于福楼拜和波德莱尔笔下的感受风格，它们只是相映成趣而已：所有这些都与资产阶级身体的诞生同步发生。在此，不妨大胆一点，把这些看作一个历史事实和时间点。［依照现在广为接受的观点，把存在主义看作对黑格尔主义的反叛，那么，克尔凯郭尔对焦虑的发现，马克思在 43
异化理论中揭示的“赤裸生命”（naked life），都是关于 1840 年代欧洲身体经验发生根本改变的记录。］从外部看，感受成为观察世界的器官，也是“我的在世存在”（my being-in-the-world）的媒介——尼采以及后来的现象主义哲学家对此的发现也发生在这个时候。

说到这里，我想对这种感受采取的某些形式做些探究。我在前面的讨论中已经明确，我们这里的兴趣是：在一种新的存在意义中的当下，其感受维度如何为小说艺术，尤其是小说的场景，开启种种可能性，同时又对这种可能性进行限制？

诚然，感受的内容非常多样。在福楼拜笔下、在《特里斯坦》中、在蒙克（Munch）和果戈理的作品里，忧郁保持了一种稳定性，但其对立面在上述提到的作品中具有明显的差异。这一特点在左拉笔下也是如此：较之法国人所说的“bonheur”（幸福）对舒适的家庭生活以及形而上意义的指涉，读者期待看到的那种欣喜若狂显得缺乏本真性，这与英语中用来描述日常琐碎、十足小资产阶级的“happiness”（幸福）形成明显不同。例如，下面的例子就展现了这样的奇妙时刻：迎着热浪与尘土，战士被迫行军在看不到尽头的路上，疲惫不堪，还得应付流言与恐惧相加的混乱——左拉《崩溃》（*Debacle*）的主人公在一个小公园里体验了“梦寐已久的午餐”，远离枪林弹雨的危险：

> 洁白的桌布，酒杯里的白葡萄酒在阳光下透亮发光，眼前这景象让莫里斯十分欣喜，他吃了两个蒸得鲜嫩的鸡蛋。这么好的胃口，他自己都感到吃惊。[25]

这段插曲中提到的白颜色与弗吉尼亚·伍尔夫笔下令人感伤的午餐残余场景截然不同。之后，莫里斯的战友让（Jean）生活奢侈，证明了这种差异。在某个静谧的晚上，他躺在一张真正的床上：

> *44* 哦！让看到的是白色的床单，对此他盼望已久！……他像孩子一样显得贪婪而急迫，只觉得有一股难以遏制的力量将他推向那片白色，他沉浸在这种新鲜的感觉中。[26]

这部作品中在描述白色时的变化还有许多，我们无法一一展开讨论。巴尔扎克对身体和语言感受力的描述为现实主义奠定了基础，使詹姆斯所谓的“场景本身”的展现得以展开。

我们可以用一张列表总结上述关于感受的引言性讨论，由此呈现感受在形式上的多样性，并将这种多样性与那些被命名了的、旧式的感情形式进行对比：

感情（emotion）	**感受（affect）**
体系	半音阶
命名法	身体感知
命运的标记	持续的当下/永恒
一般化的对象	强度
传统时间性	独特性
人性	诊断，医学化
动机	体验，存在主义
咏叹调	永恒旋律
展现	感觉资料
封闭的奏鸣曲	与终结有关的问题
叙述	描写

注释

［1］参见 Jameson，"The End of Temporality，" in *Ideologies of Theory*，London：Verso，2009。

［2］参见德勒兹与瓜塔里《反俄狄浦斯》（*L'Anti-Œdipe*，Paris：Minuit，1972）：第一章对当下的赞扬"发生在纯粹状态下的强烈感受具有精神分裂症倾向，几乎无法忍受——严格禁欲带来的痛苦与光荣感，如同生与死之间的呐喊，情绪发生剧烈的转换，这种纯粹没有相状，完全纯粹，十分强烈"（25）。

［3］费里西泰头脑简单，思想单纯，除了这些特点以外，我们还应该看到另外一层意思，这在圣安东尼最后所说的话里尤其明显："成为物质！"

［4］围绕这个概念的理解存在很大差异：有德勒兹对斯宾诺莎的评论、伊芙·塞奇威克（Eve Sedgwick）对西尔万·汤普金斯（Sylvan Tompkins）的述评、创伤理论、同性恋理论，以及其他生发的新阐述，不胜枚举；乔纳森·弗拉特利（Jonathan Flatley）在他的著作里仅仅一笔带过，不过，他在文献部分提供了一些注释，见 *Affective Mapping*，Cambridge，MA：Harvard，2008：198-199；另见 Sianne Ngai，*Ugly Feelings*，Cambridge，MA：Harvard University Press，2005。

[5] 我尚未对围绕这一议题的论著进行有序的整理，值得参照的有：Amélie O. Rorty，ed.，*Exploring Emotions*，Berkeley：University of California Press，1980；Danile M. Gross，*The Secret History of Emotion*，Chicago：University of Chicago Press，2006；另外，一部颇具诙谐幽默调子的著作也值得关注：Noga Arikha，*Passions and the Tempers*，New York：Harper Collins，2007。

[6] Stendhal，*La Chartreuse de Parme*，Paris：Cluny，1948，165（chapter 8）.

[7] See Ivan Illich，*Limits to Medicine*，London：Marion Boyers，1995.

[8] 我们将看到，“身体”这个词具有统一和总体化倾向，同时，它本身几乎无法逃脱具体化。

[9] Rei Terada，*Feeling in Theory：Emotion after the “Death of the Subject*，” Cambridge，MA：Harvard，2001，82.

[10] 参见富有建树的著作：Donald Lowe，*History of Bourgeois Perception*，Chicago：University of Chicago Press，1983。

[11] Honoré de Balzac，*Le père Goriot*，in *Oeuvres*，Vol. Ⅲ，Paris：La Pléiade，1976，53. 请留意这段描述传递的一个信息：叙述者希望对气味的属性进行辨别。英译本：A. J. Krailsheimer，Oxford，1991，4-6。

[12] Roland Barthes，“L'Effet de reel，” in *Oeuvres*，Vol. Ⅱ，Paris：Seuil，1994，483. 参见我的评述“The Realist Floor Plan，” in *Ideologies of Theory*，London：Verso，2009。

［13］T. W. Adorno and Max Horkheimer，*Dialectic of Enlightenment*，Stanford，CA：Stanford UP，2007. 参见“反犹主义基本特点”一章。

［14］Teresa Brennan，*The Transmission of Affect*. Ithaca：Cornell，2004.

［15］自足自律势必包含了内部的差异以及机构化。比如在音乐领域，音乐有其自身的规律和属性，由此产生了各种音乐体制和音乐器材，从音乐学院到管弦乐队，从新的乐器到新的市政拨款形式。

［16］参见 Jean-François Lyotard，*Economie libidinale*，Paris：Minuit，1974。

［17］Barthes，“L'Effet de réel，” 483.

［18］*Poetics of Social Forms*，其第二卷将专门讨论寓言。

［19］Virginia Woolf，*The Long Voyage Out*，New York：Random House，2000，143.

［20］Martin Heidegger，*Sein und Zeit*，Tübingen：Niemeyer，1967，134，Par. 29.

［21］关于这方面的最早阐述，见他的著作 *La psychanalyse du feu*（1938）。

［22］另外，我们或许可以把古希腊的七音阶（柏拉图和亚里士多德的政治理论中提到）看作与命名了的感情的传统认识相对应［其他文化中也有与它们相似的现象，如印度的拉格（ragas）］。但是，一些让我们感到陌生的音阶在现代音乐中重新显现，而与它们有关的音阶体系早已消失，这种现象堪称恰当的例子，我们可以从中发现未被编码的动情。

［23］Max Weber，*The Rational and Social Foundations of Music*，trans. Don Martindale，Johannes Riedel and Gertrude Neuwirth，Carbondale：Southern Illinois UP，1958.

［24］Richard Wagner，*Selected Letters*，trans. S. Spencer and B. Millington，New York：Norton，1988，475：“音乐的独特

性……源于其强烈的感染力，它引导我们将各种极端情绪加以区分的不同过渡阶段进行调和，使它们紧密联系。我把自己作品中那些细腻而深刻的表达方式叫作过渡的艺术。”（October 29，1859，to Mathilde Wesendonk）我们可以把这个说法与让·卢瑟（Jean Rousset）对福楼拜的“移调艺术”（l'art des modulations）放在一起观察。参见 *Forme et signification*，Paris：Corti，1963；也可参见 Charles Rosen's *Romantic Generation*，Cambridge：Harvard，1998，其中增加了对肖邦的论述。

[25] Émile Zola，*Les Rougon-Macquart*，Volume V，*La Débacle*，Paris：Pleiade，1967，446. 英译本：Elinor Dordray，Oxford：Oxford University Press，2000，54。

[26] Ibid.，555；Dordray，161-162.

第三章　左拉，或关于感受的编码

在 19 世纪现实主义小说家当中，对感受进行最丰富、最生动展 45
现的当属左拉。他与瓦格纳同时代，深受福楼拜叙事艺术影响，是马奈的崇拜者、捍卫者兼评论人，同时还是一位富有见地的社会观察家。他把自然主义当作一种形式实践，使之成为一种样式，至今依然具有影响力。左拉的小说堪称当代大众文化与畅销书领域的写作样式。他的政治观点有些极端，故事情节过于戏剧化，甚至有些庸俗，但是，这些都不影响他是卢卡奇意义上的“伟大的现实主义作家”这一基本评价。关于左拉自然主义的争论一直不断——有的认为它不属于 19 世纪现实主义主流（这一点我们在接下来的讨论中会论及），但这也不会影响前面提到的基本认识——当然，由此引发的争论对于对峙的双方都有启发意义。正如苏珊·哈罗（Susan Harrow）指出，把左拉看作现实主义——自然主义小说家，把福楼拜看作现代主义小说家，这种认识相当于把《包法利夫人》和《布瓦尔与佩库歇》抬高到了超越作品产生的时代［超前至萨洛特（Sarraute）或罗伯-格里耶（Robbe-Grillet）的时代］。[1]德勒兹在分析电影艺术时提到了由导演斯特劳亨（Stroheim）执导的电影《贪欲》［影片根据美国著名小说改编，德勒兹把它与布努埃尔（Buñuel）导演的电影放在一起讨论]，他认为，影片揭示了“底层”（flectere si nequeo superos）生活的深层内容，这类作品一般在开端时就显示了无意识中那些细微的心理活动与变化。[2]这一独到见解值得我们参考，用来引出我将讨论的议题十分恰当。

46 众所周知（也是臭名远扬），在左拉多卷本的系列小说中一直有个伪科学命题——“有污点的遗传”，它与不同作品里各种人物及其关系构成了一个庞大而复杂的族谱。透过这些关系网，我们可以清晰地看到有关“命运之标记”（mark of destiny）的解释，即，一个基于生物学立场的叙述结构（与左拉同时代的一些小说家也有类似特点）。然而，这种叙述结构在离奇曲折的情节推进中演变为一种带有夸张意味的厄运，左右着人物的命运（这一点在一般自然主义小说中具有双重作用）。就这里讨论的议题而言，我不把它看作雨果式的回归（即便它带有夸张的哥特风格），而将它视为命运在得到展现时显示的一种独特的时间性：它在变为感受的同时又被感受改变，且变得难以辨识。我们甚至可以说，左拉系列小说《卢贡-马卡尔家族史》最后一部（《帕斯卡医生》）中对遗传的伪科学命题本身就是一种感受方案。此外，这个系列的作品都以夸张的情节高潮结尾，这一特点预示了一种“逆向动力”，即，小说家将它作为一种补偿机制提前叙述，使故事时间顺序与当下之间的界限变得模糊。这一点使现实主义成为可能，同时也使故事情节变得牵强，继而被评论界看作现实主义终结的一个信号——在左拉小说的结尾处，实际上已经上演了后来才有的大众文化辩证逻辑，如当代的动作大片及其“时间性终结”。

不过，我们对感受的兴趣主要在于它在故事、叙述与命运中的时间性。在左拉作品中，产生时间性效果的任何一种要素都非同寻常，富有生机。当然，我们也可以把这些要素看作作家利用诗情画意控制读者，继而影响他们做出评判的叙述机制；评论界的确有这样的观点，认为左拉的创作受到出版市场影响，作品缺乏文学“品味”（左拉一直被排斥在经典作家之外，也是这个原因）。

左拉擅长处理原始素材，也就是我们这里所说“编码”。作为一个描述词，“编码”在这里并无价值评判意义。至于对素材的处理，包括选取一些非同寻常、活生生的原始素材，都是左拉在小说实践中获得的。这一过程集中体现在系列中。

《贪欲》(*La Curée*，1871)、《巴黎的肚子》(*Le ventre de Paris*，1873）是这个系列中的第二、三部，两部作品都体现了上述关于感受的描写。系列中的第一部虽然以政变时期的外省为背景，但是，作品 47
创作于波旁王朝时期，带有讽刺意味的叙述口吻实际上暗示了作者对王朝的讽刺。《贪欲》的创作背景同样值得一提。普法战争、突然崩塌的帝国，都为左拉观察社会、调整角度提供了历史条件。很少有作家像他这般幸运：历史将素材直接摆放在作家面前，由他设计合适的创作形式。

左拉的设想因此有了一个落点，他用一种实验姿态替代此前的政治立场，以避免老调重弹。他把旧王朝的病菌进行分类，把它们放在培养皿中仔细观察。实验室的大门是关闭的，我们能看到的是某个区域，安置其中的是一段历史，而不是党派之争。正是在这种新的“观察站”(左拉的科学术语）中，感受及其发出的共振得到了完整记录。

诚然，这种记录本身并不复杂，它只是对感知的简单运用；换言之，观察的对象不是感受，而是被命名了的某些情感。作为一个概念，感知接纳主/客体之间的分裂，对知觉器官加以合理化，因此，关于感受的展现实际上是一种符号化的修辞，呈现为一种描述话语。

在这种情形下，感受难以被察觉，它犹如置于凸面镜下的文字，显得模糊不清；透过凸面镜，我们看到现实仿佛真切无比。在这种错觉作用下，即便是一片树林，也显得非同寻常，实际的三维空间变为视觉中的三维。《土地》开篇处的描述便是这样的例子：主人公让(Jean）在犁地时抬眼望去，看到了村庄，接着，他来到下一个田埂，正前方是广袤的包斯（Beauce）平原：

> 让由南向北行走，他面前 1.5 英里外是田庄的房屋。到了
> 田埂尽头，他抬起眼睛，漫不经心地看一下，让自己休息了一 48

> 会。……这会，让转过来，重新摆动身体，由北向南走去，左手拉着播种袋，右手拿着种子，连续撒播种子。在他面前很近的地方，是沟渠般的哀格尔小溪谷截断平原，越过这里，又是广袤的包斯，一直延续到奥尔良。[3]

犁沟来来去去，展现这一幕的镜头也来回移动，将风景和村落呈现在我们眼前，而人物却降格为展现这一景象的工具。不过，在这个来回移动的过程中产生的意义却十分丰富，我们很难用传统的描述进行解释。我们不妨借用摄影术来形容（左拉将视觉艺术用于小说艺术），从中可以看出摄影艺术对理解感知的借鉴意义。

左拉早期作品中的描述堪称格式塔形象，同时又像巴尔扎克作品中那些意义丰富的修辞手段，这一点在《贪欲》中尤为明显：

49 一大片卷柏，像草坪一样环绕着池子。这矮小的凤尾草组成一片浅绿色的苔藓的厚毯。宽大的环形路上，有从飞升的直到拱形的四处草木茂盛之地：棕榈树优雅地微微歪曲，生长着扇叶，舒展着圆圆的头颅，枝叶悬挂着，就像在蓝天中不停地划动着的小桨；高大的印度竹笔直挺立，娇嫩而坚硬，大量的竹叶从高处轻轻落下；一棵旅人蕉，旅行者之树，伸展着一簇簇中国蒲扇；一个角落里，有一棵香蕉树，挂满果实，四面满是长长的阔叶，一对情人可以尽兴地躺在下面，相拥而卧。四角栽种着阿比西尼亚大戟树，这些带刺的大蜡烛，畸形生长，布满丑陋的小瘤，沁出毒液。树底下，覆盖在地面上的，是低矮的凤尾草，铁线蕨、凤尾蕨就像被精心剪裁过似的，镶有精美的花边。白浆藤树是长得较高的一类，细枝对称、均匀地排列成行，规整得仿佛专门用来盛某些巨大甜点的大彩釉陶器。接下来，是一个秋海棠的花叶芋构成的边饰，围绕着草木丛生之处；秋海棠叶子弯曲，红绿交杂，富丽堂皇；花叶芋那铁矛般的白色叶片上，露出绿色叶脉，恰似蝴蝶宽大的翅膀；叶子长得古怪的奇异植物，病态的花朵发出黯淡或惨白的光。[4]

这里的植物和动物喻指病态的第二帝国，以及社会关系中滋生出的各种怪象（与左拉关于“有污点的遗传”之说互相映衬），代表了对政治和经济体制的批评；也可以说，它意味着一种新的感知开始出现，显现感受的表现方式。

说到这里，我们有必要提一下新批评所说的“情感误置”（pathetic fallacy）。新批评反对简单理解外部世界——比如，反对将《李尔王》中的暴风雨看作对人物强烈情感的反映。[5]评论家们提到的感受是指被命名了的感情及其表达方式，即，关于情感的美学表达。不 50
过，就这里讨论的语境而言，我们或许应该反过来看：站在“情感误置”立场上看来缺乏艺术本真性的，未必是对自然的不合理使用，而是对某些已经被命名的感情提出的假设，代表着一种回应，同时赋予这种假设以“意义”。这一情形类似于巴尔扎克笔下的细节描述，是一种指涉系统，而不是关于身体的感知。

在创作《卢贡-马卡尔家族史》第三部《巴黎的肚子》时，左拉找到了自己的创作主题。小说开篇描述了社会背景，以影射当时的政变。第二部作品《贪欲》带有明显的说教意味，矛头直指第二帝国种种腐败，包括混乱的性关系（乱伦）、经济（乡绅化）、不理智的园林种植（肆意引进国外的，尤其是热带植物），以及建筑领域的奢靡之风（比如，小说中对萨卡德“宫殿”的描述），等等。值得注意的是，所有这些描绘都是关于腐败（也可以说是对腐败现象的表意）。与巴尔扎克作品中的细节描写一样，左拉的描述固然重在感知本身，但它们依然是关于意义的展现。

我们看到，《巴黎的肚子》不惜篇幅对感知进行细致描述，凸显描述本身的自足性与重要意义，使故事变得不那么重要，感受则成为一种功能，并与左拉相信的“命运”保持一种张力。（在接下来的讨论中我们将看到，有关遗传的假设悄悄地影响着人物的命运，最终成为与身体相关的感知，而在这个过程中，感受以不同的方式显现，仿佛也具有自身的命运……）

左拉将巴黎中央市场作为背景（始于 1854 年），这一安排使得空间在这部小说里意义重大（《贪欲》将别墅作为故事空间，左拉在创作这部作品时豪斯曼改建部分尚未完工；《卢贡-马卡尔家族史》的核心空间显然是整个国家）。总之，关于空间的描述成为小说的重要组成部分。当然，这些空间里不乏各种风景画、果蔬食品，画面丰富，色彩绚丽，肌理清晰，同时，各种气味互相混杂，四处飘荡。此外，左拉还在时间维度上大做文章。白天有白天的景象，夜里的景象更是异常活跃：夜幕中，各种物产纷纷运至中央菜市场；晨光熹微时，市场开始营业。与莫奈的画一样，左拉的描述“动感十足”：农民不辞辛劳，推着货车穿过夜色，把物产运到市场。在这些画面中，描述变
51 成了故事事件——倘若我们可以称之为小说技巧（“技巧”这个词已经被掏空了意义），左拉将技巧变为内容，使之成为作品中独具意义的写作方法。[6]在巴尔扎克笔下，我们看到，小说家掌控着整个叙述过程，先是对环境进行细致入微的描写，然后详细介绍人物的历史。不过，左拉一直未能找到描绘人物的新方法——他常常介入故事，插入大段的回顾叙述。所幸的是，他在描写环境时找到了全新的方法，将重点放在“阐述”上。我们知道，从莫里哀到易卜生，戏剧家们无一不为这一技术问题所困扰。[7]如何处理人物历史和故事情景，这也是左拉必须面对的问题。一个办法是借鉴绘画艺术，用语言展现图画场景（ekphrasis）。这种语像方法要求叙述者像摄影师那样，对准物体同时移动摄影机，使每一个聚焦对象依次进入镜头，就像早期电影中的情形一样。

不过，这一技法在《巴黎的肚子》里并未奏效，左拉似乎缺少这样一个视点（point of view）。我们接下来要讨论的正是这个意义上的视点，这也是与现实主义理论有关的一个要点。视点在当前讨论的语境中不只是一个技巧，它同时还是一个理论概念，即，关于技巧的概念（电影理论中关于镜头操作的说法技巧与概念之间的双重意义）；并且，视点还涉及意识形态。无论如何，视点不是经验意义上用眼睛记录的内容。小说中的视点要求作家将那些看似日常的现象展现为非同寻常（自主化），使现象有别于肉眼看到的景象；聚焦于这一效果，

我们才能从看似只是技巧的视点中发现意识形态意义。

与亨利·詹姆斯相比，左拉处理视点的方法特别而复杂。詹姆斯或许会说，左拉没有充分意识到视点作为技术手段的必要性，也因此导致描写近似于全知叙述，显得拖沓与散乱。事实上，左拉作品里的视点灵活而多变，并且富于心理意义。

由此产生的效果是，左拉笔下的描述没有那么多隐喻意义，展现在读者眼前的是关于外部现象及其或然性的记录，包括赤裸裸的生理 52
与身体现象。感受就在这种描写中得到显现。《巴黎的肚子》的开篇几章便是这样的例子。故事背景是新落成的巴黎中央菜市场，黎明之前，故事主人公突然来到这里，此时，载满货物的货车也纷纷抵达。

主人公弗洛朗看到，各种货物分门别类地摆放着。左拉在处理这类场景时像是一位专业设计师（他的每一部小说涉及的内容各有行业特点，——铁路、疾病、绘画、股票市场，等等）。各种物品，琳琅满目，令他目不暇接。不过，小说家为读者一一说明（这也符合故事主人公的身份：弗洛朗刚接任菜市场巡视员一职）：

> 当他走向广场大道上时，他想象这是外国的某个小城，有市郊、街区、村庄，街上道路、广场、岔路密集；某一天下雨天，一种巨大的力量突然将城里这一切笼罩在一个巨型拱顶下。[8]

这一幕像是制作成了动画，或是被缩小了（就像一辆微型火车），使得原本乱哄哄的商业中心变成了一个整体，这一手法暗示读者意识到，这一切源于某种设计。

对景物进行罗列，这种静态描述本身具有象征意义上的实践（praxis）和建构意味，在不经意间叙述将读者的注意力引向与手工、身体有关的劳动及其相应的意义，同时又与展现及其词语的自我指涉相分离。

这种刻意的安排使人对隐含其中的意义产生联想，且令人费解：首先是这一场景中的大量蔬菜（627），其次是一堆堆沾满鲜血的动物肉类，还有格努（Quenu）地窖里的那些奶酪、香肠，包括制作香肠的场景。关于鱼类海货的描写（697），将菜市场的场景描写推向极致：从描述鱼的种类开始，一页接着一页，渐渐地，各种鱼类变成了面目狰狞的怪物和异类。

53 在偶然的一网中，乱七八糟的什么都有，蕴藏着大海神秘生命的深海藻类，夹杂着一切全都给捞上来了：大鳕鱼、小鳕鱼、菱鲆、鲽、鳊鱼，模样都很蠢；肮脏的灰色，夹杂一些白斑；海鳗，那带有一点蓝色淤泥的大游蛇，眼睛又细又黑，黏糊糊的就像还在活着似的；宽宽的鳐鱼，苍白色的肚子上有一圈淡红色，它们的背很好看，脊梁上凸起的节长长的，呈现出大理石般的斑纹，很像张开鳍的小鲸鱼，有的身上有朱红色的瘢痕，夹杂着青铜色的条纹，有的带有一种癞蛤蟆和有毒的花朵那种阴暗的、花花绿绿的斑点；海狗的样子很难看，圆脑袋，像中国某类偶像那样咧开了嘴巴，长着短而肥的蝙蝠翅膀，这种凶猛的海兽，该是
54 以它们的吼叫来守卫海底洞穴中的宝藏。然后，来了一些分类的优质鱼，每个柳条托盘上放着一种鱼：鲑鱼，带有银色格状饰纹，每一片鳞就像在光滑的金属上凿出来的；鲻鱼，鳞很结实，有很大的雕镂的花纹；大菱鲆、大桂皮鲆，身上密密麻麻的点子，白得就像干乳酪；金枪鱼，光滑得像浑身涂了漆，就像一些黑黝黝的皮包；圆圆的狼鲈，张开大嘴，使人想起某个庞然大物正在吐出已经吞下的食物，在痛苦中惊得发呆。到处是成对的灰色或棕色的箬鳎鱼，数量很多；玉筋鱼，细细的，直挺挺的，就像锡板的边料；鲱鱼，微微地歪曲着，在金银色交织的皮上，露出它们血淋淋的鳃；肥胖的剑鱼，染上一点胭脂红；而金黄色的鲭鱼，背上有暗绿色的光滑条纹，腰间闪烁着变幻的螺钿光；粉红色的火鱼，白色的肚子，鱼头排列在两耳柳条筐中间，尾巴亮闪闪的，发出各种奇怪的光芒，夹杂着珍珠白和朱砂色。还有一些鲱鲤，鱼皮很精致，有金鱼那种变红的颜色；一箱箱呈乳白色的牙鳕；一篮篮的胡瓜鱼，干净的小蓝，漂亮得就像盛草莓的小果篮，散发出一种紫罗兰的强烈气味。放在框里的红虾、青虾，成堆柔软地缩在一起，它们成千双眼睛里有不可思议的乌黑的眼

> 珠；带刺的龙虾、有黑色斑点的螯虾还活着，在用它们折断的虾脚慢慢地爬着，发出咯咯的声音。[9]

这段文字中十分重要的是那些关于感知与语言（或者定名）关系的描写。以左拉在处理细节时的一贯风格来看，我们很容易发现，这段描写将多样性和差异性呈现为统一性和相似性，即，把不同之物一一罗列，将它们分门别类，展现为日常生活中的普遍现象。比如，鱼原本是动物，现在变成了食物；有的原先是食物，这里展现为植物或动物，家禽变成了禽肉，等等。不过，我认为上述印象实际上是含混的。起初的印象是：是某种力量将这些原始的、未被命名的物体进行了分门别类，同时又使它们零散地分布；与这一印象同步发生却与之对峙、产生破坏作用的是另外一种力量——一股潜在的动力，一种充满生机的萌芽状态，它拆解词语和命名的简单性，揭示事物在视觉世界里的性状以及在观察者眼里的陌生化，展示意义的多样性，这一过程令人惊叹不已。出乎预料的是，这一过程并没有赋予语言以新意义，也没有使关于展现之物的话语变得丰富，反而增加了词与物之间的距离；就这样，感觉变成了知觉。我们看到，词语并没有把身体当作客体，而是将它拽入了未被命名的经验世界。由此，视觉世界开始 55
与词语和概念的世界相分离，继而进入一个新的自足体。不过，正是这种视觉世界孕育了感受：当某种被命名了的感情逐渐丧失其力量时，用于描述这种感情的词语反而为展现话语提供了新的空间，使得某些未被展现的、未被命名的感受进入词语空间，继而开辟自己的话语空间。

不过，这种自足性同时受到来自两边的挤压，因而也有可能消失。话语（以及概念化）一旦产生，这样的挑战不可避免；话语在差异化过程中产生新的分形（本身又会淹没在感官感受中），使得话语契合新兴的现象。在左拉笔下，关于海洋生物的描写以这样的方式不断增生（关于淡水鱼类与海水鱼类的分类更加丰富），这样的描写方法衍生至甲壳类、鳝类。与此同时，仿佛受到这种急剧增长力量的影响，整个描述催生了一种新兴的、富有自足意味的感官力量，即，气味。在气味的作用下，弗洛朗的身体实实在在地经历了波德莱尔所说的联觉（synesthesia）：一种感觉引发另一种感觉，并互相叠加，让人难以区分它们之间的异同。这种联觉是否意味着不同感觉之间形成关联？还是说新感觉出现之后此前感觉得到了确认？作为新上任的巡视员，弗洛朗对鱼市上刺鼻的鱼腥味尤其敏感，他感到阵阵恶心。当他来到奶酪储藏室时，前所未有的臭气向他袭来。

这些集中于感官体验自足性的描写在左拉小说中具有代表意义。若要充分理解其中意蕴，我们有必要关注与此有关的另一个问题，即，后来理论家们所说的“视点”（包括以此方式赋予视点人物以主人公属性的叙事效果）。弗洛朗是小说主人公：他反对路易·菲利普国王，遭到逮捕后被流放到荒岛卡廷（Cayenne）——关于这个地点的回忆以及对当地动植物的描写本身充满了异国情调，左拉用于描述这个方面的篇幅以及精细程度远远超过《贪欲》中对植物的描写；不过，就蕴含其中的乌托邦意义而论，却不及《金钱》中通过萨加尔这一视点人物展现的地中海东部地区景观。弗洛朗在岛上待了 8 年后回到巴黎，这一安排像是作者有意为之的一种陌生化手段，目的在于使读者理解人物眼里变化了的空间，换言之，巴黎变得面目全非。在豪斯曼提出的改建巴黎计划中（波德莱尔曾撰文以示纪念），巴黎中央
56 广场是这一工程中的核心项目，改建之后，巴黎发生了深刻的变化。用人物视点展示这一变化，这的确是一个绝妙的转义，对于当时刚出道的小说家来说效果斐然。

除了采用视点展示外部世界的变化，左拉还借用故事人物、画家克劳德·兰蒂尔（Claude Lantier）的视角刻画内心变化，这位故事人物在“卢贡-马卡尔家族系列”中的角色十分重要［他是《小酒馆》（1878）中命运多舛的绮尔维丝的儿子；这部小说出版时获得好评，左拉也因此成为文学界的新锐。克劳德·兰蒂尔后来还出现在与作家个人生活有关的小说《杰作》（1886）里，作品展现了左拉在童年时代与塞尚结下的深厚友谊］。

关于如何正确处理小说视点，左拉当然无法与亨利·詹姆斯比

肩；在左拉所有的作品中，叙述中心常常从一位人物切换到另一位人物，显得毫无章法，有的甚至可以说是取巧而已。不过，这种处理在效果上形成了一种特殊的双重视点，将故事人物作为画家对绘画艺术的探究与作为主人公对世界的探索一并呈现。同样重要的是，左拉并没有让前者的视觉取代后者，而是让它在不经意间进入人物视点，并在叙述中与之平行发展，使得小说显现为一种具有立体感的视觉画面。在下面的阐述中，我将说明：左拉采用这种方法的目的在于将感知从具体的观察者（个体）中获得释放，使得观察独立于人物。

弗洛朗堪称典型的俄国形式主义读者：在他眼里，一切都是陌生的。部分原因是他从来没有见过菜市场所在的区域原先的景观（当年他在巴黎的时候这个区域根本不存在。曾经熟悉的事物变得异样，这并不奇怪）；另外一个原因是，他长期远离城市生活，已经很久没有和人打交道。更重要的是，眼前景象不同寻常：市场里人群稠密、人声嘈杂，各种气味，闻之欲呕。在此情形下，他的观察变得不同寻常，感知记录着来自外部世界的强烈冲击。

用故事中画家克劳德的视角展现人物内心困惑，这一手法与左拉创作这部作品时的背景有关。当时印象主义处于萌芽状态，左拉力挺莫奈，由此推测，克劳德的眼光代表了小说家处理故事素材的方式。进一步想象，我们可以得出如下假设：故事素材属于弗洛朗，克劳德对此进行了重新安排和组织，而这种处理方式恰好符合左拉对描述手法的爱好（他在描绘细节时从来都是不厌其烦）。

在我看来，上述特点在左拉小说里具有重要的实验意义，它围绕感受展开，为他在后来作品中赋予感官活动以崇高意义的写法奠定了基础。我在前一章里提到的《妇女乐园》便是这样的例子：小说细致 57
描绘白色的桌布和床单，呈现人物的幸福感。主人公慕雷（该人物与左拉一样富有开创精神，左拉开创了系列故事这种新样式，慕雷创办了一家百货商店，让购物者从白颜色中看到了令人眩晕的幸福感）沁入白颜色的幸福感极其强烈，诱惑着投资人，引发了各方竞争。展现在小说里的这一幕犹如管弦乐里重复出现的合唱，每一次重复内容都一样，但每一次重复都清晰可辨：

58 使那几个贵妇停下来的是白色物品大展览的豪华场面。首先，在她们的四周，是那间前庭，那是一间用镶木细工铺地、用明亮的玻璃砖构成的厅房，内中的低价陈列品扣留住贪欲的人群。其次，是埋没在灿烂白光的几道走廊，如北极光的狭道一般，完全是一片雪的国土，展现出悬挂着银鼠的无边无际的大平原，展现出在太阳下辉耀的冰堆。人们又看见了外面橱窗里的白色，可是更有生气，更广阔，发出熊熊大火的白色火焰，从这个庞大内庭的这一头烧到另一头。一切都是白的，每一部的白色物品全集中了，这是一片白色的泛滥，一颗白色的星，它那凝固的光辉首先令人眼花缭乱，使人在这一律白色中分辨不出详细的情景。人们的眼睛立刻就习惯了：在左方，蒙西尼大厅排列成一些麻织品和白洋布的白色海角，一些床被单、餐巾和手帕的白色山岩；同时在右方，被零星杂货部、帽袜部和毛织部占据的米肖狄埃大厅，陈列出一些用珍珠母纽扣搭成的图案，一片用白色短袜建筑起来的堂皇的装潢——一间罩着白色麦尔登呢的整个房间里，有一柱光辉射向远方。然而最耀眼的，是中央大厅里的丝带和披肩、手套和丝绸。那些柜台在丝绸和丝带、手套和披肩下看不见了。围着铁的小圆柱子，缠起一些起泡泡的白洋纱，各处系着白色的薄绢。楼梯罩着白布，交替使用白棉布和斜纹布，沿着栏杆，围着厅房，一直升到三楼去；而且这个白色的阶梯装上了翅膀，像是天鹅在飞翔，一瞬即逝。然后是从穹窿上降下来的白色，一片垂落的绒毛，一片大团子的雪花：一些白色的被头，一些白色的脚垫子，像是悬挂在教堂的旗子上，在空中飘动；横越过去的长射程的镂空花边，像是吊着的嗡嗡叫着不动的几群白色蝴蝶；各种花边在四面八方颤动着，像是漂浮在夏天空中游丝，使空中装满了它们的白色气息。而且最令人惊叹的，成为这个白色宗教的祭坛的，是在正厅里丝绸部柜台上从玻璃天窗垂下来的白帷帐的天幕。洋纱、棉纱和富有艺术性的镂空花边发出微波流

> 动着，同时非常富丽的刺绣的绢网和撒上银箔的东方丝绸，充作这个匠心的装潢的底子，托出幕屋和寝室。真可以说，这个宽阔的处女的白色大床，如在传说里那样，在等待着白雪公主，她总有一天要披着新娘的白纱仪表堂堂地到来。[10]

在《巴黎的肚子》中，关于感觉的描绘并不多，我们只是感到作 59
品呈现了一种新的感知活动，一种新的认识维度，以及与身体相关的现实。

故事人物探索着存在的意义，小说家将与感觉相伴的信息以一种自我呈现的方式摆在我们眼前，故事人物开始显得可有可无。这一特点集中体现在小说对奶酪的描写中。在奶酪铺地窖里有两位观察者：勒科尔太太和萨热小姐，她们对弗洛朗评头品足，还提到了他那段不光彩历史（后者有意挑起这一话题）：

> 她们周围，乳酪发出强烈的气味。在小店里面的两个货架 60
> 里，排放着大堆黄油；篮子里满满地放着布列塔尼黄油；用布包着的诺曼底黄油，活像个肚子的粗胚，一位雕刻师在上面放上了湿布；另一些用宽刀切成悬崖峭壁形状的黄油，上面有许多山谷和断口，就像一些裂塌的山峰，在秋日暮霭的照耀下显出苍白而略带金黄的色彩。在货桌下，是一些夹有灰色和红色条纹的大理石及一篮篮的鸡蛋，呈现出垩土的白色；在柜台的小草筐上，一个接一个地放着一种圆木塞形软干酪；一些古尔内干酪平放着像奖章似的，使得垫布发暗，布满暗绿色的斑点。桌上更是摆得满满的各种乳酪，在一些放在甜菜叶上面的半公斤重的黄油面包旁边，有一个极大的康塔尔大干酪，就像被斧子劈开了似的。接着是英国柴郡干酪颜色金黄；一块瑞士格律耶尔的干酪，如同从某辆原始车辆上掉下来的轮子；荷兰干酪圆得像割下的头，被已干的血弄脏了，但具有空脑壳的坚硬性，被人称为“死人脑袋”；在一团煎过的粗笨的面条当中，一个意大利产的干酪增添了芬芳的气味。放在圆板上的 3 个布里干酪，如忧郁昏暗的月亮，两个很干，还是完整的，第三个有一半已经化了，白色的奶油流空，

> 流成一片，把金属薄板弄得一塌糊涂，不可收拾。一些萨尔特省和马延省制造的上等干酪就像老唱片，上面还特别刻着制作者的姓名。一个罗芒都乳酪包着银纸，使人想起一块牛轧糖，想起一种甜乳酪，置身于周围这些刺鼻的发酵物中，像是放错了地方。那些羊乳干酪，在水晶制的钟形玻璃罩下，有着公主的神情、大理石一般油腻腻的面孔，上面有蓝色和黄色的纹路，就像奶油糖吃得过多的富人染上了重病似的。而在旁边的一个盘子里，雄山羊乳酪小得就像孩子的拳头。大堆坚硬而发灰的母山羊乳酪，使人想起在石头小路上滚动的鹅卵石。开始闻闻各种气味吧：加芒贝尔地方产的干酪，有一种很强的野味的生臭气；纳沙岱地方产的圆柱形软干酪、兰布尔干酪、马洛尔干酪、蓬-莱韦克软干酪，方方正正的，像在一个乐章中，有尖声和特殊音符一样，各有各的不同的臭气，以致令人作呕；染成红色的利瓦罗出产的干酪，像有一种硫黄气体直冲喉咙，可怕极了；最后，尤有甚者，超过这一切，奥利维产的干酪用胡桃树叶包着，就像农民用树叶盖着、放在田边的尸体，在太阳下冒着热气。炎热的下午使得干酪变软了，痂上的霉斑都化了，呈现出各种紫铜和灰绿铜的色调，犹如没有愈合的伤口；在橡树叶下面，一阵热气掀起了奥利维干酪的皮，它鼓得像一个胸脯，一个睡着的人缓慢、粗大地呼吸着的胸脯；一群生命挖通了一块利瓦罗干酪，切口上生出一堆驱虫。在磅秤后面，在薄薄的盒子里，一块孚日省杰拉尔梅产的干酪发出一股臭气，那块加茴香的干酪放在红色带灰条纹大理石桌上的盒子里，周围是些死苍蝇。[11]

61 摆在人物眼前的是各色各样的物品，不过，小说凸显的不是物品本身的样子，而是它们的名称；不过，这些罗列在一起的名词丝毫没有惠特曼以同样方式向读者传递的热情与活力，而是像剥去了外形的内核一样，古怪异样。萨特关于向心力和离心力的说法在此或许具有启发意义。惠特曼罗列名词的做法象征了自我的迸发，代表了个体吸纳、利用外部世界的力量，让我们感受到个体将外部事物变为费希特意义上的第一主体，并在外部构建一个客观世界的过程。与此不同，在左拉笔下，外部世界持续扩大、充盈，直逼观察的主体，刺激主体产生异常的兴奋感。在福楼拜作品中，我们看到年代久远的珠宝异石变得魅力无限，同样的特点在于斯曼（Huysmans）和王尔德（Wilde）那里依然有迹可循，这些作品堪称世纪末颓废现象的典型样板。比较之下可以肯定的是，在左拉的例子里，放纵的欲望得到了一定程度的释放，摆脱了福楼拜式的病态（或者说对旧时代、古玩，以及奇闻逸事的迷恋）。左拉摒弃了这种旧习气，立足于当下，将那些富有商业意味和解释功能的名词收集在一起，刺激着读者的感官。

不过，仅有名词显然力量不足。商品多种多样，难以穷尽其详；它们以各自不同的时间性进入人的感官领域。与气味一样，人的声音将原本发生在视觉活动中的过程进行重新组织，使它在时间中存在。 62
这个意义上的声音既非噪音也不是乐音，既不是人声嘈杂时那种震耳欲聋的噪声污染，也不是在演奏之前调音时发出的试探性音调。

我们有必要区分两个隐喻层：其一是感官的，它在现实生活中以各种方式存在，便于我们辨认不同物品——比如鱼、奶酪，以及它们的属性；其二，与故事中那两位说闲话的女士具有呼应关系的某些象征意义。在她们眼里，各种各样的事物在周边频繁发生，从不间断。这种现象与流言的传播方式具有相似性：流言在扩散过程中发生信息改编，并且不断扩散。信息交换在物的世界与人的世界里不完全相同。就弗洛朗的例子而言，他的个人生活、触犯国家法的不良记录，以及难以启齿的流放经历，终究会真相大白，就像难闻的气味一样，总有源头。从埃斯勒（Eisler）到玛丽-克莱尔·罗帕斯（Marie-Claire Ropars），电影理论家们都认为应该在形象和音响之间划一个基本界限，而不是把后者看作背景音乐或画外音。这样做的意义在于强调声音的自足性，突出声音与画面之间的张力。斯坦谈及戏剧处理时曾这样说：不妨让声音提前一点出现，或者略微延后一些。

声音以令人惊讶的多样性存在，与此相伴的各种比喻和象征手法也多种多样。一般情形下，声音起初只是浑厚的背景声，或是闲聊和众声喧哗时的伴奏，但在左拉的小说中显现为施动者或表演者作用。在阳光的作用下，奶酪开始变味，到处散发出气味，原先的可见之物变成了时间中的存在：

> 斜阳从黄油售货厅下面射出来，乳酪发出的臭气更加厉害了。此刻，马洛尔干酪的气味最为突出，在淡而无味的大堆黄油中，它发出一股强烈的气味，一股牲畜圈里陈腐的垫草的气味。接着，风像是转了过来；突然，兰布尔干酪咯咯作响的声音传到了3个女人之间，刺鼻而苦涩，就像快要咽气的人喉咙里发出来的呼吸声。[12]

63 在这段描写里，奶酪开始具有自己的个性；各种气味展开较量，此起彼伏，宛如一个多声部，其间还出现了不和谐之调：

> 她们微微喘着气，这是由于她们闻到了特别的加芒贝尔乳酪的气味。加芒贝尔乳酪以它那种野味脂肪的气味压倒了马洛尔干酪和兰布尔干酪，它扩散着蒸发出来的气息，有一种极其恶浊的气味，其他的气味都被淹没了。然而，在这个强烈的乐章中，意大利干酪不时地发出乡间长笛的声声细音；而布里干酪发出湿漉漉的大量淡而无味的气息。利瓦罗干酪有一种更加令人窒息的气味。这曲交响乐独顿时停留在加茴香的热罗梅干酪的尖音音符上，以延长符号持久地延伸下去。[13]

这种半自足的“交响乐”与老妇人带有恶意的闲聊发挥影响，参与其中，并干预这个过程，形成一种新的声音，也增添了不和谐：

> 她们在乳酪气味的袭击中站着，互相施礼告别。这时，所有的臭气都同时袭来，散发着互不协调的各种气味，油炸面团的油腻味、汝拉干酪的气味、荷兰干酪的气味，直到奥利维干酪强烈的碱味。康塔尔干酪、英国柴郡干酪和雄山羊乳酪打鼾似的声音，如同一曲宽阔的低音，在这些低音上面，又滑出一些刺耳的音符，那是纳沙岱圆柱形软干酪、特鲁瓦干酪和蒙道尔干酪突
> 64 然发出的小小水汽。各种气味散开，一些气味掺入另一些气味，

> 蓬-萨吕欧干酪、兰布尔干酪、杰拉尔梅乳酪、马洛尔乳酪、利瓦罗乳酪、蓬-莱韦克软干酪发出的水汽变浓了，渐渐地混在一起，爆发出一种特有的臭气。[14]

左拉在这一刻提醒读者："有那么一会儿，你会觉得勒科尔太太和萨热小姐散布的流言蜚语，就是这股难闻气味的源头。"

同样重要的是，从意义增值过程中释放出来的并不是奶酪的隐喻功能。事实上，物的时间性并非以此获得，也就是说，即便它不发声也具有隐喻功能。这里的条件是一种零度叙述，就像德勒兹说的，让那些用于记录（inscription）的表面形式得到展现，使声音自身变得不同寻常，由此产生特殊效果。左拉小说中关于清洁的描写就是这样的例子：

> 在午饭桌上，他又受到莉莎温和的责备。她再次向他提起鱼货检查员的差事，但却摆出并不过分的坚持的样子，就像是说一件值得考察一番的普通的事情。他盘子里的菜盛得满满的，听她说下去，不论怎样，他还是被餐室里的整洁所感染：他脚下的席子软软的，铜制的挂灯发出光芒，糊墙纸柔和的黄色和橡木家具的淡褐色。这些装饰像是以一种诚挚的感情把他带进幸福之中，他的思想被搞乱了，是非难分。[15]

这段描述中最后一句提到的现象值得关注，它提醒我们注意：感知行为以及相应的知觉不是"零度"叙述，看似仅仅记录感知的描述实际上被各种意义充盈，带有强烈的意识形态含义（巴特早期著述提
到这一点）——在左拉笔下，有关干净与整齐的描述映射了对美好生 65
活（bien-être）的向往，即，舒适的资产阶级生活，而这种认识本身体现在小说对莉莎各种欲望的拟人化描述上。此种情形下，干净只是表象，但构成这种表象的要素，如气味、图像、声音，以及织物，内容丰富，而表象本身在被展现的过程中呈现为资产阶级价值或理想，同时又为展现所颠覆。在接下来的讨论中，我将对这一过程做进一步阐述；我们将看到，感受在这个过程中受制于意识形态，或者说，身

体呈现为一种开放状态，接受着资产阶级意识形态对身体感知的控制，包括对它的仪态、姿态，以及行为方式进行规训。

感知引发的意义增值现象势必涉及这个过程的时间性，其间，各种感受逐渐形成，并各自为政，继而在与故事情节发生分离的过程中得到释放，由此显现出全新的时间性。我在前面论及奥克塔夫展览会时提到，参观者们看到一大片白色海洋，白色此时已经不再具有差异：诚然，小说在描述这一场景时顺着顾客们游览的方向一一呈现，展示百货商店在扩建后宽敞盛大的场面，并将这一幕推向故事高潮；与此同时，我们看到小说将这一场景展现为同一个主题下的多个变调。左拉避免将这些描写变为简单的象征手法，或将白色与某些陈旧象征（如天真、贞洁）相关联，免得这些描述及其意义为新的情感形式所淹没（如左拉对消费主义以及性开放的预见）。

为了对感受这种奇特的非具身（disembodied）要素进行专门探究，我们有必要将它区别于承载它的客体，不管是身体（身体本身也是一个印象与感知器官），还是心理（通常被简单理解为主观的）。我们将看到，感受从根本上讲是对感受本身的隐喻指涉，同时，它强调在自身结构中保持一种疏离和漂浮的状态。不妨举例说明。在《崩溃》中，让·马卡尔看到巴黎公社的景象，它被极端分子多处放火（暗指臭名昭著的反巴黎公社组织的宣传[16]）：

> *66* 让的心头充满忧伤，转身望着巴黎。这明朗美丽星期日的傍晚，低斜的太阳停在地平线的边缘上，使巨大的城市披上了一层强烈的红光。可以说这是无边无际海洋上的血红的太阳。无数的玻璃窗，仿佛被无形的风箱煽动着发出赤红的火焰；无数的屋顶像煤炭层一样地燃烧着，黄的墙壁，铁锈色的高大纪念建筑物，都在晚风中发出大堆柴火的强烈光辉。这不是最后的一股巨大而紫红的火焰吗？整个巴黎不是像一大捆干柴和一座干枯的古树林似的燃烧起来，烈焰迸着火星，光耀夺目地一下冲向天空吗？火仍然继续，赭石色的大烟柱依旧向上升起，还听得见巨大的喧嚣，这也许是罗波军营被枪毙者的最后喘息，也许是经过幸福的

> 散步以后，坐在酒店门前吃晚饭的妇女孩子们的笑声！无数房子和大厦虽然被焚烧、被劫掠了，街道虽然已残破不堪，整个首都虽然遭受了那么多的灾难和痛苦，但在这庄严的太阳下山的时候，在巴黎终于化成灰烬的时候，生活仍在怒吼着。[17]

我们在阅读这类描述时应该对其中的层次加以区分：起初是略带
别扭的回忆语气（“on aurait dit”）——令人想起巴尔扎克的笔法，
然后是引发读者思考的反问句，接着是比喻，将人物看到的场景比作
历史名画里的景象，这些手法生动逼真，令人惊叹。这些技法也是左
拉小说艺术的重要组成部分，我们不妨称之为“关于物的修辞”[类
似于著名的“物体教学”（leçon de choses）之说]，它将场景中的物
一一呈现，不过，由此产生的戏剧效果恰恰是迈克尔·弗雷德（Mi-
chael Fried）所反对的。就这里的情形而言，这一场景出现在《崩
溃》（1892）的结尾处（亨利·詹姆斯对此大加赞赏，尽管他自己不 *67*
会采用这一手法）[18]。这些描述引发的意义增值强化了故事结尾具有
的隐喻意义，突出了大火含有的主题意义（与“卢贡-马卡尔家族系
列”的总主题相呼应）。这种处理方式类似与瓦格纳作品中的母题结
构（托马斯·曼曾对此有过比较），又带有印象主义的变奏风格（如
莫奈的干草堆和教堂，同一对象反复出现在不同天气条件下，甚至包
括同一天不同时间里的样子），充分展现了不同的时间性。这种时间
性基于重复，强调的是记忆中的时间，而不是传统时间观念上的向前
递进与变化。此外，这段文字依然指向一个象征，即，关于世界末日
的想象展现，暗指瓦格纳参与巴枯宁领导的德累斯顿起义的历史事实
（1848 年革命）。当时，瓦格纳宣称，除非烧毁巴黎，不然，包括音
乐在内的其他一切都不会发生任何改变！[19]就此话的字面意义而言，
这里的末世论指第二帝国消亡，因此具有历史所指。据此我们可以认
为，小说里重复出现的大火相当于一种预言，指向真实的历史事件。
这一点在小说《金钱》关于博览会的描述中同样有所体现：

> 1867 年的世界博览会是 4 月 1 日那天开幕的，巴黎举行了 *68*
> 热烈而隆重的庆祝会。帝国的伟大繁荣时代开始了，在这一时代

> 中巴黎变成了彩旗飞扬、歌声震天的世界大旅馆。在这旅馆中，人们可以吃喝，可以在各个房间里犯肉欲上的罪行。无论哪一朝代，即使在其极盛时代，也不能号召这许多国家的人民到这里来如此大吃大喝。许多皇帝、国王和王子像崇拜神仙一样，成群结队地向燃着火光的杜勒里宫走来；他们都是从地球上的四面八方来的，他们在这里可以排成一个队伍。[20]

另外，我们也应该看到，隐喻层面的意义不同于某些不可触及的物质，如光线。作为一个隐喻，光线好比感受，像一个装置，记录着投射至某个物体上的时间。比如，在洛杉矶或耶路撒冷某一天的某些时刻，这个意义上的光是可见的。屋顶上的光则不然；要想“看到”光，最佳的方法是将它“看”作床单，在织物的孔隙与褶皱间隐藏着新的成分，或者把屋顶看作一个斜面，我们会发现，斜面上的小石子及其阴影犹如日晷，类似于达利的画。

在解释上面这段文字时，我们还应该注意到，光的物质性在原来的基础上翻倍增加：经过连续数日的燃烧，巴黎在午后太阳光下显得异常明亮，火光与阳光互为映照，人们很难区分两种不同的光，也分不清哪一种更加强烈或更能揭示暗含其中的本质。它们之间的关系已经不是光明与黑暗之差异（金色在黑暗之中散发出光亮），也不是在相似中显现的差异，而是一种抽象形式。比如《帕斯卡医生》描述蜡烛在黎明时分燃烧的情形：

> 破晓时分，暴风雨过后的天空格外清澈。蔚蓝色基调中透着
> 69 玫瑰色，没有一丝云。乡村里飘荡着潮湿的气息，随着黎明的到来飘进窗户，蜡烛依然燃烧着，不断融化，逐渐变暗，直至在愈加强烈光明中变得灰暗。[21]

光中之光——两种光互为作用，极大地抵消了其真实性：曙光里，烛光变得泛黄而黯淡；烛光里，曙光变得像水波一样不真实——两者之间透露着感受最不为人知的秘密。感受内部的隐射与分化构成了其内部的结构方式，也以这样的方式为自身创造了一种存在方式，意味着

感受以互相隐射呈现其作用的范围和变化方式。与音乐不同，上述例子揭示的是一种横向联系：物与自身发生对立并且将这种对立展现为客体，同时又试图抹去其存在。这是以齐声方式表达的不协和声，不同于半音阶，且瞬息即逝，十分奇特。波德莱尔的作品中有这种倾向，不过，我认为《应和》（“Correspondences”）阐发的理论在于强调感官之间的和谐沟通，正如他在诗中所言，“柔和如洞箫”，“翠绿如草场”。所有甜美都在音乐中，同时，欢愉即是苦痛。

为了揭示在展现中显现的感受之强烈程度，以及程度（同时也是展现方式）为何呈现为上述揭示的翻倍现象，有必要对感受与其承载者的关系加以区别。如果把感受等同于生理体验或反应，感受就不再是一个自足体，而是我们习以为常的解释与套话，从而导致将主体或生理层面的身体看作起因的简单认识。事实上，我们的判断是在多个镜像（mirror-images）之间来回移动，没有停留在一个满意的落点——蜡烛还是太阳？阳光还是烛光？——最后会超越它们中的任何一个。类似的情形发生在瓦格纳《特里斯坦》第一幕关于爱情之药的展现，还有《纽伦堡的名歌手》对主人公成名前的描述。这些剧情设计是否具有戏剧效果，人们对此意见不一——是否有必要，能否打动观众？还是说，它们反而分散了观众的注意力，因而不如没有更好？

那么，瓦格纳的设计是否具有戏剧效果呢？如果特里斯坦与伊索尔德因为爱情之药而互生爱慕，那么，剧情的主题——爱情—死亡以及道德观可能是一个错觉；齐格弗雷德渐渐忘记了布伦希德，我们会 70
觉得这一安排仅仅出于情节需要，似乎是神灵所为，变化如奇迹一般突然发生。如果这对著名的恋人早已相爱，爱情之药便是多余。至于齐格弗雷德，正如卡尔·达尔豪斯（Carl Dahlhaus）指出，这一人物关注的是当下，因而他不可能想起过去，包括那段十分重要的往事。[22]此外，这部剧是《齐格弗雷德》的续篇，此时的观众无须依赖此前的神话模式，因此，爱情之药本身对于观众而言也是多余的。不过，假如我们把这一剧情与关于感受翻倍增长现象放在一起观察，那么，这些观点或许有失偏颇：爱情之药的物质形态使得观看者不可能完全从主观立场上看待剧情，不会把它看作对某个人奏效的物质，也不会视之为人物心理变化的表现。此外，在《特里斯坦》中，激情的强烈程度以及自足性使得这一安排不能从爱情之药的物质意义上进行解释（齐格弗雷德的天真非同一般，这一特点揭示了该人物内心世界的白板状态，凸显了人性中永恒的现在时间）；同时，以爱情之药的物质形态性加以展现，这种方式强调了感受的自足性。

从贝克莱（Berkeley）到柏格森，唯心论者竭力说明这样一个观点：关于物的观念本身就是带有理想主义的一个虚构（德勒兹或许会说，这不是个恰当的概念!）；依照这一说法，上面关于感受的种种体验比物和身体的概念更具物质意义，这一点具有悖论意义。我们或许可以对这种交叉修辞做进一步分析，从与之相关的另外一个概念——空间中观察感受的自我显现。感受像光一样不可触摸，但在康德的理论中却是感知的形式前提（与时间一样），同时又不属于感知的内容。关于感受在空间中的呈现方式，我们可以从《金钱》中的一个代表段落加以说明。在这段文字里，小说家描绘了象征贵族身份的一幢老宅子，院子里凋敝凄凉，母女二人吃的是一些残羹剩饭。为了躲避世人的眼光，她俩过着与世隔绝的生活，自己偷偷地洗衣服：

> 71 每一天，只要天不下雨的时候，她们便这样出现了：一个在前，一个在后，她们下了台阶，在中央狭窄的草地上绕一圈，彼此不交换一句话。作为篱墙使用的只是一些没有开花的常春藤。也许是花的代价太贵了，花园里并没有什么花，只有一些曾经参与过若干盛会的百年老树，而这些老树现在还被四周资产阶级的房屋遮没了。这两个妇人在这古树下慢慢悠悠地散步，显然是一种为维持健康的散步；这种散步也包含这一种忧伤的苦痛，仿佛她们是带着对死去的古老事物的哀悼出来游行一样。[23]

从现象学立场看，这段描述揭示的不是人物的心理投射，而是关于存在本质的展现。一些旧思想，如生机论（vitalism），也会对这样的描述有兴趣，继而认为这样的描述代表了左拉面对生命遭到阻碍、变形时发出的同情与感慨。此种情形下，“大自然变成了牢笼”，这一说法不只是一种夸张的修辞，而是以物呈现的一个事实。好比“深藏于井底”这个说法，喻体（vehicle）变成了本体（tenor），从而增强了感知世界的真切与可感。如果把这段描述展现的院子与巴尔扎克笔下的沙龙做比较，我们可以看到，沙龙揭示的社会意义实际上源于我们阅读时赋予沙龙空间的某种属性。不过，在左拉笔下，花园并非代表故事人物穷困潦倒，也不表示指向她们此前的生活如何，或暗指她们缺乏谋生本领，而是说：这些描述本身为我们提供了一个关于世界本身的景象，揭示了现象学范畴的意义世界。在小说中，这层意义被置于一个与其他空间构成对比关系的位置，如肮脏的住所、破旧的分配房，或晨光与暮色中的大楼，包括前述提到的万国博览会庆典期间熊熊燃烧的巴黎。

上述现象学意义上的空间概念表明，在解释感受时还存在另外一种可能，这里不妨简要提一下。在各种感受中，精神忧郁具有特殊意
义。许多当代理论把忧郁看作感受的萌芽状态，但是否真的如此？还 72
是说，感受实际上就是精神忧郁的代名词？我认为这里应该考虑到国别语言引发的差异理解，细致辨析语言在展现或记录情感时的特殊性。诚然，比起其他语言，如英语，法语更能传递情感。法国人说话时伴有的手势以及日常寒暄方式足以说明这一点。不过，我这里仅限于与感受有关的讨论；法语里的“triste”（忧郁）具有强烈的乐感和现象学意义，在英语语言里，恐怕只有弥尔顿与 T. S. 艾略特才能用英语词“sad”（忧伤）表述类似情感。法语词“triste”（忧郁）向我们展示了一个凄凉悲哀的场景，令人感到忧郁，这种情绪弥漫在福楼拜和波德莱尔的作品中。例如，福楼拜在创作伟大的历史小说《萨朗波》时曾这样说：

> 很少有人想过：若要使迦太基重新获得生机，这个人必须充满忧郁。[24]

不过，在对忧郁进行总体化理解之前，我们要对感受强烈程度予以重视（这一点在左拉的伪科学理论中有所显示），并对半音阶现象加以关注。在半音阶现象中，感受通过与之对立的符号运作呈现其自

身的存在。但是，感受之所以能够被感知到，是以感受脱离一切关系为前提，同时以有别于其对立面而得以界定。相较于忧郁，欣快（euphoria）带有庸俗意味，不过，两者之间的关系显得难以察觉。

上述种种感受涉及的范围变化不定，忧郁也不例外。福楼拜的小说、瓦格纳的《特里斯坦》、蒙克的画，以及果戈理的小说，与忧郁形成对立关系的欣快也各有差异。在左拉的作品里，人物肆意纵情地表达着狂喜，但是，这种情感远不及祥和平静的“美好生活”显得真切。

73 将一些具体的、命名了的情感，如忧郁、欣快，一并称作感受，这么做也有实际意义：它为遭到新批评抨击的“情感误置”提供了一个答案。我在前面的讨论中已经揭示，将感受称作“情感误置”，这种认识把感情（而不是感受）看作客体。我们可以认为，文学展现中的感受恰恰是对这一客体化的回应；作为一种功能，感受能够取代传统文学展现中身心二元对立。身心对立认识包含的笛卡尔二元论正是海德格尔现象学竭力拆解的一个根本目标。由此看来，并非只有现代主义致力于克服这一对立结构。由此引出的一个问题是：我们是否可以把左拉的作品看作含有现代主义潜力或倾向？就这里对现实主义的理论描述而言，这一认识像是一个反证。如果真是如此，我认为也只是针对左拉小说中的时间处理而言，即，作品中的叙述方式，包括以事件先后次序进行安排的时间性。这种叙述方式蕴含了尚处于萌芽状态的现象学意识，两者之间形成张力，产生意义。

这种张力存在于叙述结构的含混性中。众所周知，左拉把过去看作一种负担，因此，他塑造的众多人物在行为方面受到遗传力量的影响，犯罪、欲望，等等，都为遗传所致。也就是说，用于证明过去—现在—未来延续发生的这套时间体系牢牢掌控着人物命运。左拉之后，萨特对“过去”决定论发出严重警告；对照之下，我们可以说，左拉处理过去的方式意味着他以极端的方式发出了同样的警示。

左拉以科学为伪装，展示了关于感受的理论意义。前述提到，左拉最初的计划是以系列作品为样式对他生活其中的社会与政体展开抨

击，不过，他刚开始这项伟大计划时政体就倒塌了，这也证明了这项
计划的意义。通过政变上台的独裁政府，这本是他系列小说第一部的
素材，如今突然倒塌，这无异于提前为小说提供了一个皆大欢喜的结
局。从时间上看，“卢贡-马卡尔家族系列”第一部出版的那一年成为
该系列最后一部作品中的故事开端；至于这部小说的创作时间，则是
25 年以后（此时正值帝国剧变，“卢贡-马卡尔家族系列”倒数第二
部写的就是帝国在军事上的失败）。从这个意义看，历史在左拉小说
中扮演的远不只是一个可疑的合谋者。这段历史的结局（左拉在创作 74
这个系列之前已经知道结局）使得各个插曲在小说家笔下成为文学范
畴的“历史”，而小说家希望对历史加以分析的目的实际上已经预先
为历史所确认。

当然，“卢贡-马卡尔家族系列”充满生机论调子，包括对生命的颂扬，这一特点集中体现在《崩溃》结尾处对让（Jean）展望法国重生的描写中，最后一部小说《帕斯卡医生》（1983）结尾时对那个无名孩子的描述也有类似的调子。不过，小说中占据主导的是关于过去的描写，以及对已逝时代社会和个人疾苦的回望，比较之下，这些展望未来的姿态仅仅是一种点缀。这一时间结构及其蕴含的力量成为一个参照点，对比之下，“卢贡-马卡尔家族系列”之后的作品就显得逊色：除了对未来的虔诚期待以及强烈的乐观主义，那段令人窒息、充满灾难的历史没有留下什么痕迹。

上述结尾方式凸显了左拉对政治与权力腐败的洞察。当然，这只是这部伟大系列里多种结尾方式中的一种。从中我们看到，遗传、有污点的血、腐败、奢靡，各种现象侵入身体并与之相伴，生发更多的不堪。社会与遗传的关系依然是一个阴影，与人们对身心关系的认识形影相伴。对那种将身心关系归因于松果腺体的假设，左拉并不反对。如果有什么不同的话，我们可以说，在卢贡-马卡尔这个不幸家族里，那些政治人物精力旺盛，他们的眷属们则是私人空间里的怪人。

从这个角度看，“卢贡-马卡尔家族系列”需要像《帕斯卡医生》

那样的别样结尾。在这最后一卷里，同名人物帕斯卡试图用医学解决由不良遗传导致的问题。用旧方案治疗新病症，再也没有比这更过失的手段了，这种方法很快都会变成迷信。左拉从医学角度生发的遐想（前提是当时读者认为这种想法具有近乎科学的意义）同样陷入这一困境。在我看来，这种解决方案源于一种古老且根深蒂固的迷信，即，同物相医。比如，如果心脏或肝功能欠佳，以为吃这些脏器就会得到改善。关于叶芝想用猴子腺体做器官移植的丑闻只是这种迷信的现代化身，更远的可以追溯至人类早期食人现象。现代医学采用的皮
75 下注射针、科学实验观念，以及相应的试验记录和图表（小说详细描述了帕斯卡医生不遗余力收集医疗记录，这一处理意义深刻，与左拉的系列小说形成平行与竞争关系；较之早期小说中带有塞尚影子的父亲形象，帕斯卡无疑是小说家本人的第二自我，代表着他的创造力）。

至此，我们还没有提及帕斯卡的惊人发现。他虽然饱受各种疾病折磨，但全身心投入工作（左拉患有疑病症，他在故事中增加一个寻找良方的情节，这不奇怪；帕斯卡的执着与左拉在小说领域里的不懈追求颇有几分相似，而他试图实现的目标是现代主义小说家们难以企及的梦想）。小说中有一个细节揭示了这一要义。病人在接受皮下注射后感到疼痛缓解了许多，对此，帕斯卡谦虚地指出，这并非来自药剂，而是注射带来的“简单机械效果”（V，1084）：“我最近发现了一个不同寻常的现象，即，给病人注射纯净水同样有效……因此，针剂是什么本身不重要，注射完全是一种机械行为。”（V，1177）[25]帕斯卡因此认为，注射并不作用于病人的某个器官，而是使所有器官之间的平衡得到恢复，以及机体整体的恢复。

帕斯卡/左拉的这一发现很重要，我们不妨看一下这一发现的源头（某位奇龙博士）：“不管你给病人注射的针剂是什么，所有皮下注射产生同样的效果……唯一的不同是病人对强烈程度的感受。”[26]

这段文字里的“强烈程度”一词耐人寻味，它印证了如下直觉：帕斯卡的发现实际上是一个寓言式表达，相当于我们对感受叙事的理论描述；此外，左拉的系列小说以一种自我意识的自我指涉而结束，

指向作品本身的展现过程。我们可以这样理解：奇龙博士/帕斯卡的发现意味着形式对内容的取代。由此可见，倒霉的命运与生病的机体原理相似，在治疗某个器官时得从器官自身提取物质作为注射的针剂，以区别于取自其他器官的物质。依照这种想法，人们可以想象出各种疾病，分别属于不同器官。同样，左拉想象自己针对整个社会的 76
各种病症进行记录，疾病各不相同，也各有其发展过程。不过，这种想法基于实体论，而不是立足于关系论的概念。遗传将这些人的不同命运聚合在同一个家族里，因此，所谓的多样性实际上也只是表象：事实上，他们都一样，只是表现方式各异，如痴迷、神经质、精神病、病态的野心、被爱妄想症、对权力的强烈欲望，等等。

这些人物本质上没有差异，只是在感受强烈程度上各有不同，因此，与之对应的不是被命名了的感情，而是感受在样式上的显现。多种多样的叙事中看似独特的个人命运变成了一张抽象的体温表，记录着感受的升降变化。左拉的小说对个人及其命运加以记录，从中我们看到关于他们的叙事如何进入感受的力量场，如何受制于感受的动力作用；在这个过程中，我们看到两种力量、两种时间一并展开，并且在紧急关头在力量与影响强度上不相上下。

在这里我们看到，关于感受的展现具有自动指涉（autoreferentiality）的特点，它显现为形式，但在展现过程中将其变为自己的内容；可见，左拉希望用科学“作为手段的动机”实际上是他对创作方法的形式阐述。他对感受强烈程度的强调也因此成为一种审美意识形态，用于解释他的小说实践。从我们的角度回看他的小说，他笔下的人物与其说是对现实生活中人物命运的叙述，倒不如说是对各种现象空间进行的广泛收集。我们还应该看到，他笔下的人物虽然属于传统小说理论所说的“人物”，但他们首先强调的是具象化的身体。左拉的小说犹如一个巨大场地，各种各样的身体数不胜数；这些身体一直处于运动之中，并在不同的空间中，如房间、街道，形成各种交叉点。《小酒馆》里散发着恶臭的黑暗角落、《萌芽》中昏暗的地窖，象征第二帝国腐朽的洛可可风格客厅，等等，这些空间里挤满了各种身体，个个形象生动，有的表情麻木，有的衰老濒死；至于外部空间，新的建筑与断壁残垣一并涌现，大写的历史与其他历史构成的现象学图景拥挤在一起，大有一种向周边拓展的不良态势。在这里，感受变成了一幅对照图，强化了小说的现实主义效果，同时又不至于使这一效果滑向其对立面。

然而，上述情形仅仅显示了感受在利用、占领叙事机制过程中的一种方法；现实主义堪称多种多样，其种类之多不亚于感受本身展现的多样性以及拥有的可能性，不过，无论如何，现实主义与前述论及
77 的两种时间性保持张力关系。在接下来的章节里，我们将对其他方法进行观察。以“感受的时间性”（affective temporality）为观察点，我们将看到，这种时间性与左拉作品中一以贯之的单一思维完全不同；或许有人会觉得这种现象所揭示的不是感受，而是人物的心情与周围的氛围（Stimmung）。我将以列夫·托尔斯泰的小说为例子，辨析处于变化状态的叙事时间。

注释

[1] Susan Harrow，Zola：*The Body Modern*：*Pressures and Prospects of Representation*，London：Legenda，2012，3.

[2] Gilles Deleuze，Cinéma Ⅰ，Paris：Minuit，1983. See chapter 8，“De l'affet ã I'action.”

[3] 法文版是 Gallimard/La Pléiade 的五卷本左拉作品。《土地》是第四卷。英文由我翻译。

[4] *The Kill*，trans. Brian Nelson，Oxford：Oxford UP，2004，37. [中译本：《贪欲的角逐》，杨令飞译，广州：花城出版社，1998：38-39。——译者注]

[5] 罗斯金最初提出“情感误置”这个概念时（*Modern Paintes*，Volume Ⅲ，chapter 12），更多的意思可能指比喻的虚构性以及由此产生的误导作用，鼓励强烈情感的自然流露。他反对主客体分离，但他同时又承认客观性以及观察时的精确性。或许我们应该这

样认识：无论感受以什么样的方式展现，它都不是比喻的。（李尔王是新批评用来表达自己观点的一个比喻，参见 W. K. Wimsatt and Monroe Beardsley，“The Affective Fallacy，” in *The Norton Anthology of Theory and Criticism*，Vincent Leitsch，ed.，New York：Norton，2001，1246-1261。）

［6］卢卡奇认为，叙述不同于描述，前者具有时间上的积极性及其深刻的历史性，后者则是静态的、沉思的（基于这一区分，这位伟大的匈牙利哲学家反对自然主义和象征主义，完全不顾巴尔扎克的面子，贬低左拉）。参见本书导论注释 8。

［7］歌德认为，莫里哀的《伪君子》拥有最具戏剧化的呈现方式，堪称戏剧史上的典范。

［8］*The Belly of Paris*，trans. Brian Nelson，Oxford：Oxford University Press，2007，20.

［9］原文中有法文和英译两个版本。英译本：*The Belly of Paris*，trans. Brian Nelson，Oxford：Oxford University Press，2007，91。［引自中译本：《巴黎的肚子》，金铿然、骆雪涓译，北京：北京文化艺术出版社，1991：97-98。——译者注］

［10］*The Lady's Paradise*，trans. Brian Nelson，Oxford：Oxford University Press，1995，397-398. ［中译本：《妇女乐园》，侍桁 译，上海：上海译文出版社，1980：438-439。——译者注］

［11］原文中有法文和英译两个版本。英译本：*The Belly of Paris*，trans. Brian Nelson，Oxford：Oxford University Press，2007，210-211。［引自中译本：《巴黎的肚子》，金铿然、骆雪涓译，北京：北京文化艺术出版社，1991：227-228。——译者注］

［12］原文中有法文和英译两个版本。英译本：*The Belly of Paris*，trans. Brian Nelson，Oxford：Oxford University Press，2007，212。［引自中译本：《巴黎的肚子》，金铿然、骆雪涓译，北京：北京文化艺术出版社，1991：229。——译者注］

［13］原文中有法文和英译两个版本。英译本：*The Belly of*

Paris，trans. Brian Nelson，Oxford：Oxford University Press，2007，213。[引自中译本：《巴黎的肚子》，金铿然、骆雪涓译，北京：北京文化艺术出版社，1991：231。——译者注]

[14] 原文中有法文和英译两个版本。英译本：*The Belly of Paris*，trans. Brian Nelson，Oxford：Oxford University Press，2007，215-216。[引自中译本：《巴黎的肚子》，金铿然、骆雪涓译，北京：北京文化艺术出版社，1991：233-234。——译者注]

[15] 原文中有法文和英译两个版本。英译本：*The Belly of Paris*，trans. Brian Nelson，Oxford：Oxford University Press，2007，77。[引自中译本：《巴黎的肚子》，金铿然、骆雪涓译，北京：北京文化艺术出版社，1991：82。——译者注]

[16] Paul Lidsky，*Les écrivains contre la Commune*，Paris：La Decouverte，2011.

[17] 原文中有法文和英译两个版本。英译本：*The Debacle*，trans. Elinor Dorday，Oxford：Oxford University Press，2000，513-514。[中译本：《崩溃》，华素译，秦水校，北京：人民文学出版社，1959：575。——译者注]

[18] Henry James，*Literary Criticism*，*Volume II*：*European Writers*；*Prefaces to the New York Edition*，New York：Library of America，1984，898："我记得阅读[《崩溃》]时的感受，我完全被震慑了。记得是在初夏，我在意大利一个古老小镇，天气炎热，即便穿最薄的衣服也觉得闷热，我待在屋里，房间宽敞，幽暗，完全沉浸在作品中。如今依然清晰的是当时的氛围与感受，是它们将我推向记忆，不然我不愿意回忆当时的感受。我记得当时惊叹于作者的描述，毫无保留地沉浸其中；左拉将自己的理论用于这部作品，表现了非凡的才华，展示了这些事物在作品中承载的意义，除了他还有谁有这样的才华？持续的战斗，复杂、可怕、悲壮的战斗场面，与战士们的热血、骁勇一并呈现，将其中两个最底层、最不为人注意的战队展示在我们眼前，让我们直面其中的场面与意义，由此看到人类内心深处因

为恐怖和悲悯发出的喊叫——这部小说中这一核心场景令人毛发竖立，使得作品成为对读者产生意义的一种‘行为’（doing），而我们却只能目瞪口呆。”

［19］Ernest Newman，*The Life of Richard Wagner*，Vol. IV，Cambridge：Cambridge University Press，1947，272，notes.

［20］原文中有法文和英文两个版本。英译本：*Money*，trans. Ernest A. Vizetelly，New York：Mondial，2007，185。［中译本：《金钱》，金满城译，北京：人民文学出版社，1980：268。——译者注］

［21］*Doctor Pascal*（1893）. 原文为作者从法文翻译的英文。

［22］Carl Dahlhaus，*Richard Wagner's Music Dramas*，Cambridge：Cambridge University Press，1979，98.

［23］原著提供了法文和英文两个版本。英译本：*Money*，trans. Ernest A. Vizetelly，New York：Mondial，2007：51。［中译本：《金钱》，金满城译，北京：人民文学出版社，1980：71-72。——译者注］

［24］本雅明在描述历史失败时引用了这句话，在此不妨多引一些原话：“如果我们留意一下历史主义信奉者与之共情的对象，我们就会更加清晰地看到悲伤在这里的本质。答案很明确：是胜利者……历史上关于文明史的记录同时也是关于野蛮史的记录。”“Theses on the Philosophy of History，” in *Illuminations*，trans. Harry Zohn，New York：Schocken，1969，256.

［25］英文如下：“I was recently struck by an unusual result，namely that injections of pare water were just as efficacious… The Nature of the injected liquid is thus unimportant，the action is a purely mechanical one.”

［26］See Henry Mitterand's note，V，1654.

第四章　托尔斯泰，或心神涣散

78 托尔斯泰给出了一种独特的情感实践，这种实践塑造了他的作品，并且事实上也带来了许多与之相关的固有特征（比如，丰富多样的人物，看似“自然的”叙事节奏，等等）。不过，在我看来，在心理学的标题下讨论这一点，并惊叹于托尔斯泰对他笔下人物的心理状态和反应的感受，似乎早已没有什么特别的帮助了，尤其是因为当代对情感的探索已经破坏了构成这门“学科”体系（传统的亚里士多德体系）的许多标准的范畴和概念。实际上，正是结构主义和后结构主义的“主体之死”，也就是说，个人身份和中心化的意识的概念遭到了质疑，使人们在理论上对情感产生了兴趣。在下文中，我将以这两种现象——身份与意识——的彻底分离为基础来展开我的讨论，实际上，我这里提出的现实主义理论本身就是围绕这种分离组织起来的；身份是一个相对客观的社会标志，它规定了个人的历史，甚至是事件发生的顺序；意识作为非人格的领域，它甚至已经不能再用主体性来描述了。更为重要的是，这为后面解读托尔斯泰提供了线索。

文学史学家援引《战争与和平》是为了说明“家庭生活”与政治生活之间的对立，而这种对立本身与这一时期亲斯拉夫派和西化派之间的争论有着较为深层次的关系，不过，这具有误导性（因为亲斯拉夫派的立场本身就是政治性的），而且它的前提过于简单，也就是说，它把意识形态立场转换成了审美立场，并将其转化为表征问题。另 79
外，也许意识形态和审美之间的这种区别还可以澄清这个问题，即托尔斯泰反对政治的原因也正是他厌恶我们今天所说的左翼知识分子——也就是说，“自由主义者”，他们的小册子和宣言，他们的论战，以及最重要的，他们把文学当成表达政治主张的载体的做法——的原因。车尔尼雪夫斯基的名字在这里就是一个明显的标签，因为他是托尔斯泰（以及随后的纳博科夫）内心深处无法容忍的所有政治事务的美学化身。

我们可以在我们同时代的许多反政治人士中找到这种立场，所以我们不应该把他们说成是反动分子，而应该把他们说成是唯美主义者。但我想说的是，托尔斯泰对政治文学和政治美学充满敌意并不一定表明他在平行的意识形态对立阵营中是一个亲斯拉夫主义者。（实际上，在他后来的生涯中，他将发现自己强烈地反对美学，就像他反对政治一样。）因此，在讨论托尔斯泰的反自由主义思想时，我们必须保持谨慎，因为另一个世纪告诉我们，反自由主义既可以是激进的，也可以是保守的，而且从资本主义建设的角度来看，我们无须机械地判定自由主义的现代化推动者就是进步的，尽管他们的敌人往往都是反动的。不管怎么说，艾肯鲍姆（Eikhenbaum）建议我们改变辩论的措辞，并建议我们把托尔斯泰的立场说成是反历史的。[1]这似乎是一个很有前景的讨论，被公认为有史以来最伟大的历史小说的方法。与此同时，我们有必要回顾一下陀思妥耶夫斯基和列宁对托尔斯泰作品的描述，陀思妥耶夫斯基把托尔斯泰的作品当成了“地主文学”，而列宁却认为托尔斯泰认同农民；这些描述有助于将讨论从民族主义转向阶级。[2]

但现在我们需要从这些一般性的问题当中暂时抽身，更加详细地看一下托尔斯泰作品中的情感，以及它发展出来的那种叙事结构。就这一点而言，我们有必要考察一番《战争与和平》第二部第六章，即 80

1807年战争的一个插曲，安德烈公爵把库图佐夫战胜莫蒂埃的消息带到了奥地利宫廷。[3]诚然，这只是一场规模较小的遭遇战，俄军只是碰上了脱离拿破仑主力军的一个师，尽管如此，在奥地利乌尔姆大败之后，俄罗斯取得的这一小小的胜利确实令人高兴，而且似乎也是一个吉兆。

坐在前往布尔诺的马车里的安德烈公爵兴高采烈（“精神焕发而不知疲倦”），尤其是想到他被派作信使所带来的晋升前景。然而，他主要是通过幻想别人的接待来理解这一点的（“兴奋地想象他的胜利的消息将要引起的印象”）。这两个特征，即对“社会”的回报和关注及其反应，在托尔斯泰的作品中总是不祥的预兆。

虽然我们在托尔斯泰的作品中发现了一种心理学意义上的道德说教体系（它本身是一种意识形态，用来评价他笔下的人物的感情和解释他们的动态），但我们并没有达到情感的层面。诚然，在这种意识形态下，我们可以触及托尔斯泰关于罪恶——这种罪恶与其说是社会的罪恶，不如说是“文明”社会（即《世界报》、客厅、流言蜚语、礼仪、虚情假意的礼貌和礼节、名誉，总之，卢梭本人认为与巴黎和“进步”联系在一起的一切）的罪恶——的卢梭式的独到见解。那么它的对立面到底是什么呢？自然的、更深层的自我，真正的感情，以及作为社会对立面的家庭，也就是说，大家庭或氏族，换句话说，已经被那种与地主文学极其相符的意识形态认定为“家庭生活”的东西（因此最终与卢梭痛苦难耐的孤独完全不同）。

但我们必须坚持这样一个前提，即托尔斯泰的这一心理学体系，这种世界观或人性观，本身是一种意识形态，一种意识形态的建构，而绝不仅仅是对人性的表达，也绝不是对托尔斯泰自身心理构成的表达。文本的这个层面——托尔斯泰对安德烈公爵的感情的解释——明显由阶级（一代人的历史现实、社会变革以及知识界流行的观念和争论）等多因素决定，它远不是最终的层面，而是其本身也需要解释。

81 但它确实可以解释为什么托尔斯泰会用下面这些充满感情的话来形容安德烈公爵的兴高采烈：“体验到很久不曾有过的一种幸福的感

觉”。这是在刻意地不去说安德烈公爵“幸福”：这一瞬间同样停在了这一术语上，并且明确了它对托尔斯泰的独特意义，以及它作为一个符号在小说中出现的地方的症候价值。

这里我们有必要详细援引艾肯鲍姆的话：

> 托尔斯泰的关键词，他的口头禅，是“幸福”。他在 1863 年 3 月 3 日的日记中写道：“幸福的人没有错！”这句话摘自《哥萨克》最后一稿，出自奥列宁写给他朋友的信：“我的目标是我要幸福，这是我的目标。幸福的人没有错！……我很好，我没有错，因为我显然很幸福。一个幸福的人比知道 2×2=4 还要确定无疑地知道这一点。”这些格言并不只是想表达抽象概念：托尔斯泰用它们对准了他的时代，把它们当成了对那个时代的抗议。当托尔斯泰提到“幸福”这个词时，它本身就具有了一种特殊的意义，它成了与其他所有“公民”权利和义务相对的“自然”人权，成了与理智并列的感情，与文明并置的自然。在 1863 年的一篇日记中，我们读到：“人们所做的一切都出于他们的本性。而理智只是为每一个行动编造各种各样的虚构的原因，这些原因对个人而言可以被称为信念或信仰，对人民（历史上的集体行动）而言则可以被称为**理念**。这是最古老、最有害的谬论之一。”这是托尔斯泰对“信念”和理念，或者，换句话说，对俄国新的知识阶层，对 60 年代整个运动长期以来都充满仇恨的一个明确的表达。[4]

在托尔斯泰的作品中，幸福是一瞬间，在这个意义上，幸福必然是一个事件；但我们也可以说，它在某种程度上外在于时间，尽管并不像我们这些时间性的存在者所认为的非时间性的状态（比如，数学真理）那样是永恒的。外在于时间的东西在很大程度上可以被看作时间性的连续统一体，即过去—当前—将来结构，因此它所占据的这种时间性的当前（我们在这一点上总是会提到托尔斯泰的体系）需要一个新词，它不同于通常使用的那个无法摆脱时序性结构的词。但是，并没有这样的词；不过，它的缺失为表征的创新开辟了空间，同时也

对理论表述总是不可避免地试图区分两个彼此无关的同形异义词进行
82 了谴责。[说这两种类型的“当前”（present）同样地构成了实存问题，那也太轻描淡写了。[5]]

作为一种特殊的托尔斯泰式的当前，“幸福”指的是与生活和世界达成了和解，与存在达成了和解，显然，它转瞬即逝，或如海德格尔所说，它出现的同时就退去了。它有先决条件，但不能被招致；显然，除了在安德烈公爵想象“很久不曾有过的一种幸福的感觉”，也就是说，从外部或将来想象它，并以某种其他形式的满足来替代它的意义上之外，它不可能是任何行动或筹划的目标、目的。

对托尔斯泰来说，它的中心地位和独特性可以通过比较其他语言中描述这种状态的词来判断（法语单词“bonheur”是一种更加具体的生理状态，而这个英语单词则被某种一般意义上的资产阶级的舒适感冲淡了，等等），也可以通过比较其在可比较的文本中的相对功能价值来判断。例如，托尔斯泰作品中阻碍幸福的东西，即野心、虚荣心、社会以及他人的观点，同样也损害和改变了司汤达——一位在这方面以及其他方面都与托尔斯泰极其接近的作家——作品中的一种类似的自发性（“那种被人称为幸福的、总是那么娇嫩的植物，一遇到特权思想，就枯萎了”[6]）；但我们不能说司汤达作品中更深层次的本真自我是托尔斯泰式的沉浸在爱与渴望中的自我。（我们还可以加上这一点，即单一主人公——就像于连或法布利斯那样——的框架把研究这种心理过程的视角限制在了单一类型的内容上，因此也就限制在了单一的解释上。“摆脱最初的中心人物的约束”，正如艾肯鲍姆就托尔斯泰所说的那样[7]，就会出现他所说的“大量的平行结构”或我们所说的“交叉剪接”，因此就会允许更多种类的这样的处理办法，并且也确实倾向于使这种处理办法本身不掺杂个人感情。我们还应该补充说明的是，“视角”的暴政因此是某种托尔斯泰能够消除的东西，而不是像亨利·詹姆斯所认为的那样，是他太过本原而无法实现的目标。[8]）

83 同样，在普鲁斯特的作品中，意志是一种带来异化与贫乏的强大力量，但它所异化的东西（创造力）却以不同于我们提到的两位作家的方式表现了出来。或许假定悬置兴趣或实践意向的康德美学也与其有关（确实，正如卢卡奇所揭示的那样，最有影响的社会政治的去异化模式早已被这种美学预见到了[9]）；但是，从这个角度（无论它多么正确和有趣）来理解托尔斯泰，我们会把他的道德心理上的所指归结为一种本质上的沉思和审美的所指，并因此重新把它带回到那些世俗的判断和体系中去，而他实际上把它描述成了对这些判断和体系的逃避。

因此，在我看来，最好把那些关键时刻的托尔斯泰式的幸福看作一种情感，他把这种情感构建成了一种基本情感，它在他的思想中具有意识形态上的特权，但我们必须把它当成一种构成要素来把握，才能回到俄国形式主义者的观点上来。事实上，艾肯鲍姆（就像当代的俄罗斯评论家一样）特别重视《战争与和平》的插曲式结构，也就是说，特别重视对情感的注意何以消解和重置了表面上的叙事情节。毫无疑问，这正是我们在这里试图拆解的结构。然而，在众多伟大的现实主义者那里以截然不同的比例体现出来的情节与场景之间的张力，时序性的连续统一体与永恒的情感性的当前之间的张力，标示出了两种对立力量中的一种最终压倒另一种并确保其解体之前现实主义赖以产生和维系的空间。

现在让我们再回到安德烈公爵：进城途中，他对一些伤员很慷慨；随着夜幕降临，“他觉得比昨天更加精神焕发”，他回想起了战斗的细节，并想象着可能会向他提出的问题（161）。可是，当他走到军政大臣办公室房门前时，副官的拘礼使得“他那愉快的心情大大减少了”。听到让他候着时，“他觉得他受了侮辱”，但“很快他又开始藐
视侍从武官和陆军大臣了”。陆军大臣接待他时“就像一个不断接到 84
一个又一个请愿书的人”，有些做作，他只是被奥地利将军施米特的死震惊到了。因此，这一章结尾处这样写道：“当安德烈公爵走出宫廷的时候，他觉得胜利给他的兴致和幸福现在都落在了陆军大臣和彬彬有礼的侍从武官的手中。”这几乎就是一个拉康式的结论：既然这

种情感已经托付给了另一个人，我就不必再去感受它了。

很明显，除了把安德鲁公爵调到了布尔诺的军队总部，这一章几乎没有任何情节意义，它只是证实了俄国人的猜疑，即奥地利人对俄国的胜利不像对奥地利人在乌尔姆的失败那样感兴趣。安德烈公爵并没有发生什么事；我们在前几章已经接触到了他敏感的性格，而这一章在这一点上并没有进一步的补充；这里所呈现的一切只不过是各式各样的情感，这一章只是这些情感的体温表或乐谱图。这一系列的情绪对于安德烈公爵这个角色的塑造也没有任何重要的意义，尽管我们很可能会对他的幻想受野心的驱使的程度感到惊讶，确实会对他的遐想起初被幻想和白日梦所占据的程度感到震惊（从外表上看，他似乎是一个总体上更庄重、更高贵的人）。然而，从长远来看，托尔斯泰笔下的所有人物都以这样或那样的方式受他人的影响，但是，这种独特的内心生活不会成为任何个体唯一的特征，换句话说，它不会作为一种心理上独有的特质或个性化特征。情节或时序性的连续统一体中人物的名字和处境将把所有的情感结合在一起（或按照你喜欢的说法，将充当它们的前文本和容器）。

最后，如果我们减少安德烈对某种从生活经验得来的心理定式——比如，对他所受到的官僚式的接待表示失望，或通过运用幻想提前耗尽他的渴望和兴奋——的反应，我们将不会从中欣赏到形式在这里的运作。并不是这些情绪的内容，而是它们快速的演替才是托尔斯泰独特的感受能力的标志。

因此，这里的关键是情感的易变性，这反过来又提供了反映各种状态的工具，即各种状态的易读性。因为它们只有在不断变化的背景下才能被清晰地解读出来：单一的情感调式，就像没有变化的单一音调或持续音部，从长远来看，在它的背景下会变得模糊或难以察觉，
85 或者慢慢地呈现出一种本身需要推动的病态的维度。但是，这一章所展示的是，从兴高采烈到敌视，从同情到慷慨，再到猜疑，最后到失望和冷漠，不间断地变化。总的来说，托尔斯泰的叙事中任何时刻都不乏其情感维度，以至于人们不禁要说，这些运动和变化本身就是叙

事。这一章讲述的是情感本身，而不是外部的事件或情节的发展；尽管人物形象生动，但情感本身的密度却保证了它们非人格的存在，使它们远远超出了那些曾经是现实主义故事主角的个体主体。

这种易变性和变化性，这种敏感（在愤怒的意义上）的能力，这种无聊突然发作的能力，这种短暂的热情、痴迷、热情程度降低的能力，这一切似乎被托尔斯泰描述成了“意识流”（这个词更适用于这部情感剧，而不是口头独白。当然，在公认的现代主义到来之前，托尔斯泰就已经提倡口头独白了）。这么说并不是要回归旧式的传记批评，因为确认诊断结果的日记和证词是另一套需要添加到文学作品中的文本。但是，证据太丰富了，尤其是由于他不断地自我反思，而这似乎起因于他对这种在他看来比单纯的性格特征更加重要的气质的迷惑不解。

在这一点上，也许有必要比较一下古斯塔夫·马勒音乐中更强烈的、“现代主义的”易变性形式，在他的音乐中，我们一开始面对的似乎是躁动与舒缓、平静的简单对立。但是，这种平静本身却取决于躁动有可能呈现出来的各种形式，比如，高贵的—英雄的、神经质的、期待的、焦虑的、预感的、欣快的、夸张的歌剧风格的、慷慨激昂的、崇高的或病态的崇高的、病态的、狂躁的、欢乐的、琐碎的—仪式的，等等。每一种躁动的形式都必须根据它的动态随时加以抑制，而这种平静的模式——总是短暂的——本身就会被分解成一种新的躁动。时间性本质上就是躁动，它不可能长久地保持平静的状态，后者总是会演变为一种新的躁动形式。这就是整体不能简单地分解成
一系列变奏曲的原因，这也是变奏曲形式不能解释这种动态的原因，86
它的基本形式问题是，这种从高到低、从忧郁到空灵的焦躁不安的交替怎么才能得出结论，关键是什么。（至于马勒，我们记得，弗洛伊德对他的诊断是基于作曲家童年时对他父母激烈争吵的混乱记忆，当时他把自己关在了浴室里，与此同时，他听到了街上无法回避的手风琴的声音。）

接下来，我们可以将两种对这一力比多式的不安的评估并列放置

在它的两极上：一极是乌托邦式的期待，另一极是临床诊断。它的一极系缚着傅立叶的作为人性三大基本冲动之一的“多变的激情”，而它的完美融合必将奠定乌托邦社会制度的基础。所谓多变的激情就是不断地从一个兴趣转向另一个兴趣，从一个活动转向另一个活动。请允许我们把罗兰·巴特看成这种生存论上的心神涣散的乌托邦维度及其用途的代言人：

> 这种改变（或交替或多变）是周期性变化的需要（每两个小时换一次工作或娱乐）；我们可能会说，这是没有以一种稳定的方式献身于“好的对象”的主体的性情，这是一种激情，它在神话里的原型是唐璜，即不断改变工作、热情、情感、欲望的个体，不可救药、不忠、叛变、易受“情绪”影响的“娼妓”；我们也可能会说，这是一种被文明所蔑视的激情，但也是一种被傅立叶摆在很高位置上的激情，它允许同时涉及多种激情，就像一只灵巧的手在一个复合键盘上那样，在整个完整的灵魂中创造出**和谐**（这种说法并非不恰当）的振动；作为普遍变革的一种媒介，它使巴黎纵情逸乐者的幸福——**过上又好又快节奏的生活的**
> 87 **艺术，多样而又相互关联的快乐**，行动迅捷——充满了活力（我们知道，对傅立叶来说，有产阶级的生活方式就是幸福的典型）。[10]

所有这一切的临床说法是注意力缺失症，其症状众所周知[11]：如今我们大家都知道，对一簇这样的特征进行命名也是对疾病本身的一种构造，也就是说，带来了一种在命名之前并不真正存在的新的疾病。在自我诊断的时代，名称只是为了提醒主体去进一步地反省，从而“发现”新的、更丰富的证据来证明它的存在。只有当它们与没有意识到具体的医学名称的主体的生产力，尤其是与没有意识到经常感到无聊和失去兴趣的负面症状——必然困扰着这样一个主体的“意识流”——的主体的生产力完成辩证的对立统一时，这个过程的符号学，以及它们所隐含的对医疗诊所的批判，才有意义。

就托尔斯泰而言，值得注意的不仅仅是自我怀疑，以及整个计划与承诺的幻灭（中途放弃了早期的作品，甚至背弃了文学本身），还有就是乍一看似乎积极的特征，尤其是《战争与和平》中多样的人物，以及简练的章节和情节（我们在此不妨回顾一下尼采对瓦格纳作为一个微观主义者的非凡描述[12]）。这些难道不是托尔斯泰反复无常 88
的性情，他需要不断地分散注意力和变化，他对这种或那种个性失去耐心，以及随后他有了暂时地转向另一种更吸引人的个性上的兴趣的标志吗？接着，丰富多样的角色，不同的小说人物（以及他们所处的环境）反过来又吸引了托尔斯泰的注意力——这种外在的变化与他主观情绪的波动密切相关，或者说与我所说的我们能够在每一个场景中观察到并且归属于每一个人物的情感连续统一体密切相关。毫无疑问，它也是结构性张力的对立面，我们在这里将其归因于现实主义本身及其建构。情感在一系列情绪中的扩展和部署使得场景的呈现、永恒的意识或实存的意识与它的表现（及其解读）融为了一体；这些丰富多样的角色——每个人都有一个名字和以某种方式由真正的外在的命运（战争和历史本身）来定义、表示的潜在的故事或命运——构成了现实主义小说的叙述本身、时间连续体以及过去—当前—将来的“法布拉”（fabula）[与“休热特”（syujet）形成对照]。

但现在我们需要发明一种更接近托尔斯泰创作人物的方法。（正如我们将在下一章看到的那样，他要彻底地抹掉主角，以支持次要角色，而这本身也是此处的一个前提。但这种转变的方式却需要进行理论化。）我们可以先观察一下他笔下的人物的身体外貌，即使是表面上的主角（皮埃尔和娜塔莎）的外貌（或许我应该说，尤其是他们的外貌）。我们应该首先回顾一下艾肯鲍姆的分析，他认为托尔斯泰式的肖像几乎是一种固定的形式（它继承自 18 世纪，就这一渊源而言，他与司汤达同样有着亲缘关系）：它需要以一种相当机械的程序——这似乎与我们在讨论安德烈公爵时所评论的内省的情感表达几乎没有相同之处——来讨论三个主题，即心理、言语和外表。[13]角色的所有这些属性似乎使这样一个人物客观化了，甚至使其物化到了这样一个程度，即我们期望它保持固定的外在性，与所有第一人称或第三人称

89 “视角”完全区别开来。诚然，拉康的“单一特征”（德劳克夫的蓝眼睛，娜塔莎孩子气的欢乐，“小巧玲珑的公爵夫人”的上嘴唇，皮埃尔的眼镜——尼古拉和鲍里斯在这方面就不那么明显了）可以在外貌描述和内在状态之间架起一座桥梁。但在大多数情况下，这些描述似乎只是凸显了肉体的任意性，或更贴切地说，它的偶然性。当然，描述的技巧是不要把人物牢牢地锁定在任何单一的外貌上，以免读者可能无法或不愿接受。而接受与否通常取决于外在描述与人物的“内在”性格在一个本质意义上的符号化或隐喻化过程中的协调程度。

（然而，关于他年轻的农民学生的写作，让托尔斯泰感到震惊的似乎是，孩子们准确无误地将一个“特征”——生理上的或语言上的，习惯或突然插入感叹语——分离了出来，用来描述他们想象中的人物。）[14]

但是，雅各布森有一个著名的发现，那就是托尔斯泰已经从一种隐喻的人物刻画模式转向了一种转喻的人物刻画模式；艾肯鲍姆却坚持认为，托尔斯泰的人物肖像在本质上是碎片化的。艾肯鲍姆在评价这位小说家说过的一句话（“在我看来，要真实地描述一个人是不可能的”）时指出，对托尔斯泰来说，“人物肖像应该由彼此分离的具体特征构成，而不是由一般属性构成……即彼此分离但在大多数情况下却矛盾地结合在一起的人的特质和特征的载体”[15]。这就是托尔斯泰逐渐形成这样一种方法的原因，通过这种方法，他展示了他的人物一边思考或说着一件事，一边却专注于做一些其他的事，一些不相干的事（刷他的制服，点火柴，在院子里看狗）。因此，我们必须假定托尔斯泰的人物不是某种有机的统一体，而是某种异质性的东西，某种通过一个身体和一个名字（也就是说，一段过去，一种独特的命运，一个特定的故事）结合在一起的碎片和差异构成的马赛克。[16]

90 当这些不相关的特征彼此对立——这似乎就是艾肯鲍姆所说的“矛盾地结合在一起”，而我将大胆地称之为矛盾——时，这样一种强势有效的表述（它同样完全是小说中使用的关于个体同一性的现象学概念）就出现了。我们来看一下华西里公爵说他的两个儿子是笨蛋

（“一个还算安分”，“一个不知天高地厚”）的那段话：“他比平时更不自然，更高兴地微笑说，笑得嘴边打成皱纹，既俗气又让人生厌。”[17]我们再来看一下讨论他其中一个儿子的那段话：“让人吃惊的是，这位可爱的伊波利特和他美丽的妹妹长得十分相像，而尤其令人惊奇的是，虽然相像，但他却丑得出奇。”[18]

但是，这并没有使我们深入到托尔斯泰与他笔下的人物的关系的核心，尤其是与他们的多样性的关系的核心。而这种多样性几乎但并非完全抹杀了主人公这一范畴，这令许多早期读者感到痛苦；另一些人只是认为，有些人物太过琐碎乏味，不值得小说家去关注。我们现在必须转向这一关注，要记得，从另一个角度来讲，正是托尔斯泰喜怒无常地对这个或那个人物失去了关注，才使他最初从一个人物快速地切换到另一个人物的（艾肯鲍姆称之为“平行结构”）。

我将把这种小说的关注描述为一种“对他人的自恋”，这暂时地满足了“待人如己”的戒律。健康的自我（我们无须讨论托尔斯泰的健康和活力最受推崇的悠久的传统[19]）必然包括一种“健康的”自恋，这种自恋要求赋予它自身以特殊的权利（甚至到了自欺的程度）， 91
并激发我们对自身的各种特征产生永久的迷恋，而这些特征不一定是迷人的，甚至对其他人来说也不一定有吸引力。这是生物个体的自然倾向，它使个体对生命、对生存、对自身欲望乃至虚妄的满足充满了兴趣：阿甘本的“赤裸生命”出现在这种自恋被扑灭、有机体存活下来的时刻。

我认为，托尔斯泰对他的人物的关注，对他们的兴趣，可能最好被描述为一种短暂的自恋向这些外部存在者的转移，他们的生命力在极短的时间内使他着迷，所以无论是娜塔莎富有朝气的欢笑，还是陶洛霍夫冷酷的报复心理（他的这种心理意外地与他对自己母亲和家庭的爱产生了矛盾），通过每一种表现形式，就像通过其他许多表现形式一样，托尔斯泰的自恋让自身暖和了一会儿。除非我们明确指出排斥是这种近乎肉欲的迷恋的另一种形式，否则这种描述就是不完整的，因为反感或厌恶（当然，也包括冷漠）也是对他人痴迷的表达方式。

这是托尔斯泰作品中没有反派角色的原因（这是伟大的现实主义者的另一个特点，我们稍后再讨论这一点），因为正如我们将看到的那样，善与恶的范畴是现实主义必定克服的那些情节剧式的形式和成见的残余。就连拿破仑——他是托尔斯泰在《战争与和平》中指责的首要目标，或许也是从托尔斯泰的秘密嗜好中获益最少的人物——也成了内心厌恶的对象，而不是康德那种无功利性的道德判断的对象。然而，我们必须在这里加上一个限定条件：对拿破仑的部分负面评价，是对社会及其对他的美化的评价，是对一种类似于个人层面的虚荣心与社会野心的集体的英雄崇拜的评价。可以肯定的是，对华西里公爵（他的社会地位、影响就像他更物质主义的计划、野心一样受到了评价并遭到了反对）这样的人物的迷恋通过卢梭那种意识形态性的自然观与他谴责社会及其人造物的思想——这是托尔斯泰在其作品《战争与和平》中所传达的“哲学”信息与动机之一——必定发生变形。因此，排斥是迷恋的一种形式，就像其他形式一样；而托尔斯泰与司汤达的不同之处就在于，在司汤达的小说创作实践中，他处理那
92 些由于对社会和社会性的认同而变得麻木不仁的人物——以“干枯的心”（*la sécheresse du coeur*）为主要特征的人物——的方式不同于处理仍然保持着自发性与本真性的可能的主人公的方式。

我们也许可以就这种独特的动力提供一种不同的模式：在《情感的传递》（*The Transmission of Affect*）一书中，特蕾莎·布伦南从蒙田讲述的一件逸事——一位老人从年轻的蒙田身上汲取活力，“尽情地享受着我生机勃勃的健康状况”[20]——那里为她的主题找到了有力的证据。他的结论——年轻人会因此“发现自己的精力已经耗尽”——并没有现象本身来得重要。这是一种情感蔓延现象，一种远远超出了个体主体的自然限制和边界的情感热情洋溢的扩张现象，一种情感“传递”现象，用布伦南的话来说，它很容易改变我们现有的主体间性概念，甚至也很容易改变本身作为某种纯粹内在的、私人的心理的东西的主体性概念。无论如何，这是一种使人重新焕发活力的

力量，我把这种力量归因于托尔斯泰对他笔下人物的迷恋。

他自己意识到了这种力量，这一点可以通过它在叙事内容中作为一种情感现象凭借自身力量回归得到证明。因此，比如说，“小巧玲珑的公爵夫人”（安德烈公爵的妻子丽莎）的第一次现身，她散发出来的力量并不仅仅归因于愉悦感官的美（我们有必要在讨论这段话之前先回顾一下我们前面提到的单一特征的“缺陷”）：

> 不管谁看到这个精神饱满、活泼可爱、尽管怀孕然而轻松快乐的少妇，都感到愉快。老年人和抑郁苦闷的年轻人，只要和她在一起待一会儿，谈几句话，就似乎觉得他们也变得和她一样了。凡是和她说过话，看见她一说话就露出妩媚的微笑，看见她经常雪白闪亮的牙齿的人，就会觉得他那一天受到了格外的宠幸。[21]

因此，我们兜了个圈又回到了原地，从情感连续统一体与性格的多重 93
性之间的同源性出发，我们回到了多重性是如何在内容和形式上滋养情感力量的，回到了这两方面的进展是如何使有叙事意识的场景以及过去—当前—将来的命运和连续性得到充实，以至于将现实主义发挥到极限，正如它们将个体主体本身和“个人身份”发挥到了极限那样，使其到了最终解体的地步的。

确实，根据这里所讨论的，也许是时候去发明一种不同的解读托尔斯泰的方式了，是时候去发明某种更加紧密的东西来替代（哪怕暂时地）他被刻板地与之联系在一起的史诗般的管弦乐间奏曲了。但作为战争的记录者，托尔斯泰在他后期的中篇小说《哈吉·穆拉特》中也许表现得更具原创性，该小说涉及了他在今天的车臣地区所亲身经历的游击战。作为现代战争小说，《崩溃》无疑比《战争与和平》更出色。托尔斯泰本人也欣然承认，《战争与和平》的战争部分就来自司汤达所描述的滑铁卢的那段情节。

当我们谈到无论是在孤独中还是在人际关系中表现出来的情感时，我们都认为托尔斯泰无疑是无与伦比的。或许，如果拉罗什富科的箴言在现实中确实是微型小说，我们可能想要颠覆这种“体裁”，

但不是为了文学分类，而是为了发现新的奇点模式。无论如何，这样
94 的标记[22]不可能不对旧有的人物和叙事交互类型产生影响；现在，我们要转向这样一项事业，其中包括了大量的像托尔斯泰这样的人物，而这些人物在他们的发展过程中都非常独特，并且对现实主义的演变都产生了非常深远的影响。

注释

［1］“历史小说的选择完全是出于反历史的目的。”（Boris Eikhenbaum，*Tolstoi in the Sixties*，trans. Duffield White，Ann Arbor：Ardis，1982，135）《青年托尔斯泰》（*The Young Tolstoi*，Ardis，1972）与《七十年代的托尔斯泰》（*Tolstoi in the Seventies*，Ardis，1982），这两本书同样有价值，它们是迄今为止关于托尔斯泰的最有洞察力的文学作品和传记研究之一。我在下面的“今天的历史小说”一章论述了《战争与和平》在历史小说传统中的地位。

［2］参见 V. I. Lenin，“Leo Tolstoy as the Mirror of the Russian Revolution,” in *Collected Works*，Vol. XV，Moscow：Progress，1973。另参见皮埃尔·马舍雷在《文学生产理论》中对这篇文章的讨论，Pierre Macherey，*Pour une théorie de la production littéraire*，Paris：Maspéro，1966。

［3］我在这里用到的是诺顿评论版的《战争与和平》（*War and Peace*，trans. Louise，Aylmer Maude，ed. G. Gibian，New York：Norton，1966），参考页码也出自该文本。第二部第九章来自第 158－162 页。

［4］Eikhenbaum，*Tolstoi in the Sixties*，105.

［5］参见前面第一章。

［6］*La Chartreuse de Parme*，Paris：Cluny，1950，165.

［7］Eikhenbaum，*The Young Tolstoi*，84.

［8］这可能是詹姆斯给出那个众人皆知的描述——伟大的俄罗斯小说（和其他小说）完全就是“巨大的、散漫的、松弛的怪物”——

的主要原因，参见“Art of the Novel,” in Henry James，*Literary Criticism*，*Volume II*：*European Writers*；*Prefaces to the New York Edition*，New York：Library of America，1984，84（Preface to *The Tragic Muse*）。

［9］参见他关于席勒的文章，“Zur Asthetik Schillers,” in *Probleme der Asthetik*，Berlin：Lucterhand，1969。

［10］Roland Barthes，*Sade*，*Fourier*，*Loyola*，Paris：Seuil，1980，106－107. 英译本：R. Miller，Berkeley：University of California Press，1989，101。

［11］正如《精神疾病诊断与统计手册》（DSM）中常见的那样，14 个特征构成了官方临床诊断的标准，只要有其中的任何 8 个特征就说明患有这种病症。我这里要引述 3 个看似典型的特征：“与手头任务无关的刺激很容易分散注意力；很难专注于一项任务或游戏活动；经常从一个活动跳到另一个活动，而不是完成第一个。”（Thom Hartmann，*Attention Deficit Disorder*：*A Different Perception*，Grass Valley，CA：Underwood Books，1997，11）读者们可能不会觉得将这段描述与安德烈公爵“典型的”肖像联系起来有多难：“安德烈公爵说这些话的时候，与先前懒洋洋地仰坐在安娜·帕夫洛夫娜的圈椅里，半闭着眼睛，从牙缝里说法语的那个博尔孔斯基更不相像了。他那冷峻的脸上每根筋肉都兴奋得不得了，神经质地颤动着，他那双本来好像熄灭了生命之火的眼睛，现在却炯炯有神。看来，他平时越是显得死气沉沉，在激动的时刻就越是精力充沛。”（28）

［12］Friedrich Nietzsche，*The Case of Wagner*，chapter 7，*Basic Writings*，New York：Modern Library，2000，627.

［13］Eikhenbaum，*The Young Tolstoi*，37.

［14］“到底是我们应该教农民的孩子去创作，还是他们应该教我们?”（Leo Tolstoy，in Alan Pinch and Michael Armstrong，eds.，*Tolstoy on Education*，London：Athlone Press，1982，222－270）

［15］Eikhenbaum，*The Young Tolstoi*，34.

[16] 令人遗憾的是，像鲍里斯·艾肯鲍姆——任何一位托尔斯泰研究学者都必定像我在这里一样非常依赖他——这样一位知识渊博、有着敏锐直觉的托尔斯泰批评家，竟然在娜塔莎从青春期成长为结尾部分我们看到的成熟女性时认为她这个人物不可信，不足以令人信服。[此外，他还认为"托尔斯泰小说中的家庭部分……是非观念强，带有倾向性"(*Tolstoi in the Sixties*，149)。] 在这里，传记的方法使他误入了歧途，因为他发现在每一个阶段都隐藏着不同的模式，而这些模式的意想不到的转变将成为普鲁斯特后来创作的一个基本主题和效果。然而，这些随着时间的推移所出现的性格上的变化揭示了同样的不和谐现象也存在于个人场景之中，揭示了托尔斯泰在性格、气质，甚至情绪和情感的表面变化之下所发现的更深层次的非人格性。

[17] *War and Peace*，6.

[18] Ibid.，12.

[19] 尤其参见 Thomas Mann，"Dostoevsky-in Moderation，" in *The Short Novels of Dostoevsky*，New York：Dial，1945，vii："神圣而又幸运的大自然之子，他们高贵、朴素，充满活力、身体健康"(这里指的是歌德和托尔斯泰，托马斯·曼在一篇早期的文章中将其与羸弱、多病的尼采和陀思妥耶夫斯基进行了对比)。

[20] Teresa Brennan，*The Transmission of Affect*，Ithaca：Cornell，2004，16. 或许，同样的道理，年事已高的歌德在年轻叛逆的拜伦身上找到了新生，找到了没有走过的那条路。

[21] *War and Peace*，8.

[22] 我忍不住想在这里引证一个微观主义者在娜塔莎对阿纳托利的爱慕之情（或更确切地说，她对阿纳托利对她的爱慕之情的感觉）中对情感的描写，参见 *War and Peace*，624-625：

> "您知道吧，伯爵小姐，"他说，他突然像对一个熟人似的说起来，"我们举办一次化装赛会，您最好也参加：那一定十分热闹。大家在阿尔哈罗夫家聚会。请您一定来，真的，好吗?"他

说话时，微笑着的眼睛看着娜塔莎的脸、脖颈和赤裸的手臂。娜塔莎当然明白他在欣赏她。这使她快乐，可是她总觉得局促不安。当她不看他时，她感觉他在看她的肩膀，她不由自主地截住他的视线，叫他最好看她的眼睛。可是和他的目光相遇时，她惊恐地感觉到，他和她之间根本没有她和别的男人之间通常所感到的那种羞怯的隔膜。连她自己也不明白是怎么回事，五分钟后，她觉得她和这个人已经非常接近了。当她把脸转过去的时候，她担心他从后面捉住她的裸露的手臂，吻她的脖颈。他们谈论一些最平常的事情，可是她觉得，他们之间已经是非常接近，这是她和别的男人从来没有的情形。娜塔莎回头望望海伦和父亲，好像问他们，这是怎么回事，但海伦正和某位将军谈话，对她的目光未予回答，父亲的目光无非是向她表述他经常说的那句话："你愉快，我也高兴。"

第五章　佩雷斯·加尔多斯，或主角身份的衰落

95 如果说左拉是19世纪现实主义的瓦格纳（乔治·艾略特或许是勃拉姆斯），那么佩雷斯·加尔多斯就是莎士比亚，或者至少是晚期创作喜剧和浪漫剧的莎士比亚。19世纪伟大现实主义者的传统名单——甚至是一份仅限于欧洲的名单——中缺少加尔多斯，这不仅是不道德的行为，也是错误的行为，它严重限制和扭曲了我们对此类话语及其可能性的认识。在这种传统结束之际，他享受到了历史交汇的巨大好运，他不仅来到了这样一个时刻，那时关于19世纪的西班牙和最后一个欧洲大都市马德里这个姗姗来迟的资产阶级世界的一切仍然值得一提，他还继承了自巴尔扎克以来一个世纪的小说家们力求完美的所有的小说创新和表征手法。此外，大量的历史小说，比如《民族逸事》，被添加到了自1880年开始发展成熟的可与《人间喜剧》或《卢贡-马卡尔家族史》媲美的伟大的当代小说当中。

加尔多斯的马德里就像巴尔扎克的巴黎一样充满神秘色彩，前者对社会生活各个层面的开放程度不亚于对那个世纪最后几十年所有思潮的开放程度。他对仆人充满了好奇，对各个阶层的女性充满了同情（他终生未娶，是让·博里所说的“独身主义文学”[1]典型的践行者之

一），像狄更斯一样喜欢探索底层社会，对雄心勃勃的年轻人充满同情但却比巴尔扎克更纵容懒汉，像司汤达一样警惕内战和政治紧张局势的震动，像托马斯·曼一样爱好讽刺，像普鲁斯特一样喜欢闲言碎 96
语，像乔伊斯一样熟悉城市的地形和街道，像特罗洛普（Trollope）一样多产，他觉得法国自然主义和俄罗斯精神充满活力的影响使他这个外人（他从加那利群岛来到了马德里）对资产阶级的西班牙——早在 1898 年之前，1867 年爆发的西班牙革命避免了意大利或德国统一带来的动荡，也避免了东欧激进的民族主义，但却给西班牙的命运蒙上了一层阴影——的繁荣有了更全面的理解。像陀思妥耶夫斯基一样，他的职业（使命）是由阅读《欧也妮·葛朗台》唤起的；他是《匹克威克外传》的西班牙语译者，而在他最终失明后，他成了新成立的社会党的参议员；他那精于世故的说教同样与乔治·艾略特的警世名言有着相似之处。

我的论证将转向两种时间性之间——情节与意识之间，或讲述与展示之间——完全不同形式的张力，而不是我们在情感出现时所能感知到的张力。这将是一个围绕着奇妙的巴尔扎克式的“人物再现”（*retour des personnages*）的“方法”组织起来的人物体系的问题，在这一点上，加尔多斯（就像后来的福克纳那样）意识到了他要管理一个完整的小说世界，而不仅仅是记录一两个局部的情节。然而，我要指出的是，加尔多斯作品中这一系列组织形式的效果与《人间喜剧》的效果截然不同，在《人间喜剧》中，即使是最次要的人物原则上也有权成为他们各自小说的主角。相反，在加尔多斯的作品中，我们将要看到的是我所说的主角身份的衰退，即推定的男主人公和女主人公逐渐沦为了背景，他们显著的位置渐渐被小人物或次要人物占据了，后者的故事（和“命运”）曾经可能是题外话，但现在却把小说变成了它们的殖民地，并使之适合它们自身。显然，任何关于次要人物的讨论都要依赖于近年来最重要的研究小说的一部作品，即亚历克斯·沃洛奇的《一与多》[2]；事实上，我想在接下来的内容中将他的发现历史化，并指出这些群体彼此间关系的历史趋势，或换句话说，人物体系的结构性修改，它必然是叙事本身不可或缺的一部分（并且也可以使我们认识到文体新颖的小说家对个体的重新配置，而这不同于我们此处考虑的重大的结构趋势）。

97 但我想先讲一下聚集在一起的多数人：他们住在马德里市中心附近的一座巨大的建筑物里，这个宫殿有 2 800 个房间（凡尔赛只有 700 个房间），诚然，这是女王伊莎贝拉二世的住所，但它也为宫廷的食客——既有中产阶级，也有形形色色的贵族和皇室亲属——提供了私人公寓和房间。这个迷人的社会空间，虽然非常大，更多样，有可能需要与左拉《家常事》中的公寓楼做比较，但是加尔多斯在这里却将视线对准了一个单独的居所上：它是一个套房，里面住着一位丢三落四但却自认为很出众、有消费癖——尤其喜欢购买衣服和昂贵的装饰——的女人。她嫁给了一位作风保守、有着自身嗜好的官僚，这位官僚非常吝啬，他不只是想避免不必要的开销，而且如果有可能，甚至也想避免必要的开销；而他的爱好是用人的头发编织图案，这是一种奇特的手工爱好（显然，这是 19 世纪公认的一种艺术活动，对此，人们可能很想有更多的了解[3]——加尔多斯不常在他的角色阵容中插入这种有手艺的人物，无论其是否有寓意）。不管怎么说，这是当时的“大侦探”所特有的怪癖；正是这些鲜明的特征使次要人物与主角区分了开来，而这让我们想到了沃洛奇非凡的观察：“在 19 世纪的小说中普遍存在的两种小人物——工人和古怪的人，即在叙事中被简化为单一功能用途的扁平人物，以及在情节中扮演破坏性的对立角色的零碎人物——的背后，隐藏着两种实存状态。”[4]布林加斯的节俭是有用的，而且是把债务灾难推向高潮所必需的；然而，他的怪癖表明他有自身的个性，但却是一种微不足道的个性，我们对此没有什么特别的兴趣。

但是，无论从哪个角度来看，布林加斯夫人［这部小说的书名是《布林加斯夫人》（1884）］都是这部小说的主角：通过她的视角和她的戏剧性事件，我们可以见到源源不断的小人物，从洋洋得意的公主，到各种各样的朋友，再到想要求婚但却奇奇怪怪、三心二意的

人，再到普通的女仆和文书，最后终于到了声名狼藉的放高利贷的托 98
克马达（她最终就落在他的手里），而关于他，正如我们将看到的那样，加尔多斯至少写了四部小说。在这一越来越绝望的探求中，我们被无情地置于这个愚蠢的女人的内心独白之下，加尔多斯用机智的口技把她的独白传唱了出来，使这种难以忍受的语言流变成了读者的佳肴。我们必须指出的是，就像所有伟大的现实主义者一样，加尔多斯是一位伟大的模仿者，他不仅铸就了真实对话的独特口音，还发明了音调，在这种音调下，他笔下的人物的思想就像在乐谱上那样被记录了下来。

的确，加尔多斯（以及许多 19 世纪后期的小说家）与 19 世纪早期的小说先驱的区别之一，就是他们笔下的人物的对话尖锐、有活力、机智。在某种程度上，这显然是由于读者的注意力不知不觉地从情节转移到了人物彼此之间的直接接触上，是由于读者从反映在试图捕捉口音和方言上的、高度重视个人语调的对说话的声音和音色的注意（比如早期的乔治·艾略特）转移到了对独特的声音的注意上，而从此以后，在情感的领域里，独特的声音也就是个体的声音。在当今时代，传递情节发展的信息在这里已经不再是声音的主要功能，而是它的性质。

戈尔·维达尔（Gore Vidal）曾经说过，戏剧不是散文，他的意思是，对话——在任何不好或倒退的意义上肯定没有诗意——现在有了不同于周围散文语境结构的它自身的材料和密度。与此同时，乔伊斯自豪而又充满渴望地将《尤里西斯》中的人物描述成了“最后的伟大的健谈者”。这一点还涉及演讲及其定位的提升。就加尔多斯而言，我们可以清楚地看到，他笔下的人物都是一些非常健谈的人，他们喜欢聊天，不仅喜欢闲聊，而且喜欢在各种场合滔滔不绝地表达自己，表达他们的每一种感受，每一个事件（*acontecimiento*），也就是说，正是他们的演讲把每一刻都变成了一个事件。没有什么是微不足道的，一切都需要经过一番吹毛求疵的评论；而加尔多斯的小说的乐趣就在于由情感在声音和身体方面的新的主导地位所唤起的源源不断的口头语言（甚至在内心独白中也是如此）。[5]

99 但我斗胆揣测，这样的模仿本质上只适用于——在所有我们这里要讨论的志趣相同的小说家的作品中——小人物，而不是主角，因为主角的语言是诗剧或悲剧的语言，就像在高乃依（Corneille）的作品或歌剧中所看到的那样，其表达需要舞台和公众，否则，读者的移情作用和认同（无论是什么）都足以使我们在主角那里迷失自我（如果我们那么去做的话）。我们不能对他们的内心生活做标记，也不能赋予其个性；我们不能让他们变成我们的他者，也不能让他们从外部被看到。他们所需要的，正是我们的故交，即非人格的意识，一种永恒存在的匿名的意识，它只有形式，没有内容。

但是，在次要人物的世界里，反讽又回来了：从视角到他者性的观察者的往复运动，内在距离与外在距离的悖论性的结合，将叙事的外在判断与时间性的当前的内在体验联系了起来。诚然，小说通常是这两种角度的结合，因此反讽在结构上总是可能的（就像在成长小说中最常见到的那样，它有意利用了缺乏经验的主角的天真烂漫），但像亨利·詹姆斯试图做的那样，把反讽当成这种形式本身的基本构成要素却是错误的。然而，正如韦恩·布斯（Wayne Booth）那个著名的论证——有些终极判断，可以是野蛮的，也可以是放纵的，但在加尔多斯的作品中，这种判断以一种放任的形式表现了出来，这种放任会进一步加剧，变成一种凉冰冰的冷漠，因为作为其对象的人物不可避免地毁灭了自己——所示，这种角度似乎要求小说家进一步参与。

我在这里想说这样一点，但只是假设，即“布林加斯夫人”事实上根本就不是主角，她在很大程度上只是一个小人物，但却莫名其妙地以自身的方式变成了小说的中心。[6]这本小说并不是一部叙事作品，但人们很可能把它想象成一部以这个系列的其他小说中的其他人物散布的小道传闻的形式呈现出来的叙事作品。我们能否像巴尔扎克经常做的那样，以某种方式将这种叙述的主题寓言化，也就是说，以比喻的方式把债务、盲目的消费主义和挥霍浪费解释成迷恋与惩罚？换言之，我们能否赋予这样一个故事以真正的主角迄今为止所特有的意

义，从而救赎作者和形式，恢复其尊严和地位呢？[7]我认为，在宏大 100
的文学作品中，这样的叙述方式是可以接受的，在这种作品中，每一种叙述方式都只是这位名家的又一场精湛的表演。然而，在正常情况下，只有当这样一种不太重要或较偶然的作品与我们拿来对照的真正主要或重要的作品并排放在一起时，这种回应才有意义：对叙事体的杰作而言，这种插曲在必要时可以被看成是预备和热身。但问题是，在加尔多斯庞大的文集中，并没有主要作品。

我知道，对于这个国家最伟大的经典之一来说，这是一件可耻的事（但毕竟还有塞万提斯，他的民族精神毫无疑问在加尔多斯的作品中无处不在，就像在西班牙其他许多传统中一样）。与此同时，考虑到加尔多斯篇幅最长的小说《福尔图娜塔和哈辛塔》和他的许多杰作的存在，人们有可能会露出他们确有的无知；而正如斯蒂芬·吉尔曼（Stephen Gilman）所观察到的那样（他被公认为这个主题的主要权威之一），《福尔图娜塔和哈辛塔》事实上并不是一部小说，而是四部[8]，这使得每一部都降到了人们不想称之为中篇小说的那些加尔多斯作品的标准长度。但是，正如书名所表明的那样，这部小说似乎确实有主角，而这将促使我们根据一部不朽的杰作来检验我们的假设。

这是一个关于幸福婚姻——就像他们所说，这场婚姻简直就是“天作之合”——的故事，它只需要克服两个表面上微不足道的问题，就会像托尔斯泰的至理名言所预言的那样逐渐地进入非叙事性的状态。一个问题是，完美的妻子哈辛塔不能生育；另一问题是，也许不那么完美的丈夫胡安尼托，对他的妻子没有丝毫的不满，也知道自己与一个下层社会女孩（福尔图娜塔）有了爱情（或许最好称其为奸情），而这个女孩事实上为他生了一个儿子。在经历了情节的跌宕起伏之后，这部小说的结局将是通过互换实现可预见到的回归平衡：哈辛塔将把福尔图娜塔的孩子当成自己的孩子，而福尔图娜塔则将成为圣徒，进入天堂。

但是，再讲一遍这个古老的故事，或排练一遍它，现如今结构主
义式的秩序重建，有意义吗？上层社会男性与下层社会女性的毁灭性 101

的邂逅必然总是充满着社会学的承诺：但加尔多斯对女性的同情无处不在，所以我们没必要怀疑他有男权的偏见。从情节建构的角度来看，更重要的是它逐渐退出了传统的三角恋（或通奸小说）的剧情。事实上，对于年轻的圣克鲁斯一家来说，要想了解任何故事或叙事，只能通过不孕这件事；他们的婚姻在开头几个章节就迅速了结了，双方都从婚姻中退了出来，把最显著的位置让给了哈辛塔以及她所处的环境。

与此同时，这些章节充斥着各种各样的小人物：比如说，许多家庭熟人和胡安尼托的老同学，后者本身又帮助加尔多斯催生了好些小说，而前者至少给出了一位杰出人物，著名的慈善家，专门用来救济堕落女性的收容所的创始人吉列米娜；紧接着出现的是哈辛塔的丈夫，即不幸的马克西，还有他放高利贷的姑母（也是托克马达的朋友）以及他的神父兄长；马克西的雇主（他是一位药剂师）；福尔图娜塔往昔的伙伴、令人害怕的毛里西亚，和她那位更受人尊敬的保护者费霍；除了叙事者本人这位胡安尼托的泛泛之交之外，还有很多。凭借变戏法，先前“无所不知的叙事者”，被魔杖一触，变成了另一个小人物（他不同于第一次也是最后一次出现在《包法利夫人》第一页的那个人物）——对于我们这里的目的来说，这是最适当的象征性的说法：尽管亨利·詹姆斯自身在现实生活中就是这样一个小人物，一个倾听者和观察者，一个偷窥狂和饶舌者，一个渴望接受各种传闻和荒诞不经的故事（最好有用！）的人，但如果把他放在这样一个羞辱性的位置上，他会感到愤怒。

读者有可能怀疑我们会得出这样一个重要论断，即福尔图娜塔本身是一个小人物！尽管，在这部小说中，她受到了过多的关注（相反，我们也可以说，她自身变成了主角，把哈辛塔和胡安尼托放在了小人物的位置上），她身上依稀保留了叙事的主角的标记和痕迹：我们（就像许多喜欢说教的解释者一样）感兴趣的是她的意识的发展，
102 但从外部来看，她的意识只是吉列米娜的症状之一，而不是真正处在核心意识。“另一个女人”永远都是次要人物：在通奸小说中，从丈

夫（男主人公）手中夺走主角身份的是妻子（有罪的或被冒犯的）。她能将受害者叙事般的命运与主要人物的核心意识结合起来，从而（暂时）赢得我们已经评论过的本真的可能性。但是，丈夫不忠的对象（或她自身）只是一个前文本，她这里所受到的特别的关注并没有现成的范式来容纳，所以事实上，在通往至福的路上，福尔图娜塔的故事经历了许多一般性的间断（这是另一种叙事范式!）。

在这样一个著名的案例中，我们是否可以谈一下叙事中的离题现象呢？显然，就像托尔斯泰一样，加尔多斯很容易因为他的小人物而分散注意力；我们倾向于把我们对那位俄罗斯小说家的描述——“对他人的自恋”的描述——同样应用到他身上，不过，加尔多斯太无我了，以至于我们有必要去质疑自恋观念。也许最好是去思考一下他有没有抓住机会活在自己的每一个人物（无论是大人物还是小人物）里，因此，像“曼索朋友”一样，活在某种死后的生活中。

无论如何，就形式上的发展而言，我们可以提到一些明显的社会学背景。比如说，我们可以提出这样的假设，即加尔多斯的内容，他所掌握的社会素材，在更完善的资产阶级社会及其核心家庭的原子化的个人主义与更古老的封建氏族和种姓的更陈旧的痕迹之间达成了令人不安的妥协。

从后来某种扩展延伸的家族意义上讲，加尔多斯小说中的人物确实被组织成了同住一起的家人，但这里的家人是一个模棱两可的范畴，它没有保留古老氏族的血统嫉妒，也不是严格意义上的纯粹的家族。更确切地讲，这些家人很大程度上也包括了仆人[9]，后者往往也是资产阶级小说家接触底层社会最首要的途径；他们还包括在其轨道上运行的其他家庭，后者有时在自身重力作用下从某种程度上服从于中心家庭，在《福尔图娜塔和哈辛塔》中，也就是圣克鲁斯一家（这种社会权重的分配包括丈夫和妻子的两个家庭的伙伴关系）；他们触及了不太常见的政治和社会“关系”，最后，他们还触及了那种我将 103
其归为“家庭的朋友”的人物，后者都是些没有血缘关系的人，但却一起在餐桌上吃晚饭，提供各种各样的帮助和服务，并且经常凭借他那杂工的技能扮演一个专注于社交而不是干零活的角色。因此，在这段漫长的旅程——《福尔图娜塔和哈辛塔》——一开始，在简要描述了主人公、他的同辈朋友、学生，概述了他的家庭之后，紧接着，在一段既精彩又细腻的文字描述中，一个人物突然吸引了我们的注意力，那便是埃斯图皮尼亚，我们“家庭的朋友”。经过拐弯抹角的介绍，我们很快了解到了他的整个人生故事，然后，在新的一章的开头，我们看到小说家是这么说的：“当我本人认识这位杰出的马德里人时，他已是近七十岁的人了，但身体保养得很好。”[10]

> 104 这位名叫埃斯图皮尼亚的人，大概是各种聚谈会上有会必到的人物。如果他不到阿纳伊斯店里来聊天，人们就纷纷发问：“埃斯图皮尼亚呢？他怎么啦？”他一来，大家便高兴地呼叫着迎接他；只要他在场，交谈就活跃起来了。我是在 1871 年认识这个人的，当时，他吹嘘自己曾目睹了西班牙 19 世纪的全部历史。埃斯图皮尼亚生于 1803 年，自称是梅索内罗·罗马诺斯的生辰兄弟，因为他俩都生于这一年的 7 月 19 日。从他的一句话，就足以看出他对自己目击的这段历史具有何等渊博的知识了：“我见过约瑟夫一世，就像现在看见您一样。”当人们问他：“你见过昂古列姆公爵、威灵顿公爵吗？……”他洋洋得意地说“那还用问”。他的千篇一律的回答是：“就像现在看见您一样。”
>
> 如果谁要以怀疑的口气盘问他，他就怫然不悦。“难道我没看见玛丽亚·克里斯蒂娜进来！……哼，简直就跟昨天的事情似的……”
>
> 为了说明自己见多识广，他把 1840 年 9 月 1 日马德里的事情讲得绘声绘色，就仿佛是上个星期刚刚发生的一样。他曾目睹坎特拉克死去；亲眼看见了处死梅里诺神父的场面，当时他埃斯图皮尼亚“就站在断头台上”，因为他是“和善仁慈”教友会的成员；他还看见了奇科之死……不，不是亲眼看见，因为当时他在拉斯维拉斯大街上，只是听到了枪声。7 月 7 日，他看见费尔南多七世在阳台上向民防士兵下令，要他们狠狠地打击国民卫队；1836 年他又看到罗迪尔和萨金特·加西亚在阳台上大声疾呼，发

> 表演讲；他看到过奥唐奈和埃斯帕特罗热烈拥抱，看到这位埃斯帕特罗单独向人民招手致意，而那个奥唐奈却无人理睬，这一切都是发生在同一个阳台上；最后，还是在那些年头里，他在阳台上看到过一个人高声喊叫，说国王完蛋了。埃斯图皮尼亚所了解的历史，是一部写在阳台上的历史。
>
> 埃斯图皮尼亚的经商史既简单又奇异。他年轻时就到阿纳伊 105
> 斯铺子里当伙计，在那儿干了多年，由于对主人百分之百的忠诚，对店里的事情十分热心，因而一直深得主人的好感。尽管埃斯图皮尼亚有这些长处，但他却不是一个好店员。接待主顾时，他耽搁的时间太长。派他到海关送封信或办件事，要拖很久才回来，害得堂博尼法西奥多次以为他被抓走了。尽管普拉西多有种种毛病，但主人不能没有他，因为主人信任他，只要有他照料柜台和钱箱，阿纳伊斯及全家人便可放心地睡觉了。他如此忠诚可靠，同时又十分谦恭，即使任意打他骂他，他也逆来顺受。因而，当埃斯图皮尼亚 1837 年准备利用一份小小的遗产作为自己开业的资金，从而向主人告别时，阿纳伊斯感到十分难过。主人对他太了解了，预言他如自己开业经商，前景是不会美妙的。[11]

加尔多斯接着讲起了埃斯图皮尼亚的各种日常活动，以及他在这座城市的忙碌的生活轨迹。在这里，不存在对这种次要角色或小人物的傲慢态度，因为相比它“发达”的邻国，西班牙是一个在社交方面更加平等的社会（除了新兴资产阶级的上层社会之外）——不过，埃斯图皮尼亚的出现是出于情节的考虑，因为正是通过他，我们接下来仍旧继续称其为男主人公的胡安尼托·圣克鲁斯将遇到他的第二个爱人，即书名中出现的第一位女主人公福尔图娜塔。我认为，为了这次偶然的相遇，加尔多斯需要这次意外事件和这个前文本，但他的想象力简直太丰富了，以至于他不能让其单独存在，他禁不住阐述了与这个非同寻常的家庭成员（这个家庭非常依赖他）的必要联系，从埃斯图皮尼亚来看，加尔多斯在人物塑造上更深层次的天赋在某种程度上就是使其寓言化，但却要建立在一种准家族的家人关系的基础上。埃斯图皮尼亚是这个家庭的一员，他应该得到我们对这个家庭所产生的一切同情和善意，但我们还是与他很疏远，就像我们与加尔多斯通过宽容的情感与冷血的科学观察的独特结合为我们安排的动物或生物展览之间的关系一样。对加尔多斯而言，最根深蒂固、最典型的单身汉也是一个有家室的人，是一家之主，尽管这可能令人恼火：他对自身
106 人物体系的建构反映了这种深刻的结构二元论和矛盾心理。（在这一点上，埃斯图皮尼亚可以被认为是作者本人的替身，但是，正如我们将看到的那样，在加尔多斯的作品中，有许许多多这样的人物。）

放高利贷的托克马达的演变将为这个过程提供一个虚拟的寓言：作为四部小说的主角，以及其他小说的小人物，他显然是这种现实主义——对它来说，无论是从遗产到乞丐的生存状况，还是从对债务的焦虑到败家子的轻浮和大众对富人因轻信而产生的赞赏，金钱都是生活的一个主要的事实——的一个基本元素。

但是，这个主题式的中心的矛盾之处在于：只要托克马达在严格意义上是一个小人物，他就仍然是主角；只要他在自己的小说中成了主角，他也就失去了这种“主角身份”，也就是说，如果我可以这么说的话，事实上，即便他在名义或表面上没有变成次要或扁平人物，但他真的变成了这种人物。实际上，加尔多斯自己似乎意识到了这个奇怪的演变，因为他中断了他的托克马达四部曲的中心部分，啰啰唆唆地讲了下面这些题外话：

107 萨拉特？萨拉特是谁？

> 我们应当认识到，在我们这个时代，一个整齐划一的时代，一个物质与道德拉平的过程中，一般意义上的类型过时了，换言之，在旧世界姗姗来迟的没落期，那些很大程度上以人类家庭——阶级、群体、道德范畴——为代表的特质正在逐渐消失。例如，二十多年前出生的人可能非常清楚地记得，曾经有这样一种真正的军人，每一位在内战中历经沙场的战士，即使穿的是便服，也会以军人的仪表来表明自己的身份。还有其他许多类型，即人们常说的，由人面部的特殊构造、行为方式和穿着打扮确立

> 起来的“彼此相像的人”。例如，守财奴就有其社会阶层的特质和面部特征，不能与其他类型的人相混淆，同样，我们也可以这么说“唐璜”式的人，即那些胸怀大志的人，或那些把精力花在女仆和保姆身上的人。那些过分虔诚的人有着与众不同的面容、步态和穿着打扮，而那些吸血鬼、放债者、榨取别人钱财的人也有同样的特征。这一切都已成为过去，除了斗牛士之外，几乎所有类型的人都背叛了他们所属的阶级。矫饰主义正在从世界舞台上消失，这对艺术来说可能是一桩好事，但现在没人知道谁是谁，除非挨个家庭、挨个人地认真研究。
>
> 这种整齐划一的趋势——在一定程度上与人类正在取得的巨大进步有关，与工业的进步有关，甚至与关税的降低有关，因为关税的降低使好衣服变得更常见、更便宜了——在类型这个问题上引起了极大的混乱。[12]

毫无疑问，加尔多斯将继续提出新的人物类型，而这些人是新资产阶级社会将一切拉平的民主化的产物，也是贵族与新社会象征性的融合的产物。但只有结合托克马达，我们才能更具体地把握这个过程（其实，萨拉特这个人物——这里引述了他的话——本身在某种程度上是促使托克马达转变的人）。首先，我们必须回顾一下这种文学的前身：不用追溯到莫里哀，我们只需要拿托克马达与那位有着传奇色彩的高利贷者、长着可怕的黄色老虎眼睛的葛布塞（巴尔扎克独出心裁地把他变成了智慧的源泉）做一下比较就够了。

然而，加尔多斯笔下的托克马达的故事更接近莫里哀的《贵人
迷》，因为除了其他方面之外，我们从关于托克马达系列小说中还可 108
以看到，他学习有教养的说话，穿着与自身财富和社会地位相称的服饰，和他现在的贵族家庭一起住在同一个官邸；事实上，这个系列的高潮部分是他对新德里的上流社会所做的那场可笑之极的矫揉造作的演讲。加尔多斯把这一切描述成了“一种蜕变，它改变了形而上的高利贷的本质，使其变成了实证的”[13]。卡尔德隆（Casalduero）不无恰当地将这种改变描述成了从重商主义（以及以黄金计算的价值）向

充分发展的金融资本的演变，“从高利贷者的形象向伟大的现代金融家的形象”[14]的演变。而从我们目前的视角来看，这种演变也是小说从巴尔扎克体系向加尔多斯体系演变的一个寓言，也就是说，从小说网络向新的加尔多斯体系——在小说网络中，按照著名的“人物再现法”，任何小人物都有可能凭借自身成为小说或故事的主角，但在加尔多斯体系中，即便是主角在现实中也是小人物，他们的回归本身揭示了他们表面上的“主角身份”新的形式上的真理——演变的一个寓言。

[说到这一点，那么加尔多斯笔下的其他反派角色呢？比如，在《托尔门多》中，那个在侃侃而谈的、有魅力的、自怨自艾的、要求苛刻的求婚者的伪装下淫乱的神父，他是万恶之源，如若有麻烦，他也是麻烦之源：他使我想到了突然的、不受欢迎的、出乎意料的再次露面的费多尔·卡拉马佐夫，但最重要的是，他使我想到了让·雷诺阿关于人民阵线的史诗般电影《兰基先生的罪行》（1936）中报纸编辑的最终扮演者，即无与伦比的朱利斯·贝里。恶在这里已经变成了恶的表象，它的感官和戏剧属性，它无限的姿态，即它在一个像巴尔扎克所处的时代那样的旧世界里可能意味着的一切，和它所做的一切，它在当前呈现了出来——正如有人所说，“本质必须显现”；但是，只有小人物才有本质！]

加尔多斯作品中的这些形式上的发展——出现在19世纪末，当时正处在它最典型的形式（以及歌剧）发展的高潮——反映了两种截
109 然相反但却奇迹般地彼此相互补充的趋势或倾向。一方面，随着新兴的公共领域的出现，人们对情节和标准的叙事范式正越来越厌倦，也就是说，人们不仅对世界历史人物传记渐渐地失去了兴趣，同时对常见的各种各样的主角的命运也渐渐地失去了兴趣。从篇幅越来越长的叙事形式来看，叙事的素材库（歌剧中的音乐给它带来了活力——我们可以在所有那些改编自沃尔特·司各特爵士小说的作品中看到这一点）已经不再那么吸引人了，日常生活体验已经开始占据我们的兴趣和注意力。确实，19世纪可以被描述为日常生活及其无处不在的范

畴的霸权战胜了英雄事迹和“极端情势”中更加罕见和非凡的时刻的时代。瓦格纳的《指环》的结尾事实上就是这个过程的一个寓言，主角——同样，诸神与英雄——都消失了，他们要么就是在大火中被烧死了，要么就是按照他们给自己带来的诅咒的逻辑被彼此杀死了，他们身后留下的人类世界只有其他人，即次要人物和迄今为止的小人物，而这些人现在不得不寻找其他的讲述他们自己的故事的形式，正如瓦格纳所讲：“男人们和女人们从大厅坍塌的废墟中非常激动地仰视空中不断蔓延的火光。”[15]

与此同时，资产阶级社会还有另一种倾向，那就是社会平等。如果这种趋势——其另一面就是我们所说的个人主义——没有在小说的形式上留下痕迹，那将非同寻常。因此，我们发现乔治·艾略特在耐心地追踪那些界定她的主人公多萝西的事件和反应时打断了自己，正如我们众所周知的那样，大声地抱怨了起来：

> 但为什么老是讲多萝西呢？关于这桩婚姻，难道只有她的观点值得一谈吗？我反对把我们的全部兴趣，我们为理解现实所做的全部努力集中在那些即使难免烦恼却仍显得容光焕发的年轻人身上，因为这些人也是会衰老的，他们也会尝到年老的、绝望的痛苦，而我们却在促使人们忽视这一切。尽管西莉亚讨厌那双眨巴的眼睛，那两颗白色的痣，尽管詹姆士爵士精神上受不了那种萎缩的肌肉，但卡苏朋先生也有他紧张的思想活动，内心的饥渴，正如我们大家一样。[16]

有人可能会反对说，乔治·艾略特在这里只是想重新塑造迄今为 110
止一直遭受外界讥讽的小人物的主角身份。但是，她尝试为所有人物争取公正和平等权利的做法得到了加尔多斯进一步的发展，不只如此，她的那些与职业使命和成败有关的作品还采取了新的具有启发意义的形式。对她来说，小说写作不是一种欧洲大陆意义上的专业，同时，对她来说，诗人崇高、不可归类的角色为文学知识分子尚未完全被编码化的角色取代了，她有一种强烈的职业使命（新教的“天职”的世俗化）感，这与左拉的专业精神截然不同，尽管它解决了同样的问题，即社会分化出了新的行业。因为在这种情况刚开始出现时，也就是在她发现了职业使命的那一刻，她就接受了。她大胆地将职业使命与激情等同了起来，与一见钟情等同了起来：“我们不怕一遍一遍地讲述男人是如何爱上女人的。”[17]因此，这位小说家是在含蓄地自夸，她将拓宽激情概念，使其把突然意识到职业使命本身也纳入进来。在巴尔扎克的作品中，这种发现是令人激动兴奋的极度痴迷和狂热的开端；在左拉的作品中，当取得成功时，它们更像是艺术家创造力第一次被激发了出来（不只是奥克塔夫对百货商店的虚构可以证明这一点，不过，它可以媲美左拉自己对包括萨加尔既阴险又乌托邦的投资冲动在内的卢贡-马卡尔家族的事业的虚构）。艾略特的观点跨越了传统史诗的二中择一（爱情与战争），也跨越了私人与公众的二中择一，以及我们这个时代，科学与人文的二中择一。她在第 15 章中对这种具体职业的复杂的先决条件（医学状况、与实践的关系、乡下生活等）所做的细致入微的描述表明，职业这个叙事范畴也可以容纳和组织各种地方性和经验性的叙事资料。

与此同时，它也改变了某种可被看作这种职业命运的结果的东西，而由于货币这种不可同化的元素的出现，职业命运在之前就已经很复杂了（其他所有地方也都是如此）。在巴尔扎克的作品中，选择仍然只是成功或失败二中择一：成功就会有名声和财富（“为我俩干
111 杯，巴黎!”），失败就会有灾难，就像可怜的吕西安一样（人们将记住，拉斯蒂涅成了首相）。左拉延续了这一传统，在他的作品中，失败伴随着甚至更大、更爆炸性的身体灾难（虽然在他最精美的其中一部政治风格的作品中，我们只是瞥见了流亡途中卧室窗帘后面那个吃了败仗、身体孱弱的拿破仑三世的背影）[18]；而成功——又让我想起了奥克塔夫——则直接带来畅销愿望的实现。

（在这里，我们可以插入一个括号，以说明卢卡奇在《历史小说》中关于“世界历史人物”的讨论暗含着主角身份的消失：这种讨论实际上促进了卢卡奇并没有参与其中并且可能对此也没有什么特别地了解的那个时代的史学争论，即年鉴学派对历史写作和历史叙事的王朝

传统——在本质上，它是关于国王和王后及其伟业的故事，也就是说，是关于那些在我们的精神世界里被认为是历史活动和叙事的主角的个人的故事——的讨伐。众所周知，他认为，除了历史剧之外，这样的人物必定总是从外面和远处被看到。在历史剧中，从戏剧形式和表演的定义来看，他们必定不是从内部被看到，即使他们在剧中处在行动的中心。因为在戏剧中，不可能存在移情或视角的问题，所以卢卡奇的要求在这里也得到了保留，即世界历史人物必须是小人物。因此，主角身份的退出证实了我们关于现实主义在这方面正趋于形式化的判断，但这也增加了一些有用的东西，即历史语境，而在这种语境下，使这种个人主义失去任何意义的全新的历史理论涌现了出来。卢卡奇的诊断非常敏锐，完全注意到了这一点，即作为大众文化极力在他处以别的体裁来恢复主角身份的一种尝试，浪漫主义或英雄崇拜传记的兴起是对这种退出的补偿。）

至于其他人，托尔斯泰笔下的男主人公们退回到了地主的乡间庄园，远离了社会和历史，把时间花在了对付顽抗的农民和处理农业改革计划上[19]；而加尔多斯笔下的人物则只是退回到了马德里平凡的
世界，在那里，他们受到了舒适而又亲切的讥讽。这些人物的故事就 *112*
是他们放弃权利的故事，他们放弃了他们自身作为小说主角的权利，或欢呼雀跃或无奈顺从地接受了他们在次要人物的新世界里的民主的未来。

毫无疑问，这也是利德盖特的“命运”（失去了掌握命运的权利）；我们还应该记住，多萝西也有职业，尽管——圣特蕾莎在《米德尔马契》一书的开头和结尾都提到了这一点——它没有现代的名称或专业地位。但对于艾略特来说，这种发展（个人的结局也是小说形式问题的解决）显然只能被认为是一种失败和名誉的丧失，或更确切地说，正是基于这些范畴本身，小说的工作才得以展开，即把它们转换成别的东西，也就是说，使它们在社会总体、社会关系“网络”中拥有新的在理论上得到说明的位置。在这个网络中，用小说中令人难忘的最后一句话来说，先前的主角（利德盖特和多萝西）“忠诚地度

过一生”，“然后安息在无人凭吊的坟墓中”，就不再那么重要了。创作《米德尔马契》，与其说是为了赞美或哀悼那些被遗忘的主体，不如说是为了把这样一个过程——在这个过程中，他们的主角身份以一种完全不同的社会总体概念之名慢慢地被消解了，从而也使这个社会总体以某种最终的形式得以表现了出来，直到它变得如此庞大，以至需要另一种唤醒的方式——描述成一种巨大而又无所不在的不在场的东西，而不是一种我们仍能勉强瞥见的经验实体。

(但是，我们不能在没有对利德盖特及其科学研究的职业下盖棺定论之前就离开这个话题，不过，我们只能拿他的命运与左拉的帕斯卡医生的命运进行比较：像巴尔扎克笔下的疯子巴尔塔扎尔·克拉埃一样，他们也是为了寻找点金石——最终的炼金术元素。利德盖特探索的是将复杂的异质的各个器官结合在一起并构成一个有机整体的“原始组织”：他在这方面失败了，我们知道，网络的叙事统一性并不存在于它的个别实体或任何它们彼此共有的东西之中，而是存在于远为无形的东西，即纯粹的关系之中。但是正如我们在早前的一章中已经看到的那样，帕斯卡医生成功了，因为他能够离析出使现实主义小说有可能成为一个整体的情感力量，而不是整体本身。)

在这种情况下，帕斯卡医生成了另一种形式的次要人物，即作者
113 本人：因为就像性格阶梯另一端的埃斯图皮尼亚一样，鉴于这个人物对社会有着全面的了解（像左拉本人一样，他也研究了该系列小说前几部中出现的所有家庭成员），他成了另一种新的资产阶级职业的后像，即专业作家的后像。事实上，我们可以说，当文学作家开始抵制被这种专业人士同化——诗人是“伟大的现代主义者”的直系祖先，他们从一开始就没有完全被同化——并要求把回归“天职”和天赋当成补充时，现代主义也就出现了。但是，即使是在现实主义那里，自我指涉在小说家的人物阵容里的那些更难以捉摸的特征中同样浮现了出来。

例如，加尔多斯就两次偷偷地将自己插入了他的小说：第一次是与胡安尼托一起上学或去社团见其他人的一个无名的第一人称；第二

次是随时随地爆发精神错乱的小说家兼文人伊多·德尔萨格拉里奥，他把小说中平淡无奇的事件变成了最厚颜无耻的荒诞的商业幻想，而这从文学上讲很大程度上就是在模仿作为典范的堂吉诃德。因此，包括作者在内的人物如今都变成了小人物或次要人物，把他们自己重新组织成了黑格尔的"精神的动物王国"，即通过贸易和行业发生分化的人类的动物王国，而在这个集合中，专业小说家必定和其他人一样扮演一个小人物的角色。

即使主角身份衰落了，以及小说中的人物更加民主地被大众同化了，都变成了平等的小人物或次要人物，但仍然存在一种例外的行动元，那便是乔治·艾略特作品中最能引起人们注意的叙事中的反常人物。

注释

[1] Jean Borie, *Le Célibataire français*, Paris: Le Saegittaire, 1976.

[2] Alex Woloch, *The One vs. The Many*, Princeton: Princeton University Press, 2003.

[3] 关于这种奇特的艺术形式，即"头发编织的图案"，参见《布林加斯夫人》的译者引言，*That Bringas Woman*, trans. Catherine Jagoe, London: J. M. Dent, 1996, xxi-xxii。

[4] Woloch, *The One vs. The Many*, 25.

[5] 值得注意的是，加尔多斯晚年创作的许多"小说"（严格说来，不能被称为戏剧）都是以对话的形式完成的。

[6] 她也是早期小说《托尔门多》(1884) 中的一个人物。

[7] 这是要把它变成一个社会学的例子吗？关于罗萨莉娅（Rosalia）的性情是一种文化特质，参见 Maurice Vallis, *The Culture of Cursileria*, Durham: Duke University Press, 2003；感谢斯蒂芬妮·西伯斯（Stephanie Sieburth）为我提供了这个参考资料。

[8] Stephen Gilman, *Galdós and the Art of the European No-*

vel，*1867—1887*，Princeton：Princeton University Press，1981.

［9］参见 Bruce Robbins，*The Servant's Hand*，Durham：Duke University Press，1993。

［10］Benito Pérez Galdós，*Fortunata y Jacinta*，trans. Agnes Marcy Gullon，London：Penguin，1986，40.

［11］Benito Pérez Galdós，*Fortunata y Jacinta*，Madrid：Casa Editorial Hernandez，1968. Translation by Agnes Nancy Gullon，ibid.，34-35.

［12］*Torquemada en el Purgatoria*.（1894）Benito Pérez Galdós，*Obras Completas*，tomo V Madrid：Aguilar，1967，1040. *Torquemada*，trans. F. M. López-Morillas，New York：Columbia University Press，1986，265-266.

［13］*Fortunata y Jacinta*，trans. Agnes Marcy Gullon，8.

［14］参见 Joaquín Casalduero，*Vida y Obra de Galdós*，Madrid：Gredos，1970，115；另参见 Carlos Blanco Aguinaga，"De Vencedores y vencidos en la restauracion，" in *De Restauracion a Restauracion*，Seville：Benacimiento，2007，及其 *Historia social de la literatura espanola*，with Julio Rodríguez Puértolas and Iris M. Zavala，Madrid：Castalia，1978。

［15］Stewart Spencer and Barry Millington，*Wagner's Ring*：*A Companion*，London：Thames and Hudson，1993，351. 夏洛尔在拜罗伊特举办的百年作品庆典上重现了这一结局：大火过后，聚集在一起的市民转过身来面向了观众。

［16］George Eliot，*Middlemarch*，London：Penguin，1994，278（chapter 29）.

［17］Ibid.，144.

［18］*La débacle*，Paris：Gallimard，1892（La Pleiade，Vol. V）.

［19］参见他的这部自传体小说，*Metel*（1856）。

第六章　乔治·艾略特与自欺

因此，即使人物的地位（或许更好的说法是，我们与他们的距离） 114
有了这种结构上的改变，也可以说是循序渐进的改变，但仍然存在一种从遥远的叙事历史中幸存了下来的有特点的行动元，它对情节来说似乎仍然是不可或缺的东西：这有点像主角的反面，即反派角色，冲突、敌对的行动者，主人公的障碍物和愿望的敌人。我们记得，在普洛普对童话故事的结构的分析中，反派角色仍然是根本。这一功能肯定不同于这个或那个次要人物所能提供的种种可能的局部或轻微的抵抗；我们也不能认为它与主人公或主角的功能对称（比如，当撒旦被认定为《失乐园》中“真正的主人公”时），尽管在大多数情况下，我们似乎有可能去想象一部修正的作品，作品中，先前的反派角色变成了某种经过重新修正的叙事的主角。[1]的确，从某种意义上讲，反派角色的功能（我将继续使用普洛普的专业术语）似乎比文学史上数不清的主角的功能建立在更加简单的基础和前提之上，在更加简单的范畴基础上运作，因为主角所引起的同情或认同（两个本身在哲学上存在争论、在社会上非常成问题的过程）在不同的社会和不同的历史时期是不同的，它们可以是对身体力量的赞美（《伊利亚特》），也可以是对爱人的情谊，对落魄者努力的满足，对纯真的尊重，对特定的文化英雄特质有着鼓舞人心的集体愿景，等等。

115 但是，事实上，这种情况可能并不像这样的历史语境所暗示的那样偶然和复杂，或许它真的只是简单地依赖于叙事的声音或镜头所建构的视角，所以无论谁被指定为最初的主体，即观察者或参与者，都会投射出一种“认同”和一个主角身份，而只有大量的内在和外在的反讽才能够把它们消除。既然这样，主角身份就只是叙事结构的一种功能，而对手或反派的功能会随之而来，并被平等地定位。

但这就是两种人物不对称的地方，毫无疑问，我认为反派的叙事立场与我愿意暂时接受的主人公的叙事立场（至少在我们前面的章节中所描述的立场开始消解以前）依赖于完全不同的范畴。因为反派这个行动元必然预设并依赖于善与恶之间先行存在的二元对立（这并不适用于男女主人公：多萝西终究不是苔莎）。

善与恶的二元对立的确是一种最独特的对立，就此，我们完全可以说，它本身是一种基本的二元对立，它产生了其他无数的在生活和思想中起作用的对立，比如，男性与女性的对立，黑种人与白种人的对立，理智与情绪的对立，一与多的对立，自然与文化的对立，主人与奴隶的对立（出于同样的原因，正如我们在这里确实要做的，我们应该把这些次要的对立当成所有意识形态的更深层次的原因，从这些次要的对立出发来解释它们，并从中把它们推演出来）。

尽管如此，道德的二元论却并不寻常，它很强大，因为它是一种社会对立，可以而且通常以个人的方式来表达。它把心理与身体（快乐和痛苦）作为它表达的代码吸收了进来，并把自我与他者的对立作为它主要的斗争领域组织了起来。它既适用于最复杂的神学与哲学，也服务于民俗文化与大众娱乐的机制。最后，在我看来，它还是现代这股巨大的解构趋势——可以被看作是反对宗教和迷信的世俗斗争的最后阶段，也是走向民主化的最根本的政治动力——的对象。

但是，正如尼采、萨特和福柯等哲学家所坚持认为的那样，道德
116 二元论也是一个巨大的骗局。尼采的道德谱系从语文学的角度出发，

在封建或军事精英对平民（在中古法语中为“villains”）的蔑视中找到了这种社会阶级对立的根源。平民通过奴隶的宗教——基督教——夺取并扭转了这种阶级制度，通过把力量和暴力说成是恶的，把软弱和谦逊说成是善的，破坏和惩罚了阶级敌人。这是一种合理的解释，但却需要那种将恶的概念诊断为“他者思想”的当代哲学的补充：对萨特来说（对福柯而言，说法稍稍不同），善是中心，恶是边缘化的他者。因此，正是在这种现象学的本质上，自我从定义来看不可能最初并实质上觉得自己是恶的[2]：这是对我的一种判断，它必然来自外部，并且作为其他人的判断，必然被内化，永存我心。羞耻的普遍存在，尤其是罪恶感的普遍存在，足以证明这种内化在结构上是可能的；然而，对道德二元论的社会功能的这种诊断必然与将其从一个民主社会——不存在这种意义上的“他者”，并且那个存在于种族主义和性别歧视等社会心理性的意识形态之中的恶的范畴也不再起作用了——铲除的意愿密切相关。

小说的形式问题就在于他者概念这一反派角色的恶的根源。舞台上的反派角色都是外在的，他可以随心所欲地用口头语言和动作示意来表明他邪恶的本质。即使是史诗中的反派角色也必定以独白的方式宣布：“我只有地狱一条路可逃；我自己就是地狱”；“恶呀，你来做我的善！”[3]但是，我的“善”怎么会变成恶，这的确是一个典型的哲学难题。对哲学来说，一切恶都必定是康德意义上的“根本恶”，即为作恶而作恶[4]；我们这样做是因为我们喜欢；这是人类千百年来的耻辱！许多诊断，比如虐待狂的诊断，都是人们试图在临床上解释根
本恶的尝试，都是历史上对道德二元论不满的表现，以及用其他东 117
西——来自其他体系的动力——取代它的徒劳无获的尝试。事实上，也许只有斯宾诺莎的“痛苦的激情”概念（以及尼采的“怨恨”）算得上是真正哲学意义上的创新，因为它试图打破这个怪圈并创造一个自我驱动的、不依赖于外在动力——也就是说，那种仍然陷于其原本想要做出说明的他者性之中的解释——的恶的概念。

因此，对于小说及其对人物内在性的不断扩大的探索来说，表征

问题源于这种他者思想与它所归属的这种自我思想之间的矛盾。当代作家已经就这个问题给出了一个专门的解决方案，对此，我们将在第一部分的倒数第二章进行讨论；但在古典叙事中，“从内部”能够成功表现邪恶的案例极少。实际上，我们只想到了一个最好的例子；但即使是在这里，我们还是不愿意去描述这位所有文学中最不同寻常的连环杀手，即穆齐尔笔下作为“反派角色”的莫斯布鲁格尔，因为作者利用层面下降——精神堕落和混乱——讲述了他的罪行，所以罪行也就不再是罪行了，这相当于律师所说的减轻了罪责。[5]

因此，对严肃的小说家来说，这只是纯粹痴迷的借口。否则如何来解释萨克雷笔下的奥斯本先生，他竟以他的儿媳妇配不上他的儿子为由拒不承认儿媳妇和孙子，并且怀着一种超越坟墓的仇恨追求婚姻。

> 奥斯本老人暗自思量自己的儿子与一般的外国人在一块合葬，这真是太没面子了，不管怎么说，他起码是个英国绅士，而且在著名的英国军队中担任上尉的职务。有些事情是很难衡量的，如我们和人交往时，有多少是出于真心，而有多少是虚荣心作祟，还有再如我们的爱情到底自私到何等地步，等等。对于自己的感情，奥斯本老人很少仔细分析过，他也从未去琢磨他心中的自私自利与良心是如何发生矛盾的。他坚信自己是绝对正确的，其他人无论做什么事都应遵从他的命令。假如有人胆敢反抗，他就会马上想办法复仇，就如黄蜂蜇人、毒蛇咬人般的恶毒。和对待他其余所有的东西一样，他对于自己对别人的仇恨也感到洋洋自得。肯定自己永远正确，永不怀疑自己，无畏地一直往下干，昏头昏脑的人不都是依靠这种本领才能春风得意、平步青云的吗?[6]

118 但是，奥斯本先生也很难被归为反派，尽管他在叙事中表现得像个反派。事实上，整个的这种技巧来自早期的审美，我将其称为寓言，在这种寓言中，激情的心理表现为对整个人格的逐渐占有，表现为集中，也就是说，类主体逐渐投入其中，直至成为激情本身的人格

化。因此，斯宾塞笔下可怜的马尔贝科就是这样一个人，他的妻子已经与“快活的萨提尔”住在了一起。他变成了一个“空壳”，一只名副其实的昆虫，缩进了洞里，被他的激情吞噬了：

> 然而，他永不会死，但却只能苟延残喘，
> 以新的悲痛支撑自己，
> 生死都降到了他头上。
> 痛苦的快乐变成了快乐的痛苦。
> 可怜的情郎，他一直在那里游荡，
> 但不只他自己，甚至每个人，都恨他；
> 他从徒劳无获的内心悲伤和恐怖走出来之后，
> 竟变得如此畸形，以至于他放弃了
> 也忘了自己是一个人，于是人们都叫他“妒忌”。[7]

在这里，激情或情绪失去了它们最典型的特征，本身完全被物化了，这在某种程度上强调了传统体系的动态，而对于这种动态来说，“心理的”这个词不合时宜，因为这个体系开启了这样一个发展阶段，在这个阶段，所有的激情，所有的痴迷至少在倾向上都是一样的。

因此，这些痴迷者也就不再是真正的反派角色了；斯宾诺莎的“痛苦的激情”理论对它们做出了解释，并在恐惧本应占据的位置只留下了怜悯。因此，这种表征将作为独特的他者性范畴的“恶”重新纳入了一个由被命名的情绪构成的体系之中。情绪一旦被命名，也就被物化了，每一种情绪都代表着一个寓言，并因此向小说甚至现实主义本身提出了挑战，要求其将它融入关系当中。所以，从这个意义上说，小说最基本的冲动抵制作为体系的心理学（这是我们早期分析用以取代被命名的情绪的情感的基本精神），所以在描述哪怕是看上去最强调内省的叙述话语时，“心理的”一词也必须谨慎使用。

诚然，尼采对自己作为“心理学家”的使命感到高兴，但他指的
却是揭露和贬损传统的激情分类体系以及为处理激情所设计的各种伦 119
理和道德方法的谱系学。他的目的不是建构某种新的更令人满意的心理学体系（与他同时代的学者们当时正在进行这样一种建构，他们的

研究为一门全新的学科打下了基础），而是先发制人，彻底摧毁所有这些涌现出来的内省的物化形式。通过对当代最杰出的小说家（以及“心理学家”）的作品中关于爱情的“心理”的一个富有特色的段落进行充满敌意的分析（出自尼采的一位现代追随者之手），我们可以更好地把握这一课题：

> 当他把她带到一切别的事情上去的愿望不再由于嫉妒而补充到他的爱情之中时，这种爱情就会重新变成对于奥黛特本人给予他的感情的嗜好……这种相异于任何其他快意的快意最终在自身中建立了对她的需求。[8]

普鲁斯特确实敏锐地将这一历程描述成了化学过程（“斯旺在用自己的爱情制造了嫉妒之后，又重新开始产生对奥黛特的柔情和爱怜”），因此整段话完全可以看作一幅精心设计的图像。然而，这却说明了一点，即所有这些心理描述事实上都是虚构的，它假定了一种“象征性的化学过程”（萨特），其物化了的“元素”——在先前的激情的图标和体系中彼此分离——只能像“奶油‘加入’咖啡”那样在某种程度上“互相发生作用”（这里借用了萨特那个非常令人满意的分析）。他的结论是，这是一种“对心灵的东西的机械论解释”，但他却没有补充道，几乎所有的现代心理学描述都有类似的与化学有关的类比。[9]

因此，对萨特来说，普鲁斯特的“心理学”被理解成了一种物化操作，在这种操作下，有意义的行为（我们应该记住这一点，即萨特的关于情绪的现象学理论把情绪理解成了意向性的行为）[10]被改写成了事物或物质。在本书中，我们强调了情绪的物化就隐含在命名的过程中，以及这些被命名的情绪随后又是如何一如既往地形成体系的，
120 尽管这些体系随它们的历史文化时刻变化（所以，亚里士多德体系不同于笛卡尔体系，后者又不同于当代学界中的心理学或神经心理学所预设的由被命名的情绪构成的体系）。

尼采自己开创性的（历史的、谱系的）分析把一种完全不同的意识形态操作，即（正如他那个著名的书名所暗示的那样）道德和道德

说教本身，也就是说，某种很快就会被视为善与恶的道德二元论的东西，当成了它们最主要的靶子。在我们这篇文章中，记住他最喜欢批判的对象之一就是小说家乔治·艾略特（以及她背后的英国传统），这一点并非无关紧要。事实上，这是以其人之道还治其人之身，因为在所有 19 世纪的英国思想家中，艾略特受德国哲学的影响最大（实际上，她的文学生涯始于翻译大卫·施特劳斯的《耶稣传》，而这部作品实际上将德国哲学传统与维多利亚时代宗教的道德承诺结合在了一起）。

而可以肯定的是，乔治·艾略特的读者们都无法摆脱这样一种普遍的观点，即她的作品沉迷于对最微小的心理反应和不安进行错综复杂的道德说教。因此，就像我所指出的那样，认为她赖以呈现和表现内心活动和反应的道德说教风格，实际上可以被当成是削弱对道德体系和价值的控制的一种策略，甚至最终被当成是与现代完全本着尼采或萨特的精神对道德二元论进行谴责相一致的一项行动，似乎不合常理。

我们的讨论将从她一贯的仿古风格开始，根据她的风格，某种看上去像是心理学的解释的东西以民间的智慧和准谚语的卓识的形式被传达了出来：我认为，这里更深层次的意识形态意图是肯定历史的连续性（而不是现代性的激进的断裂），以及用一种相对于利维斯或雷蒙·威廉姆斯的策略完全不同的策略将对“人民”的更深层次的肯定与自耕农恒久的精神整合起来。这在本质上是一种政治选择，可以被看作她在思想上厌恶公开的政治实践（在《费利克斯·霍尔特》中最明显）的一种解释和结果。[11]但这种政治或反政治的本能只能在与她的社会概念本身的关系中得到充分的评估。

事实上，这是一个虚构的概念，因为这些小说的内容明白准确地 121
详细说明了历史上传统社会的解体，而那个时代的政治思想还不能将德勒兹所呈现的“即将到来的人民”（*peuple à venir*）概念化。不过，她那著名的“网络”意象要比单纯的图像思维复杂一些，并且事实上，它构成了一个空间，在这个空间里，我们可以清晰地确认萨特精神中的去物化逻辑。因为它强调的是关系而不是实体："个体的运气"，即个体的生命或命运，只有在它们的相互关系中才有意义，而这些相互关系构成了一个总体，哪怕是局部的总体：

> 要解开某些人类命运，看看它们是如何编织和交织在一起的，我至少还有很多事要做，所以我能支配的一切光都必须集中在这一特定的网络上，还不是漫射在所谓的宇宙这个诱人的相关领域上。[12]

从哲学上讲，这个意象的微妙之处不仅在于它把注意力从（被物化的）个体转移到了个体与他者的关系上，而且更重要的是，正如大卫・费里斯（David Ferris）所强有力地证明的那样，还在于它不可避免地有了解构的（或辩证的）功能。[13]因为无论个体是被网络包括在内，还是被网络排斥在外，他都是网络的一部分；分离从各个方面讲也是一种关系，一种积极的互动。每件事物都是一个部分，即使它肯定自身的个体性，反对压制性的整体。毫无疑问，这种在具体社会生活破碎和瓦解的现象下持续无所不在的集体性构成了一个放弃在政治层面进行公开策划的变革计划的更深层的意识形态上的借口；但它也强化了社会层面的生活的去中心化和逐渐平等化趋势，我们在前一章已经强调过，这是一种叙事的民主化，一种主角身份的衰落和次要人物本身的凸显。因为不管网络可能会抛出什么样的暂时的中心，编织没有等级之分；艾略特的小说（尤其后期的小说）倾向于有多个中心，与此相应，有多个"主角"，而这只是该过程的外在症候。

然而，这时，恶的问题和反派的形式问题必定不可避免地重新回
122 来。因为我们在这里需要关注的已经不再是男主人公和女主人公的中心地位，而是艾略特的另一种道德说教的筹划（事实上，它与尼采的反道德说教的筹划完全相同），即她试图劝说我们相信并不存在反派和恶的意愿。

这一惊人的主张从解决方案的角度来看或许更容易得到理解；没人比她伟大的仰慕者普鲁斯特更简明扼要地表达了这一点，他认为她这是要证明"恶就是我们对自己和他人造成的伤害，而发生在我们身

上的恶（伤害、不幸）往往是上帝为我们预备的更大的善的条件”[14]。这种洞察源于法语词“le mal”的歧义性，它既有恶的意思，也有伤害的意思。这种提法还有一个额外的好处，那就是它把本书其他地方所讨论的艾略特的上天安排的想象力转向也包括了进来[15]，与此同时，它还传播许多现实主义者试图在他们的叙事作品所构建的集体性的相互关系的巨大网络中传播的那种或良性或恶性的辐射物，传染性的善和恶。

为了理解艾略特在解决反派或我们所谓的“代表恶”的东西的形式问题上的独创性，我们可以简要地回顾一下她的第一部小说《亚当·比德》，在这部小说中，18 世纪的阶级冲突的一个主要范式再一次被讲述了一遍。这个范式就是农民或资产阶级的女孩受到了贵族的诱惑，而这最终带来了怀孕的灾难。在歌德的《浮士德》中，格雷琴确实因为这一“罪行”而被处死了，而这种诱惑者中最邪恶的是理查德森笔下为克拉丽莎的死负责的拉夫雷斯（这种“恶”的一个抽象而又浓缩的变体在《危险的关系》中被戏剧化了，出于某些从当前语境来看可能很有说服力的理由，纪德认为它是法语世界最伟大的小说）。生物学最常被用来从伦理上减轻这种“恶”；但是罪恶感仍然需要被处理，亚瑟这里的思考可以看作艾略特值得注意的处理恶的新方法的起点：

> 也许在调情上稍微过头了一点点。不过，要是换作另外一个 123
> 人，恐怕比他走得更远。他这事不可能有什么害处，也决不会有什么害处，下次，他单独和海蒂在一起时，要向海蒂解释清楚，她可不能把他们之间的事当真了。你看，亚瑟对他自己很感满意；必须用对未来的善良心愿来排除掉目前内心不安的情绪，而这种善良心愿又来得快，所以波塞慢条斯理的话还没说完，他已经历了一番内疚，重又心安理得了。[16]

因为，当根据定义，“恶”是一种只能赋予他者的判断和特征时，问题不在于行为本身，而在于如何理解主体选择了恶。亚瑟的想法可能到目前为止都被认为是一种相当传统的自我辩护，而在答复他人和外在审判者的控诉——这样的答复往往来自我们所说的自欺——的内化的辩论中，理解这一点很重要。

在乔治·艾略特的作品中，这种传统的表征是如何出乎意料地发展起来的，关于这一点，我们可以从她经常被视为其过渡时期小说的《罗慕拉》(1862) 中观察到。这是一部历史小说，它将最初更加偏好乡村和怀旧的小说与《米德尔马契》和《丹尼尔·德隆达》区分了开来。我们把《罗慕拉》称作她唯一的历史小说，这是一种误导，因为其他所有的小说都以一个相对较近但却经过仔细推敲的过去为背景。不过，它确实是她唯一一部遵照沃尔特·司各特爵士所设计的路线并至少符合其两条原则的时代剧：(1) 以一般意义上的世界历史性革命事件为背景（这里指的是佛罗伦萨短暂的萨伏纳罗拉革命）；以及 (2) 收录了手册中熟悉的历史人物，而那些人物在小说中得到了认可，这本身（以有血有肉的形式：这就是她的样子，这就是他的声音，等等）使人们得到了满足，就像现如今人们在街上匆匆瞥见一位名人所做出的反应一样。在这部小说中，在大巡游和最早出现导游手册的时代，当人们看到自己最喜欢的佛罗伦萨历史悠久的街道和纪念碑，它们以历史运动为背景，以繁华的原始造型被再现出来（乔治·艾略特确实做了非常彻底的研究，但不仅限于学术层面），人们同样会有一种满足感。

124 今天的公众并不喜欢这部小说，他们对意大利文艺复兴的兴趣已经减弱，而他们对哲学和美学争论以及思想史的兴趣，如果真的存在这种兴趣的话，也找到了其他的渠道。但是，亨利·詹姆斯却认为《罗慕拉》“总的来说”是“她最好的作品”[17]，波考克在《马基雅维利时刻》中则指出，她对历史形势的巧妙选择显示出她有敏锐的政治意识，尽管她未能就西方最富成效的宪政实验中出现的那段充满悖论的宗教性的，甚至是相信基督再度降临的插曲给出任何新的解释。

正如司各特的新体裁所要求的那样，《罗慕拉》也是乔治·艾略特所有小说中情节最戏剧化的，因此在我们当前的语境下尤其值得关注。但是，复杂的情节不如其中一位主角的命运有趣，而荒谬的是，这个主角并不是书名中提到的女主人公。19 世纪的女性有三种最终的命运（假如她的婚姻失败了），那便是“被抛弃”（欧也妮·葛朗台）、“死亡”（包法利夫人）或者“圣徒”（福尔图娜塔和哈辛塔），罗慕拉是最后一种命运（当然，它有可能被无情地视为前两种命运的综合）。她在很大程度上是一个目击者，不是一个行动者，而有人可能会不禁想起利维斯对《丹尼尔·德隆达》的判断，并认为这部小说在各个层面都可以被分成两个截然不同的叙事，而在这部小说中，那个男人的故事无疑是最有独创性的。事实上，詹姆斯发现了这个人物，即罗慕拉年轻的希腊丈夫蒂托，小说中最令人好奇的角色，并对他所面临的独特困境发表了自己的看法：

> 从蒂托身上，我们可以看到一幅关于道德水准由于虚伪和放纵而降低的景象，而这在该题材的各个层面渐渐地唤起了某种不可调和但却要加以避免或加以平息的要求。最后，他所有未偿还的债务都摆在了他的面前，他发现人生之路就是一条可怕的死胡同。[18]

这是一个真正的詹姆斯式的题材，它或许比作者本人所做过的一切都要残酷和暴力。

蒂托及其戏剧性的事件构成了这部小说的中心情节线索，这层意思在罗慕拉最后的总结中得到了证实：

> 有一个人，跟我十分亲近，因此我可以看到他的生活的大部 125
> 分。他几乎能让每个人都喜欢他，因为他年轻、机灵、漂亮。他对所有人都那么亲切而又温和。我相信，我一开始认识他的时候，他从来没有想到过任何残忍或卑劣的事情。但是，由于他想从一切不愉快的事情前面溜开，只关心自己的安全，最后他干出了最最卑鄙的事情——例如，叫别人声名狼藉。他不认自己的父亲，任凭他受苦；他背叛了一切对他的信任，以便使自己不受损害，而且发达致富，然而灾难却降临到了他的头上。[19]

这个判断似乎为蒂托在情节中扮演的角色洗脱了很多罪恶，比如，卖

掉了她父亲宏伟的图书馆（在这里，我们充满了人文精神），背叛了萨伏纳罗拉的实验，与美第奇家族密谋反革命，以及最终给自己的父亲带来了毁灭（在这个过程中，也给自己带来了毁灭）。我们稍后再回到这个判断上来。

但是，罗慕拉的辩解根本不像这里所说的削弱了情节剧式的标志；而如果这是我们想要的，我们原本可以提出一种弗洛伊德式的分裂，即迷人的儿子与凶狠的父亲分离了，父亲曾经是一个人文主义者，被蒂托遗弃在了土耳其的监狱里，他以一种名副其实的伊丽莎白时代旧式复仇的寓言的形式回来了（他被释放出来，去寻找并惩罚他那有罪的儿子，完全就是因为一次偶然的军事冒险）。而蒂托也确实觉得自己有罪（不过没有悔意），并且他同样渴望对他善良的妻子隐瞒这件事（以及后来其他同样可耻的事）。因此，我们在这里可以发现大量的复杂的心理过程，正是在这种复杂的动态中，而不是在她对相对传统的动机的安排中，我们可以发现乔治·艾略特小说中的解决方案的独创性。

在对它进行审查之前，我们必须首先拒绝罗慕拉自己的解释，即我们刚才读到的解释。作者也是持这种解释，因为她告诉我们说，蒂托“只是想方设法要使得生活过得容易——如果可能，就过着这样的日子，哪儿都不会碰壁”(219)。小说家艾略特在书中还补充道：“这样的选择曾多次让他陷入意想不到的境地。”

这些境地的确将构成小说的情节，然而，对缺少奋发有为的精神
126 和缺乏自律的态度的指责却将导致更糟的结果：“生活的目的，要是加以细察的话，”蒂托心想，“难道不就是取得最大限度地快乐吗?”(113) 对于信奉新教伦理的人来说，这种懒惰的享乐主义足以解释蒂托命中注定的一切堕落，但这不足以使这个人物变得有趣，而实际上，如果这看上去不足以使他有资格扮演情节剧中的反派角色的话，那么对于一个纯真但却由于被误导而做出这种或那种应受谴责的行为的人来说，还有足够多的其他常规角色可供选择。但蒂托这个人物对于那种常规角色来说又太复杂了。

尽管如此，我们还是可以从这种“纯真”开始，在这张白纸上，乔治·艾略特将开始创作新的东西。就像萨特可能会说的那样，他一开始在其他人看来很纯真：正如我们从艾略特的总结中所看到的那样，“温柔而善良”，或者从另一个小人物的印象来看，“然而，蒂托除了为自己的好处打算外，也未必完全没有一点对她的好心”（293）。的确，从第一页开始（小说就是从蒂托来到佛罗伦萨开始的），他欢乐和充满魅力的样子，他的同情心和善良的冲动，都在某种程度上得到了强调。[20]

后来这些品质的变化出人意料：首先，他成了一种类型，一种新的类型，但也并不是一种完全不为19世纪现实主义所知的类型（比如说，《名利场》中无处不在的都宾），它只是一种就像艾略特所做的那样相对没有理论化的，当然也没有被命名的类型：“他的脸上有着一种温和的快活表情，一点没有什么激动或者沉重或者阴沉，说明他是一个在男子或者女子中间同样受欢迎的伙伴——这个伙伴从来不因为不安的虚荣或者过分的兽性而无礼吵闹，他的额头也从来不因为悔恨或者愤怒而蹙起。”（83-4）简而言之，这个小人物卓越超群，但有一点，这个小人物是主角。

因此，对蒂托最初的天真无邪所做的这种奇怪的调整，其结果变得更加奇怪了：他那俊美而温和的五官慢慢地变得消极了起来，他原本没有虚荣心，没有悔恨，没有愤怒，现在却变成了令人生疑的面无表情：

> 到圣乔瓦尼节的这一天，蒂托把这笔弗洛林交付给琴尼尼已
> 经是三个星期以前的事了。眼下我们看见，他正在向巴尔迪街走 127
> 去，表面上看起来心里完全平静无事。那还能怎么样呢？他从来不跟身边的一切发生冲突，而且他的天性太快活了，太无忧无虑了，所以隐秘的东西，遥远的东西，都不会形成一种恐惧，把他俘虏。他走出炎热的阳光，进入一条狭窄小巷的阴凉里时，摘掉了头上的黑布四角帽。这是一种向上有翻边的帽子，正好罩住了他的卷发。他把头发往后捋捋，仰起头，迎向阴凉的空气，额头

上毫无表里不一的迹象，也没有任何胸怀坦荡的标记。这不过是一个形状优美、方方正正、光光滑滑的年轻人的额头。他那射向周围房屋上层窗户的缓慢而漫不经心的目光，既没有更多的虚伪，也没有更多的真诚，无非就是一双年轻的大眼睛所有的那种不知疲倦的宽广视野，那种完美的清澈透明的眼珠，那种深棕色的毫不模糊的深邃瞳仁，那种纤细长睫毛阴影下略带天蓝色的一角眼白。蒂托的脸这样引人注意或者使人厌恶，是不是根据观察者的精神状态而决定的呢？它是不是一个难破的谜，有着好几个谜底呢？他的整个神态仪表所显露的强烈而难以弄错的表情，给人以否定的答复，这是完全确凿无疑的。它表明他没有任何非分的要求，没有任何不安的虚荣，使他在过节的人群里走过时，人们对他的敬慕成了完全自觉自愿的赞赏。(100)

而现在，通过小说原材料本身的某种独特的辩证转换，他脸上那种冷漠，那种面无表情，在描述中被证明是“确凿无疑的”东西，到头来只是一种他隐匿和隐藏自己的表现：

蒂托天生喜欢沉默，可以说，他有一种沉默的天赋，它跟其他别的冲动一样，并没有什么有意识的目的。和那些善于隐藏的人一样，他会时不时隐藏起什么东西，其实其性质就像他看见了一群乌鸦飞过一样，根本不是什么秘密。(92)

因此，通过只有艾略特知道的一种神秘的点金术，纯真年轻人的开朗率真被魔杖一碰便变成了一种可疑的隐匿，一种隐藏的倾向（因此，也就变成了一种耍阴谋诡计的倾向），而一旦出现适当的环境，这种倾向就会迫不及待地表现出来。事实上，秘密或隐藏究竟孰先孰后，从来都不是很清楚，或许这就是这一特殊的恶习（及其具体存在，即一种习惯，或习惯所保持和滋养的东西）的本质。这样一来，我们看到了我们早前提到的蒂托的多重动机：他不想救他的父亲（这本身就是一种由多种因素决定的感情）；而现在他不希望罗慕拉知道
128 他的这种背叛（为了剧情需要，她那失散多年、已成为修士的兄长将

给他带来关于他父亲的囚禁生活的利好消息，而她的兄长一旦知道他的身份，这个消息便会被准确无误地传达给她）。但是，这个特殊的秘密在其他领域被放大了（确实，被许多“自私的小溪流”所加深的“河道”必然带来这种结果）；蒂托救了一个农家女孩，给她找了一个住处——所有这一切都毫无恶意，但他却莫名其妙地没有将此事透露给他的妻子；他还卖掉了她父亲的图书馆，而这是她一定会发现的；他的很多朋友把他带进了种种关系，而在当时的革命形势下，这些关系必然具有政治功能，并因此具有搞密谋的功能，所以他对推翻和处决萨伏纳罗拉负有罪责。

罪恶与秘密有着这样的多重性，这正是乔治·艾略特对前面所说的恶的本质的理解：

> 在每一个罪恶的秘密下面，总是隐藏着成堆的罪恶的愿望，它们肮脏的传染疾病的生命只有在黑暗里才能存在。行为的污染效应，往往并不在于行为本身，而在于我们的欲望随之而来的调整——把我们的自身利益与弄虚作假连在一起。与此相反，公开承认事实的真相，其所以能产生净化作用，就因为它会永远消除说谎的希望，于是心灵就会恢复到纯朴的高尚状态。(99)

毫无疑问，传染概念也是维多利亚时代晚期知识的重要组成部分（马克·昂热诺关于那个时期人们痴迷医学的讨论很有启发性）[21]：然而，在这个实例中，它也可能是她强调上天安排的网络的晚期作品中最美好的憧憬——善也有传染性，它通过社会关系网（或至少是传统社会的社会关系网）向外扩散——的另一面。[22]

但从当前的实例来看，这种多重性的直接后果则完全不同。一方面，所有这些多重的动机不仅使彼此延续了下来，而且相互确保了对方的存在。的确，最好是以否定的方式——通过强调每一个动机是如何防止另一个动机被消除或抵消的——来表述这一特殊的结果。不过她的说法要好得多：“他不可能从现在起不希望他的父亲已经真的死 129
了；他不可能不永远隐瞒自己行为的真相，更不可能不被引诱去做卑鄙的事。”(99)

萨特会说，蒂托通过自己内在的努力，通过自己的自由选择，实现了对否定的非同凡响的建构，尽管这是一个对他来说仍然未知的选择。但是，一个人的自由选择怎么可能不为自己所知呢？

答案就存在于艾略特在叙事中对那种直到后来才在理论上被当成一个哲学概念——萨特的“自欺”（*mauvaise foi*）概念——的东西的预见之中。这一专业术语来自日常生活，尤其来自这样一些争论，在这些争论中，其中一位对话者（甚至两位对话者，视情况而定）给出了一个又一个的明显相互矛盾的理由和证明，唯一的目的就是赢得辩论（甚至不是说服自己，因为他自此以后不再相信任何理由和论证了）。在萨特的自欺中，这种辩论被内化了，它把这一与我的“为他存在”——我所无力改变的我在他人眼中的形象的创伤——的斗争也包括了进来。

在没有任何类似于弗洛伊德的无意识概念的情况下，我们必须在现象学的意识理论的背景下把这种机制理解为一种本质上的非人格状态，也正是出于这个原因，它不可能是任何或善或恶的东西。这些属性在某种程度上与自我的建构有关，而自我是非人格的意识的对象。因此，对萨特来说，任何意识如何以及为什么会判定自身是恶的，甚至（就“根本恶”而言）如此肯定自身的（“恶呀，你来做我的善！”），这就变成了一个悖论，一个基本的哲学问题。因为，正如我们已经说过的那样，恶是来自外部的一种判断，是对他者的宣判：为了使我觉得自身是恶的，我必须以一种有待解释的方式将这种判断内化。

因此，萨特对这个概念的批判相比其伟大的前辈（或竞争对手）在这个问题上——斯宾诺莎的“痛苦的激情”概念和尼采的“怨恨”概念——面临着更为复杂的技术难题。萨特的理论是一种本体论，因此必须以某种方式揭示一个不存在（或拥有非存在的存在）的实体——人的实在或此在——是如何说服自身拥有存在的属性，即道德
130 败坏或恶的；我们在这里所说的，不是虚伪，也不是装模作样，就像一个恶棍假仁假义那样，而是一种内心深处痛苦难耐的信念，确信自

己有错，有罪，生来就要作恶，被完全不同的人所诅咒，被正义的社会所遗弃。（类似的戏剧性事件也有可能在那些相信他们自身善良的人那里上演；在这里，虚伪似乎更持之以恒地出现了，就像当代的“名人”一样，即使是其他人的正面评价无疑也会造成同样的创伤。萨特晚年的“自我隔离”似乎就是他解决这种创伤的办法。）

总之，这种外在判断的内化在《罗慕拉》中得到了明确的体现。

“这突出的第一次的自我争论”（99）：乔治·艾略特就这样对蒂托最初的良心不安（按传统的说法）进行了命名和加注了日期；我们认为，这一刻乔治·艾略特发明了尚未被理论化的自欺概念。我们用蒂托来说明这一发现，是为了标记这一新事物——或许我们可以称之为“技巧”——的出现。（因为稍后我们将在自由间接文体与视角的层面上讨论它，并把它当成另一种表征手法。）不过，只有在《米德尔马契》中的重要时刻，在卡苏朋和巴斯特罗德极度痛苦时，它才会显现出来；可以说，卡苏朋和巴斯特罗德以前是恶棍：他们在那种情形下为情节做了什么和没有做什么，是我在这里所讲的情节剧解体以及它对现实主义小说经典形式所造成的一切后果——它在满足了现实主义小说的经典形式的同时也破坏了这种形式——的最重要的证明和例证。

“自我争论”：在这里，艾略特这一自我意识的最初环节的假设（正如黑格尔所说，“我＝我”）流露出了她的黑格尔主义的痕迹，在这个环节，自我分裂了，并以一种新颖的、历史上全新的意识模式来面对自己，这种意识模式似乎模拟和再现了两个彼此独立的个体的相遇。（黑格尔在那个著名的将会演变成主奴关系的相遇中确实是这样描述的，正如随后的“自我意识”——不管它到底指的是什么——所描述的那样，这种相遇先出现，它在现象学上先于内在分裂。）

无论如何，对萨特（拉康的那个著名的“分裂的主体”的来源） 131
而言，“自我”这个词对于上述这样一种描述严格来说显然非常不合适，并且具有误导性，因为自我意识并不源于自我内部的某种加倍，而是最好被描述为自我本身的产物。自我意识是我处理“意识的对象”的方式，“意识的对象”是自我，萨特认为，作为“意识的对象”的我可以生活在羞耻或骄傲中，但在“我”是一种完全非人格的意识，也就是说，严格来讲，它不可能是任何东西，也不可能有任何引起羞愧或骄傲的性质或特征的意义上，作为“意识的对象”的我不是真正的我。[23]这种非人格的意识永远不会觉得自己是恶的（或善的），因为它不可能认为自己以事物（或其他人）的存在方式去存在，不可能认为自己有我们一开始就可以用这些形容词来修饰的属性。非人格的意识所能感觉到的是其存在的不可辩护性。

所以，就这一点来说，自欺将涉及一种独特的、内在的变戏法，在这种变戏法中，我设法说服自己成为某种东西：这个过程似乎涉及了速度——我必须非常快速地去行动（我们可以把萨特在《圣热内》中的描述看成是关于这种结构的真实的案例研究），以防整个结构倒塌，以使自己暂时相信那些我想要肯定或否定的事情。这是自我辩护吗？是的，在某种意义上确实是；它是关于我的自我的，所以我必须肯定这一点，尽管自我很可能是想象出来的（拉康的观点），或只是意识的对象（萨特的观点），但它却是一种真实的东西，一种我几乎终生都无法摆脱的东西。萨特很幸运地在日常用语中找到了一个专业术语，所以某种人与人之间的关系在这一看起来像是哲学术语的专门名词（就像黑格尔的自我意识概念一样）中沉淀了下来。

这种模棱两可使我们有权坚持萨特的概念的表征性，而不是哲学性。它是围绕着二元论——我们可以用多种方式来表述这种二元论，比如，事实和自由，物质和精神，不变的东西和可变的东西，事物和
132 过程，或最后，身体和意识——组织起来的。但我们也必须清楚，从表征上讲，萨特的证明是以法官与被告（它们可能出现在单独的个体中，或者同一个头脑里）之间对抗的形式上演的；同时，我们也必须清楚，因为要适合某种本体论，所以这种指控也要从“存在”的层面来表述。被告的诡辩，也就是他的自欺，在于在这种作为人类现实的基本的二元论之间来回转换指控的术语。因此，对于背叛的指控，主体回答说，他确实做过这样或那样的事，但是，从事物（事实性）存

在的方式来看，他不是一个背信弃义的人；他总是可以自由地改变自己，变得有所不同（变得忠诚或值得信赖）。法官对此回答道，他知道被告在本体论意义上从事物存在的方式来看并非不值得信赖，但我们在这里讨论的是自由选择的行为，而不是本质和静态的属性或性质；法官仍然相信，被告永远不会改变，他只会成为一个背信弃义的人。[24]因此，无休止的、进退维谷的辩论仍在继续，它处在自欺当中，而这种自欺在那种寻求自我辩护并声称他有能力去改变和成为不同的人物的脑海里不断再现。萨特还强调了这种内在辩论的节奏，它必须迅雷不及掩耳地从一个术语转到另一个术语，以至于主体本身永远无法把握这种本体论层面的双重标准的欺骗性：这种逃避的速度对萨特来说是无法意识到的。“在自欺中，没有犬儒主义的说谎，也没有精心准备骗人的概念……自欺的原始活动是为了逃避人们不能逃避的东西，为了逃避人们所是的东西。”[25]

因此，萨特笔下那些把自欺当成意识的表征而不是哲学概念的人物倾向于在崇高的哲学和本体论层面与自己进行辩论，但这个层面并不是特别适合于那些出现在艾略特笔下所有人物身上的更为传统的宗教词汇，比如，罪、羞耻和罪恶感。在后者的“自我争论”中，那种在两种不相容的选择之间来来回回敏捷的跳跃，即自欺，倾向于用不相容的动机来代替，这就是为什么我会坚持认为艾略特小说中的多重 133
动机有其结构意义。罪恶感确实可以通过使这些动机互相对立并迅速地让它们彼此原谅来逃避。因此，需要保密可以证明背叛是正当的，耻于背叛可以证明隐匿和说谎是正当的，等等。这是一个要求很高的过程，一个必须时刻保持循环的过程，它与布莱希特笔下不幸的恶魔不无亲缘关系：“他额头上隆起的血管证明了邪恶所付出的努力。”

这就是这个程序，无论是在现实生活中还是在它的表征中，都不再足以塑造情节剧结构所依赖的那些真正的反派角色的原因。用萨特的话，我们可能会说，并没有什么反派角色，因为任何人都不会像一个事物是棕色、固体、很重、很大等那样是恶的，即使任何人都可以自由地作恶［这对萨特所有的政治观点——必须用承诺（约定）的行为取代道德判断——都产生了明显的影响]。

从艾略特坚持认为“痛苦的激情”会带来精神上的痛苦来看，她或许更像斯宾诺莎。也正因为这样，她才解决了她的基本的形式问题，即如何去防止拒绝恶的范畴，让她置身于一个被美化过的世界之中，就像置身于卢梭或贝尔纳丹·德·圣皮埃尔的田园诗般的幻想之中，在这个世界里，她笔下的所有人物都别无选择，而只能以最无趣的方式“行善”。抵制她自身的教育和道德说教气质，在情节剧和最甜蜜的乌托邦幻想这两种形式的选择之间把握方向，这是艾略特最基本的技术困境，不过，在她通过《罗慕拉》中的蒂托完成了关键性的实验之后，《米德尔马契》中的人物卡苏朋和巴斯特罗德为她对这一问题的成功解决提供了显著的证明。

我们不可能以他们应有的细节来讨论他们，我们只需指出他们是艾略特最敏感的两种压迫——压迫女性与压迫金钱——的化身就够了。他们各有各的一出戏，这有一个额外的好处，那就是允许她在第一种情况下提出知识分子的问题，在第二种情况下提出宗教的问题。与此同时，他们的对照同样允许另一种具有讽刺意味的对照，即当他们都生活在自欺之中时，失败和成功有着共同的宿命。

毫无疑问，卡苏朋先生的不幸是由于他那伟大的作品失败了，事实上，那是不可能的（《世界神话索引大全》所描述的那种糟糕的总
134 体化也许就是艾略特自己在《米德尔马契》中所实现的总体化的讽刺和扭曲的镜像）。但在现实中，它的深层次的根源在于另外两种情感（如果我们可以匆忙地这么称呼它们的话）的交叉，由被命名或物化的情绪构成的传统心理学把这两种情感称作虚荣心和嫉妒。

它们都很复杂。毫无疑问，一种情感与伟大的计划有关，与那种与此相关的“认为人们没有给他应得的地位，尽管他还没有证明他应该得到这种地位”（417）[26]的“病态的意识”有关。他那受伤的虚荣心集中体现在了这样一种感觉上，即他觉得多萝西并没有给他这样的地位，其实，他低估了她的智慧，她的智慧如今在他的脑海中成了一个对他做出无情的、不可避免的判断的地方。

另一种情感是更传统的，因为威尔·拉迪斯拉夫和他明显被唤醒的对多萝西的兴趣而产生的并非毫无道理的嫉妒。“对威尔·拉迪斯拉夫的意图的猜疑和嫉妒，对多萝西的心情的猜疑和嫉妒，不断在他头脑里兴风作浪”（419）。关键是，如果只是短暂和间歇地关注这两种情况，那么对任何一种情况的关注都很可能使卡苏朋出现清醒的时刻，在这个时刻，自欺可能让位于自知之明。但是，自欺的诡计就在于，每一种痴迷都以另一种痴迷为借口来自我辩解，在那种我们已经指出的不知疲倦的永恒运动中来回转换。

至于巴斯特罗德先生，他的情况更多地与行为有关，而不是猜疑：确实，这与蒂托的情况有着不可思议的相似之处，因为他有一个失散多年、据信已经过世的亲戚，而巴斯特罗德以道德上的怠惰为他没有追查这位索取者的财产，向他妻子隐瞒这件事以及他自身的过错做了辩护。这样一来，整个局面就被财富（高利贷）可耻的来源和他的宗教所提供的自以为是的安慰这两种在蒂托那里并没有得到特别的体现的东西决定了。尽管如此，艾略特还是尽力将这种复杂而痛苦的心理状态与纯粹的虚伪区分了开来：

> 精神的得救，是他的真正需要。世上可能有粗俗的伪君子，他们为了欺骗世人，故意伪装虔诚，伪装热情，但是巴斯特罗德
> 不属于这一类。他只是欲望比理论信念更强烈，并逐渐把满足解 135
> 释成了欲望与那些信念天衣无缝地统一起来。如果这是虚伪，那么这个过程在我们大家身上偶尔会有所表现，不论我们属于哪个宗教团体，是相信人类未来会更加美好，还是认为世界末日即将到来，也不论我们是把人间看作罪恶的深渊，得救的只有包括我们自己在内的少数人，还是对世界大同有着强烈的信念。
>
> 对宗教事业可能做出的贡献，始终是他一生中采取某种行动时对自己申述的理由，也是他在祈祷中向上帝诉说的动机。在运用金钱和地位方面，谁会比他有更好的意图？在自我嫌恶和颂扬上帝的事业方面，谁会比他更彻底？照巴斯特罗德先生看，上帝的事业与他个人的行为端正是两码事，它注重的是鉴别上帝的敌

> 人，这些敌人只能被当作机器来用，因此只要可能，就应该尽量使他们得不到钱，也得不到由此而来的势力。还有，商业本来是撒旦要弄各种诡计的地盘，然而如果由上帝的仆人来掌握利润，把它用在正义的事业上，那么有利的投资自然也是上帝所赞许的。(419)

在继续考虑艾略特作品中残存的情节剧式的元素之前，我们有必要讲一些术语层面的离题，而这里的离题同样将与接下来第八章讨论的主题相关，尤其是与自由间接文体和视角相关。

我们可以用这种形式提问来使问题引人注目地呈现出来：我们已经发现自欺是一种特定的叙事模式（尽管偶尔或很少使用），那么我们是否可以说它是一种叙事技巧呢？在技术时代，比如，我们这个时代，很显然，“技巧”或“方法”这样的词会引起人们的怀疑和警惕；它们似乎同时使它们的内容，它们试图描述或命名的程序物化了，而出于同样的原因，它们倾向于把它们的内容，即它们组织和分配的叙事材料，变成一种完全可以用某种技术方法进行加工处理的工业原料（或者说，它们至少传达了在发明更新颖、更有效的技术方法方面的进步）。就这一点而言，我们不能说我们所说的自欺是一项非常成功的创新；后来运用它的例子并不多见；与此同时，原本认为会受到它抑制的由被物化或命名的情绪构成的体系无疑又回来复仇了，我们还没有摆脱那些体系。

然而，所谓的技巧概念对所有这些文学程序进行了标准化，这也解释了当自欺这样的形式与自由间接文体的形式归为一类时（甚至，
136 就像我们在第八章所写的那样，当后者与视角被放在同一个层面上进行考虑时），为什么我们可能会感到惊讶。这种技术思维所隐含的实证性的分类体系同时排除了通过专注于哲学思维所开启的辩证比较，或者更确切地说，排除了这些“技巧”在它们组织经验的过程中的现象学意义，以及它们与其他可比较的经验组织形式之间的竞争。自欺本身根源于哲学概念的生产，这一事实证明，原材料（经验）的意义和性质被技巧或方法概念忽略了。

另外，排斥后者使所讨论的文本重新滑入纯概念，对意识形态性或说教性的论点的推广，观念史，或相关作家独特观点和价值的具体储存库成为可能。因此，文本对象的两个方面，即作为叙事生产（解决叙事问题）的特定环节的文本对象的生产与文本对象的现象学和意识形态内容，都需要在任何对相关对象的充分理论化中体现出来。

事实上，这种说法又引出了我们需要在解释中呈现的第三个维度，即作为一种特殊的话语对象的它的连贯性和密度，这些本身都可以被识别出来（并因此被命名和理论化）。这就是“自由间接文体”和“视角”这类术语的含义：我们可以在叙事话语的某些环节发现它们，这使得我们可以把它们当成结构性的现象来研究，而不只是把它们当成症候性的生产或历史性的意识形态来研究。

这确实是最近试图将这种客观状态命名为用具（*appareils*）、装置（*agencements*）、器具（*dispositifs*）等——这些词的优点是在方法上表现出了一定的唯物主义色彩（如此命名的对象不仅仅是理念，也不仅仅是技术技能），同时，它们还暗含着组合以及复杂机械的各种特征的结合的意思——的法国理论其有效性的来源之一。（在为数不多的意思相当的德语词中，我们可以比较一下海德格尔的旨在传达自然力以何种方式被占用和储存这样一种观念的“集置”或“持存”概念。）如果仅仅是因为早期的技巧和方法概念意味着人类主体或管理者有了更大的能动性，那么这些从工业机械时代借用而来的表面上的专业术语就与这些概念无关。那些我们所谓的机械概念，其中很多 *137*
都来源于电影理论，或者派生自电影理论，它们预设了一种介于叙事和人类主体之间的几乎完全是物理意义上的装置，比如，摄像机或放映机；我认为，将后者的实践知识与相关对象（根据情况，也可能是语言对象或叙事对象）的客体状态明确区分开来是适当的。

显然，电影理论很吸引人，因为它似乎提供了一种科学的客观性，或至少是一种技术的客观性；不过，只有少数“文学技巧”看上去适宜于这一路径，尽管批评家和分析家可能经常渴望这种实证性和客观性的装备。不管怎么说，我认为我们已经表明了这一点，即我们可以假定在任何这类“技术性的”讨论中至少有三个维度需要呈现和满足，换句话说，需要以某种方式在它们的相互关系中进行理论化。那三个维度分别是：（1）作为一种技巧的对象，（2）作为一种现象学意义的对象，以及（3）作为一种工具的对象。

但是，我们仍然没有给这个“对象”起一个它所要求的专门的名字，在我们就这个问题达成普遍共识不抱太大希望的情况下，我建议称其为“叙事形式”。因此，自欺是一种叙事形式，而这样的解释还可以使我们窥见我们所讨论过的维度之外的第四个维度，即它在特定历史情境中的作用。这种特殊的叙事形式有什么用？它为什么会演变？它的功能或目的是什么？

但至少在这个实例中，我们知道这些问题的答案：自欺的存在是为了破坏道德的二元性，是为了恶的形而上的和道德的意识形态在情节的形成、构建上的作用至少被某些大致相当的东西取代的同时败坏这种意识形态。

注释

[1] 因此，《尼伯龙根之歌》中的主人公，勇士哈根，变成了瓦格纳的《尼伯龙根指环》里的反派角色。

[2] 萨特的不朽之作《圣热内》事实上就是为了证明这个悖论。

[3] John Milton，*Paradise Lost*，book iv，lines 75 and 110.

[4] 康德关于这个问题的论证，参见 *Religion within the Limits of Reason Alone*（1793），trans. T. M. Greene and H. H. Hudson，New York：Harper，1960；当代对这个文本所做的有趣的讨论，参见 *Radical Evil*，ed. Joan Copjec，London：Verso，1996。不过，人们可能还是不知道根本恶与简单恶之间的区别。

[5] 参见 Robert Musil，*Der Mann ohne Eigenschaften*，Hamburg：Rowohlt，1952。尤其参见 Book I，chapter 18。

[6] Thackeray，*Vanity Fair*，London：Penguin，1985，421.

[7] Spenser, *The Faerie Queene*, Book Three, Canto X, Stanza 60.

[8] Marcel Proust, "Swann in Love," in Jean-Paul Sartre, *Being and Nothingness*, trans. Hazel Barnes, New York: Washington Square Press, 1956 [1943], 235.

[9] Ibid., 235-236.

[10] *Esquisse d'une theorie des émotions*, Paris: Hermann, 1939.

[11] 参见我在本书接下来的"时间实验"一章对现实主义的政治本体论的讨论。

[12] 引自 David Ferris, *Theory and the Evasion of History*, Baltimore: Johns Hopkins University Press, 1994, 222-223。

[13] Ibid., 184-190.

[14] Marcel Proust, "Sur George Eliot," in *Contre Sainte-Beuve*, Paris: Gallimard, 1971, 657.

[15] 参见下面的"时间实验"一章。

[16] George Eliot, *Adam Bede*, London: Penguin, 1985, 265.

[17] Henry James, *Literary Criticism*, *Volume II*: *European Writers*; *Prefaces to the New York Edition*, New York: Library of America, 1984, 1006.

[18] Ibid., 931.

[19] George Eliot, *Romola*, London: J. M. Dent, 1907, 566. 后面正文中所有的页码均参照这个版本。

[20] 他还有着迷人的相貌:"蒂托的开朗的脸,现出了它那深色的美,在他长及膝盖的黑色外衣之上,没有其他色彩可与之相比。它仿佛一个春天的花环,突然落进了罗慕拉的年轻然而像是冬天那样的生活"(57)。

[21] 关于疾病和传染的意识形态修辞,参见 Marc Angenot, *1889*, Longueuil, Quebec: Le Préambule, 1989;另参见我在《理论的意识形态》(*Ideologies of Theory*)中关于这一非同凡响的作品

的讨论。

［22］参见“时间实验”一章。

［23］萨特在他的第一部哲学著作中就已经对这一点做了概述，参见 *La Transcendance de L'Ego*，Paris：Vrin，1936。

［24］*Being and Nothingness*，trans. Hazel Barnes，Part One，Chapter Two.

［25］Ibid.，115－116.

［26］George Eliot，*Middlemarch*，London：Penguin，1994，417.

第七章　现实主义与体裁的消解

一 138

我们还没有完成对恶的讨论。因为反派角色的问题不只是一个哲学问题，甚至不是一个主观性的和表征的问题，而是一个情节本身的问题，以及我们称为体裁的那些编码化的叙事结构的问题。诚然，关于小说本身是否应该被单独归为一种体裁，长期以来都存在着断断续续的争论：它与抒情诗、戏剧和史诗的区别似乎是决定性的，但也具有独特的辩证性，因为（不只是对卢卡奇和巴赫金而言）小说似乎是一种与它们完全不同的类型，也是一种与现代性有着特殊的联系的类型，而早期密切联系的三种体裁大多因现代性走向了衰落。与此同时，我们经常谈到小说的子体裁，比如，书信体小说或怪诞小说，这种习惯说法似乎让我们回到了某种一般意义上的属，这些子体裁是该属的种。这种特征确实将在这里挑起我们的兴趣，并将促使我们通过简单地称这些书信体小说或怪诞小说等为小说的“体裁”来驳斥整个术语之争。正如我将要在本章所揭示的那样，这些体裁不仅在现代主义背景下消失了，而且它们的消失与它们在现实主义中的建构和涌现是同一个过程。

所以，从某种角度上讲，反派角色的问题现在可以按照小说本身的体裁或种类来重新思考。在这一点上，它变成了另一种讨论，即关于情节剧的讨论，并且意料之中地带来了一系列的新的术语混乱，而这些新的术语混乱与一般意义上的分类所带来旧的术语混乱有着惊人的相似。早期，我们认为情节剧通常只是用于定义现实主义的众多陪
139 衬（比如，浪漫主义或现代主义）之一。然而，现在我们必须承认，所有这些对立在某种程度上也是内在的，现实主义与浪漫主义相对立，仅仅是因为它本身携带着浪漫主义，而且必须以某种方式消解浪漫主义，才能成为浪漫主义的对立面：《堂吉诃德》就是一部耗时费力之作，它仍包含着浪漫主义，而后来的西班牙传统[1]可能会让我们怀疑，浪漫主义的消解是给我们留下了某些截然不同的东西，还是说仅仅是冲动的一次扬弃，上升到了某个或许未被承认的更高的层面。

在这里，我们无论如何都面临着无数的研究课题，因为随之而来的每一个真正的认识不仅需要独立的分析，还需要独立的实验室，以检验在缓慢净化那种给它造成威胁的物化的一般结构时起作用的处理方式。此外，分析由于这一附加的要求也会变得无比复杂，即它还要注意到相关小说必须首先以何种方式建构结构，而拆卸这种结构是其叙事的首要工作。

情节剧或许能提供一些线索，因为它的反派角色是我们之前将其与叙事联系起来的那些标志性人物和命运最典型的原型。从这个意义上讲，情节剧——或许还有其他我们即将提到的小说体裁或子体裁——可以被认为是一种叙事冲动，在这种叙事冲动与作为其对手的情感最为典型的斗争和不可分离性中，我们看到了现实主义（或现实主义小说）的出现。在这里，情感的任务将在于弱化情节剧式的结构，逐渐抹除反派角色（正如我们在艾略特的作品中所观察到的那样），系统地拆除它的修辞，它对读者的特定演说，以及它对他们的

反应——恐惧、怜悯、害怕和同情，屏住呼吸期待，等等——的要求。从这个意义上讲，情节剧在理论上也可以被视为绘画中的“戏剧
性”在文学上的对应物，迈克尔·弗雷德反对将情节剧的人物从观众 140
的视线中移开，也反对情节剧放弃对人物情绪的修辞诉求。[2]

那么弗雷德的“专注”与我们所说的情感是同一样东西吗？或者说，是不是它带来了整个现实主义的终结以及现代主义和非具象风格的出现？这些问题还会把我们带入“情节剧”这个词本身的多重含义和用法，而我们几乎只是把它与反派角色和对恶的叙述联系在了一起。弗雷德的术语提醒我们，无论是从情节剧在戏剧中的源头来看，还是从它在无声电影表演中的来世（以及正如它的词源所表明的那样，它在音乐中，尤其是在歌剧及其咏叹调中，因此在与这一由被命名的情绪构成的体系紧密相连的整个美学表达中并行的存在）来看，我们还可以把情节剧与戏剧本身联系在一起。[3]与此同时，当代电影理论[4]和电影制作又抛出了另一种似乎很有影响力的用法，它在以女性电影（道格拉斯·瑟克）为主题的感伤电影体裁中，在与18世纪的电影形式非常接近的催泪电影的回归中得到了体现。

然而，情节剧的消解这一概念明显可以表现出与情节剧本身同样多的形式；不过，当前这一章甚至不能宣称从理论上对它们进行说明，更遑论对它们进行探索了。因此，如果我们把情节剧当成一种以戏剧性为本质的模式，那么它所开辟的路径和方法，一方面会带来修辞问题，一方面也会带来绘画的演变。新兴的现代主义对修辞的批判早已在华兹华斯、柯勒律治对以旧制度的语言完成的寓言和修饰的拒斥中体现了出来；或许，歌剧的华丽表演和源自戏剧文本的无声电影也可以归入这一首先寻求对公众产生影响的范畴。出乎意料的是，迈
克尔·弗雷德将把18世纪的绘画和现代性中同样起作用的动机诊断 141
为“概念艺术”，并将他所说的“专注”当成拒斥这种同样是修辞意义上的“戏剧性”的处理办法。这个词还有最后一个可能的意思，我想把它保留下来，用于情节的建构，不过，我想在本章的后面再回过头来讨论这一点。

现在请允许我从一个非常不同的视角来探讨体裁的问题，即从奥尔巴赫关于现实主义的作品出发来探讨这个问题（与上述视角完全不同）。我想说的是，奥尔巴赫的“言说”（sermo）概念以及文体的三个层次或模式可以补充和加强我们关于体裁的论证。[5]事实上，奥尔巴赫只是给出了一个简化方案，在这个方案中，罗马修辞的高雅文体和具有早期基督文本特征并建立在《新约》模式基础上的“卑微者的言说”（sermo-humilis）为所谓的混合文体打开了一个中介空间。从他对现代现实主义的讨论——最典型的是他对《包法利夫人》的分析[6]，这可能是他创作《模仿论》的开始——来看，这种混合文体的运用本质上由预先排除或防止的内容所决定。我们可以用其他别的术语来理解奥尔巴赫所列举的这些文体上预先排除的内容，可以把它们理解为模式或声音、采取的社会视角和间距、语调、现存的修辞范畴等。事实上，我们将在这里把它们看成是各种体裁的出发点，并在此基础上展开一种非体裁的叙事话语，即什么将成为现实主义小说本身。

奥尔巴赫简单地对那些被排除在外的语调做了这样的总结：“那种语调可能是悲剧的、伤感的、田园诗般的、滑稽的或讽刺的。”[7]我们有这样一个关于这一新主题的例子，它避开了上述所有的可能，它是这样一个场景：爱玛和夏尔正在享用一顿非常普通的晚餐，通过晚餐，爱玛难以名状的不满被传达了出来（“她再也受不了了”，“生活中所有的痛苦”，等等）。奥尔巴赫所罗列的其他可能的语调投射出了所有其他可能的体裁，在这些体裁中，这样一种戏剧性的场面可能会上演：克吕泰涅斯特拉的高度悲剧性的不满（在舞台上而不是在叙事
142 散文中）也许与一个乡下姑娘对和眼下这一个截然不同的理想情人的田园诗般的向往有关（从莎士比亚到中世纪的韵文故事等，这些东西在喜剧——18 世纪——甚至滑稽戏中都是很容易想象的）。我们可能会说，所有这些体裁都认为这一场景富有意义，无论是悲剧性的还是喜剧性的：这不仅是因为我们很容易在文学上（因此在社会上）把它划入那些反映传统的表现在生活状况和所涉及的人物的地位［正如弗

莱（Frye）可能会说的那样，比我们地位高，比我们地位低］方面的阶级分化的体裁。[8]

奥尔巴赫把这种“日常生活”现实与其他所有传统的命名和分类的情境区分开来的更关键的一点恰恰就在于这种“日常生活”现实所表现的东西没有名称，因为它似乎没有传达任何崇高的形而上的主题，它既不适合于轻喜剧的幽默，也不适合于田园诗般的消遣和宁静的沉思。晚餐的场景（它与“玛侬”中被打断的晚餐——《模仿论》中的另一章——和第一章枚举的各式各样的午餐形成了对照）展示了爱玛那种难以被分类的感受。它并不是严格意义上的无聊，也不是沮丧，她还没有任何确切的欲求对象，她甚至没有弄明白福楼拜通过客观细节所传达的那种幻灭感是怎么回事。

但是，我们得确保，我们不会太轻易地在这个事实发生之后发现这种不满，并且没有把那些倾向于提前使某种东西物化的旧的或新的诊断加进去。保留未经辨认的东西，或者最好是把它当成无法辨认和不可得到的东西，这正是福楼拜的艺术的意图和职责。因此，在福楼拜的小说出版很长一段时间之后，1892 年，高尔地耶命名并描述了一种名为“包法利主义”的新疾病。这个案例很有趣，因为它似乎承认，这个疾病本身在被命名时是无名的。最近，福楼拜受到了理应得到的赞美，他被认为发现了欲望是如何被它自身在小说和其他媒体中的表征所塑造的。这些小说和媒体用一种先入为主的关于已婚女士的成见取代了某种简单的关于（内在和外在）现实的理念。包法利夫人不满，因为她读了一些认为存在着真正的满足的小说（从吉拉德的介 143
体，到其他媒体理论，再到后结构主义）。[9]但是，当这个主题本身有可能成为因果理论时，它就会威胁到那种恰恰以情感这种不能命名的东西为基本话题的小说的脆弱的平衡。

因此，奥尔巴赫在他的文章中精彩地描述了这种避开分类的做法，紧接着，他用“日常生活”和“实存”这些词对它进行了命名。就人们仍然不得不谈论它而言，这些词没有什么害处，因为它们指出了我们命名为情感的那个不能命名的东西的两副面孔，日常生活即外在的东西，或情绪（Stimmung），而实存即有生命的或内在的东西，即情感本身。这里的重点是两者都完全依赖于对这样一些体裁的规避，这些体裁倾向于物化这种有生命的材料并因此通过将其与特定体裁的情节类型所包含的这个或那个命运的原型联系在一起来解释这种材料。

现实主义叙事装置的目的恰恰是反对这种将命运物化的做法，它重新肯定了插曲的独特性，以至于使它们都不再符合叙事惯例了。这也是一种审美意识形态的冲突，这一点很清楚，因为旧的命运或宿命观念受到了新观念的挑战，这些新观念诉诸对社会和历史材料在其中以个别的或偶然的形式浮出水面的这个或那个“现实”同样是意识形态性的但在历史上却截然不同的理解。

因此，所有伟大的现实主义者都认为他们的叙事手法是对“迷信”或宗教的干预，是对普遍化的生命观的干预，是对仍作为整个启蒙的世俗化世界的组成部分的真理的打击（“读者们，这不是虚构的”）。但是，在每一种历史情境下，对真理的要求都会有所不同。总的来讲，现实主义（19 世纪中期，这个词在文学上真正流行了起来，
144 只不过持续的时间很短）[10]的总体策略或论证本身远不如它的对手现代主义那样持久和强大。在现代主义那里，形式创新的观念能够从一代传到另一代，而这种情况最终持续了大约一个世纪。

现在我们应该注意的是，尽管正如现实主义者所发现的那样，18 世纪初，当他们在不同的国家背景下开始他们的创作时，这种对体裁体系的攻击仍然存在，不过，作为一种形式上的策略，现实主义还是逐渐形成了它自身的新的体裁：可以说，通过一些故事类型，现实主义在小说有时继承但大多情况下创新或再创新的体裁充当脚手架并且必须被拆除的过程中强化了那些体裁。这个古怪但却辩证的过程或许可以表明现代普遍性与特殊性（甚至奇异性）之间的关系正变得日益紧张。在现代，体裁最终被当成了普遍的东西，从而也就被当成了批判孤立和最终拆除的目标，特别是当这类体裁的作品实际上是由社会和意识形态的成见来定义时。因此，任何随之而来的现实主义在形式

上都将以摒弃这种成见，深入到构成某一特定时刻的语言、民族、历史现实的那些独特的情况、城市景观和个人之中为目标。而这一推动力最终将揭示自己为现代主义的一种源泉，因为它试图达到这个或那个没有任何公认的名称并因此成了完全不可认识的独特的现象：名称和熟悉的事物无疑是普遍事物的卑微的形式，而成见则是其声名狼藉的家庭成员。如果你愿意的话，我们可以说，这是一个重复的问题，而后来的大众文化将开创一种以一般意义上的一致认可——通过卢卡奇高度的理论化，它有了典型的特征——为基础的整体的重复美学。[11]

但是，回到我们赖以开始这整个分析的时间范畴，我们还可以从物化的角度来描述这个过程，即对场景和当前的某些新的关注被证明与承载各种形态的物化命运的一般形象的那些旧有的物化的传说或故事类型不相容。因此，这种传说或故事将选取这种或那种物化的事件转折——一个喜剧性的回报，一个悲剧性的意外，一个反讽的结局，
那个女人受到了蔑视，那个吹牛皮的人得到了该有的报应，等等—— 145
作为物化的叙事形式，并按照这种叙事形式，将一系列偶然的实例串起来，这样一来，真实的故事就会变得可以预测，甚至公式化，这激起了后来的现实主义者（更不必说现代主义者）对这些实例的进一步的颠覆和摧毁。然而，不幸的是，正如唯名论的历史所证明的那样，新的共相总是在旧的共相的周围开始形成，而那些原本被揭示为不能命名的事物不可避免地又被命名，并被加以概括。这就是新的情节类型，它们开始出现在现实主义当中，随后它们将被编码化和标记出来，以进行叙事解构。

二

除了情节剧本身（我把它当成了一种体裁）之外，我还将简要介绍另外四种新的具有现实主义特征的体裁或子体裁。它们分别是成长

小说、历史小说、通奸小说以及自然主义小说——我将最后一种小说看成是一种新的叙事类型，而不是现实主义本身完全自然的渐进的扩展。

弗朗哥·莫雷蒂就成长小说在意识形态上的犹豫和妥协做了广泛的记录，对此，我在这里就不再赘述了[12]，我只想指出这一点，即他的分析为我提出了另一个关于现实主义的问题，它转向了现实主义对现状的本体论承诺。与其说这是一种政治承诺（尽管从传记中我们可以清楚地看到大多数伟大的现实主义小说家本身都是保守的），不如说是一种艺术承诺：现实主义需要对当前本身厚重的分量和持续性有一种信念，需要一种审美需求，以避免承认深刻的社会结构变化以及社会秩序内部更深层次的潮流和相互矛盾的趋势。假定社会秩序本身即将发生一场彻底的革命，这等于说否定了构建现实主义叙事的那些关于当前的材料，因为从革命的角度来看，它们只不过就是显像或附带现象，是历史短暂的环节，是暴风雨来临前虚假的平静，是短命
146 的社会阶级即将被永远清除的习惯。就像我们在巴尔扎克的作品中所看到的那样，现实主义可以容纳社会堕落和解体的形象，但却不能容纳这种完全不同意义上的当前的本体论，即认为当前就像一条奔流不息的小溪一样。我曾在其他地方详细论述过[13]，这种结构上的偏见在所有伟大的现实主义者给予知识分子的那些充满讽刺的肖像中，在对所有这些对历史、变革和社会改革的激进承诺的抹黑中显而易见。

但是，成长小说同样给出了另一种不同的理由，来解释这种出人意料的体裁在这样一种似乎致力于用不同的表征形式来取代这种物化形式的叙事模式下的重新出现。因为成长小说中的年轻人可以说是探索资产阶级社会新的可能性的工具，一种记录仪，他建立了那些可能性赖以展现在我们面前的实验室情境。所以，主角并不是一种全新的社会类型，而是一个空间，它在那种为新的现实主义叙事开辟道路的新社会中反复出现。

我们应该以同样的方式来考虑其他三种一般意义上的可能性。历史小说隔离了法国大革命时期出现的新的历史感，隔离了这一决定了

现代史学的产生并且与工业革命后资本主义的新动态相对应的历史性。人们当然可以这么说，即所有伟大的现实主义小说在某种意义上都是历史小说：巴尔扎克的小说自始至终都以一个过去的历史年代，一个特定的区域或指定的空间为背景，而其他人的小说则凭借其（不知道我可不可以这样说）现实主义的力量最终变成了历史文献。

因此，就像卢卡奇那样[14]，我们可能会认为，现实主义小说本身就是深刻的历史小说，它对日常生活的全新的感性认识使日常生活从静态的城市风俗和民俗场景素描变成了一种对变革——破坏、重建、废墟、断头台、刚刚新建的和面目全非的住宅——的感性认识，变成了一种感觉，而当你读到波德莱尔和豪斯曼（以及左拉）时，这种感觉将变得更加明显。这是一种对早已存在的、迫在眉睫的、充满威胁的、有时受到热切期待的变革的感觉，这种变革将在各个方面得到体现，比如，债台高筑，利息即将到期，就像从巴尔扎克到加尔多斯，我们在他们的作品中随处看到的那样，再就是，通货膨胀危机， 147
衰老与世代（《贝姨》）[15]，政权变革，时尚符号（我们都知道，变革是时尚概念固有的属性）——它们是撼动已婚家庭和家庭门厅的稳定的外部力量。这就是在新的日常生活中早已存在和活跃的历史性，它为叙事结构提供了次要的刺激，推动了中心情节的向前发展，它就像一个不稳定的得不到满足的元素一样，中心情节通过它必然向前移动。

因此，作为一种特定的子体裁，历史小说构成了某种类似于这种内在的历史现实的本质的东西：它就像是把病毒放进试管那样隔离了历史变革的病毒，并将这种“纯历史”贴在了某种类似于挂在资产阶级家庭墙上的埃皮纳勒传统绘画的东西上。正如司各特的《威弗利》（1811）所写的那样，日常生活与重大历史事件——通常是政治上的，而不是经济上的——的交汇是现实主义小说的新的历史性的一个标志。历史小说似乎把这种交汇颠倒了过来，将历史事件贯穿到了它与私人生活的各个交汇处，而不是相反。这种特定的形式显然还有其他的决定因素，我们在这里就不去讨论了。[16]

至于通奸小说，马尔库塞认为[17]，它是19世纪资产阶级生活中的否定性的空间。尚未完全被资本主义和无偿劳动工具所吸收的女性比男性更容易成为反抗和抵制的叙事场合。正如我们从左拉的慕雷（《妇女乐园》中的人物）或莫泊桑的杜洛瓦（《漂亮朋友》中的主角）那里所看到的，男性——除非他们年轻并且不满（因此成为成长小说的叙事场合）——更容易被充满活力的商业所吸收，并通过成功来展示大众文化畅销书的范式。（正如我们随后将会看到的那样，男性的失败确切来说是自然主义小说的话题。）但从这个意义上讲，女性不可能取得成功（除非家庭的满足被认为是某种积极的东西，否则女性
148 角色就会沦为二流的小人物，沦为狄更斯的“炉边的天使”或地中海女酋长）。因此，通奸小说（大而言之）是一个独特的空间，在这里，对社会秩序的否定可以通过“人类”的另一半进行叙述：充满悖论甚至矛盾的是，女性人物，就像19世纪伟大的芭蕾舞蹈家，成了19世纪小说中的大明星（只需对包法利夫人和无能的弗雷德里克做一番比较，或对安娜·卡列尼娜和优柔寡断的皮埃尔做一番比较，我们就会明白这一点），但这种通奸者赖以成为否定性或褫夺性的角色的环境却表明她们在资产阶级社会——它的表征从一开始就是小说的主题——根本就没有容身之所。

至于自然主义小说，它将成为19世纪文坛的第四大新秀。自然主义小说为青年男性、政治上的“世界历史性的个人”以及女性之外的工人打开了一个空间，同时也为工人之外的更加异质的“底层”人口（一般是流氓无产阶级和流民）打开了一个空间。自然主义这种新的子体裁的透视失真程度可以通过拿自然主义与狄更斯或雨果对穷人充满伤感的描写进行比较来衡量，在后者的作品中，集体失去社会地位的危险并不存在（尽管狄更斯自身也有童年创伤）。事实证明，慈善事业及其怜悯和同情与19世纪后期的大恐慌完全不同，因为它面对的是险恶而又截然不同的空间。但是，将自然主义说成是现实主义的一个子体裁是否恰当呢？当然，它与现实主义的关系一直以来都备受争议，作为一种形式，自然主义小说的范畴似乎与现实主义小说的

范畴并不“完全一致”：后者的社会观察和对城市环境的详细渲染都带有成见，而膜拜鄙俗之物的自然主义文本似乎更像是带有一种与悲观或忧郁相联系的情绪或情感，以至于德勒兹将自然主义（弗兰克·诺里斯《麦克提格》）与布努埃尔的超现实主义联系了起来，与无意识——深层的、非人格的火山般力量——表现出来的颤抖症状联系了起来，为这些古老的理论争论带来了可喜的、意想不到的进展。[18]

但是，自然主义运动及其文本似乎具有的独特的表达能力是否与特定的情节线索联系在一起，从而可以使其归为一种子体裁呢？我的 149
观点是，自然主义的各种截然不同的范例都采用一种更加普遍的叙事范式，我们可以把这种范式描述为衰落和失败的轨迹，就像个人命运层面的熵这样一种东西的轨迹。不过，这种现象与我们在主流现实主义小说中看到的任何关于死亡或有限性的表征截然不同。因为自然主义叙事的这条下降曲线与19世纪晚期更加普遍的意识形态有相似之处，马克·昂热诺将这种意识形态描述为相信人类在进步[19]，同时也确信人类正走向颓废，确信人类在生物意义上正在退化，而这种确信在社会上表现为对退化和普遍颓废的恐慌。在这里，一个根本的矛盾被明确地表述了出来，那便是资本主义的动态表现为城市化、技术、商业、文明等方面的进步，与此同时，最深层的社会焦虑表现为无时无刻不从熵的角度来理解社会所有的层面。

然而，要理解自然主义，关键在于将这种既奇怪又矛盾的意识形态当成一种阶级观点，它反映了资产阶级对自身霸权的怀疑，对崛起的工人阶级的恐惧，对外来移民和殖民地人口的恐惧，对来自其他帝国主义民族国家势不可挡的竞争的恐惧，以及对自己内心失去了勇气的恐惧。自然主义叙事范式的核心在于资产阶级的视角以及对其他（底层）阶级的看法。不过，这也不是一个纯粹的认识论问题，因为包含在这一集体“视角”之中的是一种令人绝望的恐惧。也就是说，害怕失去社会地位，害怕从阶级地位和商业或金融成就这个艰难爬上的斜坡滑下来，害怕沦为小资产阶级，同时害怕因此陷入无产阶级的痛苦境地。事实上，那些观察力敏锐的资产阶级以悲惨的眼光看待自己的下层社会生活的形象（这在自然主义小说中与边缘化几乎没有区别），这本身就表达了他们对内在的颓废和衰落——绮尔维丝就陷入
150 了这种状态，赫斯特伍德为了摆脱这种状态，选择了自杀——的焦虑。相比巴尔扎克的成功的故事（它们本身也是时断时续的——就好像拉斯蒂涅在现实生活中赢得了胜利那样——并且只有通过与它们相伴而来的各式各样的失败的故事才会让人信服）中对“新兴”阶级的轨迹所做的所有模糊的、更多地展示必胜信念的表述，这种以清晰的叙事范式的形式实现自身幻想的中产阶级的方式更好地、更引人注目地例证了阶级与文学之间的关系。出于这个原因，自然主义比通常的现实主义更有阶级特征，更加地方化，而且给读者的印象也比现实主义要专业得多，以至于使他们没有那种特殊的世纪末的恐怖。

在各种各样的读者群体日益分化和普通资产阶级读者群体日益分裂为多元化的更加专业的读者群体（为他们量身打造了更加差别化的“小众”的子体裁作品）的时代，自然主义的特殊性还表明，其他三种基本的现实主义叙事范式本身也将被物化，成为更加独特的子体裁，并趋向于退化为大众文化的形式和变体。与此同时，它们成了各种新兴现代主义陌生化的目标，后者以讽刺的形式丑化了它们的传统，或吸收和升华了它们的叙事，使其变成了广义上的典故，使那些在现实主义鼎盛时期依然存在的叙事有了如此多的共时的文学内涵。

因此，把《尤利西斯》作为体现这些残存的现实主义叙事线索的一个宝库，作为一部保留了这些残存物的新的非凡的组合剧来重新解读，很有启发性。成长小说是这些几近灭绝的残存形式中最显著的一种，因为乔伊斯在斯蒂芬去达尔基短暂的教学期间明确地带着他完成了这种形式。我们没必要去判定后来的斯蒂芬是会在他自命不凡的象征主义文学抱负上失败，还是相反，会成为乔伊斯本人，因为单日的视角从根本上干扰了旧形式的时间性，它有效地消除了这种时间性，同时将它的否定作为痕迹保留了下来。

即使有人持修正主义的观点，认为斯蒂芬是一幅讽刺漫画，不能用他自身的重力和自我意识来评价，我们也不能说《尤利西斯》是对

成长小说的拙劣模仿。这是旧形式向新组合的转移，在这种新组合中，通奸小说也插入了进来。实际上，如果以摩莉最后的视角来看（并以布伦达·马多克斯的《诺拉》——清楚地表明这本书不仅是一部男性作品，而且是诺拉的声音在很大程度上占有一席之地的合力之作——为佐证），《尤利西斯》可以被看成是《包法利夫人》的现代主义的后像。我们可以明显地看到，摩莉是后者主角的一个更粗俗（但 151
却更有艺术天赋）的变种，布卢姆先生则是夏尔的一个更滑稽但却更富有同情心的变种。但如果我们把布莱泽斯·博伊兰看成是罗多尔夫的变种，把斯蒂芬看成是莱昂的变种［我们通常认为，后者最终的求爱只有在摩莉（和布卢姆）的幻想中才能实现］，那么福楼拜小说的整个情节可以说就被复制到了《尤利西斯》中，并与其融合在了一起，就像一条旧牛仔裤被粘在了劳申伯格的画布上一样，或更确切地说，就像逼真的透视画被其失真的复制扭曲了。在这里，《包法利夫人》的叙事被投射到了另一种平面上，而由此产生的片段则以各种方式添加到了新的结构中。福楼拜的现实主义似乎以废墟的形式幸存了下来，然后，一种新的（现代主义的）建筑将其作为典故、作为记忆、作为老古董、作为值得嘲弄的陶瓷碎片纳入了进来。

至于历史小说，可以肯定的是，《尤利西斯》从两个方面来讲是历史小说：一方面，它以乔伊斯自身的生活环境（出版前 18 年）为背景；另一方面，对我们来说，它是战前殖民地大都市的一座纪念碑。从内部和外部看，有两个日期对这一点做了标记。从外部看，与其说这个事件是第一次世界大战中意想不到——书中的人物（而不是我们）没有预想到——的那场爱尔兰军团争夺王权的战争，不如说是完全出乎意料的 1916 年的复活节起义。从内部看，深刻的历史不仅嵌入了斯蒂芬的史前史（它没有出现在这本书中，但却出现在了其他书中，所以我们可以把它当作外部的历史事实），还通过中欧和巴勒斯坦犹太人的过去的乍隐乍现嵌入了布卢姆先生的遐想。[20]

而文本中作为另一个时间维度的主要标志是“无敌”组织的无政府主义暴力行动，即 20 年前在都柏林凤凰公园的暗杀，这在公众的八卦和谣言以及民间记忆中保留了下来，并以一位深夜出现在马车夫的棚子里而后来又出现在书中的年迈的游击队幸存者的形式复活了。在这里，历史与过去，而不是当前交汇在了一起——虽然我们可以
152 说，总督的仪式队伍（伍尔夫在《达洛维夫人》中以国王的豪华轿车的形式重新传达了这一点）标志着帝国的存在，殖民城市——而不是其真实的社会——的管理是围绕着帝国的存在来组织的。晚近的对《尤利西斯》的后殖民解读比早期神话的解读更有效地将其转化成了历史小说这种子体裁。

正如我们所说的那样，自然主义并不完全是现实主义的子体裁，但从乔伊斯笔下大多数社会地位较低的人物以及城市细节和穿越噩梦般的下层社会或"底层"的旅程来看，他经常受到自然主义者的启发。[21]我本人更愿意从自然主义者的角度来看待时间延长的建议以及布卢姆对自己未来和衰落——他自身的无产阶级化（我在其他地方已经讨论了这一点）——的预感。[22]

这就是从现实主义中涌现出来并在其崩溃中变得清晰可见的子体裁的来世。可以肯定的是，乔伊斯不得不通过将一种新的伪神话的叙事结构（与《奥德赛》平行对应）强加在这种异质性之上来统一这些旧有的、综合的残余，以便将其多样性合为一体。

在这里，体裁本身被实在化了，并通过《奥德赛》的平行对应投射到了小说之外，这种单日小说的共时结构实际上并不允许我们以任何真正的家庭或精神分析的方式来解读斯蒂芬与布卢姆的短暂接触，无论后者有什么样的幻想。但是，这个"主题"却从小说中投射到了一个未成文的叙事版本中，被奥德修斯和忒勒玛科斯的情节抓住并吸收了，也就是说，就像古人被冰冻起来并被置于星座之中那样，投射（物化）到了传说中。当我们以一种完全不同的维度来解读和观察这些人际关系时，《奥德赛》的平行对应就像记忆一样保留了它们的历时性：它就像是一种不再流行或可用的一般结构，只能被认为是一种来自遥远的史诗般的过去的记忆。这是一种物化的一般本质，在这种本质中，后两种现实主义子体裁，即成长小说和通奸小说，找到了自

身的位置，找到了以特洛伊战争这种古代灾难的形式漂浮在文本之上的历史性本身。

在这最终的时刻，体裁的理念似乎取代了它的实践；似乎只有一种被象征性地浓缩在古代古典的前小说形式中的统一的理念才能不管 153
是在章节层面还是在作品层面把浸淫于当前的一系列强有力的情感瞬间统一起来。

然而，也许我们可以从乔伊斯同时对《包法利夫人》所做的叙事化和去叙事化处理与奥尔巴赫对《包法利夫人》的最初解读中推断出另一种趋势（与其说它破坏了叙事形式下的某种更深层次的文本性，不如说它让这种文本性隐约地显现了出来），那便是某种非叙事性的日常生活在叙事体裁结构的背后一直持续存在。这种非叙事性的“现实”——奥尔巴赫也称之为“实存”——和我们最初将其与情感联系在一起的对场景和当前的冲动一致。而我们还可以将它等同于巍然屹立的现实主义范式的另一种趋势，即出现了越来越多插曲，而这最终将是场景取代情节，幻想取代想象，非叙事的感性取代叙事。在某种意义上，这无疑是回到了起点，因为小说是各种材料拼凑而成的大杂烩，其中最主要的是素描（正如狄更斯所说的那样）或巴尔扎克的面相学，报纸上关于大城市各种多姿多彩的风景的专栏、新闻观察和符号，这些都增加了叙事文本本身的密度。但随着小说的系列化，这种离心的趋势又一次加剧了，其中的部分以其反复出现的内在动力和相对的自主性，以一种新的方式又一次激起了这一趋势，即打破叙事或故事叙述过程的连续性。

我们可以称这种新的趋势为自主化；在这里，卢曼所说的“分化”与物化本身是同一个过程。在诗歌中，物化使词越来越多地转化成了对象，正如我们在波德莱尔形式严格的诗中所看到的那样。不过，在小说中，我们可以更容易地发现物化，因为在那里，不仅出现了描述性的固定的套路，而且更重要的是次要人物出现了前移并掩盖那些组织叙事以及投入和编排想象力所围绕的主要人物之间的关系的趋势。小说成了一种围绕城市及其叙事空间的次要人物来展开的游历，至少在城市是现实主义小说所倾向的叙事空间最充分的实现和外化的形式的情况下是如此，而对于这一过程，加尔多斯给出了最好的
154 例证。在这里，《尤利西斯》再次将一束特殊的光投到了旧有的形式上，而这些形式的多重的情节和交叉本身就像是叙事中的城市。

三

情节剧的最终回归，在这里或许对我们有所启发；但它不是一般意义上的实质性的东西的回归，而是我们一直将其与戏剧和修辞联系起来的情节剧式的东西的回归。与这些修饰词最常联系在一起的，尤其是当我们本着批判或否定的态度使用它们时，与其说是它们的效果，不如说是它们的意义，即它们构成了某种叙事的补充，构成了某种结构，这种结构被叠加或添加在了那种用于弥补另一种化学缺陷的过时的审美表达的残留物上。

因为弗雷德的讨论（以及大量的关于情节剧的戏剧性的讨论）清楚地表明，情节剧与戏剧性的结合，不仅在现代主义中，而且在现实主义小说的发展过程中，都引发了更为普遍的修辞问题以及对它的批判（正如我们在魏尔伦著名的诗篇中所看到的那样）。修辞在这里不仅指一种本质上具有表现力的语言的戏剧性（正如我们所揭示的那样，它建立在占据主导的被命名的情绪之上），而且自司各特和雨果以来，它还指一种简易的爆炸性的表现手法，通过这种手法，一个情节可以开始，可以转向一个新的方向，也可以适时地结束（以不实时的方式）。正如我们已经看到的那样，这在本质上是左拉作品中的一种叙事修辞的功能：需要以一场灾难来结束这一切，或者像雨果那样插入一些怪诞的人物，比如《金钱》中萨加尔的恶魔之子，以便为那些容易被情感的侵染所诱而陷入死寂的事件提供前进的动力（以及避免对反省或心理状态产生太大的兴趣）。

然而，左拉作品中的那些情节剧式的部分不仅提醒我们，他是雨

果和巴尔扎克名副其实的继承者，它们还表明，他的原材料出现了明显的脱节。我们倾向于谴责这些过度的叙事，但同时我们也赞赏它们（即使只是在执行死刑的刺激下）。也就是说，在阅读文本时，它们已经把自身当成了补充，而原材料本身也表现出了内在的断裂和间断。
它似乎想依靠自身来展示日常生活中过于丰富的、确实充满性欲的、 155
过于艳丽的原乐，与在例行程序中、在庞杂的物品的列表和目录中身体的昏厥及其幸福、兴奋以及狂喜体验之间的间隙；另外，无端的爆炸、火灾、破产、怪物以及无端（而且“致命”）的灾难是我们必须为小说的结束所付的代价。因此，这种过度根源于主题本身，而不是作者的不良品味。它预示着反复和事件、无聊和历史灾难这两种时间性的存在之间在将来有一段距离；但它也宣告了叙事作为这种“现实”得以彰显和传达的形式即将崩溃。

就乔治·艾略特而言，从《亚当·比德》中赫蒂的诱惑到《丹尼尔·德隆达》中对格温多琳的审判，从小说主人公未解的身世之谜到罗慕拉的复仇剧，从许多故事中讲到的财富和破产，到与此相伴而生的秘密和敲诈（对此，亚历山大·威尔斯做了极其有说服力的记录），从她小说中无数的情节剧式的元素来看，她的某些抵制情节剧的主张似乎充满了悖论。[23]

不过，这些元素的意义要根据这些作品的各种各样的建构来把握，在她的作品中，各种叙事范式（不仅仅是情节剧的叙事范式）被嵌入了综合性的建构，但这些建构并没有让我们觉得其手法粗枝大叶、缺乏经验，而是表明它们有意将多种冲动、多种社会和心理类型以及雄心勃勃的多重主题都包含进来。

因此，《亚当·比德》中的风俗喜剧结合了《浮士德》第一部中的阶级悲剧，即平民女子与年轻贵族（毫无疑问，他扮演的是某种传统意义上的反派角色）灾难性的友爱。《弗洛斯河上的磨坊》是一个更大的“题材”（亨利·詹姆斯喜欢这样称呼它们）和尚未充分探索或盖棺定论的情节线索的大杂烩。作为一部历史小说，《罗慕拉》需要一种与《织工马南传》或《费利克斯·霍尔特》相对专一的目标不

同的异质性。只有《米德尔马契》成功地将它的情节线索融合在了一起，变成了连贯的景观，而《丹尼尔·德隆达》中非同寻常的上流社
156 会环境却同样出人意料地在这部作品中打开了一个大裂缝，这促使利维斯大胆地提出了这一建议，即干脆删掉它的政治的部分（德隆达的种族认同的故事）。[24]

然而，将艾略特作品中丰富多样的形式看成是技术实验中的许许多多的练习，更有启发意义。事实上，在 19 世纪其他伟大的小说家当中，只有福楼拜在对自己作品的战略性思考和有限的数量上与艾略特比较接近。艾略特和福楼拜都不是狄更斯或左拉、巴尔扎克甚或亨利·詹姆斯那种类型的职业小说家；他们的每一部作品都可以被看成是实验室的一个试验，尽管每一部作品本身都提出了不同的形式问题，但其解决方案却令人感到满意。

因此，情节剧的问题在艾略特的作品中找到了一个自觉的消解之道也就不足为怪了：在艾略特的作品中，叙事困境已经取得了历史性的成果，但同时也遇到了维持它的哲学动机。我们不需要对维多利亚时代持进化论观念的公众所面临的伦理困境的时效性进行推测（尼采的存在就是为了证明它有着更广泛的文化共鸣）。

大卫·弗里斯确实非常敏锐地指出，从这段让人回想起利德盖特早年在巴黎与一位年轻法国女演员的风流韵事的插曲（第 15 章）来看，《米德尔马契》本身就包含着一段重要的自我指涉的题外话。也就是说，脱离了主题，转而描述起了作为一种形式的情节剧。[25]这一部分出现了这样一个情节剧，即不忠的妻子在舞台上杀死了她吃醋的丈夫：然而在这个时刻，女主人公真的杀死了她的伴侣（他在现实生活中是或曾经是她的丈夫）。在这里，作为一种体裁的情节剧与现实主义的分离是绝对的，现实主义必须始终抵制它，废止它，揭开它刻板成见背后更真实的东西。那么“现实主义”添加到这一过程中的是，它揭示了下一层表征——她的脚滑倒了，那是一场意外——也是虚假的，那个年轻女子实际上是想在一开始就杀了她的配偶。这一小小的发现对于乔治·艾略特的作品来说非常重要，我们稍后会讲到这一点。

在乔治·艾略特最后一部巨著《丹尼尔·德隆达》中，我们遇到了更为严肃的反对这一抹杀情节剧的理论的理由，因为在该小说中，通过一个受到过无情的伤害但却令人钦佩的精力充沛的女主角和一个 157
其冷漠的激情抵得上 18 世纪可能遗留给我们的一切的反派角色，情节剧令人无法理解地恢复了它所有的荣耀。确实，就格兰库特来说，艾略特没有用到任何自欺的表征技巧，尽管这些技巧有可能使这个人物对读者来说更有吸引力，或至少更容易理解：他内心生活的几次短暂闪光（以及他对格拉舍尔太太和她的孩子们的爱的记忆），几乎不足以破坏这个强有力的放荡不羁的反派形象，他的冷酷在拉克洛、萨德、洛夫莱斯以及拜伦和巴尔扎克的作品中都是邪恶力量的传统标志。次要人物勒什（从唐璜传说开始就为人熟知的腐化的佣人）的衬托也无法解释这种恶的原型的所有令人费解之处：这种根本恶的令人费解之处实际上反映在了格兰库特的这些行为举止上，即不可预见和反复无常的拒绝，出乎意外地肯定无理的要求，若无其事地确信有必要支配他人。

如果从这个角度来看，并将他重新放回这个特定的文化传统，格兰库特这个人物无疑是艾略特描写最透彻的人物之一，毫无疑问，他属于典型的情节剧的人物阵容。然而，在这部形式上和文体上的能量和智慧不逊于《米德尔马契》的作品中，我们该如何解释乔治·艾略特的这一引人注目的形式上的倒退呢？足以令人感到震惊的是，我认为其原因都是政治上的，而这也能够解释德隆达的情节看似不相干的发展（我们前面曾提到过，像利维斯这样杰出的读者建议将德隆达的情节从他非常欣赏的格温多琳那部分切除出去）。

詹姆斯关于艾略特的保守主义的声明——“作为一个艺术家和一个思想家……我们的作者是一个乐观主义者；尽管保守主义者不一定是乐观主义者，但我认为乐观主义者很可能是保守主义者”[26]——需要做一些修正，特别是当这个声明来自詹姆斯这样一个完全不关心政治的作家时，他的描述并没有显示出他有什么特别进步的地方，他只

不过是在她的“保守主义”中发现了一些政治性的东西，即政治冲动
158 和价值的残留物，而这些东西只不过是艺术而已。我认为把艾略特的这些政治性的残留物说成是反政治的，或更确切地说，是反激进主义的，可能会更好。显然，她有一种强烈的压迫感，同样明显的是，她对工人阶级的骚动（《费利克斯·霍尔特》）和激进的女权主义都提出了强烈的谴责，但她并没有因此就不再去谴责他们（错误地）通过直接的政治行动来纠正错误。上天的安排[27]给这一矛盾局面增添了乌托邦的光辉，同时又没有削弱她在描绘像多萝西或格温多琳的婚姻那样无法容忍的束缚时所采取的破坏性的批判视角。

难道这不是在暗示，对她而言，她希望在当代社会生活中避免的直接的政治冲突、社会斗争以及它们各自的立场和它们必然产生的对抗性结构与她试图在小说的建构中尽量减少的那些情节剧式的结构之间并非没有关系？

与此同时，随着工业资本主义的发展，田园诗般的古老的乡村生活景象变得越来越不“现实”了，同时，改革法案似乎也无法保证“进步”与乔治·艾略特这样的乐观主义者所期待的恢复令人怀念的乡村达成和解。相反，欧洲如火如荼的民族主义运动出乎意料地开始取代那种在她早期作品中留有痕迹的内部社会冲突。为了把这个更大的新世界包括进来，需要一种新的政治思想，我们发现格温多琳在遇到这种情况时既感到沮丧，又表现出了良好的意愿。《丹尼尔·德隆达》这部小说同样如此；而且，无论乔治·艾略特对工人或妇女的相对分裂主义的运动感到多么不安，她对社会和集体关系的“网络”的清醒认识，似乎都足以让她觉得民族主义运动在原则上更合乎时宜。[28]不过，他们不是激进分子，因此他们选择了犹太复兴，把它当成了这种新的不断发展的政治意识最合适的载体。我们在评价它时必须完全抛开后来政治上的犹太复国主义（更不必说以色列的实力政治了）的有时代印记的内涵，把它理解为纯粹的文化民族主义（同样要
159 抛开这个措辞后来的内涵），或换句话说，一个完全围绕文化传统组织起来的、没有艾略特有条不紊地避开的激进主义政治纲领的集体的

民族运动。

艾略特对大陆民族主义的兴趣，就像她的哲学承诺一样，远远超前于相对狭隘的英国人的关注，因此也可以被看成是她对自己关于本地社会生活的看法的修正；我们回到情节剧的问题上来，但现在是为了强调它作为一种象征的政治内容。因为我们将格兰库特归入其中的传统，就像哥特小说一样，必然是启蒙运动批判贵族和旧制度的一种表达。放荡不羁的主角的邪恶是一种阶级压迫；政治和性一起构成了18世纪基本的“美德”能指；和其他所有人一样，格兰库特是典型的鱼肉平民的贵族。对亲德的乔治·艾略特来说，《亚当·比德》就像我们之前所说的《浮士德》第一部的重演，它讲述了一个被诱惑的农村女孩的悲剧；《丹尼尔·德隆达》更像是哥特小说，更像是贵族对被囚禁的女性受害者的专横暴虐。总而言之，我认为，艾略特最后这一部小说的深层次的情节结构在于对英国旧制度持续不断的情节剧式的谴责与对另一种有机社会的乌托邦愿景——它不是以英国的过去为背景，而是以一些不熟悉的未来场景为背景，在这些场景中，我们的生活和自我与德隆达一起有可能会彻底改变——的结合。

然而，从所有这一切来看，我们似乎忽略了另一种情节剧，另一种反派角色。当然，情节剧的一个主要的戏剧（和歌剧）元素永远都是家庭罗曼史，也就是说，重新找到了孤儿的生父，惊人的意外发现，或男女主人公的降生，使作品得以完成、情节得以结束的那些令人喜悦和惊异的呼喊的最后相认（我们一会再回到叙事闭合这个问题上来）。与此同时，我们似乎忘了这一点，即反派角色经常会以另一种性别的形式出现，这种形式从远古时代，比如，中国传统中的“白骨精”和邪恶的公主，一直延续到好莱坞黑色电影中的蛇蝎美女。

它提醒我们必须立即把注意力从格兰德维尔（艾略特第一个情节中的人物）转移到哈尔姆-埃伯斯坦公主身上，即第二个情节中真正的情节剧式的中心：她是一个不称职的母亲，抛弃了自己的儿子丹尼 160
尔，成了举世闻名的名媛，她身上流露出了通常与作为行动元的反派角色密切相关的冷漠。但是，如果不回到早期小说那个关于利德盖特的初恋和幻灭的小逸事中的“嵌套式结构”，我们便无法正确地评价这个人物，以及她在这两个情节的高潮部分的位置。因为在那里，顺便说一下，从他的女演员情人承认有罪后的随口解释中，即“‘你是个好小伙子，’她说道，‘但我不喜欢丈夫，也永远不会再有丈夫了’”[29]，我们发现乔治·艾略特作品中真正具有爆炸性和政治性的东西被清楚地表达了出来。在这句话中，而不是在她的道德警句中，甚至也不是在多萝西这样令人同情的人物中，我们发现了乔治·艾略特作品中那颗怦怦跳动的心，发现了情节剧和奸情剧这两种传统的亚属的叙事赖以被揭示为只不过是一部无与伦比的解放剧的伪装和幌子的地方。正如男性反派角色、诱惑者成了古老的食人魔（弗洛伊德所说的原始部落的首领）的文明的化身，冷酷恶毒的女人成了巫婆和杀死自己后代的邪恶女巫（美狄亚）的文明的化身，所以现实主义的工作在于消解这些原型（而不是像旧的神话批评向我们保证的那样把它们的残留物搬上舞台），并将它们有原型的情节用于新的自由的行动。

不过，我们也不能忘了这一点，即就像我们在这里所提到的其他故事类型一样，情节剧要是失去了它的内容和传统意义，它同样也只是一种空洞的形式，它的存在是为了补充叙事结构，尤其是这种结构只有通过它才能运动起来，只有借由它才能发现闭合：结尾本身，灾难（比如爆炸、大火、洪水、金融灾难），甚至在某种情况下（《费德里奥》）上天安排的营救，布莱希特的“骑马的信使”，女王的赦免，一线希望。所有这一切，无论是消极的还是积极的，都强化了作为情节剧式的闭合和最终满足——如果不是反派角色的毁灭，那么至少也是世界末日——的结尾这一基本范畴。

但我们已经反复重申，现实主义并不意味着命运的表现及其作为情节剧模式的叙事完全被抹杀了，只是在它的对立面——场景、情
161 感、永恒的当前、意识或不可调和的冲动可能采取的一切形式——面前，它被削弱或带有倾向地弱化了。左拉的灾难，巴尔扎克疯狂的结局，都证明了这种时间结构的持久性，以及它对于这一尤其是在 19 世纪的系列化模式下若没有这样的表现手法以及这样的闭合和完成的

信号便会受到严峻挑战的形式的不可或缺性。

我们是否有必要补充这一点，即乔治·艾略特本人是情节剧式的结尾大师？《弗洛斯河上的磨坊》中横扫主人公的那场洪水无疑就像狄更斯笔下的所有作品一样充满了左拉风格；再就是，《罗慕拉》和《丹尼尔·德隆达》这两部小说都以高度情节剧式的溺水收场，这肯定也不是偶然。唯恐溺水而死，但也正是这种恐惧，以及乔治·艾略特为唤起和满足这种恐惧所设计的这种形式上的创新，使得她在现实主义从出现到消解的路上所逗留的这一夜趣味盎然。[30]

然而，还有最后一种体裁，如果它不在这个过程中完全自我毁灭，那么现实主义是不可能消解的，而它就是小说本身。罗兰·巴特的一个主要的文学观察评论是，作为一种形式，小说与其说是由情节和结构定义的，不如说是由“小说性”本身定义的。这种小说性延伸到了语言和句子的极其细微之处，甚至把表面上的事实和所谓的非虚构的东西变成了“我是一部小说”这一补充声明不可分割的含蓄意指。我曾经在其他地方把下面这段出自非虚构的新闻作品的话当成了一个例子，而它也是一非常精彩的例子：

> 康涅狄格州格林尼治市的早晨空气寒冷刺骨。2008 年 3 月 17 日早上 5 点，天还很黑，只有那辆在私人车道上怠速等待的黑色奔驰车的车头灯亮着，光束照亮了散布在这片 12 英亩庄园草坪上的那一片片泥浆。当理查德·S. 福尔德慢吞吞地走出前门，钻进汽车后座时，司机听到行人道上的石头发出了噼噼啪啪的声响。[31]

这是开篇陈词，因此就更加重要了，因为它为读者编写了程序，
并就接下来发生的事情给出了一种特定叙事的但最终也是小说的立 162
场。但如果是这样，即如果“小说”同时也是罗兰·巴特的“小说性的叙述”，是现实主义与物化和物化形式的斗争中最后一个被消解的体裁，那么悖论的是，我们可以清楚地看到，现实主义的最终对手将是现实主义小说本身。

注释

［1］有人注意到，特别是自 1898 年之后，西班牙出现了各式各样的“堂吉诃德哲学”（Ortega，Unamuno）和关于“塞万提斯”的论述，在此，甚至是大师的句子的形式也投射出了整个的生命哲学：我在其他任何国家的文学著作中从未找到过类似的作品。同时，低估塞万提斯的文学作品在各个时代的影响是不明智的，比如说，加尔多斯的所有作品讨论的就都是《堂吉诃德》的基本主题。

［2］Michael Fried，*Absorption and Theatricality*，Chicago：University of Chicago Press，1988. 我们也应该注意到这一观点对现代主义的影响（Fried，*Art and Objecthood*：*Essays and Reviews*，Chicago：University of Chicago Press，1998），以及它在摄影这种意想不到的当代实践中的回归（Fried，*Why Photography Matters as Art as Never Before*，New Haven：Yale University Press，2008）。

［3］关于情节剧的意义的经典作品，参见 Peter Brooks，*The Melodramatic Imagination*，New Haven：Yale University Press，1995。

［4］关于这方面的最早的文本，参见 Thomas Elsaesser，“Tales of Sound and Fury，” in *Movies and Methods*，Volume Ⅱ，ed. Bill Nichols，Berkeley：University of California Press，1985。

［5］Erich Auerbach，*Literary Language and its Public in Late Latin Antiquity*，New York：Pantheon，1965.

［6］Erich Auerbach，“On the Serious Imitation of the Everyday，” in Flaubert，*Madame Bovary*，Norton Critical Editions，ed. Margaret Cohen，New York：Norton，2005.

［7］Ibid.，427.

［8］Northrop Frye，*The Anatomy of Criticism*，Princeton：Princeton University Press，1957，33-34.

［9］吉拉德的“模仿欲望”（René Girard，*Desire*，*Deceit and the Novel*，Baltimore：Johns Hopkins University Press，1976）只是这种理论最引人注目的例证，这种理论中的“仿像论”和“景观社会

理论”阐发了其他的方面。

[10] 这是由于库尔贝（Courbet）等画家的支持者和杜兰蒂（Duranty）的推动。

[11] 参见 Georg Lukács，*Writer and Critic*，London：Merlin，1970；and *Studies in European Realism*，London：Merlin，1972。有必要补充的是，对卢卡奇来说，“典型”最终反映了历史本身隐蔽的运动，而不仅仅是成见。

[12] Franco Moretti，*The Way of the World*，London：Verso，2000.

[13] 参见“时间实验”一章。

[14] 参见本章脚注 11；另参见 Lukács，*The Historical Novel*，Lincoln：University of Nebraska Press，1983。

[15] 我希望我在《政治无意识》（*The Political Unconscious*，Ithaca：Cornell University Press，1981）中分别讨论《贝姨》与《搅水女人》的两章能够弥补我在这本书中没有讨论巴尔扎克的缺憾。

[16] 但请参见接下来的“今天的历史小说，或者，它还能出现吗?”一章，以及佩里·安德森对这一体裁的历史所做的充满挑衅性和刺激性的调查（“From Progress to Catastrophe，” *London Review of Books* 33：15，July 2011）。

[17] Herbert Marcuse，*Eros and Civilization*，New York：Routledge，1987.

[18] Gilles Deleuze，*Cinéma I*，Paris：Minuit，1983，chapter 8.

[19] Marc Angenot，*1889*，Longueuil，Quebec：Le Préambule，1989.

[20] 正如亚瑟·格里菲斯在 1898 年所描述的那样，非爱尔兰读者或许需要记住匈牙利的先例，参见 Arthur Griffith，*The Resurrection of Hungary*：*A Parallel for Ireland*（1904）。

[21] 哈利·莱文在其 1942 年的开创性作品《詹姆斯·乔伊斯》（Harry Levin，*James Joyce*，1942）中将《尤利西斯》描述成了象

征主义和自然主义的结合。

［22］参见我的文章“Joyce or Proust?” in *The Modernist Papers*，London：Verso，2007。

［23］Alexander Welsh，*George Eliot and Blackmail*，Cambridge：Harvard University Press，1985.

［24］“至于《丹尼尔·德隆达》中糟糕的那部分，除了把它删掉之外，别无他法”，参见 *The Great Tradition*，London：Chatto and Windus，1948，122。

［25］David Ferris，*Theory and the Evasion of History*，Baltimore：Johns Hopkins University Press，1993.

［26］Henry James，*Literary Criticism*，*Volume II*：*European Writers*；*Prefaces to the New York Edition*，New York：Library of America，1984，933.

［27］参见“时间实验”一章。

［28］可以肯定的是，她对犹太复国主义的特殊兴趣不是 19 世纪后半叶——在代表制政治胜利和帝国主义开始之后——唯一可以观察到的政治反思形式。

［29］George Eliot，*Middlemarch*，London：Penguin，1994，154.

［30］毫无疑问，研究结尾和开头的两部经典作品分别是：Barbara Herrnstein Smith，*Poetic Closure*，Chicago：University of Chicago Press，1974；Edward Said，*Beginnings*，New York：Columbia University Press，1985。

［31］Andrew Ross Sorkin，*Too Big to Fail*，New York：Penguin，2009. 需要注意的是，即使这些句子的所有细节事实上都是真实的，而不仅仅是像真的（雪、车头灯，等等），这些句子仍然是“虚构的”。

第八章　臃肿的第三人称，或现实主义之后的现实主义

在他们相遇的过程中，他怎么会说出那番令自己吃惊的话，这无 163
关紧要，也许那只是他们重新熟悉后一边漫步一边说的几句完全无心的话。

——詹姆斯：《丛林猛兽》

到目前为止，我们一直都在按照最大的、最容易管理的范畴——比如，情节、人物体系和体裁等等——来讲述这个故事；似乎只有传统的描述（ekphrasis）概念才能引起人们对文体的注意，或更确切地说，对这种分析的性质的注意，对修辞的注意。而这种划分已经表明宏观和微观、“法布拉”（fable）和“休热特”（syuzhet）、故事和论述之间存在着某种裂缝，我们怀疑它与客体和主体之间的对立，甚至是讲述和展示之间的对立相呼应；这需要深究，也就是说，历史化。前几章确实在努力使上述较大的范畴历史化，并且试图在其功能经过根本性重构的变化过程中取代这些一般意义上的情节和人物体系。很明显，用于编排和传达这些材料的叙事语言同样会在历史上得到修正或发生演变；不仅如此，当对正在进行的转变进行适当的深究

时，它也必然会提供一些线索。

然而，我们再一次碰到了一个非常辩证的矛盾，即对现实主义的建构起根本作用的句法机制同时也带来了现实主义的衰退（也许，它已经以另一种形式获得了重生，只是至今还没有被命名罢了）。毫无
164 疑问，奥尔巴赫在这方面的一个重要经验是对越来越复杂的句法形式的征服与“对现实的表征”相关联；他对于把这种句法结构用于我们所谓的反现实主义倾向不太感兴趣，而我们在这里所关注的也正是这一辩证的矛盾。

我们会发现，比如，反讽（通常被认为是一种转义，而且它有可能被不适当地引入了保罗·德曼和海登·怀特等转义学思想家的实践，并被滥用了）不能像韦恩·布斯所做的那样被如此整齐地、辩证地分为稳定的反讽（好的！）和不稳定的反讽（坏的！）。[1]然而，最重要的是，我们将不得不面对也许是19世纪最声名狼藉的，或至少是被最彻底研究过的语言和文体创新形式，即“自由间接文体”。这些“不可言说的句子”（安·班菲尔德）与福楼拜有着明显的联系，尽管学者们已经将这些句子的起源追溯至简·奥斯汀（甚至阿里奥斯托）；它们的出现显然是语言史上的一个重大事件。在我看来，这个事件最易被误解；但是，正如帕索里尼提醒我们的那样，低估其重要性或将其贬至边缘地带是错误的（“对诊断专家来说，它的存在证明了那种不可能只出现在少数极端情况下而是完全体现整部作品特点的意识形态的存在”）。[2]

就目前而言，只要把它与另一个逐渐占据主导地位的范畴联系起来就够了，因为把这个范畴描述为一种语言现象与把它描述为一种叙事技巧一样困难。这个范畴就是现如今在创意写作课中教授的“视角”的“法则”或规范，它在亨利·詹姆斯及检查文本是否有侵权行为的无数的文学审查者——他们可能在托尔斯泰或左拉的作品的每一页上都发现了侵权的地方——的权威下作为一种霸权意识形态被树立了起来。而这种意识形态的出现同样需要历史解释。

但是，我在这里想先从一种语言现象开始，它很少被注意到，无

疑，这是因为它太琐碎了，而它的琐碎（像病毒一样）主要影响到了代词："那番令他吃惊的话……"在传统的（口头）故事叙述中，人们很容易去猜测代词的用法，因为在社交场合中，代词的对应物——专名——本身是许多意义（它从哪里来，它是环境赋予的一个新名 165
称，还是一个秘密的名称，它是否指示亲属关系，等等）的所在地。但在现代语言中，我们被告知，它已经变成了一个"严格的指示符"[3]，因此时常替代它的代词也必须同样严格。这种替代的一个古典说法是"回指"，即用术语——通常是一个代词——来谈及前面它所代表的指定的对象。但我们的引文，即中篇小说的开场白，并没有给出指定的对象。

这种结构带来了我们早已预料到的那种辩证的矛盾，因为贺拉斯所提议并且毫无疑问早在荷马之前就用到的"从中间情节切入"（in medias res）是一种最古老、最传统的叙事程序，它在句子本身及其句法的微观层面同样有效。现代语言学家或修辞学家有充足的理由把这个结构命名为"下指"[4]，然而，古代的手册中并没有"下指"，这本身有所暗示。因为就像古代的航海家害怕接近世界的边缘，他们想象着自己会从那里坠入虚无一样，所以这个奇怪的开始似乎预示着，在文本开始之前，只有虚无、虚空。下指清楚地说出了某种具有开创意义的神秘，某种声音开始之前的绝对黑暗，毫无疑问，它暗含着对开端、创造、在没有记忆或身份的情况下觉醒、诞生本身的所有原始的恐惧。但事实上，下指并不稀罕，在许多当代文学中，它已经被提升到了开场白的位置：

> 他在那儿等着。他是第一个到的，现在正懒洋洋地站在那里，但却试图装出一副忙碌或至少是单纯的样子。

然而，该下指很少能成功地装出单纯的样子，而事实上，它也没有这个意思。因为这类句子通常宣告这是某种类型的惊悚小说，身份不明的代词实际上代表的是小说中身份不明的连环杀手。事实上，没有哪个开场白比这句经典的开场白更庄严肃穆了：

166 那两个姑娘，康斯坦斯和索菲娅·贝恩斯，没有注意到，甚至从来都没有意识到她们处境的种种利害关系。

> 阿列克塞·费多罗维奇·卡拉马佐夫是我们地区地主费多尔·巴弗洛维奇·卡拉马佐夫的第三个儿子。费多尔·巴弗洛维奇·卡拉马佐夫在他那个时代很有名（即使现在一提起他，我们也仍然历历在目），那是因为他那场发生在13年前的悲惨的、可疑的死亡，而我会在适当的时候将这件事告诉大家。
>
> 昆士兰警察局的侦查员拿破仑·波拿巴正沿着一条灌木丛小道向温迪车站走去。[5]

对此，我们想补充的是，有时小说中所描述的这个指定的人物实际上是一个指定的风景（例如，远处有一个人在骑马）。

读者可能会期望在这两种类型的行动元的开场白（有专名或没有专名）和我们在前几章一直归结于情感的“无名”之间建立关系。但就目前来说，重要的是去强调这一点，即这里的关键不在于叙事的开始，而是像帕索里尼所说的那样，在于揭示整个叙事文本中更深层次的、更普遍的意识形态在代词系统及其与名称和名词的稳定或不稳定的关系中最明显地体现出来的作用。

但是，如果我们不能形成一个更大的视角去观察叙事性句子的地位，那么我们就无法评估代词用法的变化。在这里，我想采用凯希·汉伯格那部著名的但如今却几乎无人问津的《文学的逻辑》中的视角。[6]表面看来，汉伯格1957年的专著［很像她的对手罗曼·英伽登的专著，20世纪70年代初，英伽登的《文学艺术作品》（1931）几乎与汉伯格的那部专著同时进入了英语世界］[7]构建了一种尤其关注语言在她所谓的“虚构”文学中的地位的现象学美学。然而，这并不
167 是一部语言学作品，它与伟大的德国浪漫语言学学派（及其独特的“文体研究”，比如，我们在斯皮策或奥尔巴赫的著作中所看到的那样）的关系并不大，而是更多地受到了歌德和席勒在“史诗”语言（众所周知，德国史诗通常只是简单的叙事，布莱希特的“史诗”剧也是如此）这个问题上的交流的启发。[8]近年来的哲学危机，尤其是

在广义上的后现代性文化无限扩张的背景下作为哲学分支的美学的声望的明显下降（但最近“美”这一本质上的美学问题却在意识形态领域出现了可疑的复兴），渐渐地使学术界失去了对虚构语言的性质等美学本体论问题以及汉伯格（或英伽登）等人的专著中的相关问题的兴趣。尽管我和大家一样讨厌“虚构”这个词，但我不想在这里进一步讨论忽视这一点的好处。

然而，我们也因此失去了汉伯格在这个看似传统的作品中持有的立场所包含的一切自相矛盾和离经叛道的东西所带来的好处：在这里，对我们来说最有用的就是这些异端的判断。比如，她关于叙事性句子（即她所说的“陈述”）的性质的阐述很容易与更传统的关于“虚构”语言的性质——非物质化（黑格尔），直觉和表现（克罗齐），准判断或假陈述（英伽登），或中立化（胡塞尔和萨特）——的表述相混淆。但是，她从叙事性的陈述的视角得出的结论令人惊讶，并且与其前辈的结论截然不同。诚然，她将坚持席勒的文学当前化的理念，但这个理念却被她彻底地去时间化了：

> 这里和现在，即当前，叙事文学的情节展开了，但这种现在，这种当前化，不一定有时间性的当前的意思，尽管可以非常容易地假定一种虚构的时间性的当前。但是，如果像席勒所认为的那样（许多人也认同这一观点，但歌德却不这么认为），文学艺术要求即使是史诗诗人也必须“当前化”，那么一旦有人像席勒那样认为这意味着“已经发生的事”或过去的事必须变成当前的事，这个概念就错了。叙事文学中的过去时态已不再仅仅因为文学不能在时间意义上当前化而起着标示过去的功能。当前化这个模棱两可的概念不仅不准确，而且作为虚构的模仿文学的结构
> 的一个名称，它是错误的，有误导性。在这里，它的意思是虚构 168
> 化。尽管如此，当我们说小说的情节“这里和现在”展开的时候，这并不与这种虚构化相矛盾。因为，“这里和现在”——我们借此完成了对过去时态已经丧失时间功能的证明——在认识论上并且因此在语言理论上主要是指那个由时间和空间坐标决定的

> 现实系统的零点。它指的是"我—直指源"(I-Origo),根据这个术语,现在并不优先于这里,反之亦然。更确切地说,所有这三个术语都标示的是经验原点。即使"今天"这个词或某个特定的日期等根本就不表示一种"当前时刻"(它在时间意义上不是一系列的点,而是一种根据主观经验任意延伸的绵延),我们也可以像经验虚构的人物,或如亚里士多德所说,经验情节中的人那样,把小说的情节经验为"这里和现在"的存在。反过来,这也就意味着,我们在包括所有可能的时间细节在内的所有表征细节所涉及的这些虚构人物的"我—直指源"(I-originarity)中经验他们。[9]

稍后我们再回到与"这里"或"现在"等词的使用相关的有趣的问题上来。更令人不安的是,汉伯格毫不犹豫地得出了这样的结论,即叙事性(或虚构性)的陈述的主要特征是悬置主客关系,它是一种没有主体的陈述(不同于通常的现实性的陈述)。我们可以通过她对这个问题的传统说法的巧妙逆转——虚构性并不取决于客体的存在与否,而是取决于主体位置的存在与否——来衡量这种特征的力量。

无论如何,我们可以明显地看到,汉伯格看似荒谬的绝对位置一下子把我们从文学理论对隐含作者、隐含读者等所进行的那些没完没了并且只会给这种讨论徒增不必要的实体的理论化中解放了出来,同时也使文学或叙事摆脱了幻想、想象领域——在这些领域,那些理论化的活动似乎与小说的第一批读者经常做的那种无聊的白日梦没有什么区别——的影响,保持了自身的客观性。因此,叙事虽是虚构的,但却不是虚幻的,它也许就是景观社会和仿像社会——它的各个方面都被图像和想象界包裹了起来,被白日梦、愿望的满足以及其他各种类似的拜物教的冲动包裹了起来——的一个结果,所以这样一种位置在今天看来并不像过去那样荒谬。

169 我们不希望把汉伯格的作品放在后结构的世界(在这里,阿尔都塞可能会把科学解释为无主体的书写)来重新评估,但我们必须将其与斯坦利·卡威尔的这一观点——电影是一个无我的世界,也就是说，一个仿佛在没有观察者的情况下被观察的世界——联系起来[10]，因为汉伯格的叙事（“虚构”）概念与这种审美对象概念有亲缘关系。这里，我们还可以将其与现象学联系起来，尤其是与萨特的非人格的意识概念联系起来。对于这个概念来说，“我”或自我不是主体，而是客体，确切地讲，是众多客体中的一种客体，尽管是一种特殊的客体。[11]因此，对叙事的阅读不带个人色彩，而如果我们能在时间性的领域内找到某种与这一表述相当的东西，我们也就解决了看似棘手的两难困境，即当前化这一叙事概念（正如我们所看到的那样）带给我们的时间性的当前的问题；换言之，我们可能会发现，我们有可能避免使用虽有污点但似乎却是唯一可以替代所有纯粹的时间词汇的“永恒”这样的术语。

不过，汉伯格的激进位置给她带来的困境不止于此。通过将抒情性的语言剥离出来并形成一种独立的体裁，一种容纳第一人称代词及其主体位置并且不存在太大问题的体裁，抒情的问题很容易得到解决。但是，还有一个较难解决的关于第一人称叙事的问题。我们接下来就先谈一下汉伯格这一出乎意料的令人满意的解决方案：第一人称叙事具有明显的虚构性，但这并不是从它的非现实性这个方面讲，而是从虚构的词根的另一个意思——假装——这个方面讲。因此，第一人称叙事是一种在观众（读者）面前表演、摆姿势、装模作样、占据位置的形式。因此，这种第一人称叙事不知不觉地发现自己完全不同于叙事散文，属于另一种范畴，即戏剧。我们已经在前一章讨论了戏剧与修辞和情节剧的关系（正如迈克尔·弗雷德的理论所讲）。[12]尽管从 18 世纪的书信体小说一直到托马斯·曼的作品，德国第一人称
文学叙事有许多杰出的范例，但对汉伯格来说，它们却难以摆脱这种 170
印象，即从某种程度上讲，这种本质上戏剧性的装腔作势、自吹自擂的叙事方式不如第三人称古典文学。这并不是一种对我们有约束力的观点，但它确实迫使我们以一种不同的方式为这种叙事辩护，这可能需要我们对两种截然不同的体系进行理论化和对照，而不是简单地对个别作家和个别文本进行价值判断。

然而，我们必须预先阻止一种简单化的处理方式，以防不可避免地过早结束目前的讨论。在前面的章节中，我们曾不时地谴责由于主体与客体不可避免的对立所必然提出的虚假对称。常见的电影评论表明，我们在这一点上再次碰到了这种诱惑，因为我们的两种叙事方式——第三人称和第一人称——似乎立刻就运用到了好莱坞对客观镜头和主观镜头的分类上，运用到了将自身定位为对客观世界的扫描（用它自身的装置取代人类观察者的位置）和为了接近电影中给定的人物看到的东西（通过匹配镜头、反拍镜头等看起来很自然的编辑工作来精心构建和编码一种印象）而安排的视角的摄影作品上。这是我们处理视角以及（按照帕索里尼的说法）自由间接文体等问题的切入点。我们稍后再回到这些问题上来。

在这一点上，只要否定这种肤浅的区分，并指出不管是“客观的”或第三人称的叙事还是主观的或第一人称的表演都要复杂得多（第三人称的他或她建立在以一种由名字和外在化身构成的物化系统之上，不过我们今天已经不再接受这种第三人称了；而如果仔细观察的话，我们会发现，第一人称叙事的位置本身会变成许多不同的主体位置，它们不能轻易地归入同一范畴），就足够了。因此，以马克·吐温——他或许是现代文学的践行者，按照海明威的说法（就像陀思妥耶夫斯基说果戈理代表俄国那样），他也是现代美国文学的发起者——为例，一系列疯狂的第一人称戏剧回应了不安的自我转变，而自吹自擂挑战了公共生活和私人生活之间的传统界限。事实上，“马克·吐温”本身就像是一个实验室，在那里，这些结构上的混乱以实验的方式被充分地展示了出来。

我必须在这里加入一个哲学性的插入语，以说明这种看似泛泛的
171 讨论与当代精神分析关于意识和人格的看法之间的相关性。我们已经注意到，萨特的第一本出版物[13]为非人格的意识理论——对于这个理论来说，自我是胡塞尔意义上的“对象”——奠定了基础。《存在与虚无》（1943）就是从这个最首要的非人格概念以及革命性的他者理论和他者对我们的异化的基础上发展起来的（非人格性和他者并没

有以这种形式出现在海德格尔的存在主义当中）。后来，拉康的精神分析，以及它对“大他者”和“大他者”与“欲望主体”的形成的关系所做的结构主义的解释，将萨特的他者对我们的创伤性异化的图像转变成了一个完整的排列组合图式，即一个由过分修改和改变自我意识或认同意识的主体位置构成的系统。在不打算过多地讨论代词在小说叙事系统中的作用和功能的情况下，通过指出自我意识依赖于主体和他者这些关键位置的残缺、屈辱（我在这里没有使用“阉割”这个充满感情色彩的词），我们可能很快就会绕过拉康对理想自我和自我理想所做的令人迷惑的区分。这大概给了我们四种逻辑可能性：残缺的自我与完整的他者（＄/O）之间的关系是一种依赖和臣属关系，而不是一种拒斥关系；理想的自我与残缺的他者（S/Ø）之间的关系是一种喜悦和欣快的关系；残缺的自我与残缺的他者（＄/Ø）之间的关系是一种绝对悲壮和毁灭的关系；而完整的自我与完好无损的他者（S/O）之间的关系可能只是一种想象的关系，但在想象中，这种关系可能既包括攻击和竞争，也包括对集体的某种欢快和积极的颂扬。（不过，关于集体自我，萨特在《辩证理性批判》中做了论述，我们在这里就不进一步讨论了。）

无论如何，我们现在对其可能的复杂性有了适当的富有启发性甚至是经过精心推敲的理解，可以充满希望地回到第一人称叙事的问题上来了。值得注意的是，汉伯格认为幽默或喜剧是第一人称故事叙述的原始形式，而从另一个完全不同的角度来看，我们可能会想到这一点，即作为证据，萨特对我们在与他人的关系中表演我们所谓的身份的方式的描述（那个服务员“在装模作样地扮演”服务员）[14]证明了在所有的对身份（包括性别）的公开承认中总有一些滑稽可笑的秘密的东西。我们前面提到了马克·吐温，而令我们深有感触的是，他意 172
外地成了公众人物，这给他带来了巨大的创伤，使他（甚至他整个一生）成了一种特殊的景观，也就是说，他既有必要“成为”某种人，但又不可能“成为”某种人。因为就像一个人不情愿地走进脚灯刺眼的光芒之中，去接受那些构成公众的不可见的他者未知的、不可预测的但又不可避免的判断一样，“我”一开始就是一个羞耻的启示。所以，在这场与他人的斗争中，幽默是一种基本的武器。相比大多数奇闻逸事，马克·吐温为能让他那位典型的沉默寡言的朋友尤利西斯·格兰特将军在公共场合开怀大笑而欢呼雀跃这个故事更能揭示幽默好斗性的力量：“我把他吸引住了！我彻底把他逗笑了……观众们看到他平生第一次被从铁一般的平静中惊醒了……我知道我能打败他……我像炸药一样把他震醒了。”[15]

这就是第一人称的修辞和戏剧效果。然而，即使是粗略地阅读一下《哈克贝利·费恩历险记》，我们也会意识到，第一人称叙事者对甚至是最神秘的主观的第三人称叙事来说有多么遥不可及和神秘。在前者中，我们并没有与主角肩并肩面对这个世界，与他一起展望未来，确切地说，我们面对的是一个面具，它回过头来看着我们，并唤起了一种永远无法验证的信任。然而，这是一种辩证法，它在许多第一人称叙事中都体现了出来，比如，公爵与法国皇太子的那一段插曲几乎讲到了上述所有的主体位置。毫无疑问，一开始，他们无论对哈克来说还是吉姆来说都是大他者（吉姆是来阐释哈克的主体位置的，否则他很容易被第一人称甩在后面）。皇室总是这样要求大他者的地位，而马克·吐温在《傻瓜国外旅行记》以及第一人称的《亚瑟王宫廷的康涅狄格州的美国佬》中的美国主义很容易就变成了一种对立物，就像哈克所说的那样：“我很快就意识到了，这些说谎者既不是国王，也不是公爵，而只是些卑鄙的骗子罢了。”[16]因此，通过象征性的阉割，他者的地位马上就降低了，吉姆与哈克也不再是顺从的听众和仆人了。

173 在公爵与皇太子先后两次登场的时候，即当他们在公共场合进行欺骗性的表演时，以及当他们在私下里与哈克和吉姆进行角色扮演的游戏时，戏剧性出现了。马克·吐温的反戏剧性并不是那个时代唯一揭露当代欧洲歌剧和舞台剧的荒谬的表达方式：从福楼拜到托尔斯泰，所有这些现实主义者都插入了陌生化的故事情节，以及那种滑稽“搞怪”的场景，而这些也都在默片的情节剧式的“戏剧”中留下了痕迹（它们反过来又为未来下一代的电影现实主义者——格里菲斯横跨两个时代——提供了陌生化的素材）。

但是，我们现在需要解决的是这种第一人称方案的一个主要的并发症，因为这种插曲式的叙事似乎会开启一系列复制笑话节奏和结构的两步式的插曲，即轻信与醒悟：

> 沃森小姐让我每天都祈祷，我想要什么就能得到什么。但事实并非如此，我试过了。我虽有了鱼线，但却没有鱼钩……有一次，我在树林里坐了下来，想了很久……我对自己说，没有，里面什么都没有。[17]

后来，当“属灵的恩赐”被提上日程时，哈克又对这件事做了一次思考：“但是，我看不出它有什么好处，或许它只对其他人有好处——所以我想我不会再为这件事担心了，就随它去吧！”[18]

“好处”可能是钱或让格兰特将军发笑。不管怎样，识破这个笑话已经不能使主体得到任何好处，而是使他处在了与现在脱去假面具的大他者一样的残缺的境地，所以最后，他们一起逃离了市民的愤怒，以戏剧性的第一人称的普遍溃败告终。

我们可以通过认识到“谎言”与“说谎”是马克·吐温故事叙述和叙事的专业术语来澄清这种自相矛盾的情况，因此，很明显，在这种情况下，故事叙述不仅是对故事叙述的一种自我指涉的沉思，也是一种揭露事物的真相——比如，揭露“谎言”——的意愿。因此，第一人称的戏剧性是一种启蒙冲动，它旨在揭露一切虚假的东西，其中包括个人利己主义、自负或谎言癖，还包括宗教、集体妄想以及各种 174
各样的精神错乱：这种冲动是马克·吐温进步政治的突出特点。但是，它也提出了一个问题，即如何把它从所有这些无法数清的最终不可避免地只不过是谎言的故事和叙事中，从这种燎原烈火中拯救出来。在这里，“虚构”这个词本身的意义就与它自身对立了起来，并且似乎要在这个过程中摧毁它自身的理论基础，同时也要摧毁整个艺术。如何在挽救最初使它成为艺术的所有一切的同时从戏剧性中走出来？毫无疑问，这是迈克尔·弗雷德的问题，而他给出了这样的答案，即那个似乎在用修辞的手法向你诉说并祈求你的回应、你的眼泪或你的情感的画中的人物现在必须远离观众，“专注”他或她的存在或“自我”。这个答案现在必须引导我们寻找小说中第一人称叙事的后续内容。

然而，弗雷德方案中未经检验的第三种逻辑可能性——“第一人称”的角色以布莱希特的方式回到了演员直接扮演的公众（就像艾略特的《大教堂谋杀案》中的第四个骑士的演讲一样）——似乎没有像毕加索的《亚维农少女》这样的画作中所具有的力量和震撼。后者前面的几稿逐渐剥离了自身的“第三人称”和虚构的男性元素（比如，拿着头盖骨的医学院的学生，被安置在妓院中央的海员），因此也决定了女性以五个巨大的凝视我们的异性存在者的形式向观众戏剧化地运动。她们对我们的凝视不一定有敌意或侵略性，但却强烈而又无法辨别：与其说就像利奥·斯坦伯格所讲的那样是原始性欲的爆发，不如说是他者的中立的存在，即仍然表现得很冷漠并拒绝我们所有的认可的非人格的异己意识。

因此，虚构的答案只能是回归第三人称，但会有所不同；这种不同将最终解决我们在此所描述的现实主义的危机，并终结这一独特的现实主义阶段。毫无疑问，我指的是我们现在所说的客观的第三人称和主观的第三人称与我们在这一章一开始所提到的臃肿的或完全身份不明的第三人称之间的不同。因为现在看来，为了实现对主体性更丰富的表征，从而实现对现实本身更多维度的表征，这种新形式（在博
175 尔赫斯看来，它与自己的前身完全相同，但同时又不可通约）似乎包含了我们所认为的第一人称叙事者的一切。这种代词的重构，这种新的叙事实体的出现，与其他几种文学现象——尤其是自由间接文体与反讽——的出现有关。我随后会讨论这些现象的出现，以便形成一幅更加完整的图景，用来描述当最初的现实主义的综合开始瓦解时，现实主义发生了什么。

对于这个新的（臃肿的或非人格的）第三人称来说，最有希望的切入点仍将是它在特定叙事的开场白中的效果，在那里，其本质的神

秘性可以被最强烈地感受到。但我们在讨论第一人称的时候就已经确认了这种神秘性，因为它就是那个无法逾越的面具或面对面的对峙。这个面具现在已经被转移到了第三人称身上，并取代了我们的这样一种观念，即我们分享古典小说或现实主义故事叙述中所熟悉的主人公特有的视角。我想就此举几个例子：

> 电话把他吵醒了。他匆匆地醒了过来，在黑暗中四处乱摸，找自己的长袍和拖鞋，因为在他醒来之前，他就知道自己床边的那张床还是空的，电话机在楼下，就在那扇门对面，而在那扇门后，他母亲已经在床上撑了五年。
>
> 如果他当时 30 岁，他就不需要两片阿司匹林和半杯生杜松子酒，就能忍受淋浴时身体上的刺痛，并能稳住双手刮胡子了。
>
> 听诊器又硬又圆的耳朵对他赤裸的胸膛来说不仅冰冷，而且不舒服；房间很大，是方形的，家具是粗糙的胡桃木，他第一次孤眠独宿的那张床是他的婚床。[19]

实际上，这种开场白把我们自身的迷离和困惑，我们自身的叙事 176
好奇心融入了随后的情节当中；正因为如此，它用自身的重叠情节补充了新叙事中愈来愈明显的无情节性。我们确实看到，左拉对日常生活的叙事征服需要（在最强有力的哲学意义上）用情节剧式的爆炸性的维度来补充，从而将事件重新引入日常生活的重复中。对于这个日益加剧的问题，新的结构上和代词上的神秘性是一种不同的但却同样具有影响力的解决方案；新的福克纳式的叙事能力很大程度上就来自这种下指的力量。这种力量不仅在文体的微观层面有效，在情节的微观层面也有效，比如，我们在《圣殿》的开场白所看到的那样，我们一开始就处在了一个无法解释的情境当中，这里要揭示的秘密并非“先于电影存在”（profilmic），也就是说，并非埋藏在叙事现实本身的复杂性之中，而是作者决定造成的。

这是福克纳式的下指的更深层次的结构，是为了构建一个秘密，一种神秘性，不过，这种神秘性仅仅是作者隐瞒信息造成的结果，并不是潜伏在情节中的某种东西。毫无疑问，侦探小说的作者隐瞒了罪犯的身份，但这种神秘性是情节本身的一部分，因为所有人物都会体验到这种神秘性。在福克纳的作品中，只有读者才会被这种神秘性所困扰，因为作者认为不适合提供能够让读者立即弄清楚情况的信息：不管是不是无名的第三人称，这一独特的“从中间情节切入”的开场白都是福克纳小说的一大特色。因此，它们见证了这样一种用并非最初的叙事材料来构建叙事的现代需要，换句话说，它们证明了这一点，即试图把自身伪装成要讲述的叙事和要揭示的故事或命运的一种永恒的当前的支配削弱了叙事的支柱，削弱了“过去—当前—将来”体系本身。

因此，在迈克尔·弗雷德看来，我们在这里要做的是使专注戏剧化，将强调专注的现代主义阶段——弗雷德认为这是现代主义本身的逻辑，因为它越来越远离它的观众了——与古典叙事内在固有的“小说修辞”重新结合起来。

所以，这种修正我们与人物之间距离的关系解释了福克纳小说与侦探小说、惊悚小说和各种商业文学之间的亲缘关系，因为从这些文
177 学形式来看，如今被侦探小说重新表述为过去的犯罪叙事与当前的叙事重构的双重叙事——以前被称作“休热特”与“法布拉”——只是这种结构的一种外推。

因此，所谓的“自由间接话语”是解决这种“第四人称”——我们可以称之为“新的叙事代词”——的身份不明的意识问题的一种新的方案。因为第四人称是第三人称和第一人称的一种非同寻常的综合，它使得后者的第一人称的想法能够以一种避免模仿、辩证法、戏剧独白之类的方式表现出来，换句话说，它似乎恰恰回避了现代小说想要避开的那种戏剧性。自由间接话语的独特之处在于，它可以通过语言学家的分析，尤其是通过现在时的时间指示词与叙述过去的句子的不协调被捕捉到。[20]福克纳的“现在”（now）是新体系下解除这一禁忌最常见、最明显的信号（“now he was lifting the bale，now he was beginning to sweat”，等等）。

我们可以从先前的讨论中清楚地看到，这种对过去（叙事）和当

前（场景）的综合似乎为最典型的现实主义问题提供了一个理想的解决方案——但有一点，那就是，现实主义从结构上讲建立在这两种时间现实之间不可消除的张力之上，而当自由间接话语成为小说的主要句式结构时，这种张力也就消失在了一种简单的叙事读心术之中。

对帕索里尼来说，从他对自由间接话语理论所做的独特的发展来看（他还把这个理论巧妙地运用到了电影上），这种新的文体手法的基本特征是把完全不同的阶级话语作为一种形式纳入到了小说不可避免的资产阶级话语中。然而，为了能够用它来接近巴赫金式的复调（而不是他的引文），或某种形式的对社会本身的阶级结构（和斗争）的忠诚，我们必须保留合并后的话语中激进的他者性，但这对于受过特定阶级风格训练的资产阶级作家来说并不容易做到。这个问题可以通过回到电影理论中简单的客观镜头和主观镜头之间的区别来描述，
主观镜头的图像有时是“客观的”，但却模棱两可，所以我们无法确 178
定我们采用的是谁的视角，不知道是人物的视角还是相机的视角。（然而，恐怖电影对这种不确定性的利用却凸显了这种新工序对商业文化及其子体裁的有用性。）帕索里尼对这种新的文体手法削弱了这种构成性的张力并且遗失了阶级可能性感到愤怒并非毫无道理：

> 最令人厌恶和无法忍受的是不知道如何认识自己以外的生活经历，以及拿其他所有生活经历与他自己的生活经历进行实质性的类比，即使是对最单纯的资产阶级来说也是如此。他确实冒犯了其他生活在不同社会历史条件下的人。即使是一个高贵的、高尚的资产阶级作家，他不知道如何识别一个与他有着不同生活经历的人在心理上极端不同的特征，但却认为他可以通过寻求实质性的类比把这些特征变成他的（似乎除了他自己的经历之外，其他的经历都是不可想象的），如果他这样去做了，那么他也就朝着捍卫他的特权甚至是种族主义的某些表现迈出了第一步。从这个意义上讲，他并不自由，而是确定无疑地属于他的阶级；他与警察局局长或集中营里的刽子手并没有断绝关系。[21]

另外，在讨论现实主义时，任何关于自由间接文体的论述肯定都

有必要认真考虑福楼拜，因为传统的说法（正确地）认为他发明了这两样东西。但是，如果我们没有注意到他的作品客观地包含了多重评价，我们就不能说我们真的认真考虑过福楼拜。以不同的速度阅读，福楼拜先后成了现实主义者（内容）、现代主义者（乔伊斯的段落大师）或后现代主义者（从萨特、纳塔莉·萨洛特所描述的福楼拜句子之间的缝隙和缄默来看）。[22]从生产的角度来看，我保留了罗兰·巴特对福楼拜的描述，即福楼拜本质上是一个从事贵重金属和珠宝加工的工匠，他抱定决心要把每一个句子都变成一个独立的审美对象。[23]在这种情况下，福楼拜的自由间接话语实践可以被看作一种尝试，一种把思想（无论是否默然无言）从主观性模糊的无形式性中抽离出来
179 并赋予它一个有价值的对象的所有物质性的尝试（就像波德莱尔对浪漫主义诗歌的影响那样）。这种有意的审美物化的后果之一就是，把巴尔扎克式的寓言转化成了我们已经提到过的情感在肉体上的偶然性。但是，在小说的形式方面，我们很难说福楼拜有任何可以持久的创新。毫无疑问，左拉从《情感教育》中学会了如何运用作为一种形式的章节，但我们也必须注意到亨利·詹姆斯对千篇一律、空洞无物的小说文稿表达了强烈的不满。[24]

而我想给出这样的辅助说明，即我认为小说的历史是一种可以再生产并成功出口的形式，一种可以从国内外各种传统家庭手工业中开辟新的生产线的装置，就像后来的电影或汽车那样。司各特的历史小说把冒险、过往、浪漫的时代剧和伟大的民族英雄结合在了一起，可以说是 19 世纪成功并且有影响力的小说装置的第一种形式。而它的子嗣知道后来出现了许多截然不同的结果：在巴尔扎克之外，还有歌剧；在连载作品之外，还有雨果和狄更斯。正是在这种流行的热潮中，福楼拜标志着一次突破，一次决定性的重构（不要忘了普鲁斯特是如何将他对时态的运用与康德对范畴的发明进行比较的：这种历史范式的启发性很可能会进一步扩大）。[25]福楼拜的遗产是小说家作为艺术家的新地位，不是某种新的形式，而完成这一任务的爱迪生式的或福特式的人物是左拉。

因为自然主义迅速成了小说在世界范围内的新的基本形式，并且正如我们在这里所指出的那样，成了现实主义小说的基本形式。除欧洲之外，各个民族传统中所有的“第一部小说”要么归功于司各特模式，要么归功于左拉模式，这取决于它们所处的工业化阶段。直到第二次世界大战之后，小说才有了第三种输出模式（现代主义不只是给出了福楼拜式的唯一的“世界之书”和伟大作家的理想地位）。

福克纳给出了这种模式，而中国对福克纳的接受堪称典范：在
“文化大革命”之前，中国的小说确实可以根据所谓的职业体裁进行 180
分类，比如，农民小说、军队小说、党的小说，等等。知识分子从农村回来后，他们再也无法接受用阶级和社会范畴来划分小说了，因为不管怎么说，这两个范畴本身都已经不存在了。在众多可供选择的民主或城市大众的互动中，福克纳给出了地方主义的额外优势，即某个省的生活把土地、城镇和城市等都包括了进来，而最重要的是，历史悠久，并且创伤性失败的记忆一直延续到了现在。在这一点上，福克纳式的“现在”已经不只是自由间接话语的一个特征，而且已经转化成了一幅关于时间在对仍然存在的事物的非时序性的体验中相互渗透的整体的图景。

因此，福克纳的模式打破了各种传统，并使得与世界各地各种美国式的“写作计划”小说[26]并驾齐驱的拉丁美洲的魔幻现实主义小说的繁荣成了可能，福克纳式的句子现在成了修辞学复兴和过度使用（取代了情节剧或戏剧性的复兴）的借口。这些可能性，无论是好是坏，都使得小说创作——艺术创作和商业创作——远远超出了这里所描述的现实主义结构的界限。

然而，后者的弱化和消解必须以至少一种附加的方式来加以证明，即通过关于我们这里所讨论的反讽与第三人称的转变的关系以及自由间接文体的出现的某种解释来加以证明；而这个附加的特性也应该与福楼拜的名字联系在一起。因为值得注意的是，韦恩·布斯在《小说修辞学》中描述了反讽的两个阶段，他明确地指出《包法利夫
人》的作者就是第二种类型——“不稳定的”类型——的来源[27]， 181

当布斯追求他在亨利·詹姆斯的小说中所发现的（我们将会看到，这里充满了太多的悖论）那些更稳定的道德判断时，他对那种类型开始产生了憎恶。在他对这一文学现象的命运所做的有趣的叙述中，最初作为语言修辞——作为一种效果的稳定的反讽——而存在的东西通过福楼拜变成了某种类似于意识形态和虚无主义世界观的东西；我并不想以截然不同的方式来讲述这个问题，我只是想将这种变化历史化，用结构描述来取代道德判断，并在这个过程中赋予亨利·詹姆斯完全不同的历史角色。

因为，如果福楼拜凭借他除其他东西外还“发明了”自由间接话语而被认为是不稳定的反讽的发明者，那么亨利·詹姆斯就应该被认为是不稳定的反讽的理论家，以及在整个文学领域的代言人。毫无疑问，这涉及我们在前面提到的判断中所看到的用相对主义的指责取代虚无主义的指责，但在我看来，这种判断就像所有的政治说教一样，只是犯了范畴错误。我们在这里不仅要考虑历史，还要考虑形式的历史；我们最好从这种历史调查开始，而不是从品味和意识形态开始。

反讽无疑与视角的产生以及它的理论化密切相关，而后者又与自由间接话语和这样一种普遍的观点密切相关，即知觉和经验的个体主体本身是一个可理解的实体，它的边界需要得到尊重。这样一来就产生了一种新的多样性，它不是对象和感觉的多样性，而是个体主体的多样性。自由间接话语将在句子的层面标记相关主体的思想和感知，视角将在叙事的层面确定它们的相互关系。因此，这两种技巧都反映了意识的主体——我们称之为社会层面的个人主义，以及意识形态层面的个人主义——的普遍涌现；作为文学规范，它们的编码化同样也是意识形态性的。

如果我们认为福楼拜在历史上与自由间接文体的实践紧密相关，那么亨利·詹姆斯的名字无疑与视角概念有着不可分割的联系。但我认为，这种联系与其说与他自身的叙事实践有关，不如说与他对小说这种艺术的批判和理论反思有关，詹姆斯对现代叙事分析的重要性不亚于亚里士多德对艺术的批判和理论分析对古典世界的重要性。詹姆

斯确实想成为职业作家，而不是福楼拜意义上的艺术家，这在我看来 182
或许可以澄清我们对其作品的看法——战后，由于对现代主义意识形态进行了阐释，他的作品几乎不可避免地复兴了——但前提是，我们要退一步，承认他本质上是一位短篇小说作家，或其远亲，中篇小说作家——短篇小说和中篇小说的要求与长篇小说本身的要求有很大的不同，就长篇小说而言，詹姆斯为数不多的伟大成就或许更应该被认为它们在内容上完全是出于偶然，而不是他作为一个天生的小说家的才能的成功证明。他的短篇小说的审美后来转向了对独特逸事素材的发现，他把这种素材称作“主题”，但在当前的语境下，为了清晰起见，最好是将其更模糊地认定为“启示”、“出发点”、“叙事内核”、“念头”（Einfall）或“启发性逸事”。无论如何，很少有小说像《丛林猛兽》（我在本章开头引用了它的开场白）那样具有自反性和揭示性，像它那样具有自指性。然而，它的前提，即一个注定没有命运的人，突显了古老的基本叙事范畴——命运本身及其（更稳定的）反讽——对詹姆斯式的故事叙述的持续的重要性。因此，这在极大程度上揭示了这一点，即当詹姆斯把自己的实践应用于小说的理论化时，这种个体命运的独特性（或至少是这种个人故事的“主体”的独特性）就应该转变成视角的要求，即每个人物的个性赖以被勾勒出来的形式。（我把窥阴癖这个问题放在了一边，尽管它是詹姆斯个人生活的核心，并且显然也是他坚持目睹的一部分。）

小写的反讽转变成了大写的反讽，这一发展不管怎么说都与上述转变密切相关（如果它事实上并不是从不同形式的角度看的同一现象的话），因为在这里，内容上稳定的反讽也变成了形式上的反讽。因为这种新的不稳定的大写的反讽是一种道德判断，而不是对生活中“讽刺性的”偶然事件和巧合的欣赏；而这需要我们能够比较人物的内部和外部，也就是说，能够跳出文本本身。

我想说的是，这种特殊的叙事操作在古典现实主义中是不可能的，也就是说，在汉伯格的第三人称叙事中是不可能的。毫无疑问，古典故事不可能看到，也不可能使用这种操作，因为人物几乎都是从

183 外部来看的，所以如果在判断上有任何分歧，这就会涉及与文本本身和作者之间的距离，而不仅仅是与文本内部和人物之间的距离。在更古老的故事中，这种判断通常跑不出情节剧式的类型学的范围，在这种类型学中，正如我们所展示的那样，有主人公和反派角色，还有次要人物，帮手，猜忌、欺诈或忠诚的情人，滑稽的漫画式的人物，等等。

这是一种按照传统伦理组织起来并受善与恶的二元对立支配的类型学。当然，它也可以接受这样的发现，比如，一个恶棍撕下面具后被发现竟是一个真正的朋友，或一个真正的朋友撕下面具后被发现竟是一个恶棍；或者在复杂性增大的文本中，它可以设定一个正面人物慢慢地发展或转变成了一个反面人物，比如，一个有前途的年轻人变坏了，或者是一个浪子在年老时变得有智慧了。但是，这些都是外部视角的功能，它们一直延续到 18、19 世纪兴起的“真正的”现实主义，当时，它们顶多只是被试图消除情节剧及其标准情节和人物的努力抑制了，被更大范围的内省和心理学符号取代了，而这种符号在没有用新的道德判断来取代旧的情节剧式的判断的情况下缩短了我们与主角的思想和情感之间的距离。

因此，这种早期现实主义的新的发展，与其说是走向了反讽，不如说是走向了意识的非人格性。吕西安软弱仍然是一个外在的事实和判断；从这个意义上讲，巴尔扎克对自己笔下的人物总是表现得冷酷无情，尽管他有时也会同情他们：他有足够多的人物来传播他的同情心，如果有一个人物做得不够好或崩溃了，总会有另一个人物出现。司汤达似乎是一个例外，但他的“反讽”同样建立在他的偏袒之上，建立在他对主角的认同之上，即使是当主角令他失望时，他还是会不断地催促和鼓励主角。

这里的重点是，在古典小说中，判断由人物彼此给出，与作者是否赞成无关。在这里，从詹姆斯的视角来看，我们是如此完全地融入了主角的意识，以至于我们几乎无法从外部来看他们：外部的判断充其量只是故事内部的一个事件，一种启示，一次冲击，就像卡夫卡的

《判决》中的父亲揭示主角的真实面目时那样。但在詹姆斯的体系中，
我们必须完全跳出文本来理解这一事实，即莫顿是一个小白脸，凯特 184
是一个狡猾的女人，一只猛禽。但这真的是《鸽翼》想让我们做出的判断吗？这难道不是文学之外的东西吗？如果你喜欢道德判断，那么这种形式是加强了这种实践习惯，还是逐渐废止了它？我不揣冒昧地猜测，只有与命运这一传统的叙事范畴的最后痕迹或不可挽回的东西（米莉死了，毕竟，“罪行”已经成了事实）联系在一起，这种道德的反应和评价才有可能，但不久后，在日常生活的洪流中，它们很快就会被各种各样的视角所淹没，因为很显然，这些视角使它们成了相对的、不相干的东西。

因此，在这一点上，我们不可避免地来到了一个分岔口。“严肃的”作家——追求文学独特性的作家——将会对那种在所有的接头和托梁、隔墙和承重支撑物不断削弱，叙述本身不断削弱，即将淹没的叙事不断削弱的过程中幸存下来的东西保持信心。这种东西就是情感，它战胜了结构上的对手，即唯一标识日常生活中的一切奇特之处的肉体，现在它开始用抒情诗和语言与它新的文学上的对手展开较量。它的宿命自此以后也就成了现代主义的宿命，也就不再在这个特定的故事中有任何位置了。

然而，在叙事方面，我们已经弄清楚了，新型的第三人称，连同它的视角和它所有的新的技巧，是如何使旧载体的粗糙替代品维持下来的。这已经不再是我在这里所描述的现实主义了，因为对话多于描述（以便于阅读）可以证明这一点。我想把这种无处不在的新的叙事形式称作“存在主义”小说，因为它是对萨特关于非本真的叙事时间性的诊断，以及他为这样一种将来仍然处于悬而未决状态的开放作品开出的药方的无情讽刺。这种作品出乎意料地与晚期资本主义和消费主义达成了一致，后者现在急于说服我们一切皆可改变、一切皆有可能。正是在这样的语境下，在日常生活无限的标准化和重复中，事件的种种范畴开始涌现了出来，但这似乎为了证明它们自身的不在场，它们自身在结构上不可能。

这种小说之所以能够以低廉的成本批量生产并有效地发挥其功能，主要是因为视角、自由间接文体与广义上的意识流融合在了一
185 起。人们不能通过哲学上的新词和发明，或通过富有独创性的综合，或武断地宣称一方或另一方不存在来回避主客体之间的鸿沟，但人们也不愿通过随意使用术语来认可和加强这一鸿沟。在这里，主观主义并不是最有用的指责，它指的是未经深思熟虑的自由联想，以及当一个人物摆脱了对象和他者这些真正的本体论的障碍，他在思考时所表现出来的从容和迅速：知觉流、思想流、欲望流既不讲述，也不展示，而是一种声称两者兼备的表现，同时也是小说家的叙事得以继续和完成的一种表现。这就是现实主义之后的现实主义的生产，它无处不在，因为它不仅为“严肃”文学提供了动力，也为商业文学提供了动力。

添加一些隐喻，或用所谓的客观性的碎片打断这些放纵的意识流，并不能有效地解决这一历史状况和困境，即当代文学的状况和困境。人们确实会带着某种渴望回顾那些主体与客体的混合物，在这些混合物中，叙事小心翼翼地穿过了客观存在的事物，它的主体中心与这个或那个事物擦肩而过，将每一个经过的事物明亮地、短暂地变成了知觉的耀斑。所以加尔多斯笔下的那群人，揣着不同的心态，小心翼翼地分头穿过了新居，他们每一个人都表达了自己独有的倾慕之情，然后在婚房目瞪口呆地停住了脚步：

> 他们参观了婚房，参观了梳妆台，而在堂娜看来，它就是一个可爱的小博物馆；他们在就像是一朵盛开的鲜花的玫瑰色的闺房停了下来，打量着餐厅以及它那古色古香的胡桃木的椅子和餐具柜，欣赏着玻璃柜，他们在玻璃柜的黑暗的深处看到，银器和银盘闪着奇异的彩虹般的光。不过，最令女士们感兴趣的是厨房炉灶，它就是一个完全由英国制造的大块头的繁琐的铁制品，有着各式各样的盘子、门扇和格子。这个精巧的装置令人叹为观止。“人们只希望用轮子来做火车的引擎。”知识渊博的布林加斯一边说，一边打开一个又一个的门扇，想看看这个奇迹的内部

构造。[28]

尽管总比什么都不做要好，但现在再这样做就太迟了：从那以后，它就变成了一般意义上的“小说”，而以某种新即物主义（*neue* 186
Sachlichkeit）的形式对它进行重新创作或把它写成诗所获甚少。然而，历史的种种命运仍然存在于某处，我们不禁要问的是，既然情感已经遗弃了它们，那么它们的文学宿命可能是怎样的呢？

注释

[1] 参见 Wayne Booth，*The Rhetoric of Fiction*，Chicago：University of Chicago Press，1983；尤其参见 *A Rhetoric of Irony*，Chicago：University of Chicago Press，1975。

[2] Pier Paolo Pasolini，*Heretical Empiricism*，Washington：New Academia Publishing，1988，82.

[3] 关于这种表述，参见 Saul Kripke，*Naming and Necessity*，Cambridge：Wiley-Blackwell，1991。

[4] 这在格雷马斯的作品中表现得尤其明显。

[5] 这四个开场白分别来自：William Faulkner，*Intruder in the Dust*，Random House，1948；Arnold Bennett，*The Old Wives' Tale*，London：Penguin，2007 [1908]；Fyodor Dostoyevsky，*The Brothers Karamazov*，trans. Richard Pevear and Larissa Volokhonsky，New York：Farrar，Straus and Giroux，2002；Arthur Upfield，*The Sands of Windee*，London：Hutchinson，1931。

[6] Käthe Hamburger，*The Logic of Literature*，trans. Marilynn J. Rose，Bloomington：Indiana University Press，1973.

[7] Roman Ingarden，*The Literary Work of Art*，Evanston：Northwestern University Press，1979.

[8] 参见 1797 年 4 月至 5 月歌德与席勒的往复书信。

[9] Hamburger，*The Logic of Literature*，96-97.

[10] Stanley Cavell，*The World Viewed*，Cambridge：Harvard

University Press，1979.

[11] Jean-Paul Sartre，*The Transcendence of the Ego*，trans. Forrest Williams and Robert Kirkpatrick，New York：Hill and Wang，1960 [1934].

[12] Michael Fried，*Absorption and Theatricality*，Chicago：University of Chicago Press，1988.

[13] 参见前面的注释 11。

[14] Jean-Paul Sartre，*Being and Nothingness*，trans. Hazel Barnes，New York：Washington Square Press，1956 [1943]，101-103，131.

[15] Justin Kaplan，*Mr. Clemens and Mr. Twain*，New York：Simon and Schuster，1991，227.

[16] Mark Twain，*Huckleberry Finn*，in *Mississippi Writings*，New American Library，1982，747.

[17] Ibid.，635.

[18] Ibid.

[19] 所有这些开场白都来自福克纳的《短篇小说集》（Faulkner，*Collected Stories*，New York：Random House，1950）。第一篇小说是《胸针》（“The Brooch”，647），其中的主要人物（博伊德）的名字直到第二段才被提了出来。第二篇小说是《金土地》（“Olden Land”，701），其中的人物的名字（艾拉·尤因）在很多页之后才出现。第三篇小说是《超越》（“Beyond”，781），它的男主人公（马瑟舍德）的名字在三页之后才被提了出来。我觉得这种代词的发展与汉密尔顿在《泄露秘密的冠词》（G. R. Hamilton，*The Tell-Tale Article*，New York：Oxford University Press，1950）这一不寻常的作品中所描述的演变有着更深层次的关系，这本书追溯了诗歌从不定冠词到定冠词的演变，并将其当成了现代性及其抽象化（他主要提到了艾略特和奥登）的标志：他把这叫作“分享秘密的上级的眨眼示意”（40），换句话说，孤立的主体性试图在自身周围召唤一个蒙拣选的集

体的尝试。

［20］参见 Ann Banfield，*Unspeakable Sentences*，London：Routledge & Kegan Paul，1982，154；另参见 E. Benveniste，*Problèmes de linguistique générale*，Paris：Gallimard，1966，262 et passim。

［21］Pasolini，*Heretical Empiricism*，87.

［22］尤其参见 Nathalie Sarraute，*The Age of Suspicion*，New York：Braziller，1990。

［23］Roland Barthes，*Writing Degree Zero*，New York：Farrar，Straus and Giroux，1977，Part Two，Chapter Two.

［24］Henry James，*Literary Criticism*，*Volume II*：*European Writers*；*Prefaces to the New York Edition*，New York：Library of America，1984："elaborately and massively dreary"（176），"an epic without air"（328）.

［25］Marcel Proust，"À propos du 'style' de Flaubert，" in *Contre Sainte-Beuve*，Paris：Gallimard/Pléiade，1971，586.

［26］参见 Mark McGurl，*The Program Era*，Cambridge：Harvard University Press，2009；以及我对它的评论，*London Review of Books* 34：22（November 22，2012）。

［27］塞利斯也是一个来源。参见 *The Rhetoric of Fiction*。我把他定性为"保守主义者"（我在该书的第二版中没有看到这一谴责），他很愤怒，但我指的是纯粹文学和形式意义上的，只是就这些反现代主义的判断而言。

［28］*Torment*，trans. J. M. Cohen，New York：Farrar，Straus and Young，1953，215.

第九章　尾声：拼凑起来的体系，或情感之后的现实主义

187 我们认为，在我们所描述的现实主义的意义上，现实主义的衰退本质上带来了三个历史后果：第一个显然是现代主义，而关于现代主义，罗兰·巴特的“战术式运作”[1]和地方干预的策略似乎最为审慎。（在《单一的现代性》中，我选择的是去描述一种涌现出无数不同的现代主义的共同的处境，而不是去寻求发明一种把它们都包含进来的普遍的理论。）

但是，凡是讲到艺术中的现代主义的，也都会讲到大众文化，因为这两者辩证地、历史地处在相互依存的关系当中，而且几乎同时产生。在这本书第一部分的最后一章里，我揭示了这一点，即叙事与情感之间的现实主义张力的瓦解以某种方式释放出了不受控制的语言生产，而这种生产旨在抹黑通过回归现实主义本身试图摆脱（也取得了成功，但代价却是它自身的毁灭）的旧体裁和子体裁来进行分类的无数页的伪现实主义叙事。这种生产——我只能用“存在主义小说”这个词来描述它——现在最大限度地占据了连锁书店和畅销书排行榜。

然而，除了涌现出来的相互依存的极端现代主义与大众文化之外，当然还有后现代主义及其叙事生产（在我看来，将其归结为知识

媒体通常保留的那些有趣的自我指涉形式，这是一种误导）。最后，我想举一个不带情感的现实主义的鲜活的例子：这是一个完全出乎意料的例子，在世界其他地方根本就找不到，它绝不是某种广义上的回归叙事或故事叙述的理论的一个范例，但却有可能使文学史上这一特殊的叙事更加完满。 188

在我们大众文化时代，利普莱的“信不信由你”或许能够更好地诠释歌德的表述——“未曾听闻的事件”（unerhörte Begebenheit）——的哲学崇高性，它无疑恰如其分地刻画了亚历山大·克鲁格的许多故事的特征。我们可以用克鲁格的《威尼斯的群体死亡》[2]的开场白来说明这一点。

> 1969 年夏，太阳一连数周炙烤着威尼斯的城市和水上景观。蒸汽船和摩托艇在像浓汤一样环绕着房屋的潟湖中穿行。圣洛伦佐养老院是一座石砌的宫殿，这里住着近百位老人。他们没有空调。在 7 月底的某一天，24 位上了年纪的居民在短短数小时内纷纷离世。幸存者被这些他们来不及消化的突发事件搞蒙了，他们拒绝让人把尸体搬走。他们杀了研究所所长穆拉蒂博士，这位受人尊敬的研究老年病学的专家，用刀和铅管以及他们在所长办公室找到的两把左轮手枪把自己武装了起来。他们把养老院的收容人员以及护士和厨子都赶进了一楼的一个宽敞的房间，这似乎是这栋建筑里最凉爽的房间。在这里，几位身体最强壮的老人建立了独裁政权，当起了教皇和主教。

正如人们所预料的那样，这座城市调来了军队，重新夺回了这栋建筑，杀了它的领导人，最后，大屠杀中为数不多的几位老年幸存者被运到了提洛尔，冻死在了那里。

这个险恶的小故事不可以用来说明一般意义上的有多种形式和形态的后现代主义，但却至少可以说明叙事性与情感在它们短暂的结合后都发生了什么。我们将结合目前的说明就叙事性提出两点看法。

一方面，是一般意义上的。它不是一个短篇小说或中篇小说，也不符合任何官方的文学分类传统。例如，它没有作者，甚至没有隐含

的作者，它很可能只是从报纸上剪下来的。这确实把我们带到它的结
189 构同一性的问题上来了：新闻记者称之为“社会新闻”，而健谈的人可能认为它是奇闻逸事。克鲁格的大多数叙事作品（至少书面形式的作品）都落在了这两者之间的无人地带。

从叙事分析来看，我们最多只能允许两条故事线索——市政府在这个热浪来袭的紧急时刻试图做什么，以及被收容人员在这个封闭的世界，在他们的社会家园，也可以说是他们最后的家园做了什么——充满悖论地交汇在一起。如果说这里存在着一种典型的隐喻，那就是它唤起了监狱起义的形象（无论这个社会新闻有什么意义，或者我们想赋予它什么意义，这些都来自此种类比）。

但是，这个社会新闻——以及闲聊中普遍存在的奇闻逸事——同样由它的社会现实所定义：它实际地发生了（“一位老妇人为了两美元抢劫并杀了人”）。这一被称作《威尼斯的群体死亡》的奇闻逸事提出了一个我认为我们在阅读它的过程中没有问过自己的问题，即这件事到底有没有真的发生，或者说，这一切是不是克鲁格以其看似无限丰富的想象力编造出来的。社会新闻的一般框架是其现实性的保证吗？作者的不在场，是不是意味着一个叫亚历山大·克鲁格的人的身份就变得无关紧要了？这种问题显然徒劳无益，但这却给我们带来了不同寻常的发展，即彻底抹消了虚构与非虚构之间所有的分离。如果说这一文本具有一种在情感终结后幸存下来的旧时的叙事冲动的特点的话，那么它也就证明了“虚构”这样一个有意义的（叙事）范畴已经消失。

事实上，托马斯·曼在《浮士德博士》中就预见到了虚构作品即将到来的危机，以及它对整个艺术的影响。在《浮士德博士》中，恶魔警告主角（一位作曲家）说公众已经渐渐地对“虚饰”（Schau，原意是“美观的外形”，但这里应该在不太严格的意义上翻译成“虚饰”）感到不舒服。

> 音乐材料的历史运动已经转向反对自成一体的作品。它压缩了时间，蔑视延长时间——时间是音乐作品的规模——并且还让

> 时间空置。这并不是出于无能为力，或出于不能给予形式，而是出于对压缩有着严酷的要求，这种要求禁止多余的东西，取消乐句，破坏装饰音，反对任何时间的延长，这是这种作品的生命形式。作品、时间和虚饰（Schau）是一体的，都成了批判的牺牲品。它已经无法容忍虚饰和渲染，虚构作品，形式的自我美化，因为这些东西审查激情和人类的痛苦，把各个部分分割了开来，转化成了图片。只有非虚构的，也就是说，只有对真正发生的痛苦不加渲染、不加掩饰和不加修饰的表达仍然被允许。它的无力 190
> 和极端是如此的根深蒂固，似乎再也不允许被轻视了。[3]

我们很容易就会联想到弗洛伊德的观点，即我们抗拒他人的幻想和白日梦[4]，或者，那就是叙事本身的枯竭，以及对日常生活中细微片段的日益关注，但这有可能是一种自我陶醉。知识分子对自己在普遍的苦难和饥饿中专注于艺术始终感到内疚也与此有关：布尔迪厄的分析遵照萨特的本体论的自我辩护概念，坚持认为当今所有专业活动（包括智力劳动）都需要一种制度上的证明，证明它们的重要性，甚至是它们的存在。与此同时，在“非虚构”小说短暂的泡沫破灭之后，对现实和事实的新的防御开始重新出现[5]；我们可能很想知道“虚构性”或假象在如此强烈地要求我们关注其材料本身的当代视觉艺术中是否扮演重要的角色。

但与托马斯·曼的这一观点（可以想象，它同样来自阿多诺）相对立的最有意思的理论观点是吉尔·德勒兹对“虚假”的辩护[6]：面对卢卡奇似乎在召唤我们去承担现实主义的严峻责任，人造物和仿造物带来的快乐，纯粹的外观带来的快乐，直至精神错乱，是一种终极的自我辩解。我们现在称之为后现代主义，不过是在这个词比较有限的意义上：模拟、图像、无真品的模型或仿制品。在我看来，某种当代的叙事形式也并非不可能存在于德勒兹的“虚假”与最严格的经验事实的绝对叠加之中。

可是，我自己认为，虚构的弱化同时也倾向于暗中破坏它的对立面，即事实范畴[7]；在这一点上，我们发现自己站在了新世界的门槛 191

上，而克鲁格可能进入了这个世界。

但是，情感消失了，这意味着什么？怎样才能证实这一说法呢？当然，反讽并不是一般意义上的情感现象，但是，在这段苍白的文字中，它的完全缺失却具有启发意义，并使“可怕的”“怪异的”这样的描述甚至是我这里使用的“险恶的”一词都显得十分谨慎，使所有这些描述都变得完全不相干了。这里有怜悯和恐怖吗？如果有的话，那么它们也只能以某种形式出现在某些就像研究人员研究一场蚂蚁大军的死亡之战一样从远处观察这些事件的冰冷的智慧中。

我想强调的是，在当代的许多评论中，另一个经常出现（并且很贴切）的范畴，即极简主义，也是不相干的。除了像海明威和雷蒙德·卡佛那样，从叙事的表层对情绪和情感进行激进的，甚至是浮夸的省略，极简主义在本质上还有其他的描述方式吗？（不过，正如我在这里要指出的那样，最引人注目的是他们的对话缺乏情感，而克鲁格的这篇叙事性故事就像他的许多这类短篇叙事性故事一样根本就没有对话。）

但是，对情绪或情感（在这两位极简主义作家那里，这两者的分界线值得讨论）的压抑意味着让读者更强烈地感受到这种感情和内心的骚动。在其他作家看来，尤其是在那些“极多主义者”看来，这种缺乏就像其不加掩饰的外化一样具有深刻的表现力。

在克鲁格这里什么都没有，甚至连对某个参与者的评价都没有。我们可以设想，这是对国家官僚机构的谴责，或是对人性中不可抑制的权力欲望的控诉，或是对以这种方式限制老年人的社会服务的控告，甚至是对人类易受自然灾害或自然因素影响的形而上的哀叹。但从这段表面上冰冷的文字来看，这些主题或解释都不可信。

克鲁格（经常与奥斯卡·内格特合作）写过许多社会理论方面的
192 著作，所以他并非没有需要辩护的理念和哲学论点。他的政治兴趣倾向于反击教育学（正如我们从中摘取故事的这本书的标题《学习过程及其致命后果》所表明的那样）：这个主张似乎意味着要夺取能量、它们的方向及其在消极或积极的活动中的投入。这充其量是一个量的概念，而不是质的概念，是对强度的度量，而不是对任何承载内容的价值的度量。确实，从这个意义上讲，克鲁格的这种思想似乎更接近早前几章呈现的情感强度；也许这确实是坚持叙述——在这种叙述中，纯粹叙事在某种程度上被重新建立了起来——的情感炸药最后的残留物。

我还想说的是，报纸风格的报道的中立性折射出的是一种全新的、极其异质的全球读者群（并不是说克鲁格本人喜欢这种反响）：这是一个庞大的群体，对他们来说，语境及其解释和诠释没有什么用处，他们的这种忽略带来了纯粹经验事实本身的抽象化，而事实（fait）在它所有的令人震惊的偶然的直接性中都是不同的。毫无疑问，这种完全无意义的奇闻逸事是现实主义与现代主义相继瓦解的结果，也是当前思辨历史的一个恰当的结局，但它们不可能是未来留给我们的唯一的叙事方式。

注释

［1］引自 Alain Robbe-Grillet，*Why I Love Barthes*，trans. Andrew Brown，London：Polity，2011，39。

［2］Alexander Kluge，“Massensterben in Venedig，” in *Chronik der Gefühle*，Frankfurt：Suhrkamp，2004，Volume Ⅱ，461.

［3］Thomas Mann，*Doctor Faustus*，trans. Helen Lowe-Porter，New York：Knopf，1948［1947］，240.

［4］参见 Freud，“Creative Writers and Daydreaming，” *The Standard Edition*，Volume IX，London：Hogarth Press，1959。

［5］比如，参见 David Shields，*Reality Hunger*：*A Manifesto*，New York：Vintage，2011。

［6］Gilles Deleuze，*Cinéma Ⅱ*，Paris：Minuit，1985，chapter 6，“Puissances du faux.”

［7］凯瑟琳·加拉格尔（Catherine Gallagher）令人印象深刻地将虚构性——巴特的“小说性”——与小说本身等同了起来（“The

Rise of Fictionality，" in Franco Moretti，ed.，*The Novel*，*Volume 1*：*History*，*Geography*，*and Culture*，Princeton：Princeton University Press，2006)，这一举动有效地使这个问题重新受到了关注，并使它变得更加复杂了——理论的目的首先不是想出解决方案，而是提出问题。

第二部分

物质的逻辑

第一章 时间实验：天命和现实主义

一 195

大团圆的结局并非如你想的那么容易实现，至少在文学中如此，但无论如何，它们是一种文学范畴，而非一种存在范畴。使你的主人公悲惨地结束非常容易；然而，在这里，也许作者随意决定的危险更加明显，因为结果必须通过某种宏大的意识形态概念得到更明显的证实——可能是悲剧美学，也可能是失败的形而上学，这些概念充斥着自然主义小说，并且仍然左右我们关于贫困和落后的想象。

大团圆的结局也不同于“从此过着幸福的生活”，青年的冒险故事常常以后者结尾。喜剧——按照诺斯罗普·弗莱（Northrop Frye）关于男性的年轻一代胜过老年一代的说法[1]——是情节剧的一个亚类型；但是，它在小说里却朝着不同的方向发展，天命的方向，而这就是我们的主题。

《埃塞俄皮卡》（*Aethiopica*）不仅添加了父亲对恋人们归来的接

受，它还（典型地）通过大量情节使他们分开，而这些情节全都因他们个人瞬间获得的好运才完成：

> “你以为是你女儿的那个孩子，多年前我托你收养的那个孩子，是安全的，”他郑重地说，“尽管事实上，已经发现，她就是那一对父母的孩子，你知道他们的身份！”
>
> 现在查理科雷亚正从亭子那边跑过来，全然不顾她的性别和年龄所应该有的举止，像个疯丫头一样冲过来，扑倒在查利克勒斯的脚下。
>
> 196 “父亲，”她说，“我非常敬重你，就像敬重我的亲生父母一样。我是个杀死父母的坏人；请你随意惩罚我吧；不要试图为我的罪恶找任何借口，不要将它们归于神的旨意，归于神对人生的控制！”
>
> 在几英尺外的地方，波希娜挽着海达斯帕斯的胳膊。“这都是真的，夫君，”她说，“你不必再怀疑了。现在明白了吧，这个年轻的希腊人真的要成为我们女儿的丈夫了。她刚刚向我承认了，尽管这让她很痛苦。”
>
> 人们欢呼着，在她们所站的地方高兴地跳起舞来，老的，少的，穷的，富的，在这一片欢腾中没有任何不和谐的声音。[2]

这一叙事伟大的现代版本非常巧妙地整合了它的两大轨迹（每个恋人的困境），测绘出整个历史社会中的地理和阶级层次。同时，在基督时代结束之际，婚约夫妇（I promessi sposi）现在也包含关于天命和救赎本身内容的反思和哲学问题。因此，这对年轻恋人的结合最终包含着一个时间视角，但比年轻人战胜老年人的视角更加开阔。[3]

应该指出的是，这里所说的救赎并非一个宗教范畴，而是一个哲学范畴。对于我要提出的那个传统，我们决不可把它理解为只是宗教戏剧的世俗化。实际上，布鲁门伯格（Blumenburg）明确告诉我们，这个概念不合逻辑，旨在诋毁所谓的世俗化的宗教前提（例如马克思主义），或者肯定在整个现代或现代化的世界上无意识地对宗教的坚持。[4]事实上，我们必须考虑形式，继承的形式，考虑它们如何被重新用于全新的意义和用途，并且与其借用的那种表述的历史源头没有任何联系。因此，复活主题本身——在神学中最荣耀的救赎再现——很少从宗教意义上来理解：从普鲁斯特（Proust）[《追忆逝水年华》（*l'adoration perpétuelle*）] 对它的比喻性运用到斯坦利·斯宾塞（Stanley Spencer）的绘画（更不用说《冬天的故事》）对它的朴实赞美，复活都表达一种世俗救赎的欣悦，这种欣悦无法从物质或社会方 197
面表达，而宗教语言在此提供了表达物质可能性的方式，而不是另外的方式。

天命内容的作品所体现的正是这种可能性。如果我认为它在哲学上确实如此，那么我的意思是（与长期存在的神学概念不同），任何关于这个问题的哲学概念都不会独立存在，因此只有通过美学再现才能理解这一现实。但是，我也认为“哲学”隐含这样的意思：局部再现——个人的故事，经验的现实——必定总是以这种形式被某种更加超验的哲学思想所遮蔽——正如我坚持认为，自然主义对厄运和必然堕落的描写，总是被许多更抽象的、总体化的阶级和科学的意识形态支配（从无序状态到资产阶级对无产阶级化的恐惧，以及对“西方衰落”的恐惧）。

在科幻小说明显不同的记载里，非常适合说明这个过程：其实，在菲利普·K. 迪克（Philip K. Dick）最阴森恐怖的小说之一《火星人的时光倒转》（*Martian Time-Slip*）里，我们在其核心看到了一段最华丽的救赎插曲。

与大量文学之外的相关因素相似（现代侦探小说与特定城市之间的关系广为人知），科幻小说常常是一种关于地方和地理环境的文学，尽管都是想象的：迪克的火星是他那典型的、充满灾难的荒漠的原型，在火星上，他不断复制 20 世纪 50 年代美国最阴郁的一些特征，并通过荒凉的生态背景和低效能机器的集中使用而使其持久化。澳大利亚的文化回忆使这个没有前途的殖民地随风飘去，但还有一些幸存的原住民（在此被称作布雷克人），他们培育着塔斯马尼亚人对灭绝的幻想。迪克让大量的情节交替出现［他的大师手法令人想起狄更斯或奥特曼（Altman）]，主要包括政治腐败和失去功能的家庭，精神疾病和职场上的失败。这些情节离开噩梦和幻想无法完成，因此在这里都体现在曼弗雷德这个患了自闭症的孩子身上，他说的话只包括“gubble”一个词。它表明曼弗雷德透过事物的表面看到了“皮下的头盖骨”，一堆堆的装置和垃圾构成了外部世界及其人口更深层的现实。这是被拉康在他的“物”（das Ding）这个概念中理论化了的瞥
198 见行为，是妖魔般捉摸不定和难以表达的他者，它在我们每个人心中的“外部世界”里等待时机。[5]

但事实上，曼弗雷德的情形是一种时间旅行：这个精神瘫痪孩子的真实生活“实际上”是变老，多年后他会变得年老体衰，住进医院，禁锢在以前的“黑色铁狱”之中（“帝国从未终结”）。这种情况在迪克晚年的生活和作品中挥之不去。[6]但是，仍然有一种救赎解决的可能，因为布雷克人在时间上与曼弗雷德是并行的（以原住民的宇宙为原型），他们逃脱了必然灭绝的天命，通过将年老的曼弗雷德从他终身禁锢中救出并带他进入永恒的梦幻时间（Dreamtime），他们可以拯救另一个孤儿：

> 她和杰克快速走过那个孩子，进入房子。西尔维娅还不明白她看见的东西，但杰克似乎明白了；他抓住她的手，不让她再往前走。
>
> 起居室里全是布雷克人。在他们中间，她看到一个半拉活人：一个老人，只有胸部以上是活的，他的其余部分是乱七八糟的泵、管子和刻度盘，机器咔嗒咔嗒不停地响着，它维持着老人的生命。她突然明白过来，他缺失的部分被机器取代了。噢，上帝，她想。这是谁？这是什么？他坐在那里，爬满皱纹的脸上挂着笑容。此刻它对他们说话了。
>
> “杰克·伯伦。”它粗声粗气地说，它的声音是从一个机械话筒传出来的，是从那个机器传出来的，不是从他的嘴里。“我这里向我的母亲告别。”它顿了一下，她听到机器加速了，似乎在使劲儿。“现在，我可以谢谢你了。”老人说。

> 杰克站在她旁边，握着她的手说："谢我什么？我什么都没为你做过。"
>
> "不，我认为你做过。"坐在那里的东西朝布雷克人点点头，他们推动它和它的机器，使它更靠近杰克，并将它竖立起来，让它与杰克面对面。"我认为……"它重新陷入沉默，然后接着又说，这次声音更大了一些。"多年以前，你曾试着与我交流。我对此非常感激。"[7]

对这样一种救赎，人们无疑会读出晚年迪克的宗教神秘主义；不 199
过，（现代的和古代的）生产方式的主题也提醒我们要颠倒这一指向，
感受个人救赎背后社会和历史的救赎作用。

二

事实上，这是另一条使哲学结构复杂化的轴线，它不是从成功到失败然后折回来，而是从个体到集体。

康德的经验/超验这个"对子"，事实上也是天命的复杂性本身，虽然它围绕着个人主体的范畴进行组织，但我觉得很难想象（这并不意味着可信的东西就可以得到满意的解决），除非我们重新将它与其他的神学母题相联系，把历史而非个体性作为它的问题和悖论的领域。

因为，能够解释我们这里的观点的不是天命和机缘巧合，而是宿命的概念：甚至在神学领域，这个概念也一直"难以表达"，总像是"骨鲠在喉"。然而，宿命的概念说明了康德的经验和超验两个层面[8]，优于任何其他解释概念的努力，因为它主张解决这种两难困境（只是命名）——区分自由王国和必然王国的困境，区分本体和现象的困境，区分超验和经验的困境——但解决方式却不无悖论，它让后者受神力支配，而让前者受人类主体性力量支配。换言之，宿命概念所肯定的是，一种铁定的必然性支配我的经验行为和我个人的命

运——这种铁定的必然性是上帝天命的必然性，是他决定那种命运不200 可改变的必然性，而这种必然性都在时间本身之前。[9]在经验现实中，我要么是某种选择，要么是某种谴责，我不可能有任何自由来影响这些结果。我的任何个人行为都不可能在其预先决定的过程中形成因果关系。不过，在我个人意识或精神层面上（康德的本体自由王国），情况则完全不同，我不可能对我的选择或谴责有任何主观感觉：这里，留给我的只有存在的自由，并且必须选择我的行为，做出我的决定，仿佛我完全自由。

这种对问题的看法包含着一种符号的辩证，甚或肯定是一种当代征象的辩证。在“内向选择的外向的和可见的迹象”这一著名说法里继续了这种辩证；不论怎样我们都不能保证自己的选择（不是谴责），但是，如果事实上我们正好是某种选择（从绝对永恒中的选择），那么我们在世上的行为就会反映这种情形。因此，它会在超验领域构成我们本体和不可知的救赎的一种标志。伪善是邪恶对美德的赞颂，有人曾经精辟地说过。因此，即使它不会有任何因果效应，不会产生真正的效果，若有偶然的机遇我们也会通过行善使我们的命运与这种行为和谐一致。这里，只有更符合逻辑的否定结论——如果选择源于绝对永恒，那么我如何行事便无关紧要——提供了真正不同凡响的小说的可能性，这在詹姆斯·豪格（James Hogg）的《仗义罪人回忆录》（*Personal Memoirs and Confessions of a Justified Sinner*）（1824）里十分明显。但是，在政治和历史层面上，这种两难困境有着更多的展现。

于是，我们从个人命运转到集体命运；灵魂的救赎被代之以人类本身的救赎，换言之，代之以乌托邦和社会主义革命。但是，众所周知，在马克思主义传统内部，唯意志论和宿命论之间的转换与神学的二律背反完全一致，因此可以说，它以一种歪曲的、依然是比喻的和神学的方式，本质上是个人的方式，预示和“预想”了它的更加世俗的问题。孟什维克派和布尔什维克派都不过是这种原初对立的具象，其中关于历史客观运动的信念，遭到了人类具有创造历史的力量这种类似军事思想的抵制。显然，这种抵制极其虚弱，它倾向于把自己归类于被动/主动的对立，从中选择任何一种都不会令人满意。因为在历史走向社会主义“不可避免”的发展当中，反对温和的第二国际并不一定只是表明深信人类的决定性力量；它同时也在鼓励那些最愚蠢 201
的自杀式的努力，努力“强迫”历史，过早地打破它的逻辑，鼓励年轻人为注定要失败的事业献身，因为“时机尚未成熟”，还未到革命的时机。不过，由于得救预定论，在进行这种选择时没有任何东西引导我们，也没有任何经验的标志让我们做出明确的“选择”，也就是说，不能确定革命作为最高的救赎形式或天命事件是否能够实现。

但是，在这种世俗和集体情形当中，其实有一种解决方法，而且与缺乏说服力的神学方法并非无关，因为它表明后者只是对前者实际上扭曲了预示。因为在这里，被当作唯意志论的东西——强迫历史的集体意志——其本身并不被看作一种主观的选择，而是被看作一种客观的征象，就此而言，它恰恰是那种历史本身一个客观的组成部分。因此，幼稚的左派或无政府主义的唯意志论此时变成了“外在的标志”，表明革命尚未提上议事日程，政治形势尚未“成熟”。豪格的神话英雄未能解决的问题，在这里成为一个历史的证据，一种与所有其他标志同样重要的历史标志。正是本着这种古老的神话精神，人们也可以说，第二国际被动的“不可避免论”本身便是一种不成熟的标志，一种政治形势尚未充分发展的标志。于是，这种新的主观和客观相互渗透的征象，此刻突然表明一种古老的二律背反的超验性，在这个时刻，天命的变成了经验的，康德的超验和经验两个领域按照具体的历史比率也得到解决。因此，它也表明小说形式的一种新的社会内容，以及多种新的叙述形式的可能。

现在，借助于这样一些发现，我们恰恰应该转到这些问题上面：事实上，这些问题最终都表明个人和集体的可能性根本不同，正是由于这种后果，我们重新审视小说的形式。诚然，革命者之间关于唯意志论和宿命论的辩论，变成了某些官方政治小说有限的专门内容——我在别的地方曾把它称作一种第三国际的文学辩证，其中这一特殊困

202 境被充分展现出来，并因斯大林主义革命在一国的独特地位而全面恶化。[10]（萨特的著作是对这些悲剧性悖论最有意思的描述，但它们在一种反共的聚焦中可能是看不见的。）但是，与神学材料一样，在此引起我们兴趣的不是这种特殊的内容，而是更大的一般意义上的形式。

三

因此，我现在要回到主流现实主义小说，以便进一步论述现实主义小说之内天命对形式生成和形式生产的价值。说到天意或大团圆结局，此刻最关键的是个人视角和集体视角之间的区分。这最终是个进化的问题，因为如同在纯神学领域那样，存在着一个已经决定了的历史发展过程，即从个人命运发展到集体命运（或者从个人救赎问题发展到政治和革命改革问题，如我们在前面讨论的那样）。

但是有一些中间步骤，仿佛从外部操作，它们将我们从个人叙事转移到集体叙事。可以肯定，第一次神学的转移非常自然地发生在个人命运的框架之内，人们普遍认识到，真正个人化的、与世隔绝的个人命运，例如《鲁滨孙漂流记》里的鲁滨孙·克鲁索，一般都充斥着各种天命的冲动。[11]这部小说独特地使各种外部冒险和插曲内在化，构成一个特殊的空间，于中展开幸福和悲剧的结局——充满突发事件、偶然性和有意义的机遇。后来，仅仅有一些征兆而非原因，如同《红与黑》的开头部分，于连·索瑞尔在一座教堂看到一张写着预言的纸片。机遇的内在化现在意味着偶然性可以为内在的经验或发展提供机会。但是，我认为，关于笛福本人是不是一个基督徒的争论搞错
203 了对象：实际上，我们在这里得到的是以新的方式组织经验的原型，其中宗教的影响本身只是一种外在的促成实现的条件。这样的发展需要以共时的方式来理解，并注意布鲁门伯格关于“世俗化”的伪概念的忠告。诚然，如果说成长小说是对笛福这部早已是世俗的“精神自

传”的世俗化，那并没有什么错误；但两个阶段都没有保留先前阶段的意义，而只是保留了形式。因此，如果说成长小说（现在是世俗性的）因其关怀个人灵魂的处境而仍然是宗教性的，那显然是错误的：它并不是宗教性的，现在加以利用的仅仅是一种形式，它以类似的方式组织新的社会素材。

对于我们的主题，或许可以说，《威廉·迈斯特》（*Wilhelm Meister*）是决定性的转折点，它仿佛是19世纪小说的真正开端，它终结了某种东西，同时开启了另外的东西，新开启的东西是它的变体，适应了新的后革命的社会（当然，这种社会在德国还不存在，在其他地方几乎也还没有出现）。这是对这本古怪而容易误解的著作的一种非常重要的评价，该书影响巨大，然而又是一头文学上的白象，既枯燥乏味同时又引人入胜，它不断质疑法国和英国传统；不过，作为一个文本，它在法国和英国传统中作用很小，但正如我们将要看到的，离开它法、英传统便难以理解。

成长小说，教育小说?[12]最好还是将Buildunsroman（通常译为成长小说或教育小说）译为感召或神召小说，或者一种“使命感”的小说，马克斯·韦伯赋予了该词最强烈的路德色彩，以便表明他对新教的行为和美德所包含的新的世俗性的观点。并不是说他在其最终使命中绝对安全：批评家至少相信后者不再是艺术的召唤或对天才的屈从，这一点在第一稿［《戏剧传播》（*Theatralische Sendung*）］中已有反映。然而，结尾的修辞——非常精彩和确定地表明是关于几代人的成长小说，即使不是关于天命叙事本身——十分奇怪地与真实情形相矛盾（威廉像歌德本人一样即将踏上旅途）：

> 我觉得你非常像基施的儿子索尔，他沿着父亲的足迹寻找出 204
> 路，居然发现了一个王国。[13]

其实，“天命”在这里的主要作用似乎是否定的：“快逃，年轻人，快逃!”（313）更重要的是，他不是只要成为一名演员，他在《哈姆莱特》中的一次成功，按照波伊尔（Boyle）正确坚持的观点，乃是由于他自己的个性与王子的个性存在着预先确立的一致性。[14]但是，在这部戏的大部分，王子也备受问题的折磨：我该做什么？超我——父亲的灵魂（它在《威廉·迈斯特》中也具有重要作用）——命令我做什么？不过，威廉真正的父亲建议他从事商业贸易，但与戏剧演出一样，这是一种明确被人拒绝的职业。[15]我顺便提一下，在小说结尾，父亲的权威地位已经被兄弟们的权威所取代；但我不想过分强调大写的他者这个主题，它在歌德的这部小说和其他作品中似乎都不是特别重要。

不过，“天命”是这部小说的一个基本主题，这可以通过对它的反复讨论做出判断。这些讨论似乎提出在命运与机会之间相互交替：“我自己很容易满足，我顺从命运，命运知道如何带给我最好的东西，带给每个人最好的东西”（威廉说）。对此，他认识的第一位神秘人物回应道：

205 从一位年轻人的嘴里听到“命运”这个词令我痛心……他真不幸，年轻时就不断在必然性里寻找某种类似意志的东西；认为机会的出现有某种原因，也是顺从宗教的问题。这种行为是否等于完全放弃自己的理解，对自己的自然倾向毫不节制？我们认为这是一种盲目的虔诚；听凭令我们欣悦的偶然事件决定我们的行为；最终为这种游移不定生活的结果赋予神的指引之名。（63-64）

这不仅是典型的启蒙主义对迷信与宗教的抨击，也是对世俗理性的诉求。这种看法可以通过人们对自己精灵的服从由外部推断出来。这位作者非常喜欢精灵之说，在诸如《讨厌的蛇夫》这类文本中相当明显。不过，在这里，只需指出这个陌生人的警告本身被嵌入了机会和巧合的网络，它们构成了小说中事件的流动。因此，这种警告本身便被纳入主题，并且因其自身的功能，像我们称为天命的预定机遇一样受到质疑。

于是，我们来到书中著名的秘密：数不清的人物（他们大部分按照社会地位做了划分，一部分是流浪的戏剧艺人，他们的卑微最初使歌德的知识分子读者与之疏远；另一部分是德国各公国的贵族，歌德要在他们当中为自己赢得一个显赫的地位)；一场穿插着各种插曲和哥特式命运的真正狂欢，充满了随机看到的场景和各种重新发现的关系；同时伴随着各种带有试探性质的风流韵事，不断的逃离与回避，这些歌德的传记和心理学已让我们非常熟悉。这些材料合起来似乎并没有形成一种非常连贯的再现或风格化的核心，它们当中也没有任何一种材料本身特别有力或具有支配性。但是现在，在文本的中心，在一个漫长的梦里，大量来自不同情节线索的人物混合在一起：

> 黎明时分，他做了一些奇怪的梦。他在一个他童年时常去的 206
> 花园里：他欣喜地看着那些熟悉的小径、篱笆、花圃。玛丽安娜遇到他：他满怀爱意和柔情地对她讲话，一点没有想到以前有过的不快。不久，他父亲参加进来，他穿着上班时的服装，显示出他少有的坦诚；他让儿子从花房中取两把座椅；然后便挽着玛丽安娜的手，引她走进一片树丛。
>
> 威廉匆匆跑进花房，但发现那里空无一物：只是在远处的窗户旁边，他看到奥蕾莉亚站在那里。他走上前，对她说话，但她没有转过身来；虽然他就站在她的旁边，他却一直看不到她的脸。他从窗户向外观望：他看到一个陌生的花园，里面有一些人，其中几个他还认识。梅莱娜太太，她坐在一棵树下，手里玩 207
> 弄着一枝玫瑰花：莱厄提斯站在她旁边，两只手在数钱。米格侬和费利克斯躺在草地上，前者仰面躺着，后者爬着。菲丽妮走过来，在两个孩子的上方啪啦啪啦地拍手：米格侬躺在原地一动未动；费利克斯却一跃而起，飞快地跑开了。开始，他一边跑，一边笑，菲丽妮跟在后面；但当他看见竖琴师慢慢地迈着大步跟在后面时，他惊恐地尖叫起来。费利克斯直接跑到了池塘边。威廉紧随其后：太迟了，那个孩子已经躺在水里！威廉站在那里，脚像生了根一般。美丽的亚马孙出现在池塘的另一边：她向那个孩子伸出右手，一直沿着水边走。孩子钻出水面，朝着她手指的方向游；他跟着她；终于，她的手抓到了他并把他拉了上来。威廉走得更近了：那孩子全身都是火；大块大块熊熊燃烧的东西从他

> 身体上掉下来。威廉痛苦到了极点；但是，突然之间，亚马孙从她的头上取下一块白纱，覆在孩子身上。火焰瞬间便熄灭了。然而，当她将白纱提起，两个男孩从白纱下冒了出来，调皮地来回嬉戏；威廉与亚马孙手牵着手走过花园，注意到远处他的父亲和玛丽安娜走在一条小径上，两边是高耸的树木，好像环绕着整个花园。他朝他们走去，带着他的漂亮伙伴正在穿过花园，此刻，一头秀发的弗里德里希突然穿过他们这条路，高声大笑，使出各种把戏让他们无法前行。然而，他们还是坚持前行；弗里德里希匆匆离开，朝着玛丽安娜和他父亲跑去。这些好像在他眼前一下子就消失了；威廉在后面更快地追赶，直到看见他们旋转着滑下小径，像长了翅膀似的。天性和意愿都要求他去救助他们，但亚马孙的手阻止了他。他多么高兴让自己被抓住呀！就在这种纠结的心情中，他醒了，发现晨曦洒满了他的房间。(402-403)

这里，我们突然瞥见一种完全不同性质的形式原则在发挥作用：所有这些不同的人物都在一个中心幻境中被统一起来，就像各种音乐主题交织在一起，以奏鸣曲的形式在同一时间展现出来。更深刻的统一性现在不必再以逻辑或启蒙甚或因果的方式展现，而是按照梦本身的逻辑作为形式的时刻，一个反复重现的时刻。这是一种封闭的形式，完全不同于情节，然而要求它自身真实：现在我们是否终于相信，所有这一切都以某种新的连贯原则汇聚在一起？不妨想想乔伊斯《尤利西斯》里的夜城（Nighttown）场景，其中所有白昼母题都大量汇聚在一起（除此之外一切都令人扫兴），亦可想象在电影里，在法斯宾德（Fassbinder）的《亚历山大广场》（*Alexanderplatz*）杰出的最后时
208 刻，思想或行动中发生的一切都以梦的形式回归新的统一——只要想到这些，就不难理解在《威廉·迈斯特》的这个特殊时刻形式创新的意义。

但是，在歌德的作品里，梦的上层建筑还因为一种非常不同的统一基础而具有双重意义，而正是这一点，使《威廉·迈斯特》有别于所有那些一般的规范，并证实了它在卢卡奇的《小说理论》中的独特

地位，即把它作为“世俗世界”与“精神”的一种综合。[16]我不想将这种另类特征——虽然它确实使人想到 18 世纪，想到共济会，想到 1790 年的《魔笛》——狭隘地归纳为启蒙主义：它的基础不是把理性看作一种能力，而是把集体看作一种能力。

因为，众所周知，各种偶然事件和偶然性标志着威廉青年时期的职业特点，它们是预先计划好的，作为必然会出现的差错（黑格尔辩证法的阴影!），它们也是以塔楼学会为名的一群阴暗的共谋者的作为，但他到该书结尾才知道这群人中的主要人物，那时他们的存在——以某种共济会的花招［“你在塔楼里看见的只不过是青年事业中的遗物!”（512/564）］——将展现在他面前。情节因此是由内而外展开的：开头是一系列偶然发生的事件，突然被揭露为一项计划和精心安排的天意。这里，启蒙主义所强调的理性劝导和指教达到一种奇特的高潮，其中生活本身变成了“寓意的客体”（leçon d'objects），或者在理论上推测出来的检验和错误的模式，对此旧的神学概念（“向人证实神的方式”）只是以一种扭曲的形式含糊地做出了预示。塔楼学会是比上帝更好的教师，它对自己的教育方法更自觉也更有理论性。

但是，重要的是不能让所有这一切（在内容中）滑向一种乏味的人文主义，以及对 18 世纪美德的赞颂（这里很少涉及普鲁塔克和卢梭），尽管会有另一种演变，一种纯形式的变化，我们对这点会更认真地考虑。然而意味深长的是，卢卡奇的《小说理论》大约只是在他献身政治和共产主义之前一年出版，因此应该没有注意到这一“白色阴谋”的政治意义，但它显然预示了党组织的构成，以及一种辩证的集体领导，既反映出当时的社会秩序，同时又相应地发展了已经存在的趋势。罗萨里奥和他的朋友们刚刚从新世界回来，刚刚经历了殖民 209
者反对旧制度的革命。他们的政党不仅要通过农业现代化着手改造旧社会——“根本不存在什么美国!”（407/446），而且要在党内产生带有美国革命元素的火花。美国革命扩展到法国革命，并且变成一种从封建体制向共和体制转变的国际运动——这种运动在《威廉·迈斯特的漫游年代》（*Wilhelm Meister Wanderjahre*）中得到进一步阐述，但歌德仍然保持着他惯有的克制（符合他作为晚期封建贵族的身份）。威廉即将接受的是一项集体任务，即用戏剧这种微观社会——浮士德的“小世界”——呈现社会政治的“大世界”。这是对政治小说形式问题的一种独特的解决方式，它作为一个只用一次的特殊词语，永远不可能重复，也不可能用作一种典型，甚或有瑕疵的样板，仿佛意在表明它本身不是具体的解决办法，而仅仅是找出解决办法的意图。但是，这要求对小说形式进行更多的理论思考，而这种思考无疑受到卢卡奇的影响，但卢卡奇在其文本中寻求以较少的“人文主义”主题取代主体和精神统一的概念。

不过，甚至在此之前，我们就应该摆脱整个小说发展中天命的内在性。这种发展最初是从笛福到《威廉·迈斯特》。这条形式路径的未来不再是主观的而是客观的，也不再是个体的而是集体的。但重要的是，应该看到歌德本人在他的小说里，在一向使他的读者（不论哪个时期和哪一代读者）感到他的推断极其奇特的作品里，例如在第六书或《一个美丽灵魂的忏悔》里，他已经抛弃了这种早期的传统。从黑格尔在《精神现象学》里所做的著名讨论以降，他的作品常常被认为是一种内省的病态。确切地说，这种形式本身通过自以为是的推断方式模仿唯我论的内心世界，模仿寻求实现自身美德的主体性，甚至它源自某个集体（摩拉维亚教派）时也是如此，但仍然包含着古代的、几乎已经消失的那种伟大宗教复兴和革命的共鸣。歌德似乎以一
210 种囊括的方式把有害的个人主义封闭起来[17]，从而可以把主体性与小说的情节分开，仿佛已经从形式上将它排除（即使这个插曲的作者通过亲属关系与众多人物紧密地交织在一起，像小说中其他偶然出现的讲故事者一样）。如此封闭，“忏悔”便标志着“精神自传”的终结，也标志着任何将天命解读为内心的或心理—神学的现象是一条死路。

四

不过，正如卢卡奇非常有益地告诫我们的，“小说”作为一种形

式永远不可能成功地解决它自身的任何问题，当先前颇多争议的个人主义被取消之后，那些问题只不过换了一种说法而已。对于新的说法，我希望以一种重组结构的方式使种种可能性规范化，从而使它们更具康德（与歌德本人处于同一时代）的超验和内在性特点。

但是，也许最好以更熟悉的黑格尔的术语开始。这些术语已经进入新批评，但不承载任何辩证的方法：所谓具体的普遍性，或换一种说法，形式与内容的完全融合，再也无法对它们进行区分。[18]这种美学或许受新古典主义的启发，产生于在歌德圈子中非常流行的复古，黑格尔在耶拿大学工作时经常访问这个圈子，而且此后一直对它们非常理解和同情。（黑格尔没有提到许多小说，他去世时现代小说的第一次浪潮刚刚出现，巴尔扎克处于前沿；但歌德肯定读过司汤达。[19]）无论怎样，形式与内容的统一至此仅仅意味着没有任何突出的东西，两方面都不突出，无论你在哪里检验这种人工制品：没有额外的风格装饰，没有“外在的”或无关的内容从枕套里冒出来。所有这一切都符合史诗精神；当然，德语词 episch（叙事文学）具有含糊性，既表示小说也表示一般叙事，也就是说，小说没有受到任何特殊的对待。

所以，这种融合美学非常容易适应内在性语言。叙事文学是固有
性的，就是说，意义是它所有的客体和细节、它的事实和它的事件所 211
固有的。它们本身便具有意义，不需要任何外部评注或解释，颇像你介绍某种现代技术时的情形，或者像金融危机中的事件，它们并非不言自明，它们作为“事件”的真正性质并非一开始便首先得到保证：它们必须加以解释，才能形成可以看见的时间现象的存在。不过，当这种情形神奇地发生时——不是以古老的生产方式，而是以我们自己的生产方式——我们把它称为现实主义，并且对解释这类文本颇有兴趣，认为它们非同寻常，且数量很少。但是，如果我们在词库里加上“超验”一词，确定它们当中什么东西不复存在，那么就会对它们做出更好的解释。

或者，也可以试试另一种方式，即巴特不假思索而说出的那句名

言所意指的方式，就是说，在现代文学中，意义和存在之间互不兼容。[20]超验是意义，存在本身无所不在，所以用某种本体论的意义来丰富这个层面的词语也是上佳的选择。无论是在文本中还是在真实世界里，存在的东西并非总有意义（因此，它常常是我们所说的偶然）；在这个世界上，有意义的东西并非总是某种存在，乌托邦或非异化的关系就是如此。如果这两种情形交相重合，达到无法分开它们或不想区分它们的程度时，我们便会发现我们现在所称的本体论现实主义。

什么是这一切的对立面？什么是一种真正超验的文本？是神话或各种宗教文本吗？归根结底，我们这里在已是世俗小说的框架内工作，已经事先排除了那些文本；因此，通过小说形式，我们预设了作为开始的某种内在性。

于是，在这个框架内，我们可以设想所谓的本体论现实主义具有一种真正固有的内在性特征。在那种情况下，为了进行区分，什么是超验的内在性呢？我认为，作为开始，我们可以将其想象为一种伦理文学或一种叙事，其中伦理的范畴——恶习、美德、邪恶、善良以及
212 悲悯，甚至怒气、忧伤，等等——稍微脱离了叙述的人物的情感和感觉，或者构成他们性格的特征。在人物的存在与他们表达的意义之间有一条几乎看不见的空隙，在这种情境里，以前内在性与超验性的二元论本身会重新出现，尽管可能非常模糊。“伦理”人物还不只是例子或说明，也没有一直朝着那些寓言演化，因为无名的人物以符号的形式承载着他们的伦理指向：我嫉妒，我自满；但我们很接近；只要瞥见这种可能性便足以对本体论现实主义产生令人不安的怀疑。所有明智的人，无论是现世的还是历史上的，都不再相信伦理范畴是“天生的”，不再相信它们以某种方式镌刻于存在或人类现实；而且，伦理文学大部分都已经开始反映阶级的终结——不论是詹姆斯的贵族，还是班扬的补锅匠。伦理准则及范畴只在同一阶级归属的境遇里有效；如果从一个阶级到另一个阶级运作，那么它们就会吸纳阶级斗争与张力本身的信号，开始以一种非常不同的、社会政治的方式发挥作用。无论如何，就我们此处考虑的这组小说群而言，运用伦理范畴的

小说暴露出某种类似超验内在性的东西，也就是说，促使社会因素——伦理范畴和判断——进入类似超验的状态，它们看上去像是社会境遇本身固有的甚至平凡的因素，直到更细致的观察才揭示出它们的运作在某种意义上是超社会的（trans-social）或元社会的（meta-social），但一般很难察觉。

在这种情况下，提出一个相似的关于超验的超验性范畴是否具有意义？我认为有意义，但我们必须明白我们仍然在许多世俗文本内部运作，已经完全清除了所有真正的超验。我们无须再处理宗教或神圣文本，无须再处理内部包含神圣或天使甚或超自然的东西［虽然在我们历史划分——小说的历史——非常早的某个时刻，鬼魂故事反复出现，例如笛福的威尔太太（Mrs. Veal）或席勒的“巫师”（*Geisterseher*）］。因此，我们此刻所说的超验将是一种被世俗的内在性所束缚和限制的超验，是我们自己“现实的”和经验的世界之内的一种超
验：它可能采取什么形式？什么东西能够超越这个现实世界，但又是 213
它的一部分并与之须臾不可分离？

我认为，这种超验只能在一个地方找到，即在与其不同的一种他者性空间，它是一个脱离了存在之重和现有社会秩序之惯性的维度。在我看来，这种超验性可以想象地在过去运作，对不复存在的社会进行历史重构。然而，尽管不复存在，但由于它们曾经存在，所以本体论现实主义的法则可能仍然会约束它们，并且存在这样的情况：《萨朗波》（*Salammbô*），或瓦尔特·司各特（Walter Scott），或《罗慕拉》（*Romola*），或《双城记》，与其同时代的作品一样都是现实主义的。无论如何，这里提出了非常有趣的历史小说问题，但此处我们暂不探讨。

不过，当我们必须应对未来，应对或许从未存在过的东西时，它就是另一回事了，那时我们就会面对政治本身。这里我们面对的是政治小说和整个政治文学难解的问题，以及它们实际存在的可能性。在内在性的世界之内，对于这种或那种存在，这个或那个已经存在的因素，是否可以想象它们呼吸“其他星球上的空气”，对完全不同的未

来甚至表现出最微小的暗示？现实主义小说绝对抗拒和否认这种可能性，这可以从它们对政治人物的常规描写判断出来；它们描写的人物富于政治激情，为了可能出现的变化而生活，很少考虑与当下真正本体存在的关系。我们只需看看一些最著名的关于这种人物的描写，就会对现实主义小说的判断深信不疑。这里我举三个例子。

狄更斯对“使命”的描写：在《荒凉山庄》里，到处都是疯狂的慈善家，他们围绕着中心人物嘉勒比夫人以及她的非洲使命，伤害自己周围所有的人。（她的丈夫以头撞墙；她的孩子们肮脏下流，无人管护；她的大女儿与人私奔成婚，但并不真正了解对方；她自己每天的生活混乱不堪，邋里邋遢，活着的目的仅仅是与非洲通信和非洲的事业。）对狄更斯来说，无论如何在他的“自由主义的”和自由市场的社会里，政治只能体现为慈善（至多是贾恩戴斯先生所代表的那种个人的、“伦理的”慈善，而不是整个集体类型的慈善），如果记住了
214 这一点，那么就不仅可以理解这些人物是政治的，而且还认为他们代表着智者：对于这种政治的智者，存在着成对儿难解的问题，即抽象和非生命，本体生活的丧失和人类现实，纯粹的思想和懒于认真思考尚不存在的东西，这些都必须结合起来。[21]

一旦我们学会解读这些政治人物，学会在整个现实主义作品里发现他们，在官方政治——例如，在特罗洛普的议会小说中，政治本身是十分正当的，是生活和存在本身值得尊重的一个专门化职业——以外的地方发现他们，那么我们就会看到，对反本体论的讽刺在本体论现实主义中无处不在，而且确实与形式结构本身一起发展，两者密不可分。

因此，亨利·詹姆斯的女性主义者（《波士顿人》）属于特别典型的政治知识分子，她们远比《卡萨玛西玛公主》（*The Princess Casamassima*）所实验的任何东西都更加下流恶毒地否定政治，实际上当时对无政府主义的描写也普遍如此（尽管康拉德的《特工》无疑在其后不久出现）。

最后，在福楼拜的作品里也充溢着对政治的敌意，而且远不只是

个人的意识形态和癖好。《情感教育》对大型政治会议有长篇描写——模仿 1848 年大革命的雅各宾俱乐部，因为太长，无法在这里引述其趣味盎然的细节——凡是读过的人一定知道，在福楼拜那里，政治知识分子受到多少怨恨。福楼拜将他们看作强迫症患者和疯子，认为他们具有多重性质，互相重复，而且是群体而非个人的重复。关于福楼拜这种独特的偏好和厌恶，不论做什么心理分析的解释，这种场景也必须被看作空洞的形式，空洞的异质性的构成，它们反复出现在他所有的作品里，最著名的是在《圣安东尼的诱惑》里，但在《包法利夫人》的“农业促进会”里，在《希罗底》里，在《布瓦尔与佩库歇》（*Bouvard and Pécuchet*）不同的关键时刻，也都出现了这种场景。
如此，福楼拜解决了这里提出的如何再现不可再现的东西的形式问 *215*
题。换言之，这种问题是如何将本体之重转移至再现人物和相关元素，而这些元素实际上预先限定了它们并不存在，自身没有本体的重量，无论是作为人物还是作为意义。于是，关于执着于交换和增加疯子及其词语（不是思想）的空洞形式，便允许把再现置于本体薄弱和不真实的地方（其实，在这方面，福楼拜的解决方法又回到了狄更斯的方法，同样依靠大量增加疯子来填充他的空缺，使其获得必要的密度）。

所有这一切，不仅要记录小说历史中超验性的超验这个新范畴的脆弱性，而且还要对现实主义小说结构性的、固有的保守主义及其反政治的立场提供那种常见的论点。本体论的现实主义，绝对承认存在的密度和实在性——无论在心理学及感情、制度和客体领域，还是在空间里——因此只能在形式性质方面提出不同意见，指出这些东西可能变化，在本体论上也不是不可改变的：对形式本身的选择是对现状的一种专业化认同，是以学徒身份对这种美学宣誓忠诚。但是，因为政治确实存在于现实世界，因此必须面对，冷嘲热讽的敌意是小说处理政治捣乱分子的经典模式。只有司汤达和加尔多斯是比较温和的例外，前者基于其人物年轻缺乏经验（也因为司汤达的国际主义，以及他对比较狭隘的法国“现实”的憎恶）；后者无疑部分是西班牙政治不断变化的后果。但是，他们都没有放松保持他们作品具有坚实存在基础的方法，不论叙事的气球在历史的风里如何飘动。但是，如果没有这些方法，毫无疑问会出现真正的乌托邦形式，例如车尔尼雪夫斯基的《怎么办》，它会逐渐地漂移出现实主义的范围。

这两个超验范畴——超验的伦理和寓言的内在性，超验的政治诱惑的超验性——可能也开启了一个新的空间，从而可以理解无法以现实主义方式进行理论阐述的形式和话语现象：我的意思是指现代主义，正如我一向坚持的，现代主义小说根本不能理解为现实主义的对
216 立面，它是一种非常不同的、根本无法比较的美学和形式风格。因此，有些现代主义完全可以用现实主义的范畴在其范围内进行质疑——例如，人们会想到《尤利西斯》，毫无疑问，它固执地、极力坚持时间和地点的绝对存在，这种存在是具体限定的世俗经验，是无法超验的现实。但是，这种范畴可能不再是表达所有现代主义作品独特内容的最佳方式。

然而，在我们的规划中，还有第四个范畴，迄今尚未对其具体界定。我们已经将“伟大的现实主义”（great realism）置于内在的内在性空间，这是一种奇妙的形式与内容的统一，一种独特的本体论的可能性，对此我们无须再费口舌。但我们发现有两种稍微偏离这种丰富形式的情形，这种偏离相当危险。一种偏离在于超验的内在性，其中存在的某些范畴——主要是伦理范畴——使自身脱离现实，凌驾于现实之上，作为一种组织方法，试图把事件和叙事行为转变成大量实例和说明。我们还看到可能出现的更大的一种偏离，即政治的偏离——超验的超验性——据此整个当下存在的组织结构可能都要进行革命性的、系统的变革。

但是，我们还未考虑可能会有某种可以称作内在超验性的东西，在这种超验性里，对存在的改革可能以某种方式隐含于存在本身，就像一种奇怪的波穿过事物，或者像一种能量引发事物本身一阵阵振动，但不一定改变它们，或者剥夺它们的本体地位。读者会想到，我们一直在做的就是要走向最后这个范畴，我们心中的内在超验性也就

是天命本身，它的制品则是我们一直零星提到的天命小说。这里我们确实看到，卢卡奇在召唤带有多种倾向的现实主义时，他想象自己在描述一些东西，而这些东西他认为是本体变化的一种再现。[22]他举的例子确实表明了 19 世纪初整个政体变化的历史发展，例如《贝姨》， 217
描写了从拿破仑到 19 世纪 20 年代的第一次阿尔及利亚远征；然而，任何人都不曾提出本体论现实主义不能处理历史或时间经历。我们真正想排除的是系统变化；但卢卡奇对“倾向”的描述，似乎比我们描述的任何东西都更好地说明了在小说中发生作用的天命的要旨。

我们现在可以回到那些描述，并根据这种“本体论的类型学”，以及《威廉·迈斯特》实验中颇有思想的那些独特的结构特征，对可能性的历史发展进行某些推测，就是说，在由历史决定的、世俗社会独特地提供的“进化环境”（莫雷蒂）[23]里，它们如何以各种偶然的方式具体实现了发展进化。

对巴尔扎克而言，以独特的人类能量代替天命一向是巨大的诱惑：伏脱冷（Vautrin）这个人物，他不顾一切地跑去释放吕西安［在《烟花女荣辱记》（*Splendeurs et misères des courtisanes* ）的结尾部分］，就像他在这个小说系列的早期阶段，居高临下地操控后者的好运——这个具有超级知识和机智的形象，使《人间喜剧》的作者一生都如醉如痴，因为它既提供了一种叙事的行动形象，也为小说家本人提供了主体定位。在这种意义上，我们必须使自己习惯于根据纯粹的激情来重新思考“全知的叙述者”这一苍白的范畴，把它视为对社会各阶层无所不知的一种迷恋，从大人物的神秘对话一直到“巴黎的秘密”（mystères de Paris）和“贫民窟”（bas fonds）。巴尔扎克绝对是德国人所说的一个“自以为无所不知”的人，随时准备显示自己肚子里的知识（不幸的是，他自己不能将它们付诸实践）。不过，狄更斯也有同样的毛病，他对自己熟悉伦敦的所有街道非常骄傲。我们完全可以说，这种对知识的强烈欲望适合所有其他伟大的百科式的虚构，从特罗洛普到乔伊斯。

此刻，我们更感兴趣的是，这种绝对知识的概念如何形成神秘的吸引力。伏脱冷作为超人的地位是通过他最终失败确定的（失败的回报是他最后被提升为警察头子——颇像现实中的维多克），但是，这
218 种失败只是标志着一与多辩证的贫乏。如果了解多的任务被分派给许多人，那么像迈斯特那样的塔形社团形式又会怎样？

这正是巴尔扎克的作品里发生的事情，始于《十三个人的故事》（*Histoire des Treize*）（1833）：

> 帝政时代的巴黎，有十三个人。这十三个人为同一种思想所激励，个个激情澎湃，忠实于同一个目的。他们彼此坦诚相见，即使有利害冲突，也绝不相互背弃；他们极有城府，绝对可以保证他们之间的紧密关系不为世人所知。他们本领高强，足以令他们凌驾于法律之上，他们勇敢无畏，履险途如平地；他们幸运有加，总是能够如愿以偿；他们冒过最大的风险，却对他们的挫折守口如瓶；他们不知畏惧为何物；他们不会在任何人面前发抖，无论是王公贵族，还是刽子手，抑或无辜百姓。他们相互接纳，只看对方的真面目，并不把社会的偏见放在心上：他们无疑都是罪犯，但他们也无可否认地是出类拔萃的人，因为他们拥有使人成其为伟大的品质，只有杰出的人才拥有这些品质。最后一点——我们绝对不能遗漏这个故事中任何关于崇高和神秘意境的因素——这十三个人的名字从来无人知晓，尽管他们将具有神奇力量的头脑才能想象出来的事情全都变成了现实，人们以为只有文学中的曼弗雷德、浮士德和梅莫斯这些人才具有这种神奇的力量。今天，这样的想法是大错特错了，至少消散了。这十三人的
> 219 每一个都心平气和地服从于民法的管束，像摩根一样，这个强盗中的阿喀琉斯，他们金盆洗手，全都成了殖民者，在家中温暖的火炉旁，毫无愧色地尽情享受他们在血腥的争斗中，在焚烧船只和城镇的熊熊火光中积攒下的百万家财。[24]

这里，这种可能共谋的结果不过是一些插曲（尽管他们在巴尔扎克的所有作品中是最出色的插曲）。不过，在其他地方，一种非常不同的辩证被调动起来，它表明这种适时的共谋是超伦理的。它超越

了善恶，甚至可以不加区分地服务于封建的激情、个人主义的激情（如在《十三个人的故事》中）或乐善好施的激情。这就是巴尔扎克的情形，他以同样的热情幻想出一种清白的共谋，但其根源在于更保守的宗教秩序的残存，而不是巴尔扎克青年时期烧炭党和其他政治派别的影响。慈善也需要它的马基雅维利；就像《现代史内幕》（*L'Envers de l'histoire contemporaine*）（1842—1847）中那个有组织的人物的作用：

> 摧毁永久的罪恶密谋，让它尘封在似乎变化无穷的形式之下，这难道不是我们的任务？在巴黎，仁爱必须像贼一样狡黠。我们每个人都必须既是无辜的，又是心怀疑惑的；我们必须具有瞬间做出可靠判断的能力。[25]

但是，如果这些“相互慰藉的兄弟”不像十三个人那样令人兴奋，这与前者的道德准则没有关系，而是与日益增加的适时共谋的“超验性”相关，这种“超验性”逐渐从外部介入境遇，它与境遇有一种关于同情和道德判断的纯思考的关系。于是，我们在这里可以观察到更 220
加纯粹的内在情节如何滑向它们超验的对立面。这种运动是否可以逆转，形成某种更具原创性的小说结构？这是个最好去问狄更斯的问题。

对许多读者而言，在狄更斯完成的那些与威尔基·柯林斯作品相似的小说里，《我们共同的朋友》最阴暗也最动人，其中救赎的含义似乎最令人满意，并把伤感主义提升至一个真正是天命的存在领域——狄更斯这部晚期的小说证实了共谋对他同样有诱惑，证实了他是“秘密安排的高手”[26]，因为这位伟大的通俗小说作家极力将大量情节线索聚合在一起，仿佛要挑战人们的记忆。但是，通过把共谋提升为一种权力，它也揭示了自身的构成：通过象征的同名主人公而强化对幻觉的系统提升（mutual，也表示同时参与多个情节）[27]之际，他决定在他公开宣称死亡之后采取第二种存在形式——确切说这还不能称作共谋——于是欺骗了鲍芬先生，即黄金垃圾工（收垃圾的）和伪装的守财奴财产的继承人。这里，我们进入真正的共谋领域，但它并没有因为作为检验和教训的道德用途而缩小。毫无疑问，它鼓励好人获得财富，让坏人狼狈不堪，而好人和坏人其实都承认这是人的天命。例如，最后看见了执迷不悟的布莱德利·海德斯通的含义就是如此，他是狄更斯小说中最阴暗的人物之一，因为他意识到自己的失败，未能为了利兹而赶走自己的竞争对手（下面谈到了“分离”）。

> 这时他明白了，他拼命想把他们俩永远分开，结果却为他们的结合创造了条件。他手上沾满鲜血，这标志着自己是一个悲惨的傻瓜和工具。为了他妻子，尤金·瑞波恩把他抛在一边，留下他沿着自己残酷的道路爬行。他想到命运，或天意，或者可能是引导的力量给他设了个骗局——骗了他——在无能的疯狂愤怒冲击之下，他一败涂地，被撕成碎片。[28]

不过，无论黄金垃圾工在这种救赎结局中得到多么荣耀的赞颂
221 （显然，狄更斯自己也不确定，于是他在后记中进行了重复，其中鲍芬夫妇在一次毁灭性的火车事故中幸存下来），对大多数读者而言，它无法与《荒凉山庄》的结果匹配，因此它将为后来作品在天命方面的疏忽提供教训。

诚然，垃圾箱有共同之处，而老克鲁克——他属于自发奉献自己的人，像在左拉作品里似的——无疑与鲍芬先生对应。[29]但是，如果我们认为这只与大团圆结局相关，艾丝特嫁给了真正相爱的人，那么我们就一点没有理解天命的意思。与之相反，最重要的天命时刻，救赎性真正崇高的意义，则在于另外的地方，在“事件”一词最威严的意义上，它指的是一个**事件**，而人们觉得他们正在大街上接近这种事件。

> 非同寻常的一伙人……很滑稽……很有趣……每个人都推搡着想要靠得更近……眼下，大捆大捆的纸开始被搬出来——有些装在袋子里的，有些纸捆太大装不进任何袋子，大量各种形状和不成形状的纸捆在一起，搬运者在纸堆底下费劲地走着，将它们暂时扔到楼前的人行道上，然后又返回去搬出更多的纸。[30]

事件的标志是笑声，是普遍的欢乐，整个旧世界被完全吞没，诞生了

一个新世界。任何读者，只要读过这部上千页和连载 19 期的杰出小说，无一不对它的结果感到震惊：

> 甚至那些职员都在笑。我们匆忙浏览着报纸，看到这儿那儿到处都是贾迪斯，我们询问站在他们中间一个官员模样的人，是否这件案子已经结束了。“是的，”他说，“终于结束了！”随即也大笑起来。[31]

这段话在题名《开始新世界》的倒数第三章！

这些段落让我们又回到最初引文的那种欣悦，但有一些新的发现。首先，非常明显的是，欢庆必然是集体性的，它表示许多人而非一个人的故事的高潮。就此而言，它与康德的热情理念有着密切的关 222
系，康德把这种热情与法国大革命联系起来，那种欢庆至少部分地强调了它与崇高的密切关系，但这里我们不可能对它们的对应进一步探讨，除非重新召唤崇高深刻的含混性，然而不论对康德还是伯克，这种含混性必然唤起可怕的恐惧感和厌恶感，它们与扩大的欢乐感并无不同。[32]

五

然而，我们也必须想到，在这类小说的演化过程中曾有过一次重大转变，即从个人救赎问题转变到多情节和多命运的相互交织。乔治·艾略特直率地表达了她对观点问题的颠覆性看法，她秉持民主精神，认为每个人都有权成为叙事的中心，并且在小说的一章中间提醒我们——这一章非常自然地以多萝西为中心——她的配偶卡苏朋先生虽然不漂亮，但也“在内心有着强烈的意识，而且像我们其他人一样，在精神上也充满渴望”[33]。这类提醒实际上是为小说形式提出了一种社会的“权利法案”（或人权），后来的小说家，例如乔伊斯或多斯·帕索斯，将按照这样的规划进行实践。

但它最直接的启示是从历时性转向共时性：现在，不是这个或那个特殊的或至少在叙事上受到青睐的主角的最终命运包含着小说轴心的巨大转移，而是大批人的遭际和命运的相互交织包含着这种转移。在我们考察的狄更斯的连载小说中，这种情况的引入绝不亚于乔治·艾略特后期的小说，实际上它也是我们的讨论要展现的主要问题。

因为，在《米德尔马契》每一章的进展中，不仅注定要引入“天命”这个词（有时通过人物，有时通过作者自己），而且这种重现更
223 深刻的意义——揭示这种天命和命运无处不在的意识形态，人物天命的好运或坏运的意识形态——是使这一伟大作品成为天命现实主义本身实践的反映。这就是说，通过使用了一个更有意义的词语，虽然用得很少，《米德尔马契》可以看作是对天命意识形态本身大规模的解构，是对其宗教含义及潜在情感的追寻，也是对其结果和有效性的一种近乎外科手术式的剖析。我坚持用“意识形态”（ideology）一词，因为关于相互关系和无法分开的其他概念，在巴黎公社和德国统一这种时期都可能存在：达尔文主义的想象，民族主义的计划，阶级对立的痛苦经验——所有这些以及后来的族裔和性属形式，可能会支配集体叙事的必然性，事实上，有时的确如此。但是，艾略特对这种基本社会经验不寻常的认同，独特地反映出英国阶级调和中宗教的存在及其意识形态的功能，并使她可以增加一种杰出叙事与二次概念探讨的共时性，使参与者通过这些概念思考他们的经验。（“解构”一词被用来强调这种探讨不偏不倚的性质，它不公开谴责残存的宗教，而坦率的意识形态分析肯定想公开谴责。）

但她的“精神的”一词也具有误导性，因为在某种程度上它暗示着来世。诚然，这里突出强调了智力劳动。先前的小说家愿意容忍各种艺术家的光辉形象，将他们整个归类为浪漫主义“天才”：巴尔扎克甚至纵容天才的炼金术发明家（《对于绝对的探索》）和天才的思想家（《路易·兰博》），但对该世纪后来发展的科学研究却很少同情（艾略特也是如此，在利德盖特的故事里，只是对技术好奇）。我们可能想到，黑格尔对“唯心主义的”用法完全是“理论的”；而艾略特对所有生产活动［包括加斯（Garth）的设计］的描写带有一种强烈

的好奇情感。[34]

但是，毫无疑问，《米德尔马契》的核心既不是精神的也不是理
论的，而是“金钱关系”，是金钱在这些人的个人命运中同时发生作
用（他们通称为集体）。当然，这部小说是一部历史小说（背景是
1830 年），当时金钱经济对各省的控制日益强化，构成了该书与巴尔 224
扎克（在更早时期的法国）表面上共有的主题。不过，“天命”的金
融本质是这种特殊揭示或解构的关键，因此值得与狄更斯的版本进行
比较，虽然狄更斯的版本早了一代。

因为，《荒凉山庄》与《米德尔马契》有一个共同的人物，弗雷德·文西的“远大前程”实际上是可怜的理查德·卡斯通命运的一次回放，但回放的语境完全不同，那个同样和蔼的年轻人以能够大量花钱著称，他把从购物中省下的钱全都花光，从不首先考虑积攒。

但是，狄更斯把这个金钱主题集中在一个场所，即那场著名的审判，而不是置于金钱经济本身之中，因此他可以谴责前程本身造成的心理堕落（“那里有一种可怕的吸引力，”弗莱特小姐说，“那里有一种残忍的吸引力。你摆脱不了它。你必须期待它”）[35]。但是，在《米德尔马契》里，没有任何命运不受金钱的影响。因此狄更斯的关系“网”偶尔出现：

> ［在裘的病床前］贾迪斯先生也出现了好几次，而阿兰·伍德卡特几乎一直都在；两人都在使劲地想命运多么奇怪，将这个粗野的弃儿卷入这张由不同生活编织而成的大网。[36]

然而，乔治·艾略特的网是构成的，如像她的众多人物表明的那样——除了网络，还有线索、线路、痕迹（在一块炽热的玻璃上）相互交织，等等。我把这个网留给了英语系的卡苏朋先生，让他清点这些反复出现的人物（对此的理解是，任何有志于讽喻和解释的人都不会鄙视卡苏朋先生的劳动，尽管他的命运不好）。

关于这种叙事“结构”及其承载的意义，我们必须消除两个持续存在的错误。第一个错误是，尽管我们谈到金钱和所谓关注“精神性”的物质基础，但小说仍有宗教的含义，它以圣特蕾莎开篇，以令

人难忘地赞颂多萝西的善良结束：

> 225 因为，世界不断增长的善，部分地依赖于非历史性的行动；对你我而言，事情并不像它们本来那样糟糕，这一半是因为许多人虔诚地过着隐蔽生活，安歇在无人光顾的坟墓之中。[37]

确实，关于前面提及的反世俗化概念，虽然种种反对的论点非常有力，但这些词语，以及先于它们并证实它们的多萝西的画像，证明了乔治·艾略特明显具有世俗化的意图：她决心为世俗化的商业社会创造一个圣洁的人物，然后证明多萝西光辉的善良几乎具有物质的力量，以一种颇似物理的力量紧紧抓住她周围的人。显然，艾略特希望赞颂现代性（利德盖特的科学热情，加斯对单纯生产率的满足），但又不想牺牲以前社区和宗教文化的构成因素，尽管它们几乎已被现代性清除。不过，作者的意识形态目的从未构成作品的“意义”，相反，正如阿多诺所指出的，其功能乃是作为该书素材的一个组成部分。稍后我们会看到，也可能以另一种非伦理的方式重新解释多萝西的中心性。

对于这一时期的小说（以及整个 19 世纪后期的小说），第二个基本的错误是，根据它们对感情活动和内心感受非常敏感的力量，认为它们是“内省的”。但是，如果将乔治·艾略特（或陀思妥耶夫斯基——就这点而言）归入从本雅明·贡斯当的《阿道尔夫》（*Adolphe*）到普鲁斯特的内省小说家，则会掩盖她小说中一切真正的形式创新。例如，与狄更斯相比，我们这里有一种对个体关系亲密性的重大提升，一种关于那些几乎难以察觉的对他者适应的强化和照相式的放大，对此后来的纳塔莉·萨洛特称之为“向性”（tropismes）。如果仔细观察，那种被错误地认定是自我意识或个人自我反思的东西（现在日益被看作私人或个人潜在的无意识），可以被看作一种与他者的抨击和诽谤所做的微妙协商，一种反复出现的模糊反应的余韵，就
226 像昆虫彼此相对地跳动并试图估量危险或吸引的程度，只要不是中性的。如果需要一种新的现代性理论，那么很可能就是这种理论，即在哲学和艺术再现里发现他者的存在，萨特称之为一种自身存在的异

化。哲学，除了黑格尔的主人/奴隶辩证法，全都忽略把他人存在作为一个哲学问题，这就改变了哲学化的基本性质；至于文学，只要“其他人”或人物本身被想象成一种自足的实体，它们偶然与其他类似的客体发生短暂的或强烈的联系，基本上不被他者的存在改变，那么这些独立的叙事象征属于什么心理经验便无关紧要。可是，比如在这里，如果他者被看作让我怀疑我自身的存在，如果关系先于关系中的存在，并且一种探寻这种持续变化的记载方式得到发展，如果关系以其可容忍的亲密性聚焦成特写（“婚姻不像其他任何事物，”多萝西反思，“它带来的最亲密关系有某种甚至可怕的东西”[38]），那么这就等于发现了一个新的维度，一个新社会大陆，在城市和社会阶级层面上以微观世界对应新的集体的宏观世界。

此后，出现了亨利·詹姆斯的错综复杂的分子式的模式；陀思妥耶夫斯基那种残酷的阵发性暴力和自我诋毁；一直到我们喜欢称之为现代主义的亚原子式的多种语言。我们已经看到，现代主义和现实主义的交替并非对应于某种分类系统，而是对应于某种方法论的核心，因此很难说它自相矛盾，但从另一个角度看，像乔治·艾略特这样“伟大的现实主义者”也可以被看作新生的现代主义者。

若要使这种情形显得更合乎情理，就需要考虑夸大的全知人物和相对古老的风格本身。但是，后者模仿的是格言和传统的集体智慧，而不是使人联想到布鲁斯特那种自我表现的任何东西，因此，它掩盖了主体相互之间素材的创新性质，同时又寻求把后者纳入一种典型的社会知识，而不是记载诸如心理学或心理分析之类“新科学”的发现。

现在，相互关系“网”一方面要理解为大量集中起来并且变动的 227
事件——相遇、观看、要求、自卫——而不是一张静止的事件图表；另一方面——因为共时性也必然变得可以看见——它也应该以相互联系的形式来理解，这大大扩展了任何个人解释的读者视域，但仍受“生活”中最细微调整的影响，因而彼此发生摩擦。[39]关于多萝西的圣洁善良，我们必须看到，它不仅跨越多重邻里关系长期延续它的影响，而且那种痛苦和磨难也恰到好处，各种狄更斯式的愿望——卡苏朋先生的，费瑟斯通先生的，以及巴斯特罗德在各项工程中对金钱的利用——在这里都变成了载体，它们传递那种跨越同样庞大的自流系统形成的不良影响。但是，在从历时性的天意——关注对个体的救赎——转向这种共时性的想象中，失去的恰恰是伦理本身，更确切地说，失去了一切罪恶感。乔治・艾略特的作品写了善良，但与之相对的却全是不幸；因此我们不能认为卡苏朋或巴斯特罗德是邪恶的，即使他们的同代人很可能这么认为。

这里的关键是，由于再度被刻写在相互关系网里，主体在这个庞大的关系网里感觉痛苦或不幸的东西，仿佛通过整个一系列联系的传递，可以变成他人肯定的东西；而反过来的情况也会发生。[40]但是，这种否定变成肯定、痛苦变成幸福又变回来的可能性，明显把这些范畴提升到另一种超个人的维度，并可能消除旧的伦理或幸福的意义。（它还失去了全知叙述者的游戏，全知的叙述者应该知道故事中任何
228 人物都不知道的秘密，但颇为反讽的是，非常不幸，他们至死都不知道这个秘密。这里，正如黑格尔所说，“本质必然出现”，而已经在效果掩饰下显现的秘密，一定要揭示出来。）

但是，他们的不幸——这里写得非常生动，同时期的其他小说难以与之相比——是否证明乔治・艾略特具有超凡的心理洞察力？事实上，在卡苏朋和巴斯特罗德两人身上，我们看到的是精确的分析判断，萨特后来称之为自欺欺人，或自我欺骗和令人痛苦的错误信念，以及徒劳地进行自我证实。[41]不过，这些时刻在其自身内部已经以判断的形式包含了他者性（otherness），痛苦的主体已经将他者的凝视内化并尽力控制和调整使之有利于自己。的确，随着这些趋势通过小说或叙事媒体的放大，我们在社会本身里瞥见一种类似的放大，或者说只是传闻和闲聊的维度，在传闻和闲聊中夸大了相互关系的真相，并通过集体扩散流传。这是我通过他者异化了的另一副面孔，在乔治・艾略特的作品里扩展成她对历史的看法，即认为历史是“一个庞大的窃窃私语的人群”，我们最终也会参与其中“谈论以前帝国篡权的秘密和其他的丑闻”[42]。然而，此时天意以一种超常的、意

外的形式重又出现，它的行动和效果似乎都难以确定。卡苏朋和巴斯特罗德在郁郁寡欢中死去；利德盖特的科学抱负化为泡影，他的婚姻也丧失了所有的魅力；但是，与所有的期盼相反，多萝西的故事却有个圆满的结局，而从歌德到冯塔纳的德国传统准备让我们放弃的东西——更不用说从巴尔扎克到莫泊桑那种可怕的、象征孤独的老处女和寡妇——在这里通过一种完全意外的幸福结局一扫而光，虽然我们过去对此不敢说是“希望反对希望”（事后看，它为我们前面引用的关于她的最后几行增加了哀婉的意味）。

然而，在《米德尔马契》里，真正的天意在别的地方；为了认识这种天意，我们必须注意迄今忽视了的天意共时性的另一个重要特征。诚然，我们已经知道，共时与历时并非对应于空间与时间，甚至也不对应于非历史与历史，更不对应于非叙事与叙事；不过我们可以 229
证实，时间、历史和叙事随着它们在历时王国的经历会发生基本变化。如果我们这里必须把历时性看作命运的同时性，看作大量不同叙事的共存，那么对时间性发生的是：如像在爱因斯坦的相对论里那样，同时出现的时间线索很难通过彼此参照进行计算。这是因为同时性本身变成空间性了，在这种新的空间性里，各种不同的时间性可以相互调整，虽然有些困难，就像在卷帙浩繁的历史文献中我们期望找到卡苏朋先生的文稿那样。

确实，这两个系列的事件并排展开，颇像爱因斯坦的列车：谁能说出外面是什么时间，更不用说在里面了？有很多火车轨道，并行排列，看不到边，但以某种理想的现在彼此超越；它们自己的时间重叠、取消、彼此摆脱、超越、落后。但每次它们超越的不是他者的现在，而是自己的过去；它们快速跑在自己前面，其实是第二次跑过那条线路。

于是，这里偶尔会发生某种神奇的事情；而正是因为这种神奇事情的发生，我们才能够看到，在弗雷德·文西的命运里——他希望继承一笔遗产和名为斯通庄园的房产，但在小说描写的一次危机中化为泡影——“现实主义”要求那种不切实际的希望和期待应该达致现实主义预期的不幸结局。这种关于期待的游戏构成小说的一种“现实原则”，它在历史上实现过两次，一次是在巴尔扎克经典的“希望反对希望”，另一次是自然主义模糊的顺其自然。

这里正好相反，恰恰是这种现实原则必须被愉快地抛弃；然而这是对天命现实主义的检验和责任，说明它如何胜过纯粹的愿望实现和白日梦，如何既超越童话式结局，又以新形式的必然性超越自然主义的确定性。弗雷德·文西终归会经管那个庄园（即使严格说他并没有继承它），这种时间中的循环——虽说困难重重，但失去的机会复又出现，在明显失望之后又实现了愿望——是那种宗教复活图像的具体叙事的体现，我们以这种复活开始，通过艾略特的大量现实主义，在《冬天的故事》里恢复了重生的地位：这是恩斯特·布洛赫（Ernst Bloch）《意外重逢》这篇特殊寓言［赫布尔（Hebel）后来重写了这个故事，霍夫曼（Hoffmann）也对它做过概述］救赎的时间性，其
230 中一个亡故矿工的遗孀已经极老，却能够再次看见她久已失去的丈夫，而且就像他去世那天她最后看见他时一样年轻。不过，这里我们感兴趣的是，这些激动人心的形象如何以看似最不适宜的形式，即19世纪的小说，实现了它们自己意想不到的复活。这是一种狂喜的结局，先前的小说要想获得这种效果，只能通过看见希斯克利夫的鬼魂，或者看见它们和凯瑟琳一起在沼泽地漫步。

六

现在，我们必须快速结束，只是简要看看这种形式在当代文化尤其在当代电影中的遗传。昆丁·塔伦蒂诺的《低俗小说》（*Pulp Fiction*）（1994）和高兰·帕斯卡杰维奇的《巴尔干“卡巴莱”餐厅》（*Cabaret Balkan*）［1998，又名《火药桶》（*Powder Keg*）］——即使真的没有米尔科·曼彻夫斯基（Milčo Mančevski）1994年的《暴雨将至》（*Before the Rain*）——也证明了效果的增强在结构上依赖于叙事时间线索明显的同时性。尽管所有这些影片都充满血腥与暴

力，但每一部都通过职业杀手（这些作品熟悉的名字）皈依旧时宗教而隐蔽着救赎的基调。

但是，在罗伯特·奥特曼（Robert Altman）的《短片集》（*Short Cuts*）里，我们必须转向它们的原型，以便对这种新而旧的形式获得更基本的解构洞察，因为它反映了对社会总体性相互关系的强烈感受。其实，在奥特曼的许多作品里［《纳什维尔》，1975；《婚礼》，1978；《成衣》（*Pre-à-porter*），1994；《幸运饼》（*Cookie's Fortune*），1999；《T医生和女人们》（*Dr. T and the Women*），2000］，多重情节线索和人物常常引发天意的火花和火焰；就像我们在乔治·艾略特的作品里看到的那样，它们也都超越了善恶，也就是说，从斯宾诺莎那种哲学高度看，天意的结果可以淡然地既接受幸福的结局也接受不幸的结局。

但是，《短片集》在这些作品中最富启示，因为它揭示了总体化本身的含义。实际上，这部电影是根据雷蒙德·卡佛的一些短篇小说改编的，它们大部分使人原封不动地看到失败和个人的不幸。一个例外是《一个小小的好东西》（"A Small, Good Thing"），在这篇故事中，一个致命的事故通过象征性的苏醒而被意外地改变，由于奥特曼 231 把所有这些独立的故事编织成插曲或多重情节的关系网，它本身因其天命的内容被大大夸大。卢卡奇曾在谈及巴尔扎克的短篇故事时评论说："以小说而非短篇故事处理这种主题，需要完全不同的主体问题和情节。在小说里，作者必须更多地揭示和展现事物的整个过程，这些事物产生于现代生活的社会环境，并导致这些……问题。"[43]但是，奥特曼的统一编织实现了这种神奇的转换，并没有改变这些故事的主体问题和情节，只是大大扩展了它们的框架和语境，对它们现在表达和再现的总体性进行了真正想象的创造。这是一种发展，从个人到集体，从静止的本体到动态的、历史的实际——1988年那场臭名昭著的地中海果蝇（med-fly）熏蒸，使整个一系列的插曲充溢着不祥气氛，而即将出现的大地震又超出了这种气氛。这种发展彻底改变了晚期资本主义的天意叙事。[44]

注释

［1］Northrop Frye，*Anatomy of Criticism*，Princeton：Princeton University Press，1957，163ff.

［2］B. P. Reardon，*Collected Ancient Greek Novels*，Berkeley：University of California Press，1989，586-587.

［3］参见 Jameson，"Magical Narratives：On the Dialectical Use of Genre Criticism，" in *The Political Unconscious：Narrative as a Socially Symbolic Act*，Ithaca：Cornell，1981，103-150。

［4］Hans Blumenberg，*The Legitimacy of the Modern Age*，Cambridge：MIT Press，1966.

［5］*L'Ethique de la psychanalyse*（*Le Séminaire*，Livre VII），Paris：Seuil，1986，chapters iv and v，55-86.

［6］Philip K. Dick，*Valis*，New York：Vintage，1991，48（chapter 4）. 对这份参考资料，我要感谢吉姆·斯坦利·罗宾孙（Kim Stanley Robinson），他补充道，"《死亡迷宫》（*A Maze of Death*）（第 9 章）中的大楼是建筑的噩梦，是书的噩梦。《黑暗扫描仪》（*A Scanner Darkly*）的结尾几章发生在戒备森严的精神病院，'司马坎德庄园'；而在《银河壶疗者》（*Galactic Pot-Healer*）里，最后荣格的项目（Jungian project）则是建立黑色大教堂（*à* la Debussy）"。

［7］Philip K. Dick，*Martian Time-Slip*，New York：Ballantine，1964，218-219（chapter 16）. 更多关于这一插曲与迪克世界的关系，参见我的文章"History and Salvation in Philip K. Dick，" *Archaeologies of the Future：The Desire Called Utopia and Other Science Fictions*，New York：Verso，2007。

［8］参见导言部分，*Critique of Pure Reason*，Cambridge：Cambridge University Press，1997，117-152。关于这一区分在当代的相关性，见 Michel Foucault，*The Order of Things*，New York：Vintage，1994，241-244。

［9］关于奥古斯丁思想在当代的复活，参见 Bernard M. G. Reardon，*Religious Thought in the Reformation*，London：Longman，1981。

［10］见我写的导言，Peter Weiss，*The Aesthetics of Resistance*，Volume 1，Durham：Duke University Press，2005。

［11］著名的讨论，见 G. A. Starr，*Defoe and Spiritual Autobiography*，Princeton：Princeton University Press，1965；Paul Hunter，*The Reluctant Pilgrim*，Baltimore：Johns Hopkins University Press，1966。

［12］这里所采用的视角不允许我赞同弗朗哥·莫雷蒂（Franco Moretti）在《如此世道》（*The Way of the World*，London：Verso，1987）里关于形式的意识形态分析，虽然他的分析依然是关于这种小说亚文类的最有启发性的、最全面的讨论。下面清楚地表明，我的分析是对我所称的“本体论现实主义”的意识形态批判。

［13］相关的文本内容，英译本见 Thomas Carlyle，*Wilhelm Meister*（New York：Heitage，1959），book 8，chapter 10，657；德文版见 *Wilhelm Meisters Lehrijahre*（Frankfurt：Insel，1982），626。

［14］Nicholas Boyle，*Goethe：The Poet and the Age*，Volume Ⅱ，Oxford：Oxford University Press，2000，336.

［15］Ibid.，239－40；亦见 Giuliano Baioni，“Gli anni di apprendistato，” in *Il Romanzo*，Volume Ⅱ，Einaudi，2002，127－133。

［16］George Lukács，*Theorie des Romans*，Neuwied：Luchterhand，1963，Part Ⅱ，chapter 3.

［17］Jacques Derrida，“Fors，” in Nicholas Abraham and Maria Torok，*Le Verbier de l'homme aux loups*，Paris：Flammation，1999.

［18］W. K. Wimsatt，“The Structure of the Concrete Universal in Literature，” *PMLA* 62（1947）.

［19］*Conversations with Eckermann*，1831 年 1 月 17 日。

［20］Roland Barthes，“L'Effet de réel，” *Oeuvres complètes*，Volune Ⅱ，Seuil，1994，485. 法文如下：“La ‘repésentation’ pure et simple du ‘réel’, la relation nue de ‘ce qui est’ (ou a été) apparaît ainsi comme une résistance au sens; cette résistance confirme la grande opposition mythique du vécu (du vivant) et de l'intelligible.”

[21] 维斯珂小姐概括了这种“使命”哲学，刻意显示“在这个世界上，女人的使命就是男人的使命；男人和女人唯一真实的使命就是在公共会议上就一般性事务提出正式的解决办法”[*Bleak House*, London: Penguin, 1996, 482 (chapter 30)]。

[22] 具体参见 *Writer and Critic* and the *Studies in European Realism*。我相信这些文章所提倡的现实主义，最好从情节能够再现历史趋势而非关于“典型”社会个体的静态概念这方面来加以理解。

[23] 见他的 *Atlas of the European Novel* 1800—1900, London: Verso, 1998。

[24] Honoré de Balzac, *La Comédie humaine*, Volume Ⅴ, Paris: Pleiade, 1977, 787 (*Ferragus* 的第 1 段)。Balzac, *History of the Thirteen*, trans. Herbert J. Hunt, Middlesex: Penguin, 1974, 21.

[25] Ibid., Volume Ⅷ, 323 (*L'Envers de l'histoire contemporaine*, premier episode), 詹姆逊自己翻译。

[26] Charles Dickens, *Our Mutual Friend*, New York: Modern Library, 1960, 794 (Book Ⅳ, chapter 13).

[27] 见第 116 页：“‘我可以称他是我们共同的朋友。’鲍芬先生说”(Book Ⅰ, chapter 9)。

[28] Ibid., 816 (Book Ⅳ, chapter 15).

[29] 埃德加·约翰逊 (Edgar Johnson) 为这些“垃圾箱”里的东西列了一个清单，给人留下深刻的印象，这些东西包括“烟灰、煤渣、碎玻璃、瓶子、陶器、用破的锅和盘子、废纸和破布、骨头、垃圾、人的粪便和死猫”，等等。Ibid., xi, note 6.

[30] Charles Dickens, *Bleak House*, 973-974 (chapter 65).

[31] Ibid., 974 (chapter 65).

［32］见 Immanuel Kant，“General Comment on the Exposition of Aesthetic Reflective Judgments”（紧接在第 29 段后面），in *Critique of Judgement*，Indianapolis：Hackett，1987，126－140；亦见 J.-F. 利奥塔的有趣评论，*in Le Différend*，Paris：Minuit，1983，238－240（Kant，4）。

［33］George Eliot，*Middlemarch*，London：Penguin，1994，278（chapter 29）.

［34］Ibid.，250－251（chapter 24）.

［35］*Bleak House*，566（chapter 35）.

［36］Ibid.，732（chapter 47）.

［37］*MiddleMarch*，838.

［38］Ibid.，797（chapter 81）.

［39］Ibid.，795（chapter 81）. 对关系网的修辞的探讨，参见 David Ferris，*The Romantic Evasion of Theory*，Baltimore：Johns Hopkins University Press，1994，222－223。

［40］斯基波尔先生的过分乐观（在《荒凉山庄》里）可以说以喜剧的方式预示着这种对善与恶的超越：“‘进取心和努力，’他会对我们说（仰面躺着），‘对我来说是令人快乐的……唯利是图者问道：“人为什要去北极？有什么用?”我说不出，但对于我能说的任何事情，他的目的都是——尽管他不知道——利用我的思想，因为我躺在这里。’”［*Bleak House*，294－295（chapter 18）］

［41］见本书前面第一部分，第七章和第八章。

［42］*Middlemarch*，412（chapter 41）.

［43］Georg Lukács，“Art and Objective Truth，” in *Writer and Critic*，New York：Grosset and Dunlap，1971，54.

［44］对这一主题的进一步探讨，见我的“Altman and the National-Popular，” in *The Ancients and the Postmoderns*（London and New York：Verso，2015）。

第二章　战争与再现

232　在亿万维度的空间里，有一个巨大的实体，一个行星：三维度的人类不可能想象。然而，每一个维度都是一个自治的意识。直接看那个行星，它会分解成微小的碎片，除了意识没有任何东西留下。有亿万个自由的意识，每一个都意识到它的范围，发光的雪茄烟头，熟悉的面孔，每一个都根据自己的责任构成它的命运。然而，每一个那样的意识，通过看不见的联系和感觉不到的变化，每一个都实现了它的存在，仿佛是一个巨大的看不见的珊瑚（珊瑚虫）的细胞。战争：人人都是自由的，但却被抛向死亡。正是战争，一切地方的战争，是我的所有思想的总体，是希特勒所说一切的总体，也是所有戈麦斯行为的总体；但没有任何人在那里计总。它只为上帝存在。但上帝并不存在。然而战争存在。

——萨特：《自由之路》

斯大林格勒像一幅油画，它不能在近处观察，但为了充分了解它却必须后退。

——约瑟夫·戈培尔

一

战争提供唯名主义困境的范式：要么从总体抽象，要么是此时此地直接和混乱的感觉。托尔斯泰认为，几乎每个人也都认为，再现的结果在司汤达的《帕尔马修道院》里得到最令人难忘的展现：天真年轻的英雄出发加入皇家军队，鲁莽地进入滑铁卢战役，但并没有认识到他的英雄像后者那样飞奔而去，因为他还不知道什么是战场。因此，主人公一开始就表达了形式主义者所说的“奇特化”（陌生化），
一种先在的模式被打破，在我们面前呈现出它所有无名的新颖和恐 233
怖。这应该理解为本质上是一种现代主义的运作，还是与之相反，把它理解为所有现实主义肯定都要求这么做？这一问题我们暂不回答，以后再说。

然而它表明事先存在着某种模式，这些段落可以将其陌生化，而且也必然存在着对战争的再现，即再次确认那种模式的内容。其实，人们常常觉得一切战争小说（和战争电影）大致相同，很少有明显的差异，尽管它们的情境各不相同。确实，我们可以列举七八种情境，差不多能够穷尽那种文类。倘若如此，尽管有确认这种看法的经验，这本身也是一个惊人的事实，虽然自从特洛伊战争之前在平地上徒手搏斗以来，历史学家记录的战争多次发生过根本变化（黑格尔那种未异化的人类形式的原型，即史诗形式，与现代“散文世界”相对，但现在因为金钱、商业和工业失去了自然属性）。于是，以技术进步为标志（火药、机枪、坦克、飞机，以及无人的遥控武器），在战争中出现了整个划时代的结构性变化，伴随而来的战略需要与叙事的类型相结合，我们将列举这些类型并仔细考察它们。对于这种复杂状况，还增加了一种划时代的适当的审美方式和转变（反讽，现实主义，现代主义，后现代主义），于是我们面对着一个复杂的组合体系，最终使我们觉得不大能解释这些再现，而只是对它们进行分类。但是，通

过说明如何组织抽样展示而非统一系统的理论记录，通过对切断它们的那些非常不同的思考——觉得战争最终不可能再现——以及对徒劳地试图再现的各种不同形式的关注，或许这种可能性也可以归纳和简化。

至于叙事的变体，我认为对电影和小说同样适用，我列出八种情形：(1) 存在的战争经历；(2) 集体的战争经历；(3) 军队的首长、军官和机构；(4) 科技；(5) 敌人的环境；(6) 暴行；(7) 对祖国的攻击；(8) 外来占领。最后的范畴不包括相关的特务和间谍等主体问
234 题（现在基本上被归纳为一种属于自己的类属范畴）；也没有穷尽游击战的现象，例如从当前美国占领的伊拉克和阿富汗一直到以前法国旺代的游击战，实际上一直到军队自身最早的建制；因为游击战——不平衡发展和“先进的”生产方式入侵“落后的”生产方式造成的——也可以提供战争真正的原型，而不是凶残战争的例外。然而，这些排除在外的情况表明了一种影响情节—类型的不同方式，因为外国占领的典型事件（以及为此而进行的间谍活动）使我们回到体制，回到作为行动者和代理的状态；而对游击战的恐惧（无论是城市还是乡村的游击战）在于它的行动者无法确认，他们在没有任何征兆的情况下突然出现，然后又突然消失。

这里证明最有用的是肯尼思·勃克的“戏剧五要素”，它在行为、人物、表演、目的和场景之间区分出许多不同的视角，通过这些视角可以聚焦叙事的素材。[1]如果用一个更具结构性的不同术语，我们可以说，这些范畴每一个都构成一种不同的主导因素，因此产生出一种不同的素材投射，这就等于说，对这种多维度的现实，不存在什么正确的或“真实的”像摄影那样精确的描写。然而，通过勃克前三个范畴的彼此认同——一种行为总是隐含着一个人物，人物又隐含着一种表演，叙事符号学表明这些视角有一种不同的秩序安排，其中目的以某种方式隐退（作为解释而非再现的特征），而场景则开始形成一个全新的因素，于是人格化黯然失色，某种新的、难以辨认的叙事现实呈现出来。因为行为以及与之相伴的行为元范畴总是预设一个名字，

因此事件有一个如此确认的事先存在的概念（仿佛已经与“战争”一
词认同），而行动和表演本身似乎事先由这种或那种体制化的、有组
织的人物决定与简化。但是，场景仍然是综合叙事没有改变的一个层 235
面，只是在再现过程中变成了具体的而已。空间性只是场景的一种可
能的维度，人格化的因素以陌生和奇特的方式从属于场景。

同时，作为异化和物化的人类劳动力、能量，科技永远是一个不确定的范畴，在寓言和外部的（或原始—自然的）厄运之间徘徊，然而有时它也被称赞是人类发明的胜利和人类活动（或它的延伸）的表达。它游走于各种故事类型当中，有时组织它们的时间安排（如我们前面提到的），有时它自身也产生一种独特的梦魇般的经验，例如第一次世界大战时，在索姆河战役中第一次出现坦克所引起的极端恐怖和惊惶；或者后来 V-2 火箭的出现所引发的那种恐慌。然而，科技无疑在现代主义时期达到了顶峰，正如阿多诺所说，它表明了从弹弓到百万吨级炸弹的一条直线。每一种发明总是体现基本不同：埃尔曼诺·奥尔米的优秀影片《职业武器》（*Il mestiere delle armi*，2001）就是证明，它展示了 16 世纪炮弹的发展。

第一个范畴，即存在的战争经验——在斯蒂芬·克莱恩的《红色英勇勋章》（1895）里有着经典性的文学展现——最常表现的是对死亡的恐惧，以及与之有些不同的对死亡的焦虑。如此，虽然这一范畴大多数人觉得肯定是战争再现的完美形式，但它的内容（个人的危险、决定和犹豫、偶然性、训练）却可以转移到其他一般的框架。那时战争变成了实验室，就像海明威的斗牛场，可以成功地激起并观察这种经验。不过，它更像是成长小说的范畴，因为这是一个非常年轻、无经验士兵的普遍问题，事件对他留下深刻的印象。

不过，由于集体的焦点，一切都发生改变；然而这里我们也发现，自己面对的内容完全可以与其他多种熟悉和明确限定的文类互换，使战争影片文类的独特性受到质疑。因为集体战争故事依靠那种明显是随意聚合在一起的不同人物类型的相互作用。集体经验是民族的，普遍征兵，来自不同社会阶级的人第一次被集合在一起，至少一

236 直到公立高中的戏剧场面最近的记忆都是如此。在新出现民族主义的欧洲，人们召唤这种经验以对抗旧的区域文化（西西里，布列塔尼），使语言标准化，主张权力和国家一致——规训和服从，承认民族统一。美国电影认为阶级差别是自然的，但逐渐吸收了种族差别，从心理学看，它们发现自己的创造性在于以群体（或战争机器）聚合的性格类型学。聪明的上层阶级人物，反社会者，弱者，仗势欺人者，维修工，爱开玩笑者，骗子，放荡不羁者，族裔类型者（一般是南欧人，但后来出现了黑种人、墨西哥人、印第安人），宗教激进主义者，“好男人”，书呆子……这个单子可以不断列下去，但它们的结合——就是说，基本的、明显的矛盾和冲突——可能在统计上是有限的，并且肯定在类属上是可以预见的。

这种集体体系的关键是，它本身也是其他事物的抽象。我们可以根据男性的关系或等级制度的心理学来聚焦于行动，以及后来增加的权威人物的问题（或无能力或有精神病）。第一种形式出现在我们所称的女权主义世界；当然，妇女的缺失是这种形式一个重要的构成部分——后来，妇女被承认是男性人物类型的另一种变体——但它首先是家庭与和平时期的缺失，实际也是工资劳动的缺失，它们在这里是关键的特征。这就是为什么把它与强取豪夺或不法活动的电影并置很有意思的原因：在这种特征里我们发现了同样抽象的结构，同样多种多样的人物类型以及人物间的冲突，仿佛同样是封闭的社会世界，其中甚至军事机构和战争“宣言”的合法性也被剥去了伪装，以一种完全不同的陌生化方式展现给我们。这里集体行动的整个目的不是“战争时期”打败敌人保护自由，也不是某种合理的社会动机，而完全是金钱本身——绝对的抽象，没有任何具体内容的绝对的“公理”。然而，这里仍然存在工资劳动或商品化劳动的缺失；正如许多其他犯罪影片那样，其中有一种乌托邦的色彩，使人物生活在一个非异化的世界，他们的活动宛如游戏。（我在别的地方表明，这些乌托邦可以被
237 赋予迥然不同的效价，因此，这种黑社会影片非常典型地诉诸对家庭的怀念，无意识地集体羡慕南欧那种家族系统。）[2]

因此，战争影片（集体伙伴类型）和犯罪影片以自己特殊的文类方式所抽象并使之戏剧化的则是劳动分工本身：这些人物类型中的每一个都代表某种类型的能力，他们在犯罪影片中更加突出，其中每个人物都是根据那种能力来选择的。整个小的或微型群体是德勒兹所说的游牧民的战争机器，按照字面意思或象征意思，就是那种超越物化机制的没有国家的集体的形象。然而，按照让-保罗·萨特在《辩证理性批判》里的说法，他们是“正在融合的群体”，随着他们自己变得坚强牢固，他们也是机制本身的先驱。其实，当和平时期军队进入自己的再现模式时（在当前犯罪序列中实际是警察部队），这里在我们面前歌颂的恰恰是官僚体制的史诗（除了在社会主义现实主义里并没有这样命名），而为了庆祝这种政体，游牧民的集体构成再次被挪用。实际上，两者本身都是社会的余像，如果我们理解德勒兹的二元论可能是另一种选择，认识到对游牧民的力比多投入像对国家的力比多投入一样可以谴责，那么我们就可以更好地利用德勒兹的理论。

至于第三个范畴，即领袖和机构，它开始把重点转向战争的外部经验，不论是个体还是集体的经验，因为军官们通常像敌人那样是士兵外部环境的组成部分，实际上同样经常被客体化，作为官僚体制或政体。但是，最初这种人物提供了以前编年史的主要内容，包括它的伟人和世界历史人物——卢卡奇视为舞台的潜能，如在席勒的《沃勒斯坦》或斯特林堡的《古斯塔夫一世》里，甚或在莎士比亚描写战争的戏剧里（以及德国人根据它们模仿的缩写本，例如歌德的《格茨·冯·伯利辛根》，甚或克莱斯特和毕希纳等人）。根据一种传统而又非常狭隘的看法，这是政治本身的所在；不容置疑的是，各种对简朴士 238
兵和穿军装普通人的民粹主义再现，后来辩证地比这些越来越少荣耀的人物登上了舞台，发出自己决定的声音，带有或者不带有人性的、过于人性的感伤情调。

然而，在那种意义上，托尔斯泰臭名昭著的对拿破仑的憎厌，只不过是他对库图佐夫那种典型俄罗斯的柔顺和精明的英雄崇拜式描绘的另一面，对于这个历史人物，此后不久托尔斯泰就称他是“色情的、狡猾的和不忠的”——正如他早期曾把这种爱国主义称作“引发民族感情的神话故事”[3]。也许这位“伟大将军”的典型陌生化更接近托尔斯泰对“世界历史”如何决定的再现，以及他长期形成的对这种决定的抵制（我们把《战争与和平》结束时的“历史理论”归因于这样一种立场）：

> 但在那个时刻，一个副官骑马奔来，从战壕里带来团长的信息，言称大批法国人向他们扑来，他的军队已经溃败，正在向基辅军团撤退。巴格拉齐昂王子点点头，表示他同意这么做。他策马在人行道右转，派一个副官到骑兵团，命令他们向法国人攻击。但这位副官半小时之后就回来了，带来的信息说，骑兵指挥官已经退到凹地之外，因为他受到猛烈的炮火攻击，牺牲士兵也无法阻止，所以急忙让一些狙击手进入树林。
>
> 安德烈王子认真地听着巴格拉齐昂与指挥官的对话以及他对他们的命令，令他吃惊的是，他发现实际上并没有发布任何命令，但巴格拉齐昂王子努力显得他根据必然、偶然或下属军官的意愿做了一切，即使他没有直接下命令，至少下属军官的命令符合他的意图。然而，安德烈王子注意到，尽管发生的事情缘于偶然，不受指挥者的意志控制，但由于巴格拉齐昂非常机智，他的存在极有价值。惴惴不安的军官接触他之后变得平静；士兵和军官热情招呼他，对他的出现情绪高扬，明显想在他面前表现他们的勇气。[4]

不过，这种面对必然性的自由借口，与第一次世界大战中军官的罪恶决定相比便显得非常苍白，这在库布里克的《光荣之路》（*Paths of*
239 *Glory*，1968）里有着令人难忘的例证；这里应该说的是，许多文化类型——警察的法律程序、间谍小说——最终不是追逐敌人或官方的他者，而是根据自己机构的规则行事，包括它缺乏效率和信息的指挥体系，以及内奸和双重或三重间谍从内部的破坏。

也许，抽象的关于战略和策略的理论争论，在这里以一种新的、更具形式的方式与之密切相关。例如，关于克劳塞维茨影响的争论——他的战争即决斗的概念与黑格尔或荷马一样是人格化的；他的最后决定性战役的概念是一种完整叙事的概念（错误地受到批评，说他忽视了非常不同的游击战的力量）；甚至战争是其他形式政治的继续这一著名的格言——都表明一种转换的方式，即把战争及其专门化的人员转换到更熟悉的和平时期平民的现实当中，更适合传统的现实主义小说技巧。

然而，在所有这种讨论背后，存在着一个叙事学的问题，它对人格化的再现以及对人类行为和特征的模仿提出挑战：在核武器、无人机和自杀式炸弹的时代，这种再现和模仿的种种可能是否全都过时？历史上，将军和指挥者，专制者（不论在古代还是现代）和战争领导者，不断对这些问题进行争论。他们以毫无道理的英雄崇拜和盲目效忠的方式重新进入战争的叙事再现，或背叛的场景，或步兵对愚蠢军官的蔑视，或参谋总部的懦弱。这些都是符号学术语“行动元”质疑的东西，是关于行动和人类代理的问题；甚至我们所说的第四技术范畴，似乎也不太融洽地对整个人格化和拟人化的领域进进出出。

但是，如果进入下一个范畴系列，我觉得战争叙事的聚焦会微妙地发生变化；在肯尼思·勃克著名的三重结构里，我们已经开始从前四个勃克式的范畴进到第五个，他称之为场景，并认为场景具有一种不同的，也许更广泛的修辞和再现力量。

二 *240*

因为，在我们今天看来，甚至暴行也属于邪恶或可恨风光的致命特征，而不是个体行动者的残暴；仿佛由于这种和后来的情节—类型，我们从一个行为和人物的世界进入一个空间本身的世界——场景，风光，地理，大地的起伏，这些在偶然或主要是机遇的意义上决定军事战役，它是一种性质不同的因素，可以说是气氛或情感，好像完全是人类举止的舞台或“语境”。天空落下的炸弹是它的组成部分，伴随着堑壕战的月亮风光；那种空寂无人村庄的沉静是这种故事的叙事演奏者，伴随着空洞窗户的危险，以及在伏击或追逐中自然的合谋，也是隐蔽的——伪装是人们承认场景重要的方式，就像地图是另一种方式一样。

同时，这一范畴取消或暂停了对敌人的风景和我们自己风景之间的区分，后者同样担心这种情形的消失，就像担心某种未知的、充满敌意的地形一样。因为这里军队的白刃战——拿破仑对库图佐夫，沃伦斯坦对古斯塔夫·阿道尔夫——让位于突破的意象——在库尔斯克战场首先看到多如海洋似的坦克，闻到数英里之外汗流浃背的军队的气味，轰炸机呼啸着向下俯冲，被遗弃村庄里响起第一批脚步声——现代战争的空间很容易受到攻击，而且不再属于任何人。

但那也是30年战争中的情况，对于这次战争最杰出的文学记载始于全面袭击和恐怖，雇佣军（无论隶属于谁）为了食物和金钱掠夺村庄、折磨农民：

> 那时，他们聪明地用手枪制成拇指夹，折磨农民，好像要烧
> 241 死女巫似的。虽然他尚未承认任何事情，但他们把俘获的一个乡民放到烤炉上，点燃了炉火。他们用绳子捆住另一个人的脑袋，像止血带似的紧紧勒住，直到鲜血从他的嘴里、鼻子里和耳朵里流了出来。一言以蔽之，每个士兵都有自己喜欢的方式折磨农民，使他们的生活悲惨不堪，而每个农民也都有自己的苦难。[5]

确实，这个时期变得由这种暴行限定，我倾向于把它们纳入场景和空间本身，作为它在这场漫长战争中的特征之一。在这场战争中，大部分中欧国家都被卷了进去，规模有大有小：从欧洲的一端到另一端，军队相互追逐，敌军夜间在沼泽地无意之间发生对抗，成群的掠夺者烧毁村庄，一个逃兵在彻底搜查空寂无人的房子：

> “鼻子和耳朵被割下来制作帽子的饰物”……“强盗和凶手拿起一根木棍儿，插进可怜的穷人的嗓子里，搅动它，还往里面灌水，甚至掺上沙土和粪便……”“他们把我们一个老实的居民

> 汉斯·博克绑到一根木柱上，从早上七点一直到下午四点在火边烤他，让他在尖叫和痛苦中丧失精神。”[6]

实际上，由于这种梦魇，人们觉得这两种范畴——内部入侵和干预，在外国陌生的国土上进行战争——在某种程度上是一致的，并且辩证地互相强化。这并非一种“内战”的虚假综合（如果有也是一种逆喻），而是把熟悉的完全变成陌生的，使“神秘的”变成“非神秘的”，在这种变化中，家乡的村庄——世界本身的真正范围和真实及日常生活的疆界——变成了一个难以想象的可怕的地方，而家乡的邻居——长期生活在那里的农民和家族世系——变成了邪恶和危险的狡猾面孔，从连队走失的士兵埋伏在那里，对他们可以绝对制服的极少数人施以私刑，他们隐蔽食物，像野兽一样藏在树林里（不合时宜地利用巴尔扎克非常喜欢的费尼莫尔·库伯的意象）。但是，这种事情 242
不大是对人民或个人——人物本身——发生的，更多的是对风景本身发生的，它在梦魇中消逝又重现，其混合的辩证时而可以理解，时而像陌生人的胡言乱语。

这种类似格式塔的变化，有些从熟悉变成陌生，有些从人类特点变成物质元素本身的微观或宏观作用。在30年战争强使我们将它概念化为一个整体当中，可以观察到这些变化。一方面是军队的大战略轨迹，如沃伦斯坦或古斯塔夫·阿道尔夫的，类似曼斯菲尔德那样残忍的雇佣兵的，或巴伐利亚狄理将军的，或进行军事干涉追寻敌人并进行最后殊死决战的西班牙军队的；另一方面几乎是视觉的扩展，一种刷睫毛的方式，其中正规军队的单位分解成极小的个体掠夺者小队，它们分散到各地相同风景的田野和森林、房舍和道路，提供同样的屠杀和不断逃亡的场景。这些都超越历史，也超越叙事。

造成这种情况的原因也不只是这段历史时期的复杂性，以及它的数不胜数的代理和行动者（他们不断改变立场转换彼此的作用）。这种多样性只能暂时被简化，或通过陈旧的宗教战争模式，或通过天主教改革与新教本身之间的激烈斗争。因为天主教改革已经分裂，通过教皇职位的三中心多样化了：一个是马德里和哈布斯堡皇帝费迪南德二世（他更信天主教，比教皇更激进，也比他自己的西班牙亲戚激进）；同时，不甚严密的新教——已经陷入它的两个分支两败俱伤的战争，一个是路德派，一个是卡尔文派，两者都受到千禧年主义教派的谴责——本身很容易无限分裂，并蔓延成大量附属的地方和外国冲突。

决定第一个开枪的罪过是巨大的哲学困惑；虽然最好战的参与者——例如沃伦斯坦——也可以解读为体现人类的和平愿望，愿意结束不断蔓延的战争，在新的基础上确立中欧的统一。（甚至席勒那种
243 哈姆莱特式的总司令暗杀的版本，也可以对其动机进行各种各样的解释：他是否想建立一个王朝自己当皇帝？他想按照19世纪民族主义的某种预想统一德意志吗？他真的与种种表面现象相反，是个温和的调解人？甚或是个新教的同情者？等等。）

虽然费迪南德想废除上个世纪许多认错的妥协方案，但事实上却是新教提供了挑衅和点火的借口：布拉格的新教精英们对哈布斯堡的统治不满，他们说服巴拉丁的选帝侯弗里德里希——英格兰詹姆斯一世的女婿——夺取波希米亚的王位，而通常这是皇帝直系血统的特权。但是，这位选帝侯只赢得了“冬天国王”的虚名，因为他在位的时间很短，被决定性的白山战役（1620年）中断了，结果不幸的弗里德里希在盟友之间流浪，寻求恢复他的财富，而这种不幸的寻求使他变成了软弱和优柔寡断的寓言。此处是这种乏味和犹豫人物的现代版本，他因期待碰到其雇佣军将军而增添了生气，而将军们自己通过现钞断断续续慢慢地流入海牙重新振作起来，“通过金钱像晨露中的鲜花似的振作起来”，于是他们骑马出迎有时雇佣他们的人：

> 他看到雄健的马驮着这些全副武装而没有纪律的人朝他奔来时，他的心脏剧烈地砰砰跳动。他们谈到丹麦国王，基督徒，以及下萨克森州，那里繁荣昌盛而壮丽；还谈到皇帝如何渴望吞并马格德堡，并带来消息说，杰出的哈布斯堡王朝试图获得一个可靠的停泊地，也就是某个沃伦斯坦的地方，三者共同使这个不知名的人兴高采烈。由于这两个风暴般疾驰而来的全副盔甲的勇

> 士，懒散懈怠的弗里德里希觉得自己又唤醒了生命，迅速恢复了旧日的兴奋。[7]

老套的犹豫不决（皇帝也有）不会使这个人物成为主角，至多是这场 244
战争真正煽动者的严厉而不明确的决定。真正的煽动者是巴伐利亚选帝侯马克西米利安，被人们称作恶棍。[8]但是，我们还必须在这里暂停下来，以便考虑那部杰出的文学记载，即小说《沃伦斯坦》。这是一部没有翻译过的作品，充满幻觉的梦魇，由年轻的外科医生阿尔弗雷德·德布林写成。第一次世界大战期间，德布林目睹了血腥的堑壕战，夜晚常做噩梦，于是便据此写了《沃伦斯坦》。小说于 1920 年出版，比那部使他闻名世界的《柏林亚历山大广场》早出版九年。这部小说在我们面前呈现为一种永恒的当下，每一个时刻，每一页，每一个句子，每一片填充的空间，没有一点停顿或前后顾盼——军队甚至在其临时驻地休息时也在运动——军队的停顿是自己运动，军队暗示沃伦斯坦某种狡猾的信号，指责皇帝不遵从他的指挥，佯攻敌人，假装服从命令停了下来（一名皇室顾问说，“我不清楚，赫尔佐格进行的战争是针对谁的”）。[9]然而，每一刻都充满名字，充满历史人物，他们有些著名，有些一带而过；同时还充满地方的名字，甚至地图都不足以把它们全部包括。这是一种没完没了不间断的脉动流，真正的文本性（不只是没有内容的形式），其中一切事物都不断地跨越中欧来回变化，但又在时间上驱使向前，因此时间本身或转瞬即逝的瞬间变得可以看见，只是事件被生发出来，它们从不停止，作者从不停止（因此他也消失了），彻底用完了所有的资源，一切都不再是暗示。席勒早已去世，再不可能与这种无止境的文本进行竞争，唯有情感通过文本的脉动和颜色的变化，从苍白到绯红，从紫色到灰黄，所有情感方面的色调都流经不间断的时刻，但它们没有一个真正实现或完成任何持久的停顿或命运。

实际上，这部小说最大的兴趣是以寓言形式重现天主教改革的背景，以及寓言习惯与巴洛克内容深刻的密切关系。因此，在这里恰恰
是金钱本身最终复活了不幸的“冬天国王”：这种生命钱贯穿着欧洲 245

大陆冲突的扩展，它助长地方冲突，把地方的军事力量重组成非持久的群体，从搜寻逃兵和游击队一直到正规和非正规的军阀，以及皇家军队和皇家敌人的军官。于是这种巨大血腥战争的根茎变成了金钱和财富的再现，包括征缴的税负，从燃烧的村庄和死去或逃亡的农民那里没收的马铃薯食品。这里的一切——一文不名的皇室成员指望沃伦斯坦为他们提升军队力量，同时还对他发号施令；残忍的兵痞子们靠乡村生存——全都与金钱相关，与一种巨大的珊瑚虫相关，这种珊瑚虫拒绝饥饿或死亡，长期保持自己的生命，无法预言它活多长时间，通过它真正的力量从隐蔽的地方吸取金钱，像磁铁似的吸取，或者从石头上吸取血液，不断浸透自己，使自己再生产，利用它所有的将军、农民、市民、国王、被排斥的人和农业工人、女继承人，等等，仿佛如此多的权杖，如此多的工具，都在从彻底毁坏的土地上榨取最后一滴财富。于是，财富变成能量本身的真正渠道，不论是流血、性和力比多、行为、兴奋、情感、冲动，还是动机、推进，它都使句子像马蹄似的奔腾向前，并使个体的人奔向以其他方式难以理解然而又无法压制的导弹式冲突。因此，战争的力比多机制——这场非同寻常的独特的战争机制——确保最充分地实现了对金融的再现，包括它的网络和毛细血管末端。这种机制使财富在其“现代初期”的意义上对我们呈现为一种自身的现象，带有海德格尔那种强烈的朴素看法，即**存在**的现象（其方式对贸易公司和高利贷者的直接叙事不可能传递），或者是对宗教道德化或经济哲学的抽象。

然而所有这一切最终导致流血和死尸的景象，卡洛特的世界在第一次世界大战中被不合时宜地复活了，它的再生只是由于不发达的历史，因为它的将军们不会正确地使用机枪或坦克。然而我们仍然不知道，在这种**场景**支配之下，在这种对事件和一系列怪诞或噩梦似的人物的不间断叙事中，对代理和中介的再现采取什么形式？这些人以自
246 身的怪诞比我们熟悉的现实主义中真实的人更像是人。当然，没有任何原因，然而大量寓言式的人物，像霍布斯的《利维坦》里著名的扉页插图，或更确切一些，像阿尔钦博托的蔬菜似的肖像，最高统治者

应该体现他自己的多样性和他大量的民众臣民。但是，这里“世界—历史人物”寓言化的不是他的臣民或人民，甚至不是他指挥的群体，而是他自己的受害者和尸体，实际上他已经变成了他们。真正更害怕这些传说中皇家指挥官的是狄利，因为他以同样害怕的沃伦斯坦本人来取悦众人：

> 公鸡（狄利）严厉而古怪，戴一条白围巾，腰带上别着两把 247
> 手枪和一把匕首，一头短的白发；他头发的尽头像玉米须子，在那里上千个被杀的尸体涌动。他脸色苍白，面部棱角分明，浓眉毛，硬得像刷子似的胡子，随着整个一代人组成的残缺团队起伏；它们松松垮垮地紧贴他的无袖上衣扣子，贴着他的腰带。他粗糙的手指每一根都对整个城市的毁灭作证；每一个指关节都对十多个消失的村庄作证。他的肩上许多痛苦地扭动着的躯体拥挤向前，他们是被屠杀的土耳其人、法国人和皇室成员，然而有一天他会和他们一起接受对自己的判决，还有他们的马和狗，每一个都吊在彼此面前，并且一个摞一个，巨大的负担使他的脑袋和小帽子在重压下消失。脖子刺破结了疤，肚子是白色和青灰色的，因伤包扎的胳膊和痉挛的腿上血管突出，滴着鲜血。一圈圈肠子裹着他，在他包着皮革绷紧的膝盖上冗赘晃动；他不停地蹒跚，像虫子似的蠕动，每拖行一步就像列车一样嘎吱作响。他沉重得像猛犸；但他冷冰冰地硬撑着自己，听不见人们的尖叫声，听不见那些打碎骨头的猪猡嚎叫，也听不见马匹刺耳的嘶鸣，这些都仅仅抓住他，试图从他身上、从他头上最细的毛发上汲取自己的生命；马匹梗着脖子，鼻孔颤抖，有花斑色的和黑色的；狗被枪打得像筛子，但嘴和鼻子还在抽动，贪婪地喘着气。他早就应该被吸干了；它们在吸吮干枯的木头；他内部到处咔咔作响，但他不能倒下。它背后有十四个步兵团和六个骑兵团。
>
> 在他面前，弗雷德兰［沃伦斯坦］，一条黄龙，从波希米亚毁坏的沼泽中出现，黏糊糊的黑泥一直糊到臀部，又流到他多节的后腿上，粉蝶蝌蚪被压进他周围的泥土，他在背后的空气中摆

> 动宽大有弹性的屁股，嘴巴张得大大的，满怀喜悦，像一条巨蛇狂暴地向外喷发热气，气喘吁吁，令人害怕。
>
> 在他身后，有24 000士兵。[10]

我们可以把这些描绘分别说成是寓言和象征的方式，它们被纳入一种不间断的溪流，一种时间和空间之流，视觉写作之流，只是偶尔被戏剧性的场景打断，或被基本是第二位的对“讲述”梦魇幻象的“说明”打断。梦魇来自无休止的战争，战争仿佛是不断更新梦魇的草料。

关于这种可怕机器的无限运动，沃伦斯坦的传记作者为我们提供
248 了一幅更清晰的画面。这种机器似乎不可能破坏或停止（确实，沃伦斯坦的作用不论好坏，都能够为越来越缺少热情的皇帝提供不断更新的军队准备）：

> 一年后不久（白山战役之后），人们开始担心，双方都感到很快会消耗殆尽。一场决定性的胜利必须是全面胜利，再不会有战争存在。但是，局部胜利每一次都与整体以不同的方式相关，常常把新的敌人招到战场，他们为先前的敌人提供新的能量，同时也进行羞辱和抢劫。波希米亚虽然地位比较孤立，但仍是欧洲的一部分；而德意志因为它的面积更是欧洲的组成部分。这不只是一种个体的对立，一种两个权力中心之间的斗争，或者它们当中的一个进行侵略。这是一系列冲突意志的涨落起伏，其中有些声称能够把它们统一起来，形成一个意志，对抗其他意志，然而从未能将它们个体盟友的意志完全包容进来。庭院筑起篱笆。个体成对地对抗。突然，他们形成两个阵线，开始互相对立地运动。但他们这样做时，叛变的芭蕾进入了彼此内部。一方退到角落，与先前的对手交换带有含义的眼色，试图协调两个阵线之间的作战行动。另一方试图劝诱两个阵营中的这一方或那一方组成第三方。所有这一切都充满幻想、错误和欺骗。谁都不甚了解对方，有些甚至不知道自己的思想。[11]

这种防护的战争芭蕾作为一个整体像在空中射击，与地上的恐怖形成

鲜明的对照，如同格里梅尔斯豪森和其他人记录的那样——一种不属于任何人的土地，上面的空间完全一样，暴行也完全一样；一种从波希米亚到波罗的海和黑海的梦魇重复，仿佛是对时间及其区分的一种空间和同一性的胜利，一种几乎是非叙事的流动，唯一适当的记载机制和观点似乎是白痴或孩童的眼睛，就像安布罗斯·比尔斯的恐怖故事《奇克莫加》(*Chickamauga*) 那样。

三

这确实是《痴儿西木传》的开始——《痴儿西木传》是那场战争的参与者之一所写的文学经典，它的六本书于 1668 年和 1669 年出版，迟于《堂吉诃德》和《拉扎里洛的故事》差不多 150 年，早于《鲁滨孙漂流记》约 50 年。但若把《痴儿西木传》作为流浪汉小说，甚或作 *249*
为教育小说（它的主人公无疑非常幼稚，甚至在那些他已经实际变成骗子的插曲里，他似乎仍然保持着他的天真），显然都是不正确的。不仅这一鸿篇巨制由一些迥然不同的插曲构成，而且它还是根茎状的，即一种超文本生发出各种辅助的插曲，其中至少有一个——《大胆妈妈》(1670) ——在布莱希特的戏剧版本里经历了超常的前世今生。

但我们认为，《痴儿西木传》不只是一个插曲，它还是一个超常的机器，可以生产文类，使叙事空间不断产生一个又一个文类，从“战争小说”和“圣徒生活”一直到最后的乌托邦和荒岛的叙事。如何解释这种独特的文学自生系统，这种非目的论的文类增值活动？它们远远超出了通常所说的“风格的不连贯性”。这可能是因为它正好出于那种不加区分的局部而又普遍冲突的空间吗？它们狂热的规划从掠夺村庄到抢劫整个城市再回到村庄，这是否因为在缺少现成的微观叙事形式的情况下，各种文类风格都被召唤出来形成自身的存在？

无论如何，我们实际上以自然状态开始，其中青年主人公几乎没有语言，尤其是不知道自己的名字或者没有名字，而他残酷的父亲命令他在田野里走来走去［他真正的地位以辩证的方式记录下来——“knan”（柯南）——同样被剥夺了家族的名字］。雇佣军掠夺村庄期间他逃到了森林里（前面引文里谈过），在那里他遇到了一个虔诚的修士，这个修士不仅在宗教方面指引他，更重要的是教他经典的语言和它们的修辞传统。（这位圣徒修士离开了世界，也是痴儿西木自己最终命运的征兆——实际上修士因此为他做了洗礼——修士离世的原因在后来的发现中将被讲述，它扼要概括了不幸爱情的不同文类。）修士一死，男孩又回到社会的人类世界，先是成了总督的侍从，后被克罗地亚雇佣军挟持加入了皇家军队，在军队里受到多次羞辱之后，他又成了前面提及的那种骗子人物，一个在战时极有天才的枪手，擅长各种抢劫或偷窃，在那以后，他结了婚，随后在一个更迷人的插曲里他发现了财宝。

然而这些潜在的命运突然全被打碎，不论是由于缺乏耐心或感到
250 厌倦，还是由于各种作品的系列生产，其实皆因格里梅尔斯豪森狂热的想象使发生作用的新文类风格不断发酵。接下来是在巴黎的一个淫荡的插曲，有一段时间作为旅行的推销商，与一个真的小偷为伴，小偷告诉他真实世界的情形（“你仍然是痴儿西木，还没有读过马基雅维利的书”[12]）。此后，男孩经历了一次宗教的皈依，建立了一个有土地的庄园和家庭，准备做一次凡尔纳式的地心旅行，然后启程，旅行最终导致他遇到海难，像隐士似的在一个荒岛上生活，自传性的笔记后来被一个荷兰船长发现，他把它们带回欧洲并出版。

最后，打动读者的并不是各种插曲的叙事效果，而是人物不断探索各种可能的命运，以及作者不断试验它们内部所承载的各种叙事风格。这里，在德意志帝国的各个公国里，我们仍然与西班牙专制的复杂性相距甚远，在那里，各种现实主义几代人之前就开始繁荣，其中城市商业生活的世俗性以及殖民和军事力量产生出流浪汉小说，并且伴随着一种非凡的戏剧文化。德意志此时仍然基本上处于前小说时期，实际上，在格里梅尔斯豪森的看似无休止的文本里，最初具体化的形式采取的是大型寓言梦幻的壁画手法——最明显的是阶级划分和

封建社会斗争的寓言，它的大主教和贵族位于寓言之树的上头，而无名的农民位于它的底层[13]，还梦想变成一种动物——使人想到阿普列乌斯的《金驴》。但是，如果把这种寓言插曲只是读作自学者对古典教育的自我陶醉，同样也是不正确的。因为在这种伟大的形式实验里，巴洛克寓言与乌托邦密切相关，因此人们也许根据事后认识可以把它等同于（在莫尔作品里）一种寓言形式。

其实，毁坏的风光召唤乌托邦的宽慰，这就是第一次越过边界进入瑞士：

> 与其他德意志的地方相比，这里的风光令我惊讶，它像巴西或中国那样奇怪。我看见人们平静地贸易和散步，仓房里充满牲
> 畜，院子里到处是鸡、鹅和鸭子，街道安全地被旅行者占用，酒 251
> 店里充满欢宴的人，不害怕敌人，不担心被抢劫和掠夺，不为失去土地或生命或变成残废而感到焦虑，人人都安全地生活在自己的葡萄架下或无花果树下，与德国其他地方相比感到快乐和满足，因此我认为这个国家是人间天堂，虽然它看起来相当原始。[14]

后来，在荒岛的幻觉中，这种人间天堂被转变成原始乐园的幻象——“于是我们像最初生活在黄金时代的人，那时有个美丽的天堂，它让地上的各种果树茂盛地生长，不用做任何工作”[15]——直到以妇女形式出现的魔鬼把幻象打碎，通过文类的转换，使文本回到它开始时隐士的撤退。

我想做的结论是，从这种存在的相似场景观察，战争实际上不是叙事，这种素材力求从许多叙事范式中挪用它消失的主人公，其范围从开始列举的战争小说或电影的文类传统，一直到格里梅尔斯豪森那种奇特文本的风格试验的多样性。

四

这是一种假设，我们现在可以根据第二次世界大战中的空战对它

检验，它使人想到关于它最著名的（欧洲的）暴行的再现——《第五号屠宰场》——把燃烧弹轰炸德累斯顿的背景抹去，置于主人公以自己名字命名的封闭的地下室。W. G. 西博尔德在德国长大，他生活的地方没有受到空战影响，后来自己年轻时流亡到英国。然而，关于这种战争，西博尔德奇怪地坚持认为，德国人压制了战争经历，实际上压制了整个失败的经历。[16]但他从这种指责中排除了亚历山大·克鲁格这位现代德国最著名的作家（电影制作人）之一；克鲁格对斯大林格勒战役的描写，呈现出 1945 年 4 月 8 日他的故乡被轰炸时的许多特征。

252 确实，正是从克鲁格的作品里我们选出了戈培尔说的话，这些话可以作为当下这篇文章的格言；也正是在这种意义上，当我们把眼和脸逐渐接近画布本身时，才觉得伏尔加格勒分解成大量不相关联的色彩和笔触。[17]如果把这种文本的特征看作一种解构，不论是对战役的传统叙事说明的解构，还是对战役本身的解构，显然都是肤浅的。然而，就字面意义而言，这个词还是合适的，但我们必须把它推后，作为对各种元素和素材的解释，而这些素材构成了尚未建构的现象：实际上，这部作品的副标题恰恰是“一场巨大灾难的组织建构”。克鲁格在这里以所谓不存在的碎片重新安排建构失败的板块；就是说，把非叙事的单位一个挨一个地拼贴起来。我们在这里发现有一些从军队冬季战争手册中的摘录，它们与历史叙述并行，有风景照片，与幸存者的访谈，对最典型伤残的医学描述，大事记，牧师和神父宣教用的修辞，军官的语言习惯和分阶段的新闻剪报、新闻发布会，从前线来的简报，这一切整个都混杂着趣闻逸事和其他零散的评论及证词，其中希特勒自己的犹豫不决和战术上的粗心大意也被适当地顺便记录下来——我觉得可以说采取了“非线性的叙事”，如果人们仍然喜欢用那种术语。我们应该明白，克鲁格的兴趣在于盘点命运和调用逸事，而不在于任何持续地或“小说地”讲述故事，也不在于更长的、持续的叙事段落；可以说，他实践了一种独特类型的道德抽象，其中一个特定的结果是细致地观察构成因素，以及如何把它们分别融入促进生命和破坏生命的能量。

“轰炸哈尔伯施塔特”（*Chronik* Ⅱ，27－82）是另一个这样的拼贴，其中以逸事呈现的个体经历并不是为了它们的结构而并置，像传统的人物行为（伯克的代理人）那样，也不是作为名字和命运，后者在许多情况下被归纳为奇怪的事实和事件，属于里普利的“信不信由你”那种类型。将这些趣闻逸事与一些引用的材料并置，如关于轰炸 253
和皇家空军历史的学术研究，关于空中战略和伦理道德（例如，“精神轰炸”不被认为是道德问题，而是士气问题）关系的学术会议，或者对参加了这场特定空袭的飞行员的实际采访——所有这些我们认为并非虚构的材料（虽然它们可能是，但具体访谈录带有克鲁格那种挑衅性采访的明显标志），也都提出了幸存者个人故事的虚构性和非虚构性的问题。当然，哈尔伯施塔特是克鲁格的故乡，他完全能够收集一系列的证据和目击者的记录，并利用一些真人的名字。另外，这些故事以其丰富的细节提供了那种虚构叙事和虚构阅读的乐趣。

是否这个文本（写于 1970 年代）是一部非虚构小说？我相信，我们一定会想到当时的情境，那时这个问题毫无意义，正如在所谓的西部小说出现之前讲故事那样，那时虚构和非虚构（或历史）之间的区分尚未流行，与（与之联系密切的）比喻和非比喻语言之间的区分相似。这并不是说克鲁格表明后退到前资本主义的讲述故事，相反，现在后现代性本身废弃了那些区分：现在，关于一切叙事都是虚构性的看法根本不是什么问题，就像阅读过程总是非比喻性的不是什么问题一样，甚至我们阅读明确的小说作品也是如此。

无论如何可以认为，在“轰炸哈尔伯施塔特”的开始部分，并不是汇集六波连续轰炸中第一波轰炸后幸存者个人的经历，而是利用有名的个人绘制小城（64 000 名居民）本身的地图，因为这些人试图跨越不断用火和石块封锁的街道。（确实，我们很快了解到，这种攻击遵循一种特殊的、有目的的方式：首先，打击根据从飞机上看到的烟柱所确定的目标；然后，系统地封锁街道，使居民难以逃跑；接着，屋顶和楼层开始遭到破坏，此时有一个间歇，以便让下一波飞机投放新的炸弹，穿过炸出的窟窿，使整个大楼燃烧。这些程序经过精心设计，以便产生所谓这种袭击非常强烈的特点。）这里汇集了一些奇特
254 的细节，例如市民们尽力摆脱容易燃烧的物质，诸如报社的纸堆，或者向人群喷水使他们躲过炽热。不过，这些开始的章节主要记录的是市民的退却，他们变得非常自私，只重明显有意义和有目的的活动，然而又偏离正道，就像随意四散的义冢。因此，在开始部分，也是这位作家兼电影制作人最有特点的部分，描写了当地的神殿电影院以及该影院经理石瑞达夫人（影院主人在国内度假），这个特殊的人物最初担心午后三点到六点的演出（第一次轰炸始于上午 11:20），后来才担心看电影者的人身安全。但是，当她发现什么都做不了，“觉得自己百无一用”时，她的情绪达到了低点：克鲁格感兴趣的不是危险和死亡，而是行动处处受阻。

但是，这些有名字的、可能是真实生活人物的焦躁不安的运动，有助于绘制城市的地图，包括他们试图协商通过的街道，进出城的路线，以及关键建筑的位置——例如儿童聋哑学校，或者教堂的塔楼，市民志愿者驻扎在那里，以便观察和报告他们绝不会期待的那种攻击，同时切断大量电话线和其他通信途径。这些情境将使趣闻逸事在第二部分发生转折。在第二部分，战后的采访探讨了投降的白旗出现在塔楼上的可能性（“向谁投降?”美国飞行员问：“你们怎么向一个轰炸机中队投降?”）；同时，一个上校试图通过电话了解城外他姐姐家周围的事态（由于线路遭到破坏，从马格德堡他必须“通过克洛本斯塔德、格罗宁根、艾莫斯累本和施万尼贝克，然后折回来通过根廷、奥舍尔斯累本并经过更南的奎德林堡进行连接”；他从未接通，虽然接线员意识到这不是公务电话而是私人事务）。根据这两部分，我们仍然可以认为（并比较），亨·格拉默特最初试图拯救他的 12 000 名小锡兵，再现了拿破仑在俄国的冬季战役，以及伴随它的“无名摄影师”的插曲（颇为独特的是，仍然存在的照片在这里被复制出来，还有许多第二部分里的视觉资料）；第二部分里还有个插曲，
255 一个十多岁的男孩成功地领会了他的钢琴课，但没有成功地说服钢琴

老师教他第二天的课，第二天他逃离了燃烧的城市，到一个村庄里避难，在那里他不停地练习，精力充沛，主人不得不提醒他休息一下。

实际上，第二部分使我们看到这部作品的形式秘密（确切说，我并不是谈它的信息或意义），以及它对地面战略和空中战略的区分（诚然，我们会看到，后者勾勒轰炸技术，传递一种不适当地称作美国飞行员的“观点”）。格尔达·贝特了解到炸弹爆炸时气浪的压力会伤害人的肺，于是她试图让她的小孩子在爆炸时屏住呼吸。同时，负责战俘集中营的正在康复的老战士卡尔·威廉·冯·施罗尔斯，急切地要去查看城里城外关键的地方，他发布命令也接受命令，但最主要的是满足他强烈的科学好奇。这一特点像格尔达的“策略”，不应该以任何主观的方式理解，尽管两者都是生动的人物，并用一两页篇幅做了简明的描写。在保持这一文本的中立性以及普遍聚焦于趣闻逸事的形式当中，这些都是外部的或客观的特征，属于一个人为他人记录的类型，就像我们注意到某个人（姓名）“很容易发怒”那样，或者注意到另外某个姓名是“不确定的”。

但施罗尔斯更重要，因为他的“科学好奇”构成某种类似“渴望总体性”的东西，而这种渴望他在地面上的位置很难满足。他确实是一个“强烈感觉印象的收集者”（66）。

> 他越来越感到好奇而不是焦虑，而这种能力决不能不靠想象。诚然，靠肉眼他只能看见这家特殊的酒店，看见维尔斯泰德特大桥的一部分（一点看不见折断的栏杆），也许还看见一些房屋，但他可以想象整个城市。他不知道的是［轰炸之前我们仍在夜里］，这将是最后一次有意识地看到的完好的城市风光。（68）

与石瑞达夫人一样，他后来也有感到压抑的时刻（由于没有要实现的目标和意图，没有要完成的行动），但终于恢复了他最初的力量和“好奇”。

另一个雕饰的片段通过消防队长表现出来，他强烈谴责城市官员的无知，反对他们匆匆灭火，因为只有后来在化学反应展开阶段火势才会被控制，于是他做出了一个有充分理由的决定，让城市的档案和 256

它的博物馆藏品都付之一炬："实际上，在这座城市里，我是最后一个看见它有价值的纪念品的人，最后向它们告别，最后评估这些藏品的价值"(78)。

这里从下面看的微观视角逐渐缩小到它的消失点。然而，不应该认为从上面看，即飞行员和空勤人员的视角，更全面或更可靠。实际上，正如已经暗示过的，从上面是看不见的，因为飞行员并不要看见什么，而是根据地图和数学计算决定他们的运动，他们靠的是雷达而不是"视觉"［无路如何，这里表达指的是战略，而不是参加者个人的器官(54n12)］。所有关于空战及其技术的研究都突出参与者个体的非人格化，以及他们被纳入更大的机器，首先是他们自己的飞机，然后是整个中队。"这里不要像在英国战场上那样单飞，而是要有整体意识，一种金属里的知识构成"(51，引自空战论坛上的一个参加者的发言，在这里也有描写)。

抽象对感觉—资料：这些是战争辩证的两极，彼此分离便不可理解；它们还造成再现的困境，正如我们看到的，只有通过形式创新才能解决。但不应该认为我们可以回到以前的某种完整状态，如像在荷马史诗里那样，因为个人直接交手的斗争同时也以某种方式象征着总体性。

并且，矛盾可能进一步加剧，因为它继续在当代战争中存在。在美国最近的战争中，迈克尔·哈特和安东尼奥·奈格里提出一种身体的辩证，其中自杀式炸弹单个的身体一方面发现自己遭到反对，另一方面它反对激光制导导弹和空战中的无人机，而这些只有在数千英里外的监视器上才能看见——这是一种由距离重新产生的矛盾，即常规的军队决斗("完成使命")与挨家挨户城市游击战对抗之间的距离。[18]那么，这种对立是否并不对应于前面确定的区分，即有名的
257 (制度化的)行动与巨大的嗡嗡混乱场景之间的区分，因为从这种区分还没有形成形式化的行为范畴？这种范畴也可能与我们称作存在的战争经验处于结构性的对立状态，由此同样不确定的主体或意识得到了再现。但是，场景在其最充分的现实中必然是集体的，正是集体的

多样性表明了这里重提的再现问题之间的差异。个体存在的语言已经含有一种复杂的历史，它带有各种陈规旧习，再现的任务就是要纠正它，中断它，破坏它，或者以形而上学的方式对它发起挑战。集体的那种情况尚未出现。群体、民族、氏族、阶级、总体意志、民众——所有这些仍然是许多语言试验，试图表明一种不可能的集体总体性，一种难以想象的多重意识。战争是这种集体的现实之一，就像它们概念化那样完全超越了再现，然而它们又不断吸引和激发叙事的欲望，不论是常规的叙事还是实验的叙事。

至于事物本身，最大限度地减少对它的恐惧被认为是冷酷无情，或在历史上是特殊的，无论怎样也被认为是天真的；然而坚持消灭它作为核心的政治任务，等于是蓄意无视或容忍长期以来对和平时期压迫的记录，亦即阶级历史的重负。关于霍克海默论法西斯的看法，由于他未提及资本主义和阶级斗争，所以他对战争说不出什么。暴力的概念是一种意识形态，不论它的存在多么真实。我们也不应该低估它的模糊性，特别是它可能引发的兴奋。我想正是约翰·奥尔德里奇指出了这样一个事实：第一次世界大战之后写的那些警示读者的强烈反战的小说，偶尔会产生相反的效果，对在和平时期感到无聊和沮丧的年轻人极具魅力。同时，战争的开始常常成为集体欢欣鼓舞的根源，第一次世界大战尤其如此。[19]黑格尔的名言“战争是国家的健康”怎 258
么理解呢？我想他的意思是另外的东西，而不只是这种转瞬即逝的经历，即把国家转变成昙花一现的乌托邦集体。我相信他心里想摧毁战争所带来的数量巨大的资本。在我们的体系里，未受到破坏的非生产资本的积累，由于掌握在狂热地迷恋资本的富人手里，他们为了使自己的特权持久而随意使用资本，所以这种积累是一种沉重的负担，人民，甚至民主国家的人民也难以承受。我认为黑格尔的意思是废除所有那一切，以及开始一个由幸存者组成勤劳的穷人社会的可能性。安德烈·纪德认为从疾病康复是最宝贵的人类经历之一。就此而言，不是战争开始的愉悦，而是战争结束后开始的集体康复，才是黑格尔那句话的真实意思。

注释

［1］参见 Kenneth Burke，*A Grammar of Motives*，Berkeley：University of California Press，1953。

［2］参见 “Reification and Utopia in Mass Culture，” in *Signature of the Visible*，New York：Routledge，1990。

［3］Boris Eikhenbaum，*Tolstoi in the Sixties*，trans. Duffield White，Ann Arbor：Ardis，1982，149 and 144.

［4］Leo Tolstoy，*War and Peace*，New York：Norton，1966，163.

［5］Hans Jakob Christoffel von Grimmelshausen，*Der abenteurliche Simplicissmus*，Munich：Artemis & Winkler，1956，17. 英译本：*The Adventure of Simplicius Simplicissimus*，trans. and abridged by G. Schulz-Behrend，Columbia，SC：Gamden House，1993，7。

［6］Christopher Clark，*Iron Kingdom：The Rise and Downfall of Prussia，1600—1947*，Cambridge：Harvard University Press，2006，32-34.

［7］Alfred Döblin，*Wallenstein*，Munich：DTV，1983，248. 作者从德文译成英文。

［8］Golo Mann，*Wallenstein*，Frankfurt：Fischer，1971，299-300.

［9］Ibid.，254.

［10］Ibid.，243-244.

［11］Golo Mann，*Wallenstein*，Frankfurt：Fischer，1971，287-288. 英文引文是詹姆逊从德文翻译的。

［12］*Der abenteuerliche Simplicissimus*，353.

［13］Ibid.，45.

［14］Ibid.，391. 作者自己翻译的。

［15］Ibid.，582. 作者自己翻译的。

［16］参见 W. G. Sebald，*On the Natural History of Destruction*，New York：Random House，2003。也可以参见 Sven Lindqvist，*A History of Bombing*，New York：New Press，2003。

[17] Alexander Kluge, *Chronik der Gefühle*, 2 vols., Frankfurt: Suhrkamp, 2004, Volume Ⅰ, 509-791. 文中援引的页码均指这一版本，詹姆逊自己从德文翻译的。

[18] Michael Hardt and Antonio Negri, *Multitude*, New York: Penguin, 2005, 45.

[19] 下面是罗伯特·穆希尔关于他所说的“八月经历”：

那些认为国家对他们根本不存在的人为自己做的太容易了。这种以精神为名声称超越国界、超越民族的心态，对压在我们大家身上的轻蔑和奴役，竟然以鸵鸟政治作为回应。其思维方式是把它的脑袋埋在沙子里，但这并不能阻止在鸵鸟长着羽毛的地方实施打击。这种个人主义的、分离主义的精神忽视了另外某种东西：众所周知的 1914 年的夏季经历，或所谓对伟大时代的乐观情绪。我绝无反讽的意思。相反，开始断断续续后来又变成拼贴的东西——战争是一种奇怪的、宗教似的经历——无疑对应于某个事实；这种变化并不表明反对原始洞察的特点。它以习惯的方式变成拼贴的东西，完全是因为我们把它称作一种宗教的经历，而这样做就赋予它一种拟古的面具，而不是提出究竟是什么如此奇怪而强烈地冲击着长期沉睡的思想和情感领域。然而，不可否认的是，人类（当然所有国家的人民都一样）那时因某种非理性和愚蠢而又可怕的东西会精神失常，这种东西是陌生的，并非来自熟悉的大地，因此，甚至在战争实际幻灭之前就已经被表明它是一种幻觉或幽灵，而这完全是因为在环境上未被限定的自然属性妨碍了对它的把握或理解。

这种看法也包含着一种陶醉的感觉，因为第一次觉得与每个德国人有某种共同的东西。人们突然变得非常渺小，谦卑地消融到一种超个人的事件之中，并且由于封闭在国家之内，绝对从物质方面感受到国家的存在。这仿佛是神秘的原始品质，它在禁锢中沉睡了几个世纪，早上突然醒来，变得像工厂和办公室一样真实。人们一定有一个短暂的记忆，或者一种灵活的良知，以便埋进以后的反思。

Robert Musil, "Nation as Ideal and as Reality," in *Precision and Soul*: *Essays and Addresses*, Chicago: University of Chicago Press, 1990, 102-103.

第三章　今天的历史小说，或者，它还能出现吗？

你已插手最不该插手的地方， 259
结果会背上新债，糟上加糟！
你以为海伦那么容易招来么，
就像这些个充金币的纸币票？

——歌德：《浮士德》第二部

甚至在觐见室的场景里，墨菲斯托菲里斯也提醒未来的财富追求者他们在接近地狱。因为被历史放弃和遗忘的财富……等待着发现它们，就像阴间里的历史人物那样。过去埋葬或隐藏的东西，现在力图使它们重生，但只是作为它们想象的过去所具有的欺骗性的形象。因此，所有这些迥然不同的现象都有一个考古学的维度：魔法或财富追求代替了发掘，现实在提供魔法和纸币价值之间摇摆不定。

——海因茨·施拉弗

佩里·安德森在他对文类所做的绝好概括中提醒我们[1]，历史小说从未像今天这样流行，也从未像今天这样多产。如此肯定的看法似乎有违直觉，因为今天历史意识已经非常薄弱，只有把那种生产理解为征象和象征性补偿时才意识到过去。

但是，今天生产的是什么样的历史小说呢？在哈勒奎的“历史”里有一个浪漫故事，它反对这种或那种服装道具吗？年鉴学派是否选择过去不同的部分重构一些风俗习惯和服装？是否想忠实地重构这种
260 或那种“真实”历史人物做出关键决定的历史境遇？对伟大事件（庞贝，西班牙征服者到达新世界的海岸）的感觉是否通过一个想象的人物的眼睛（人们可能注定复制这种或那种亚文类情节范式的变化，至少一些陈旧模式的变化，例如我们开始举例时提到的“罗曼司”）？历史小说似乎注定要从过去庞大的菜单中进行随意的选择，其中大量各不相同、多彩多姿的时段或时期可以满足历史主义的趣味，而现在，在充分全球化时期，它们或多或少具有同等的价值（兰克喜欢说，“接近了上帝”）。同时，主人公现在也都或多或少地相同：恺撒大帝、皇帝、成吉思汗、斯大林、恰卡——你的选择取决于你当时的情绪，因为它反映现在模糊而危险的个人主体或身份的状况，不再有中心或统一，能够分散成许多不同的主体—立场（更不用说能够面对自己的毁灭，就像在后结构主义著名的“主体的死亡”中那样）。如果我们失去了自己的历史，怎么能相信过去世界历史人物的存在和稳定不变呢？简言之，我们必须像对待现实主义那样对待一种不可能的形式或文类，正如安德森所表明的，这种文类仍然被人们孜孜不倦地付诸实践。

但是，这可能是引发进一步怀疑这种文类的绝好理由，因为它经常被安排用于政治目的，而民族主义只是最明显的目的之一。然而，这种现代形式的发明者常常被认为与他的叙事人物一致——苏格兰的民间趣闻逸事的文物研究者和收藏者（像其他同代人一样收集童话和民歌）——但事实上他有一个更复杂且仍然合乎逻辑的计划——塑造英国性和“英国”新的身份概念。至于美国上个世纪最伟大的小说家，他对失败经历的证词被皮特·诺威克通过前卫的游行示威变得更加模糊不清，由于在内战中失败，南方成功地征服了美国学界的历史

专业[2]，打开了怀旧的闸门，这种怀旧与战后英国庆祝旧的阶级体制或统治一样非常有害。那么，社会平等和平民化的居民是否能够在等级社会关系和过去特权制度的形象中获得幻想的满足？同时，哈勒奎 261
之类的罗曼司表明，这种背景也有利于力比多的幻想以及愿望的满足，因此历史小说证明在形式上适合性别和阶级的需要（更不用说种族主义的需要）。这种文类需要一种意识形态的检验体系，它比通常读者本能的做法复杂得多。通常读者本能地赞扬其他民族的英雄和英勇抵抗的历史时刻，不论失败还是胜利。今天，当民族的修辞基本上被各种各样的小群体的修辞取代时，我们有理由怀疑这样一种颇多瑕疵的形式能为我们正当地做些什么。

同时，胜利及其庆祝胜利的仪式到处都笼罩着阴云，因为人们觉得胜利者总是很快腐败，立刻变成“国家”。如果革命尚未失败，革命果实总被没收，但这种看法所引发的不是重新思考和复活革命的概念本身，而是美化证据和记忆，以及对所谓“记忆的地方”的崇拜。因此，大屠杀活动应该为历史小说这种形式提供更新的合法性[3]，但如果大量存在的口述历史和地方记载并未因叙述集体的形式问题失去作用，它们便会具有先于历史小说的虚构性。

在前一篇文章里，我们把肯尼思·勃克的“戏剧性的五重组合”简化为一种对立，一方是行为和代理人，另一方是场景，由此我们发现最终只是复制一种确立已久的、在哲学上颇受指责的主客体之间的对立，没有任何人非常愿意把它持久化。不过，这种不愿意与二元对立的形式本身无关，主要是因为在这个结构中缺失了一种基本因素，即在所有这些限定和矛盾中没有一个第三者，而这个第三者恰恰是集体本身。布莱希特有一首著名的关于传统社会朝代更换的诗歌，我们可以用它引发普遍存在的看不见的集体：

高官的房屋坍塌之际
许多百姓遭到屠杀。
那些没有巨大财富的人
常常分享他们的不幸。

拉着颠簸的货车
262 它的牛汗流浃背
走向深渊。[4]

个体和集体在这里是高官和臣民两种人的对立，但每一种人以不同的方式与场景相对，就生产方式而言，这种阶级斗争形成自己的方式（这里是所谓的亚细亚方式，今天是资本主义的方式）。人们很容易把历史小说的特点说成是个人经历与历史的交叉，例如战争和革命突然像闪电似的冲击一个和平的村庄或城市的日常生活。我自己在其他地方曾借用海德格尔那样的公式，表达同时出现和撤退的人，以便说明文本的特点，它们如何以这种或那种方式独特地“使历史显现”，不论这样做多么困难。[5]不幸的是，对文学理论而言，这种文本并不一定总是历史小说。其实，后面我们会看到，历史小说最著名的理论家格奥尔格·卢卡奇认为，文本再现应该看到更深层潜在的历史潮流和趋势（社会未来在现实社会里隐秘地发生作用），因此今天我们的历史小说根本不是历史小说，而是现实主义小说本身。

如果我们要保持小说是“历史的”，仿佛我们必须回到对主体/客体的选择，必然不由自主地选择历史上某个有日期的著名事件（萨伏纳罗拉的垮台，西西里岛远征，拿破仑侵略俄国）以及更广为人知的风景名胜，它们代表一个历史时期、一种背景或一种文化（特诺奇提特兰，捕鲸船时代，某种更遥远未来的敌托邦，或者 1950 年代的纽约），所有这些我们都倾向于从空间上而非从时间上想象它们。

但是，因为历史也有历史，所以两极之间的比率会发生巨大变化，这也是围绕法国大革命时期类似虚构的历史出现以来的情形。在那之前，关于国王和王后统治（经过了历史编纂）的编年史几乎全都
263 一样，没有多少社会或文化的变化，也没有什么历史性或历史主义；这是一种意识形式，可以说始于《古代和现代的争论》（1687—1714）[6]。

但是，国王和王后这种朝代的历史肯定比编年史持久，他们以那些比我们高贵的主人公的形式（诺斯罗普·弗莱因袭亚里士多德这么

说），在黑格尔所说的“世界历史名人”的掩饰之下，一直支配着历史小说，直到更现代的民族主义形式——象征国家和民族的主人公——把他们取而代之以后，农民和工人这些下层阶级才开始零散地在历史小说中出现。

正是在这个时刻，出现了伟大的意识形态领导者（或专制者），其中历史编纂者开始怀疑自己所用的拟人方法，并以年鉴的方式描述过去，完全排除了叙事的行动者。但是，对事件范畴进行质疑很难离开历史小说而没有任何存在的理由，因为它此时可以有力地承担打破一切传统幻象的任务，以那些必然与历史英雄本人及其“胜利”相关的人作为开始。于是就出现了我们不再相信的主人公，以及最富于想象的大众，而针对这种不可信的材料，我们便怀疑关于决定性事件和真实历史变化或发展的宏大叙事。幸存下来的东西至多是许多名字和无休止的形象。那么，人们能指望当代历史小说“呈现”什么样的历史呢？

一

在《历史小说》[7]的文章中，最常保留的部分是世界历史名人与一般英雄的区分，这是一种形式和结构上的对立，衍生于司各特的《威弗利》。大部分评论认为《威弗利》是第一部现代历史小说，肯定是19世纪上半叶这方面写作的典范，也是最富想象的戏剧传统的范 264
式。矛盾的是，这一时期最伟大的两部历史小说都没有遵循这种范式——我们后面会看到；我们后面会再谈它们。

关于卢卡奇的讨论，有两点经常不太被注意。第一，他提出的对立的基础是戏剧和小说之间的文类区分；第二，在区分过程中，司各特自己的范式消失了，被巴尔扎克取而代之，但后者写的不是历史小说，而是具有深刻历史性的当代小说。于是黑格尔的术语“废除”在这里发生作用，司各特的历史小说变成了一般小说历史化的方法，它

使专门化的亚文类“历史小说”成为一种发展的终结，表明在1848年以后那个（资产阶级）世纪的其余部分里不再流行，只是在人民阵线时期非常虚弱地有所恢复。结果，尽管也出现了一些，但卢卡奇对它们根本不感兴趣，他更关注小说本身，关注现实主义和现实主义小说，如果后者独立存在，就具有深刻的历史性，可以比以前专门化的历史小说更有效地呈现历史。

所有这一切都可以用不同的方式表达，它取决于关注内容的方式：特定历史时刻提供的内容是促进还是限制再现形式，或更确切地说，是促进还是限制叙事的可能性？在马克思主义和其他一般社会思想当中，社会学与历史之间的张力，或结构与事件之间的张力，或者日常生活及其文化连续性与真正历史转折的巨变或范式转换之间的张力，在下一部分将直面我们，作为一种真正的对立或形式的选择，同时可能出现两种现实交叠的时刻，因此其中也可能暂时出现复杂的双重性。

这种交叠说明了司各特在卢卡奇体系中的特殊地位，因为他聚焦于具体的历史灾难使他不仅可以挑选历史事件，而且可以对过去做一种社会的描写。这包含着他与可称作“部族”（Gentile）社会的社会关系。今天读者可能首先发现使用这个词时闪现的宗教派别的联想，但它与非犹太人毫不相干，而与氏族（Gens）密切相关，摩根在《古代社会》里对那种前资本主义社会进行了探讨（在马克思主义经典里仍是一项基本工作），并以易洛魁人的生活为例进行了描述。氏族社会（或部族社会）是一种以家族为基础的社会，它既不是封建社
265 会，也不是按照有争论的“东方专制”类型或者亚细亚生产方式来组织的社会。它更接近塔西佗所写的德意志人，相对地更加民主，也许更接近那种属于原始共产主义范畴的更简朴的群体，此群体由农业社会之前的狩猎者构成，根据性别和年龄进行组织（年长者在决定和分配食物时有优先权）。这些分类的不确定性说明了为什么在标准生产方式（从原始共产主义到社会主义有四五种）内部又出现进一步分类，包括德勒兹和瓜塔里[8]非常喜欢的游牧社会，而对此欧文·拉提

摩尔的理论阐述也许最为全面。[9]家族社会是这些发展路线中的另一种，在瓦尔特·司各特爵士的世界里，它明显体现在苏格兰高地人们的生活当中，他们的社会秩序随着1745年起义和克劳顿战役结束后的大屠杀消失了。我们会看到，不论司各特的其他政治态度如何，他显然属于这种生产方式终结时期的史诗诗人。

但是，它的前资产阶级或前资本主义的社会关系却是史诗本身的那些社会关系，因此它们赋予司各特以一种性格学和文学相结合的称号，这种结合远非不足或缺陷，而是成为他的一种力量。因此，在这里，我们的探讨不是力求区分史诗和小说，而是暂时把它们更密切地联系起来。“司各特的历史主题……不是与他对历史本身的兴趣相联系，而是与他的历史主题的具体性质相联系，与他选择的那些时期和那些社会阶层相联系，因为它们体现了旧史诗中人类自身的活动，旧史诗中社会生活的直接反映，以及它的公众的自发性。正因为如此，司各特才成了一位描写‘英雄时代’的伟大的史诗作家，按照维科和黑格尔的看法，真正的史诗出自英雄时代”(35)。事实上，这里的分析直接引自黑格尔（卢卡奇已经讨论过他对史诗的分析）；这种仍然存在的分析（包括内容和形式）对重读司各特是重要的指导，即应该按照不同的范畴和标准来阅读，而不是按照史诗的后继者和取代者小说的范畴、标准来阅读。

因此，在某种意义上，司各特证实了我们模糊不清的怀疑，即真 266
正的历史小说必须有一个作为其起因的革命时刻：一个激烈变化的时刻，它从过去某个特殊时刻提取小说的内容，从那个时刻的习惯和独特的日常生活提取小说的内容。因此这里的含义是，所有伟大的历史小说家一定以某种方式具有保守情怀，在旧的生活方式被新秩序摧毁的过程中有一种深刻的本体论的投入，不论这种新秩序是英国人对苏格兰人的新的统治，还是诺曼人对盎格鲁-撒克逊人的统治，或者巴尔扎克描写的王政复辟时期（只是名义上的）那种在革命后新兴的资本主义，费尼莫尔·库伯描写的入侵的欧洲人，甚至后来所有那些实际上摧毁农村生活和传统、摧毁看似永恒的美国小镇的资本主义工业主义。从这种观点出发，这些后来的革命主人公——左拉的萨卡尔，甚或福克纳的斯诺普斯——都很难看作黑格尔那种意义上的世界历史名人，因为按照黑格尔的看法，这种人物都有意识或无意识地为未来准备，体现一种保守的历史小说家否定的历史进步。对他们而言，世界历史名人是那些失败的英雄，那些献身于对抗历史的人，例如《威弗利》里的觊觎王位者；因此也许可以说，在历史想象体现这种过去与现在之间斗争的任何地方，只要采取处理阶级斗争和真正革命那种根本对立的方式，作品及其人物都可能呈现一种寓言的作用。

然而，历史小说的内容原型一向都是战争，对此我们可以断言，在某种程度上，它的再现具有卢卡奇那种意义上的真实历史性，总是以某种方式表现为一个阶级斗争的人物。不过，这一时期最伟大的历史小说——司各特的《米德洛锡安的心》和曼佐尼的《婚约》——并没有把战争作为它们再现的主要客体；关于我们这里讨论的世界历史人物的作用和形式功能，它们也提供了更多具体的暗示。例如，在《米德洛锡安的心》里，世界历史人物只是在最后与阿盖尔公爵（联合时期、1715 年入侵时期在英国和苏格兰之间进行调解的重要人物之一）会见时才出现；在曼佐尼的作品里，它采用大主教的形式，他
267 的宗教活动在许多方面都是叙事的高潮，而这对他差不多与珍妮到南方寻求国王原谅她妹妹具有同样的力量。这种情形给予叙事以巨大的空间和地理冒险形式，将插曲和平铺直叙结合起来，使一些情节剧的元素以迂回的方式进入史诗的发展当中。我认为，卢卡奇对曼佐尼小说局限的解释是错误的，因为他确认意大利的政治困境是统一的结果。（马基雅维利常常被认为引发了这个问题，其实这个问题是国家本身的产物。）人们可以说，《米德洛锡安的心》同样如此，因为英格兰和苏格兰的统一处于它的核心，被三重阶级体系和三重宗教及意识形态斗争的孪生矛盾覆盖——三重阶级体系由苏格兰高地的人、苏格兰低地的人和英格兰人构成；而三重宗教和意识形态斗争指英国国教、苏格兰国教和卡梅隆教派之间的斗争——这些比卡尔文教派的残余更持久。但是，赋予矛盾以一种物理和空间形式，扩大小说包括的

地理范围，显然对创建这种文类都是关键的构成因素，其中时间变成空间，过去被转变成可以感觉到和可以看见的。

同时，在两部作品里，集体以及更罕见、更独特的革命事件取代了战争本身这种相对特殊的背景，其方法是通过共同的社会内容，即抗议侵略游行的人民大众。这些“暴民起义”——在司各特的作品里是博特斯的暴乱，抗议一个野蛮的警官；在曼佐尼的作品里是面包引发的暴乱——代表反对政府和反对旧秩序的集体和革命的人物：他们是透明的人物，女王很快认为他们反对联合本身，尽管她的苏格兰臣民（当然是苏格兰人）尽量缩小这种由煽动者组织的动乱的政治意义。作为一个文类，历史小说若无这种集体的维度不可能存在，它标志着个体人物融入更大整体的戏剧事件，本身就证明了历史的在场。如果没有这种集体维度，人们可能会说，历史再次被归纳为纯粹的共谋，也就是它在小说里采取的形式，这种小说以历史内容为目的但却没有历史意识，因此只有在某种非常特殊的意义上它才仍然是政治的。

还必须强调的是，有名的历史人物或所谓的世界历史名人已经存在：“我们不会跟着他亦步亦趋；我们只在他有意义的某些时刻看到他”[奥托·路德维希（Otto Ludwig），引自 Lukács，45]。与他相 268
关的那些事件已经发生，它们是固定的，不论人们多么希望重新阐释它们。在那种意义上，世界历史人物是以前知识的结果：从学校教科书上熟悉的名字，经过各个国家和国际历史不同的版本代代相传。因此，我们探讨他们必然带有一种窥淫癖似的好奇：原来他们就是这样观察和行动的！他们就是这样对他们的下属（或上级）讲话的！这些就是他们听到消息或面对危险时的反应！如此等等。这种先有的知识是绝对需要的（因为我们了解其他民族历史中我们不知道的英雄只能通过类比），它也是决定卢卡奇在戏剧中为他们定位的依据。由于与“客体的总体性”相对，而这种总体性对史诗至关重要，所以戏剧呈现这些已经熟悉的历史演员做出决定的时刻，但必须从外部呈现，必要时通过内心独白和自言自语。他们做决定的巨大痛苦仍然活在我们面前的舞台上，但结果无法改变，我们从历史著作里提前知道了事实。在不无争议地把这种人物转移到小说的地方，意识流和内心独白应该提供更接近主体的方式，但总是保持封闭和神秘状态。当托尔斯泰为我们说明拿破仑的思想时，结果总是显得可笑（我们注意到他小心翼翼地不对我们表现库图佐夫的意识流）。显然，著名的“一般英雄”的出现被卢卡奇设定为日常生活和伟大历史事件之间的一种必然调解，其实这种“英雄”是戏剧的观看者，他通过插曲的方式从远处观察伟大事件。

然而我们必须明白，历史小说的这种“规则”是整个卢卡奇抨击传记作为一种形式的组成部分（安德烈·莫鲁瓦被挑出来作为这种新
269 的 20 世纪资产阶级腐败的特别坏的典型）[10]，并证明他坚信对人物——不论虚构的还是历史的人物——的主观分析和解释不可避免地导致病态，就像现代（资产阶级）对事件的趣味倾向于暴力和恶行。（当然，根据卢卡奇对精神分析的敌视，我们也可以从心理学方面来解释他自己。）稍后我会表明，这种对心理主义的反感有可能忽视历史小说的一个重要的政治功能；但它也可以被解释为对更普遍的主观化的一种反应，而这种主观化在现代时期会使叙事本身问题化。

同时，在另一个时刻我们需要再回到司各特，此时卢卡奇为他进行辩护［“针对现代的偏见，经典叙事形式必须受到保护”（40）］，并且通过对复杂心理状态的兴趣的抨击，通过对暴力及异国情调趣味的抨击，强化了对他的辩护。卢卡奇没有对司各特自己的历史情境做任何政治分析；实际上，有时候卢卡奇把他称作“英国”作家，据此人们可以设想这位匈牙利知识分子在德国写作意味着只能指文本的语言（但是，人们在讨论中可能难以保持这点，例如讨论《米德洛锡安的心》）。无论如何，重要的是强调三方的境遇——苏格兰高地人和低地人之间的对立外加英国人的统治——给司各特提供了活动的余地：在这三方当中，只有高地人在消亡过程中构成了“部族社会”，最近主张分权的苏格兰理论家也从未说司各特对英国的同化有任何文化抵抗。[11]但他们确实指出，他的文学活动——不论作为一种历史想象还

可能是别的什么——也是一种意识形态活动，即建构一种英国性，其中苏格兰低地人作为一个单独的实体可以与英国人共存：就像《米德洛锡安的心》结尾处皇家的宽恕，它既是意识形态的一种姿态，也是构成费茨·朗的《大都会》结尾的那种劳动和资本的握手。

诚然，卢卡奇不是一个意识形态批判的实践者，尽管他的《历史和阶级意识》有理论创新[12]；实际上，如果人们不理解他的“马克思主义文学批评”的要旨，就会整个误解这篇文章，因为他的意图是 270
以一种马克思主义的形式主义取代 1930 年代苏联流行的以阶级关系为根据的文学判断。恩格斯在其著名的论述里指出，历史迫使保守的巴尔扎克写出了违背自己的作品[13]；然而在我看来，如果我们只是满足于恩格斯的论述，我们就不会充分理解司各特（或巴尔扎克）的叙事的种种可能。

也许阶级关系可以用另一种方式进行探讨，即认为革命的时刻——可以说是绝对的事件[14]——永远是一个绝对的、一分为二的问题：不论后来发生什么，“抒情幻象”总是那种人人必须选边站的时刻，或支持或反对，而这种十分明显的简单化做法为叙事再现构成 271
了一些独特的困境。可以与战争再现问题加以类比（在实践中常常做这种类比，但在理论里并非如此），对此卢卡奇以赞同的态度援引巴尔扎克：“在描绘战争事实时，文学不可能超越某种局限”（他建议作家把自己限定于“小的遭遇战，通过它们展现竞争双方大众的精神”）(43)。

首先，抛开是否有过成功革命的问题，我们可以提出，绝对的一分为二使对立的双方直面相对，并立刻导致一种寓言的处理方式，这种方式不适合小说，并对真正的小说叙述带来难以克服的障碍。(例如，对立的双方都不可能避免成为反面角色——它是一种情节剧的范畴，而非现实主义的范畴，更不用说历史现实主义了。人们会记得，伟大的历史著作——马尔罗的《希望》，其中明显阐发了这种著作的原则，或者彼得·韦斯的《抵抗的美学》——都刻意回避了对另一方的任何说明，在这个实例中指西班牙法西斯主义或纳粹主义。）

“革命”这个词在历史上，甚至在辩证方式上含混不清的情况是否仍可能存在？我们把从旧秩序或封建主义到资本主义称作革命，它在结构和实质上是否完全不同于从资本主义到后资本主义或革命的秩序？这种转变是否无视继续存在的资本主义城市因素（在沙皇俄国和革命之前的中国）以及封建成分——农民、地主等？换句话说，对于历史上从一种生产方式到另一种生产方式的不同转变，使用同一个词“革命”等于表示它们之间的一种同一性，这无疑会产生误导，尽管对这些不同的转变缺少不同的词语（如在伊努伊特语里有各种不同的词表示雪，在阿拉伯语里有各种不同的词表示沙子）。[15]这种含混性提出了某种怀疑，对于产生于完全不同的历史动乱并再现它们的小说，历史小说——历史上的一种叙事形式，产生于从旧秩序到资产阶
272 级社会的转变，也是对那种转变的再现——是否具有一种有用的文类范畴的功能？这并不是说此后革命再不可能，或者历史已经终结，或者资本主义永恒不变；它的意思是，我们对文类这个术语的使用是隐喻的，甚或是类比的，随着我们的进展需要最警觉的怀疑。

无论如何，专门使用这种独特素材的历史小说需要多种不同的立场，事件本身要从其绝对时刻的两方面理解，要么是革命之前多种不同的阶级立场，要么是镇压之后分散的各种立场。

这么认识便澄清了司各特那种三重情境的优势，这种情境通过“一般人物”与英国人和英王詹姆斯二世的拥护者的距离在小说里得到复制。但是，这里很可能也提出了这种情境中的党派或派别问题：因为十分明显，后来反对政治的小说家——例如福楼拜——把这种党派和派别的多样性用作革命本身空虚的证明，就像在《情感教育》里众多的政治俱乐部那样[16]，或者像杜米埃所画那些奇怪的东西。当我们听到各种政治见解争论不休时，此时发生的是“政治”（迄今是令人激动不安的事件和历史的突发）变成了专门化的主体问题，指向那些描写议会的或再现的戏剧和人物的制度化的文类（如在特罗洛普的作品里）。在现代文学里，关于共产党的争论（从马尔罗到韦斯）

是社会主义内部的争论（一般都是党的同情者或追随者写的，而不是当时的共产党员写的），因此不能被归类为一种特殊机构的派系小说，也不是对革命本身的再现。

但现在我们需要评估一下作为历史小说家原型代表的司各特对巴尔扎克的影响，尽管后者当时并未写多少这种作品（例如，没有理由认为《朱安党人》比雨果的《九三年》更好）。辩证的论点在于假定历史小说转变成一般小说（与 18 世纪英国没有历史聚焦的社会小说融合成一种同时具有社会和历史内容的形式）。在巴尔扎克那里，一切小说都是历史小说，换一种方式说，当达成一种认为现时本身可以 273
作为历史来理解的观点时，以作者本人生活的任何时期为背景的小说，从王政复辟到 1848 年，都可以称作一般意义上的“历史小说”。因此，司各特的三重情境以一种奇怪的不对称的方式在这里被复制出来。因为，除了在革命期间冲突的双方之外（并抛开浪漫模糊的拿破仑式的人物），看似革命斗争的胜利者，王政复辟时期恢复权力的贵族，在巴尔扎克的眼里事实上都是失败者。因为他们在政治上软弱无能，并且——大部分外省的——十分贫乏，而革命的受益者（例如那些买了教会财产的人）仍然处于原来的地位。确实，正如卢卡奇（沿袭恩格斯）指出的，在巴尔扎克的作品里，这就是为什么唯一真正的革命英雄——1832 年起义中的烈士米歇尔·克里斯蒂昂——站在左派一边，而一个反对“资产阶级君主政体”的人完全站在波旁王朝一边。[17]

对于巴尔扎克在文学史和历史小说史里的这种独特地位，也许应该给予更多的思考。为什么我们应该认为巴尔扎克的小说比司汤达的小说具有更深刻的历史性，例如司汤达的《帕尔马修道院》，它是一部典型的历史小说，描写了众所周知的起义，宫廷阴谋，暴君，以及拿破仑时期和拿破仑之后的背景？其实，鉴于司汤达的口号——在音乐会中间开枪射击，难道他自己不是一个政治小说理论家？

这种比较使我们产生两个问题：第一，在巴尔扎克最典型的著作里，暴民场景明显缺失，就是说，缺少我们认定对这种形式至关重要的集体维度。第二，缺少事件，尽管所有巴尔扎克的小说都记录了那种事件的后果，即革命的后果（以及拿破仑之后的社会续篇）。我认为，在巴尔扎克的作品里，集体性是通过巴黎表示的（或者，在外省小说里，通过它对其他地方的吸引力表示的）。巴黎在法国历史上是不可或缺的革命中心，是法国所有社会生活都围着它转的独特空间（不像其他欧洲首都城市或大都会，例如伦敦），它以其他小说家接触
274 不到的方式象征着集体的总体性。同时，巴尔扎克小说中的活动总有时间标志——总是与 1830 年代或 1840 年代相关，与王政复辟时期相关，但不是以总的而是以逐年的具体描写表明它们的变化，它们的时尚，它们的权力体系——这一事实使它们与伟大的“轴心事件”（利科的用语）联系起来，从而在某种更具体的意义上继续历史。这正是狄更斯的小说所缺少的，因为在现代英国历史中不存在这种可以确定虚构活动的轴心事件（诚然，在乔治·艾略特那里，1832 年议会选举法修正案是这样的时刻，这件事被选作一个历史中心，使她的作品具有更大的历史性）；而对于加尔多斯，一直存在着 1867 年的革命，而我们以更富历史意义的方式探讨这次革命，或疏远这次革命。我们会看到，托尔斯泰通过十二月党人起义的失败肯定偏离了他的“轴心事件”（那次起义构成《战争与和平》的正式主题）。但是，法国历史非常独特，关键的革命时刻使它有明确的时段划分（这种情况可以延长到 20 世纪，例如人民阵线，巴黎的解放，1968 年 5 月学生运动），因而赋予和平时期最不易察觉的事物以一种深刻的历史性。（萨特的小寓言颇有启示：他说，第二次世界大战爆发时，我们所有的青年都具体化到一个称为“进行双重战争”的时期。）

于是，随着巴尔扎克的形式转变，历史小说早期的真实性消失了，它的地位被“现实主义”取而代之，但这里最使我们感兴趣的是，由于相同的原因，世界历史的个体人物也消失了：米歇尔·克里斯蒂昂这个虚构的人物取得了他的地位；后来，处于幕后的拉斯蒂涅变成了首相，不论他因鼠疫而死多么像卡西米尔·皮埃尔的死亡；各种不同的人物再现了福歇或泰利朗，但拿破仑并未出现在《一桩无头

公案》里，除了他做出关键的决定之外；诸如此类。政治阴谋以及革命和革命后法国政治历史中那种辩证的复杂关系并未消失，但伟大的历史行动者因时代自身的利益已被消除，时代突显为社会现实而不是历史事件。

但可以肯定，这一文类本身生存了下来，只是现在掏空了它的历史内容；我们可以继续穿越它的下一个阶段，像卢卡奇那样观察它们（真正的历史小说在法国之外曾短期继续，例如在库伯、曼佐尼和普希金的作品里，特别是在托尔斯泰的作品里，后面我们会谈到他）。275
随着史学自身根据阶级斗争的理论化——先是右翼的意识形态，然后是自由主义左派的意识形态，包括历史学家蒂埃里和小说家梅里美、维尼和雨果等——出现了世界历史人物再次占据中心舞台的情形，而由于“生动描写的逸闻趣事”（经验的事实）与“道德再现”之间的辩证对立，由于作家的政治判断和意识形态判断之间的辩证对立，历史小说的形式遭到了破坏（77）。“梅里美希望从历史中（包括当下）汲取永远有益的普遍教训，但他从对经验历史事实的敏锐和详细观察中直接汲取它们”（79），就是说，他没有历史地把握历史或历史教训，结果这些善意的、道德化或理想化的努力导致 1848 年以后文学的堕落，其中福楼拜的《萨朗波》是可怕的足资教训的实例，而经验主义在哲学和意识形态上的胜利导致修饰性的异国情调，虽然为了自身的缘故还不是过度暴力和凶残。同时，曾经是作者对这些小说的判断变成了主体性的所在，既不屈从于病态和例外的判断，也不屈从于具体化的传记形式（如果事实上不是同时屈从于两者）。

实际上，这种转变意味着历史小说作为一种形式的消失，但直到 20 世纪进步文学的出现——其代表作家从罗曼·罗兰和德·考斯特到福伊希特万格或亨利希·曼——并没有引起多少轰动，甚至卢卡奇也不太在意。但是，人们仍然记得，现代主义争论对当代这种争论投下了阴影，就像斯大林主义的民族主义投下另一种阴影一样。因此，276
卢卡奇几乎无法估计是否可能出现现代主义历史小说，而对可能发展成一种未来的历史小说（就像我们在巴尔扎克那里看到它发展成一种

“现在”的历史小说）他尚未考虑，因为当时社会主义建设本身正处于他生命的晚期。

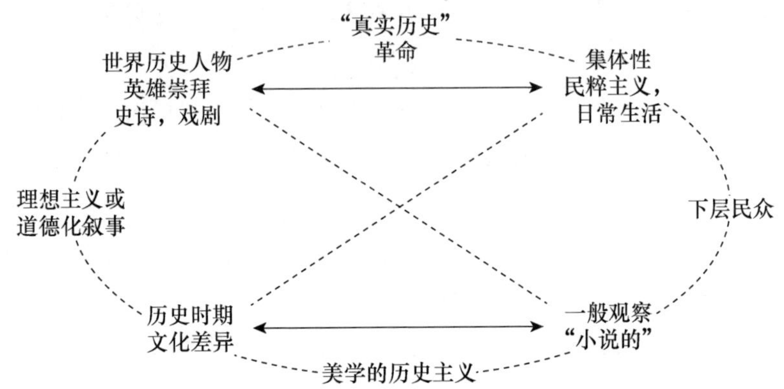

他也未能看到历史小说怎样发挥干预政治形势的作用，而不仅仅是对过去的一种再现。在少见的把真实革命成功地小说化当中，这种作用是可以观察到的，例如希拉里·曼特尔的《一个更安全的地方》，它超越了卢卡奇所有的警示和告诫，提供了一幅绝好的画面，展现了法国大革命中三个主要人物——卡米尔·德穆兰、丹东和罗伯斯庇尔——的生活和心理，以及他们个人和社会的关系。由此她把最不可能允许的东西转移到舞台上面（《丹东之死》），并对真实的历史人物进行心理刻画，可能还把他们现代化，使我们可以了解这些人的思想，而这些都是通过个人关系表达的，包括团结、嫉妒、羡慕和个人的判断，但很可能以这种或那种私密小说、戏剧形式呈现纯虚构的人物把它们去政治化和现代化。这里，法国大革命这一伟大“事件”实际呈现给我们的是来自外部的回应、谣言和报道，街道上的嘈杂声，有待签署的文件，或有待做出或回避的决定：尽管结构内容十分丰富，关于这一切仍然有某种书房戏剧（只能阅读，不能演出）的东西，一种对这一独特革命境遇的集体维度的归纳，一个包括多种事件和真正包括民众的“大事件”。

确实，人们可以喜欢这种虚构化，喜欢米舍莱伟大历史著作中那些其实是小说的部分，或者实际是各种当代的讲述和解释；确实，这里需要以前的知识，它不仅是关于大革命本身精确的时序知识，像我提到的那样，对它的描写只是着眼于后果而不考虑其本身，或依照它自身特殊的、几乎是自治的内在动力来描写，而且它还需要各种解释它们的知识，这些基本上可以归纳为选边站队，例如现在支持君主主义者（开始时的米拉博），现在支持吉伦特派，现在（而且更经常地）支持真正人文主义的民粹主义者丹东，很少有人支持总理罗伯斯庇尔——这些人每一个都代表一种具体的政治解决方法和计划。

选边站队，党派关系，在这里一般都停止了，因为人们假定热 277
月党人有效地回答了所有革命提出的问题，即革命何时才算结束。我们不仅有米舍莱关于各方面集会无果的特殊画面，或罗伯斯庇尔在他进行意识形态清理后期面对的情形；我们还有米舍莱的结尾，在任何编史叙事中可以看到的最杰出的结尾之一（其他结尾明显不同，我这里没有引用，但可以在巴尔加斯·略萨的《世界末日之战》的最后一页看到；后面我们必须回到这种“结束”的问题，但不是历史的结束，而是历史小说的结束问题）：

> 热月过去几天之后，一个当时仍然活着的十岁的男孩被他的父母带着去看戏，散场之后，他惊讶地看见一长排豪华的汽车在等待顾客，以前他从未看见过这样的情景。人们穿着大衣，手里拿着帽子，正在问刚出来的看戏的人：“先生需要汽车吗?”男孩不懂这种新的语言，但当他问那是什么意思时，他只被告知罗伯斯庇尔之死带来了巨大变化。[18]

希拉里·曼特尔的小说达成了一种预想不到的政治干预：她成功地把罗伯斯庇尔变成了一个可信的人物。这是一种改变我们看法的成就，它改变了我们对逼真、政治干预以及对罗伯斯庇尔本人的普遍看法。她还顺便提到一些她对历史和革命的哲学观点，例如在简直是难以相信的丹东和萨德之间的对话当中，但这些观点在这里无关紧要。

重要的是，我们在历史书里看到对世界历史人物再现的时间距离，通过保持那种戏剧性的、外在化的时间距离，我们所形成的罗伯斯庇尔本人的画面一向不可相信（不像其他的“暴君”，例如希特勒

278 或斯大林，我们太了解他们，主要是他们令人害怕）。罗伯斯庇尔反复无常，时而冷淡疏远，时而僵化，时而一本正经，时而十分狂热，时而乖戾，时而可笑，像马伏里奥，甚至没有为他开脱的热情，窘迫不安，在他背后嘲笑他，等等。米舍莱自己沉湎于这种嘲笑，只有达尼埃尔·盖兰赋予这种嘲笑以真正的历史反讽，当他认为革命的终点是巴贝夫而非热月党人时，他便把罗伯斯庇尔展现为新资产阶级秩序的不自觉的工具，一旦完成历史使命便被轻蔑地抛在一边，再也不是必需的代理人。[19]

现在，看来并非某种特殊的文学技巧可以拯救这一奇特的人物，使他摆脱政治污蔑的讽刺重压，摆脱对他的人格和私生活习惯的嘲笑；但毫无疑问，在过去和当前的政治里，有许多都在攻击这种拟人的评价：政治即是个人，而且，如果以如此怪异的人物体现暴力和法律的统一更令人无法忍受。因此，使罗伯斯庇尔人性化，展现他是一个朋友和情人的时刻，将对谄媚的怀疑转变成可以原谅的错误，描绘他把自己的发小德穆兰送上绞刑架十分痛苦地犹豫不决（实际上，正是通过奇怪的关于卡米尔的新漫画才塑造了这种相关的特性）——所有这一切使人们可以用其他标准而不是传统人文主义的标准重新思考罗伯斯庇尔更普遍的政治策略，因为依照传统人文主义标准，他的"狂热的"理想与丹东过于人文主义的软弱性形成对他不利的对照（丹东个人的政治徘徊也通过重新解释他自己的作用而凸显出来）。[20]

这一切包含着一种与人类关系的不同距离，以及不同于以前人文主义同情的个性；然而，这种心理学和评价方面的转变并不重要——或者在曼德尔自己文学作品的语境里比在革命的史学里更有意义——因为明显的事实是，如果对罗伯斯庇尔的描写没有这种干预，他的政治计划现在仍然可能被认真对待。它的启示与前工业资本主义的经济
279 学无关，但对腐败所做的社会和政治分析判断无疑在今天有其意义，其中晚期资本主义的中心和边缘都以无处不在的大小生意的简化为基础，对腐败的普遍容忍更多地告诉我们什么是我们社会的政治，而不是大量以党派为导向的意见调查。在当前缺少真正社会主义政治的情

况下，罗伯斯庇尔的道德政治很可能为我们提供某种积极的、建设性的东西；无论如何，这是一种真正的政治干预，并使它可以再次以叙事的方式理解。曼特尔为我们提供了重新思考历史小说之用途的可能，但其方式不同于圣徒传记或烈士传奇。

二

但是，我们尚未涉及大部分读者认为历史小说达到其顶峰的那种作品，也没有考察其独特的方式，即托尔斯泰在他的历史建构中继承和面对的那种关于“世界历史人物”的形式问题。因为托尔斯泰的作品不仅描写了大量这样的人物，而且他用非常直接的方式描写，而不是像卢卡奇建议的那样间接地描写（虽然偶尔也有中介人物，例如安德烈王子，但他们的个人生活和心理远比司各特的《威弗利》的人物生动突出，也比司各特作品中任何其他人物生动突出）。这里，拿破仑和库图佐夫之间的对立带有重要的象征意义，它使托尔斯泰不必再严格地安排描写知识界的那种西方派和斯拉夫派（实际上，由于他不完全认同任何一方，反而复杂化了：我们很愿意记住列宁的判断，即他使自己成为某种农民思想家，具有农民的世界观[21]，尽管那种情形在《安娜·卡列尼娜》和其他一些故事里也许更加真实）。同时，他对这些人物的看法不论多么反常，也都是有意义的：佩里·安德森竭力反对把老反革命库图佐夫转变成一个文化英雄[22]，而许多拿破仑的崇拜者对那种特殊的漫画肯定有话要说。无论如何，这些重新阐 280
释都没有我们归之于曼特尔小说的那种政治干预的分量和价值。

托尔斯泰最有洞察力的批评家已经对《战争与和平》是最伟大的历史小说的流行看法提出怀疑，他们不仅认为小说的大部分社会素材已经过时（小说复制了托尔斯泰自己在1840年代和1850年代的经历），而且认为作品内部的风格缺少连贯性，仿佛是一种家庭小说和战争叙事的结合。[23]因此，鲍里斯·艾肯鲍姆意味深长地补充说，在最后版本里，第三种“文类”——“历史哲学”——被掺杂进去。这种“文类”偶尔出现，但在尾声二里却像是一篇独立的论文，因而也是大多数读者最不喜欢的部分，在专家看来，它们证明了托尔斯泰的思想缺乏哲学性，因为它对抽象的问题纠缠不清，例如决定论和自由意志，或历史的必然。

不过，我建议把这些反思视为解决正当叙事学问题的努力，视为对历史小说本身所提出的独特形式问题的一种符合逻辑的补充。确实，我们从一开始就选择把历史小说两种罕有的特征结合在一起：“世界历史”的存在，就是说，“真实的”历史、个人以及伴随他们存在的集体（不论多么模糊）——国家、民族或民众——后者的“历史”在这里也处于考虑之中。但我们已经把两种特征（它们可以从小说本身及其亚文类的定义中删除）连接成对立的形式，其张力构成这种形式的特殊性，而所谈作品的文学价值和独特性取决于对张力的解决。因此，我们在这第二节转向历史小说的这第二种特征——再现集体的问题；而正是在这种语境里，托尔斯泰的尾声二才呈现出它的叙事学意义。与公认的看法相反，我们的观点是，两个伟大的统帅——拿破仑和库图佐夫——与他们各自集体的关系绝不是一种象征的关系，也不认同于托尔斯泰的“人民”或“文化”（把这种集体称作背景正是我们这里要提出的问题的主要部分，我们后面再谈）：实际上，仔细阅读就会发现，他极力在两方面排除这种认同。

281 在法国方面，这种排除的方式非常明显，例如下面的插曲，拿破仑接见一个俄国使者：

> 很清楚，巴拉绍夫的个性根本没有引起他的兴趣。显然他只对他心里的东西感兴趣。他身外的一切对他都无关紧要，因为在他看来，世界上的一切都完全取决于他的意志。[24]

这不只是讽刺（当然也是讽刺），如果我们回顾一下自发性和意志力之间的矛盾，这一点就更加清楚。托尔斯泰和司汤达都承认这种意志力，并且它还成为托尔斯泰的意识形态和道德基础，据此他批判虚伪的社交活动，对农民几乎是一种本体论的偏爱。这一插曲也可以理解为对法国人甚或西方人性格更普遍的评论（故而也是对他们革命的集体性质的评论），因此不应该排除，它最终将构成尾声二里的哲学障碍：然而皇帝的自高自大和自我中心，似乎完全排除了拿破仑作为个人和他被认为“代表”的集体之间的一致性。

就库图佐夫而言，要论证这种断裂更加困难，他常常被认为是俄国农民狡猾、特别固执和多疑的典型象征［“很明显，库图佐夫瞧不起知识和聪明，但他知道其他决定事物的东西——与知识和聪明无关的东西”(828)］。但为了确定这种“其他的东西”是什么，我们必须暂时抛开库图佐夫，转向尾声二。

尾声二的语言——以及托尔斯泰的思维被锁定的哲学规则——是自由和决定论（或必然性）的语言。但是，他提出的问题——他试图解决的困境——是政治的再现问题，就像它在卢梭的《社会契约论》里非常突出地提出的那样；我想，非常清楚的是，我是在“再现”一词的各种意义上使用它的，不仅把这个问题理解为一个叙事学的问题，而且同样理解为一个政治问题。换言之，对卢梭而言，关于一和 282
多的问题其实是能否形成一个独特的整体意志的问题，即从大量的意见和派别、意识形态和立场形成一个整体意志，构成一个民族或一个国家。但是，在我们的文学语境里，这是个以个体人物再现集体性的问题；对明显诉诸讽喻再现的不安并非与卢梭的犹豫无关，卢梭对通过数学上的多数解决他的问题感到犹豫：并非他害怕少数及其在选举体制中的命运，而是他觉得对于大量的个人缺少一个可用的概念；卢梭认为不存在任何个人能够成为可用的类属，因此“整体意志”本身就表示缺失，表示不可能的概念。

按照托尔斯泰的看法，明显存在一种针对个人自由概念的偏见，这是一种必须消除的幻觉：“意识表达自由的本质”(1347)，个人自由永远不可能被反驳……至少个人的意识在场时是如此。但这里它同样是一个知识和无限范围的问题，因为“我越是回忆以前，或者越是判断以后同样的事情会是什么，我对自己行动自由的信念就越是怀疑”(1342)。

消除这种幻觉必然同时排除“世界历史人物”，他们的意志对世界的进程不再有任何权威；但它也可能同时消解个体人物，他们的决定（卢卡奇认为它们在戏剧里表现得最明显）终将显得不大可信，而且按照现代主义或弗洛伊德的精神分析，越来越成为症候式的。同时，在史学里，伟大历史人物的隐退使年鉴学派推崇的那种无名的文化集体凸显出来，而历史事件本身也开始隐退和消失。在这种情况下，除非采取纯人类学的描述形式，否则很难规划一种历史小说。

但是，托尔斯泰坚持他的事件，面对事件顽固地坚持原因和因果关系。这也许可以说个人自由不再与我们相关：“历史上，我们知道的东西称之为必然规律，我们不知道的称之为自由意志。对历史而言，自由意志只是表达关于人类生活规律其余不知道的东西”(1348)。

但是，“什么是权力？什么力量造成民族运动？”(1335) 这不是
283 一个抽象的问题，但与库图佐夫 1812 年的策略有关，当时他被沙皇及其参谋部（大部分是德国人）命令保卫莫斯科，抵御正在接近的法国军队。但库图佐夫反而退却，放弃了这座城市，把它烧毁，给法国人留下了一个一无所有的空壳，尽管他们取得了胜利。因此这种空无所获的胜利是拿破仑的失败，他本来会赢得任何正面交战的胜利。然而，这种类似自杀的策略是否证实库图佐夫是个伟大的世界历史人物？让我们看看安德烈王爵的印象：

> 安德烈王爵不可能已经解释过怎么样或为什么如此，但那次与库图佐夫谈话之后，他回到自己的军团，不再怀疑整个事态的进程，也不再怀疑委托的那个人。他越是认识到那个老人没有任何个人动机——老人仍然只有习惯的激情，心里想的只有对事件进程的冷静思考（归类事件并得出结论）——他越是相信一切本应该是那样。“他不会提出任何自己的计划。他不会策划或承担任何事情，”安德烈王爵想，“但他会听到一切，记住一切，使一切按部就班。他不会阻碍任何有用的东西，也不会允许任何有害的东西。他明白，有比他自己的意志更强大、更重要的东西——

> 事件的必然进程，他能够看到它们并理解它们的重要意义，并使那种意义不干预和指责他自己指向其他事情的意愿。”(831)

现在应该解决这个复杂的难题：“比他自己的意志更强大、更重要的东西”，“其他决定事物的东西——与知识和聪明无关的东西”——那种其他的东西就是人民的“意志”。俄国人民知道，莫斯科完了，他们不可能抵抗拿破仑；他们也知道，他们不想把这座城市留给他。因此，根据整体意志得出的结论是：在放弃它时把它毁掉。这种无意识的集体意志是历史的原因。托尔斯泰把诸如 1812 年事件的“原因”称作“一种等同于看到的那种运动的力量”(1321)：毫不惊奇，这种力量就是人民（“权力是人民的集体意志通过公开表达或默认转移给他们选择的统治者”）(1313)。

但是，这一哲学结论解决不了我们的文学问题：所说的转移是什么？如何再现？事实上，库图佐夫的“伟大”隐含在安德烈王爵的反
思里：它包括让历史发生，放弃他自己的意志，放弃自我，放弃自己 284
个人的评价，把自己的决定交付历史本身。诚然，在某种程度上，这是一种近乎宗教的自我放弃，它最终可以联系到托尔斯泰在个人伦理和“信念”层面上的神秘主义。此处在我们感兴趣的层面上，这种立场使历史完整无缺，包括它的各种剧变事件，完全摆脱了它的行动者和做出决定的人。按照我的解读，这是一种叙事学的立场，在它的历史概念核心强调必然性的“决定论”其实是一种行动规律：“我们看到一个规律，据此人们采取相关的行动，并以这样的关系结合：他们越是直接参与行动，他们越是不能进行指挥，并且他们人数更多，而直接参与行动本身更少时，他们更多地进行指挥，并且人数更少；以这种方式从最低级别上升到最高级别的人，最少直接参加行动，其主要活动是进行指挥”(1333)。

这其实是一种立场，它为相关的人物留下了大量发挥作用的余地。库图佐夫的“智慧”在于知道他没有权力。但这种认识也有令人发笑的版本，即乌尔姆战役期间作为证人的巴格拉齐昂的领导身份，对此我们前面已经引用过一部分：

巴格拉齐昂招叫他，于是图辛向他的军帽举起三个手指，带着一种羞怯不安的姿势——完全不像军礼，倒像教士祝福——向这位将军走去。虽然图辛的炮本来是准备轰击山谷的，但他却向正对面可以看见的申格拉本村庄投射燃烧弹，而村庄前面，大量的法军正在向前推进。

没有人命令图辛向什么地方和什么目标进行炮击，但在咨询了他非常尊重的排长扎哈琴科之后，他断定烧毁那个村庄是件好事。“很好。”巴格拉齐昂回答军官的报告时说，然后开始仔细观察在他面前展开的整个战场。法军已经最接近我们的右翼。在基辅联队驻扎的高地下面，在河水流过的洼地里，传来惊心动魄的火枪连续射击的噼啪声，在右边更远的地方，龙骑兵之外，侍从官向巴格拉齐昂指着正在侧翼包围我们的一个法国纵队。左边，附近的树木挡住了视野。巴格拉齐昂王爵命令从中央派两个营去支援右翼。侍从官冒险对王爵说，如果这两个营离开了，这里炮火即将失去支援。巴格拉齐昂转向侍从官，眼睛迟钝，默默地望
285 着他。安德烈王爵觉得侍从官的话是对的，他实在再无话可说。但就在那时，一个副官骑马奔来，从洼地带来团长的信息，信息说大量法军正在向他们进攻，他的团已经混乱，正在向基辅投弹部队撤退。巴格拉齐昂点点头，表示同意和赞成。他在右边的人行道上骑马走开，派副官到龙骑兵下达攻击法军的命令。但半小时之后，副官回来说，龙骑兵指挥官已经退过低地，因为猛烈的炮火向他射击，他白白地损失战士，所以他急忙让一些狙击兵躲进树林里。

“很好！”巴格拉齐昂说。

他离开炮队时，左边也传来枪击声，因为左翼太远，他来不及亲自去，于是巴格拉齐昂王爵便派谢尔科夫去告诉那个指挥的将军（他的部队曾在布兰诺接受库图佐夫的检阅），让他一定尽快撤退到后方的洼地后面，因为右翼对敌人的进攻可能坚持不了多久。关于图辛以及支持他的炮队的那个营，全都抛在了脑后。

> 安德烈王爵仔细地聆听巴格拉齐昂与指挥官们的谈话以及他给他们下达的命令，他惊讶地发现，巴格拉齐昂王爵没有下达过真正的命令，而是尽力使所做的一切显得出于必然，出于偶然，或者是下级军官的意志造成的，如果不是由于他的直接指挥造成的，至少符合他的意图。然而，安德烈王爵注意到，虽然发生的事情出于偶然，与指挥官的意志无关，但由于巴格拉齐昂表现出的机敏，他的在场非常必要。那些满脸不安地来看他的军官们平静下来；士兵和军官们高兴地问候他，在他面前更加兴高采烈，显然是急于对他表示他们多么勇敢。(192–193)

我比较仔细地研究了托尔斯泰的历史理论，以便证明《战争与和平》在历史小说史上的独特地位乃是由于形式上依赖于这种特殊的“解决方法”，即著名的人物能够以一种非寓言的方式代表他们身后的大众，叙事可以“包含”历史，但并非完全抛开那些主人公，因为若无这些主人公，很可能又会陷入事实的记载，或对习惯和心智的民族表述。应该补充的是，托尔斯泰个人与农民的关系（列宁认为他是农民的一类代言人）恰恰陷入了这种被动接受并依靠比个人更大力量的模式：他的故事“暴风雪”典型地描绘了一个西方化的地主，他试图
改造他的农民，教他们新的、有效的农业方法（对 18 世纪西方启蒙 286
运动非常重要的一种戏剧），但后来他既苦恼又筋疲力尽，只好放弃，使自己适应农民那种古老的行为和与土地（及存在）的关系。

现在，作为这部分的结论，我们必须问问自己：如果托尔斯泰对现实的看法占据上风，如果个体的历史主人公完全消失，那么什么性质的历史小说才成为可能？回答是自相矛盾的：叙事的可能性仍然存在，仍然既有文学的力量又有意识形态的力量。它是暴民的故事，正如文学在艾德蒙·伯克[25]的反革命修辞中首先看到的那样：革命被视为私刑——一种资产阶级文学坚持的观点，不论是弗洛伊德在其《群体心理和自我》中利用勒邦分析的科学方式，还是左拉在其《繁殖》中所表达的更进步的观点。在这种提喻里，正如巴尔扎克建议的那样，小冲突代替了战役，因此对集体再现不可能的问题，它是远比

左派任何东西都更直接、更有力的攻击；集体的再现被归纳为游行示威，其困境被生动地戏剧化——让更多的演员和临时演员参加爱森斯坦的影片《十月》拍摄，而不是许多真正参加布尔什维克革命的人。

诚然，对于《社会契约论》纠结的问题，任何叙事的解决方式都要付出代价；这就是梦的精神，其中集体的历史和行动会短暂地表现出来。我认为神秘莫测的概念适合这种变幻不定的状态，其中个体的人暂时被提升到另一种本体论的层面：这种扬弃被资产阶级和反动思想家视为个体性的消解与自我在大众里消失。对美国人来说，在霍桑最成功的历史想象里最有效地讲述了这个故事；在他的故事《我的亲戚莫里诺少校》里，来自乡下的一个青年漫步走进了一个革命事件当中，那是一个类似狂欢节的活动，他在人群里寻找他的亲英殖民者亲戚莫里诺。[26]但是，在引用瓦尔特·司各特最佳小说的一个早期高潮
287 时，我们仍然无法摆脱卢卡奇的经典看法。在那部小说里，爱丁堡的暴民夺取了城市，公正地对待专制的执法官，迫使年轻的牧师进行服务，而牧师在那一刻象征着卢卡奇的一般主人公和观察者：

> "我希望那是一场梦，我能从中醒来。"巴特勒自言自语，但是，由于没有办法反对他受到威胁的暴力，他不得不到处奔跑，在暴徒面前走过，两个男人半是支撑他，半是抓住他。
>
> 这种情形继续时，巴特勒即使自己不想谈，他也不可避免地谈论那些领导了这次袭击的个人。当火炬之光照亮他们的形态而把他留在阴影里的时候，使他获得了这样做的机会而不被他们发现。有几个人显得特别积极，他们身穿水手上衣、裤子，头戴航海帽；其他人穿着肥大宽松的大衣，耷拉着帽子；从衣着看，有些人应该被称作妇女，但他们粗而深沉的声音、不寻常的身材和男性的举止及走路方式，又不允许对他们这样解释。他们的运动仿佛有某种协调一致的计划安排。他们有自己明白的信号，还有他们相互区别的绰号。巴特勒说，他们中间有人用了"野火"的名字，好像是回应一个强壮的亚马孙人。[27]

异性装扮本身无疑是狂欢节的主要特点之一，根据巴赫金或任何其他

人的观点，它表达这一时刻“被颠覆的世界”，这里和在巴赫金本人的作品里是革命事件本身的象征。（勒·鲁瓦·拉杜里的《罗马人的狂欢节》以人类学的方式令人惊讶地再现了同样的时刻。）无论如何，伦敦当局对阐释苏格兰这种暴乱时刻的意义决不存幻想；而关于巴赫金，我已经表明，他的理论由于加进一种使其家庭化和“人类化”的循环时间性而被削弱。他显然想使自己对文艺复兴自由和解放的描述代表苏联1920年代的革命文化，即在沙皇旧体制（在他的叙事里指中世纪）和斯大林主义新的压迫体制（这里象征着反对改革）之间被压缩的文化。因此，巴赫金的作品实际上也是历史小说[28]；它赞扬 288
的梦中狂欢可能是对民众事件最后无须演员名字的再现。

三

下一个逻辑和形式上的可能性将是没有名字的事件，确实，我认为这种把世界历史人物只是归纳为他们的名字，典型地表明了今天两种不同形式的历史小说中的一种。名字其实是历史上“先前知识”的残余，教科书的废物，滞留在集体无意识里的一般智慧的名词，虽然本来想像互联网的变形虫那样重新连接。我们将会看到，这种通过传记夸张的历史名字倾向于自治，并像它们是其组成部分的历史变成了弹性的。但正是这种自治的方式非常奇怪甚至自相矛盾。

因为，可以说，正是开始于那种批评再审视的过程，历史对过去陈规旧习干预的过程，以及新编史学修正的过程，我们在曼特尔的罗伯斯庇尔身上看到了它们以不明显的方式发生作用。现在，它不再是对过去作为多种叙事的一种意识形态信念——它的各种版本以大量不同的方式“讲述故事”——而是在所谓的档案里把所有那些版本完全积累起来（“沿袭福柯的用法”）。完全是多样性本身保证了所有这些叙事不可能或不应该只看其表面价值——对严肃历史学家的严重打击。甚至在不那么多样化的时期，仍然有一些使名字比事实或甚至故事更持久的方式。

当然，最传统的方式是英雄崇拜或偶像化，卡莱尔强烈地、不合时宜地推崇这种方式，并且今天仍然从继承的陈规旧习中汲取它的力量，但做了一些“有趣的”小变化，于是在约翰·福特的《年轻的林
289 肯先生》中林肯变成了一名侦探，在戈尔·维达尔的作品里林肯变成了法西斯，而在当代版本里，相当流行的是他变成了一个吸血鬼杀手。但是，更常见的是滑稽讽刺方式，例如麦尔维尔《雷德本》里的本杰明·富兰克林，历史名人被证实完全以一个普通人存在。在两种方式里，一直都坚持和追求对过去的质询，对过去进行阐释的好奇；也许这是一种自我指涉，如像托马斯·曼的歌德在《魏玛的洛特》结尾出人意料地出现时那样，他证明是一个神秘人物，冷漠地坚持他的不确定性，结果却是过去本身的不确定性。

最后，正是这种不确定性结束了名字与其“指涉物”的分离。关于过去最明显的现代主义观点假定了重新夺回它或重新创造它的愿望。普鲁斯特一般被认为是使过去再生的典型证明，但乔伊斯详细描写了文学对 1904 年的都柏林的重构，托马斯·曼不断对时间沉思，庞德和艾略特描写时间片段，叶芝展现了政治怀旧，所有这些都记录了现代主义者这种奇怪的使命，他们好像没有任何真正与之对应的人，不论在 19 世纪小说的所谓现实主义者当中，还是在他们自身当中。但是，如果你有大量金钱而没有什么文学才能，你可能以一种不同的方式对待它。例如，在《赚大钱》（《美国》三部曲的最后一部）里，多斯·帕索斯对老亨利·福特的召唤：

> 亨利·福特作为一个老人
> 是个充满激情的古董
> （他困在父亲的农场里，周围是千百万英亩的土地，由许多仆人护着，有秘书、秘密特工，还有些伙计，他们受一个退休战士指挥，
> 总担心穿着破鞋走在路上，担心匪徒会把
> 他的孙子绑票，

手枪会射向他，
那种**变化**，懒惰不工作的双手把门打开，穿过
高高的篱笆；
私家军队保卫着
抵御新美国饥饿的儿童，他们肚子凹陷，鞋子破旧，
等待领取汤食，
他们吞食了密歇根韦恩县
旧时节俭的农田，
仿佛它们从未存在。）
亨利·福特作为一个老人
是个充满激情的古董
他重建了他父亲农场的房子，完全按照他
童年记忆的模样。他建了个农村博物馆，展品有
婴儿车、雪橇、马车、旧犁、水车、过时的汽车模型。他寻找
乡间小提琴手，演奏过时的广场舞蹈音乐。
他甚至买了旧时的小旅馆，把它们照原样修复，
还有以前托马斯·爱迪生的实验室。
他买下马萨诸塞州萨德伯里附近的路边客栈时，他建了
新的公路，新式汽车鸣叫着刷刷地掠过
（新型汽车的声音）
离开家门
又上了不好的旧路，
于是一切都可能是
原来的样子，
马和婴儿车的时期。[29]

这不是对福特的解释［关于福特，一位现代传记作家——亨利·福特博物馆馆长——令人惊讶地断言：他“建造这个地方（格林菲尔德村庄）出于内疚”］[30]，更像是多斯·帕索斯以自己的美学对他谴责，

而这种美学在现代主义和即将到来的后现代主义之间摇摆不定。但是，在福特的计划里，强调精确、真实和“完整恢复”，最终并不是像普鲁斯特那样恢复过去，而是一种全新的构建，正如一位当代目击者的描述，福特把艾迪生在门罗公园的实验室转移到了密歇根的新址：

> 在把实验室移到这里以前，他去到新泽西——那个建筑的原在地——挖出成吨的泥土，确实是成吨的泥土。然后，他把所有的泥土运到这里，倾倒在新址，然后把建筑物放到上面。那是他完整恢复的想法。这个实验室原本建在新泽西，所以它应该恢复到新泽西的泥土上。那种材料令专家们感到疯狂。[31]

对福特后来的人格至关重要的英雄崇拜因素，在这里与某种更接近时间旅行的东西结合起来，即不一定出于非常物质的动机重新创造一个
291 真实的遗址，自己可以在那里漫步。这种动机在菲利普·K.迪克的《等待去年来临》(*Now Wait for Last Year*)里有着令人难忘的描写，在那部作品里，我们看到一个300岁的实业家和百万富翁——他的躯体通过多年无数次的器官移植获得新生，但他的精神却可能更加老化——他表现出许多亨利·福特奇怪激情的特征。

例如，弗吉尔·阿克曼是个激情的实物纪念品的收藏者，他收藏在这个荒凉的未来世界日益少见的东西。举例说，当他的职员觉得必须强调他们忠诚时，他们发现最合适的东西是以高价从专门营销古玩的商家那里购买一个绿色的“好彩”香烟盒包装纸，并证明它是在第二次世界大战以前生产的。他真的非常高兴收到这些转喻的东西，但不应该认为他只是随便收集它们。相反，他拥有完整的月球地产或营地，意味深长地命名为“华盛-35”，就是说，在1935年对华盛顿D.C.的重建，或者在百万富翁童年时的重建。这里，如同福特童年的农房，所有邻居都被亲切地照原样重建，包括机器人或熟悉的童年人物的机器人幻影：

> 华盛-35是一座砖体五层公寓楼，弗吉尔童年住在那里，对

> 它强调是因为它包含一套 2055 年的真正现代公寓，具有弗吉尔在这些战争年代能够得到的各种细小入微的舒适。几个街区之外是康涅狄格大道，弗吉尔记得沿着它都是商店。其中一个是贾马奇的商店，弗吉尔在那里买过超人漫画和分币糖果。挨着那个店是埃里克熟悉的人民药品杂货店；老人在童年时期曾在那里买过一个香烟打火机和一些化学原料，化学原料用于他在基尔伯特 5 号的吹玻璃和化学组合。
>
> “上城剧院这周上演什么？”哈弗·阿克曼低声说，此时他们的船正沿着康涅狄格大道行驶，以便弗吉尔能够看见这些宝贵的景象。他凝视着。
>
> 这是《地狱天使》里的珍·哈露，他们全都至少看过两次。哈弗咕哝着说。[32]

但值得最后重温一次这个历史人物（或名人），在完全被后现代掩饰之下，福特——不再只是多斯·帕索斯的那种嵌入——重新呈现为一个小人物，他那典型的美国人的狡猾和实用（我们正好看到关于发明组装线的描写），竟然出人意料地与一种追求奥妙和神秘的（同 292
样典型的?）弱点结合在一起。这种情况发生在发明者对 J. P. 摩根的一次访问期间：

> 当他因自己知道而感到满足时，他严肃地点点头，做了如下的回答：如果我对你的理解正确，摩根先生，你是在谈灵魂的转世再生。好吧，让我来告诉你。青少年时期，我的精神生活遇到了一次可怕的危机，它对我发生时，我无法知道我所知道的东西。好，我有勇气，但我是个普通的乡下男孩，和其他孩子们一样吃尽了麦格菲读本的苦头。然而我知道各种东西如何运作。我看看某种东西，就可以告诉你它怎么运作，可能还可以告诉你怎样使它运作得更好。但我不是知识分子，你知道，我没有耐心读书。
>
> 摩根听着。他觉得他一定会离开。
>
> 后来，福特继续说，我偶然捡到一本小书。书名是《一个东方托钵僧的永恒智慧》，由宾州费城的富兰克林新奇公司出版。

> 在这本我只花了25美分（twenty-five cents）的书里，我发现了使我思想平静所需要的一切。灵魂的转世再生是我坚持的唯一信仰，摩根先生。我这样解释我的天才——我们当中一些人比另一些人生活得更久。所以，你知道，你询问学者或周游世界想发现的东西，我已经知道了。我告诉你一件事，你听着，我要把这本书借给你。真的，你不必再为这些拉丁文的东西费心，他挥动着胳膊说，你不必去捡欧洲的垃圾桶，也不必去建造轮船沿尼罗河航行，因为你要找的东西只需两角五分（two bits）就可以通过邮购获得。[33]

对于后现代与历史名人的关系，灵魂转世确实是一个比任何现代主义的“追忆逝水年华”更好地表达特征的术语，这不仅仅适用于明显的构成主义理由以及对当下的信念——当下排除了间接的记忆、回忆或者纯粹的纪念。而且，这里我们还必须重新记录当代符号学哲学的命运和后来的影响，符号学哲学取代了词与事物、符号与指涉的二元论，并继续推进现代美学。但是，后者对模仿的赞同不应该理解为一种信念，以为再现可以完全复制它的原始情况。相反，这里的论点是证明它的失败，它在结构上缺少再现现实的能力，无法表明它这样做的宏大计划“只是”艺术和技巧，尽管具有美学本身的自我指涉和信心十足的自治。

293 在后现代，原创不复存在，一切都是形象，再不可能有再现的精确或真实的问题，也不可能再有任何模仿的美学问题。德勒兹的“虚构的权威”[34]是一种错误的说法，因为真实缺少本体存在时，不可能有任何错误或虚构的东西：这种概念不再适用于一个仿真的世界，在这个世界上，只有名字——拉康的“固定意义的幻象”，克里普克的“严格的指示词”——像外星人储存的时间容器似的仍然存在，但外星人一开始就没有我们所说的历史或编年史。

意味深长的是，多克托罗对福特的“描绘”伴随着一个精心设计的“虚构”人物，他把摄影机和实际是电影本身的发明归之于这个人物。于是，福特的贡献——模特T的偷窃点燃了主要情节，对克莱斯特的《迈克尔·科尔哈斯》的令人不安的模仿——颇为微妙地被这个非叙事的发明者及其女儿取而代之，他们乘坐有轨电车到达终点，然后走到附近城镇的电车始发站，如此追踪一个想象的网络，最终比福特的公路更加持久，那些公路毕竟没有在他的博物馆里复制出来，仍然是想象的，非常像马尔罗所说的情形。

这也是从叙事到非叙事的变化。多斯·帕索斯最初基本上脱离了伟大的历史名人，并强行将它纳入想象的人物世界，但并未达到能够产生历史小说新叙事模式的程度，至多是一种被压制形式的迂回式回归，就像同时代德国有趣的形式实践所表明的那样。《测量世界》(*Measuring the World*) 提供了一个生动的关于亚历山大·冯·洪堡旅行的卡通式版本，其中穿插了一些来自伟大的数学家（和天文学家）克里斯蒂安·高斯生活的插曲。

我要引用的段落使人联想到钦慕博拉索山危险的上升，那是一座位于厄瓜多尔的火山：

> 他们沿着悬崖峭壁摸索着前行。邦普兰德［洪堡的旅行伙
> 伴］说，他实际上由三个人构成：一个是走着的人，一个是观察
> 邦普兰德走的人，一个是不知疲倦地伴随着他们并以一种谁都不
> 懂的语言评论的人。作为检验，他自己打了一下耳朵。这在那一 294
> 刻确有帮助，在那样的时刻他想得更清楚。但它并没改变事实，
> 地球现在仍在天空应在的地方，反之亦然，或者说它们实际上颠
> 倒了过来。[35]

顺便说一下，洪堡本人不是双重或三重人构成，伴随他的是他抛弃了的一只无家可归的狗的幻象。科尔曼自己的意图我们并非没有兴趣："再次讲述过去，"他说，"就是脱离官方的版本，进入创造出来的真理领域。"事实上，科尔曼的创造排除了一些东西：因为最初的旅行实际上包括一个第三者，一个向导，小说排除了他，反而提供了身体的疾病、压抑和幻觉，这些在登山的文献部分做了充分记载，但洪堡自己的记载却忽视了它们。"因此，在洪堡报告那种权威冷静的语气里，同样存在着虚构，与我插入的那种复杂而惊人的插曲并无二

致。”科尔曼在他颇有意思的文章《卡洛斯·蒙都法尔在哪里?》中写道（真实生活中向导的名字他已经从自己的叙事中排除）。[36]但是，造成幻觉的第三者在最典型的现代主义经典里也是人物之一：

谁是那个总走在你身边的第三者?
当我点数时，只有你和我在一起，
但当我往前看那条白色的道路时，
总是还有一个人走在你身边，
身披棕色的斗篷在滑动，戴着风帽，
我不知道是男是女
——可在你另一边的那个人是谁呢?

这些诗行出自《荒原》的高潮部分，它们经常被认为具有某种宗教的意义（它们与菲利普·K. 迪克在《仿生人会梦见电子羊吗?》里描写的墨瑟尔主义“宗教”也不无关联）；但我现在的意思是以另外的方式考虑它们。艾略特自己对这段的脚注是：“下面的诗行受一次南极探险的描写的激发而写（我忘记是哪次探险，但我想到了沙克尔顿的）；它叙述这队探险者拼尽了全力，错误地觉得还有一个成员实际上可以指望。”[37]在这队坚持下来的三个幸存者当中，有一个领航员
295 叫弗兰克·沃斯利，他的实际描写是：“厄斯特爵士和我对比笔记，发现我们都有一种奇怪的感觉，总觉着我们当中还有第四个人，而且克里恩［第三个幸存者］后来也承认了同样的情形。”[38]诚然，从宗教的观点看，这种数字的变化意味深长。但从我们自己的观点看，它是人物或参与者的增多，是兴趣的问题。[39]

296 我们可以补充说，根据另一个人物（主办方的摄影师达盖尔，也是这里包括的另一个历史名人）的看法，洪堡那份“等待良久的旅行报告令公众失望：成百页的测量和统计数字，几乎没有任何个人的东西，尤其没有任何冒险经历”[40]。但是，科尔曼的历史小说很难说构成了一种替代那些缺失冒险的叙事的努力（人们可以想象传统的历史小说有许多关于冒险的描写）。相反，从幸存的名人出发，通过对引起幻觉的过程而非幻觉的描述，它最终产生出另一个拟人化的幽灵，

一个无名的第三者。这并非我们在前一部分看到的那种集体的精神错乱，而完全是伴随其开始的那些名人而增加的人物。历史名人的途径是拟人化的，它导致人物的增加而不是多样性。因此它仍然被看作一个问题：在我们这个时代，是否仍然有一种更新历史小说的不同途径？

四

我们沿着那些伟人的世事变迁，看到他们从精心设计的特定服饰和冒险缩进了只是名字的空壳，变成了最不可能的结合。对我们历史性的当代变革同样要完成这种诊断，不论是否病理性的，都要看看它们对立的数字，即集体及其想象的变化。

在我们已经提到的编年史和构成、历时性和共时性、历史和社会 297
学或人类学之间的那种战争纠葛中，显然后者在这种张力方面会胜出。一种没有名字的历史，不论描述的是生产方式还是种族报告，不论它是遵循德勒兹和瓜塔里在《野性、野蛮、文明化》（摩根的分类）里所说的各种法典和铭文，还是遵循列维-斯特劳斯的农村（或者布尔迪厄《卡比尔庄园》里的农村）的详细图表，它都必然倾向于一种没有事件的静态场景；它也不会因为我们分类的目的而与19世纪后期那些历史主义非常不同，后者在过去文化的这个或那个时期的异国情调中（总是不同的、陌生的，因此几乎肯定首先是异域的）找到了自己的兴趣。当然，叙述和事件总可以被强制用作他者性全景的借口，即历史旅行中的时间行程。

十分奇怪，时间思想家认为，没有未来的维度任何历史性都不可能正确地发生作用，所以不管多么富于想象，通常也是我们自己处于未来的地位，因为我们观察声称是历史的小说所提供的各种各样的过去。我们记着自己奇特的地位，有时对这些久已去世人物的感情和演说过于明显的现代化感到气愤，对他们那种不需要的、不合时宜的当代性感到气愤。

然而，对未来该做什么的问题在历史小说里很少是无益的，因为它见证结局的问题，以及结局与读者先前知识的关系。至于未来本身的历史，除非它被理解为一种文学的文类（科幻小说），我们常常可能说它是先知和预言者，但不说它是关于这一主题的畅销书作者，忘记了我们活动的每一个当下时间包括它自身的未来维度，包括害怕和期望，而这些（不论是否实现）同时伴随着那种当下一起进入过去，即萨特所说的“绝对的未来”。关于这些，无疑人们可以写一部历史，或至少写一部历史小说。（例如，弗兰西斯·斯普福德的《红色的繁荣》就记录了一种我们在历史书里找不到的未来历史。）[41]

298 我觉得，在这些领域，真正造成最大精神错乱的是关于虚构性的概念：因为历史小说在传统上是一种契约，根据这种契约，我们同意容忍一定数量的虚构人物和行动，把它们置于同样被认为是真实的一个框架之内。毫无疑问，我们也愿意容忍在想象的未来中的虚构人物，因为这种未来本身就是一种虚构，并且不论我们对它做什么，它终将成为事实。

但是，谁是这种未来世界历史的个体人物？这种未来的伟大人物难道不是必然从我们的现在和过去投射出来，就像恺撒在此后几年会发现猿统治我们人类那样？不过，科幻小说的虚构无疑是对我们的历史性的一种修正，并且可以确切地找出它真正的历史原因：1885 年在柏林会议上出现了全球范围的帝国主义。（威尔斯的《星球大战》特别使人想到对塔斯马尼亚人的考察成了他写作的灵感。）唯一可以如此冷静地进行质疑的另一种文类，从结构上修正历史和我们历史意识的类似的征象，毫无疑问是历史小说，它与法国大革命的关系既复杂又明显。（与之相反，那些认为玛丽·雪莱 1818 年的《弗兰肯斯坦》是现代科幻小说真正出现的人，同样可以采取这种论点。）

下面我想宣称——不论多么武断——关于未来（也就是关于我们的现在）的历史小说必然是科幻小说，因为它必须包括关于我们社会体制的命运问题，社会体制已经变成了一种第二属性。把当下作为历史来阅读——许多人促使我们这么做——意味着采取某种科幻小说的视角，幸运的是，最近我们至少有一部这样的小说，它针对所有的期待，为我们提供了关于那种情况的看法。

不过，在对它考察之前，我想先介绍一次影片展，不是作为文本而是作为一种模式，一种思想实验。诚然，电影一向是历史小说积极的合谋者，从服装戏剧到特殊效果，从地方色彩到泰坦尼克出人意料地复活，无一不是合谋。具体说，我所称的“怀旧电影”就属于我们当前的背景范畴，没有人物，是一种历史主义的重构，其中不仅世界历史人物消失，而且日常的街道生活也不见了，它们被变成了对“客 299
体世界”的一种滑稽的实现和模仿。黑格尔和卢卡奇把那种世界与史诗相联系，认为表明它的时间的是服装和式样，发型和头饰，畅销歌曲，流行音乐，每年制造的汽车，以及偶尔出现的独特的建筑风格，它们（都是 20 世纪的）形成我们一个确定时期的视觉经验，不论是 20 年代的还是 50 年代的：因为最终它是时间性的断代，其风格对这种新形式至关重要——我们后面将会看到。今天，作为历史的当下要求我们把它转变成这样一种确定的时期，赋予它一种我们对其回顾的时代风格。

但是，这里我用作出发点的影片，在技巧或风格的意义上并非一部怀旧影片，我只需要它帮我阐发一些后面有用的论点。正如在科幻小说里经常出现的那样（例如在《神经漫游者》里），情节借用于另一种文类，在这个实例中是抢劫或夸张的娱乐影片，尽管为了改变关键的决定，此处它不是偷窃某种无价之物的问题，而是打破并进入另一个人物心灵的问题。但这里的关键以及克里斯托弗·诺兰的影片《盗梦空间》的独创性，是它的运作前提既不是魔幻的也不是主观的。实际上，正如许多现代哲学一样，它完全规避了对主体/客体的区分，以一种新的方式区分不同元素：团队能够集体地进入目标的“精神”内部，客观地对它进行改变，从而保证另一种结果和一种不同的决定。不过，作为目标的个人精神和环境的“真正”人物特点仍然存在并保持原来的位置；于是情节变得栩栩如生，因为这些人感到一群窃贼的入侵和暴力，他们能够形成集体的敌视和对抗——这是一种可以促进行动的方法，但在这里对我们没有意义。重要的是，这种新的方式使电影本身得到发展，达到了完全抛弃旧的主体性的传统。这些既不是传统式的一系列梦想，也不是幻觉，甚至不是镜头的闪回。（颇为反讽的是，就在斯科塞斯的《禁闭岛》之前，迪卡普里奥演出的《盗梦空间》竟是所有这些旧主观幻觉的拼凑，因此很可能使观众形成严重误解，从而导致对它真正的创新性产生误解。）今天，闪回多是通过从彩色（现在）转变到黑白或棕褐色（过去）加以强调；但最经常的是通过激进的风格转换，例如，对 30 年代的记忆以 30 年代的
300 风格呈现出来。[我相信英格玛·伯格曼在他极好的无声电影《锯末和金属片》（1953）里首创了这种方法。] 把风格用作一种标志或含义（在巴特早期的意义上）非常重要，这点我们后面会谈。

但是，《盗梦空间》的同时性（它的后现代性而非它的后现代主义）应该在这种绝对现在的美学中发现，在这种美学里，正如阿多诺警告晚期资本主义那样，一切否定性都被不无偏见地减少或取消——这不仅在他对批判和“批评理论”仍然坚持的那种距离的意义上，甚至在过去留下的那种时间鸿沟和未来时时产生的那种幻景的意义上，皆是如此：完全归纳到当下（阿多诺所谓的“唯名论”），沉湎于经验和感觉到的存在。电影总是向着这种现时视觉和声响的绝对丰富性发展：《盗梦空间》“激发了这种方法”（借用什克洛夫斯基对审美必然性合理化的表达），并把一种历史趋向变成了一次性的结构前提。对此我们还可以增加两个特征：第一，对围绕着实在人物的建筑的改变，正好与暂时性的历史小说的可选择性在结构上一致；第二，新创建的环境或构成的世界是一种类似波特金事件的投射，它只是一般而非具体的存在，从而确认了它与陈规旧习（及形象）而非旧的模仿现实主义的关系。

现在我们可以从《盗梦空间》中汲取我们需要的教训：它必须围绕其目标人物建构的各种情境，同时也是需要以某种方式协调的多种不同的世界。科幻小说在其黄金时代进行这种建构时，运用了我称之为门厅的叙事语言：在门厅入口，范·沃格特的一个茫然的人物，从她北美昏暗破旧的卧室走进了一片异国情调的景色之中（阳光灿烂，植物茂盛）。[42]

诚然，一切叙事都需要这种句法连接：瓦格纳称它是“转换艺术”，福楼拜实践了这种艺术。历史学家通常诉诸那种称作因果律的虚拟范畴进行这种连接，缝合他们不同的时刻，以及实践和空间的异质性。但哲学的怀疑主义证实，因果律已经遭到冷落，只有阿多诺诊断的那种唯名论；人们不能说，许多被指责的“线性历史”更适宜于 301
时间的循环，同时出现和改变的世界，不断重复和回归，类比的困扰，以及西方宏大叙事压箱底的其他各种自以为是的方式。

不过，这些努力并非错误，因为它们明确了含义——例如，德勒兹对“思想形象”的阐发[43]——确认了真正需要的不是新的理论或体系，而是全新的时间形象，一种有效地使用一次便抛弃的临时性创新：用乔治·库布勒的话说这是“时间的形态”[44]，因此利奥塔的那种怀疑大可不必，因为谁也不会一开始就真正相信它们。然而仍有一些：

> 把不同日历中的日期列表非常困难，例如，以推测的圣经日期对确定的罗马日期。这导致时间线的勾画者用各种可以想象的图示进行试验。对时间线历史的全面考察表明，时间“线”被描绘成时间树木，同心的时间轮，卡巴拉的时间躯体，疯狂的哥特线索，时间迷宫，时间地图，时间水利，时间卡通，时间宫殿，占星术的汇集图，手掌纹，随时可以进行历时性的手掌解读，巨大交叉的“共时性”，以及看似更像一堆头发或联网电脑的芯片。[45]

《盗梦空间》提供给我们的形态是它庞大的中心电梯的形态，电梯上上下下到达不同的世界，它的入口冷漠地通向过去或未来，通向全球名胜之地的天气，也通向内部——不论是现代的还是古代的，也不论是玻璃的还是黑木的——包括数不胜数而又不同且互不连接的境遇。

今天的历史小说应该被看作一部庞大的电梯，它在时间中载着我们上上下下，其令人厌烦的升降对应于狂喜或敌托邦的情绪，在这种情绪中我们等待着电梯门打开。因为今天的历史性——关于海德格尔所称的我们历史境遇的历史性的强烈意识——需要一个远远超出个人有机体生物学局限的时间跨度。因此，单独一个人物很难提供这种时间跨度——不论此人是不是世界历史名人；甚至我们自己对一个有限 302

民族的时间和地点的时序经验，也因为缺少多样性而难以提供。

传统的历史学家平静地面对他们的历代志，他们不标明自己的材料是来自遥远过去的传说或神话，并且对此很少会感到不安。（实际上，他们几乎没有这种过去的“距离”概念，他们讲述的故事“仿佛”都是昨天的。）小说家却不那么容易：吉姆·斯坦利·罗宾孙关于另一个世界宏大的反事实史诗[46]诉诸转世再生，以便控制在时间上开放的空间，保持他的**历史**大使的一致性。

《盗梦空间》的问题在这方面有些不同：它必须防止我们已经谴责过的那些坏的主体性的幻想和范畴，避免使人物和观众陷入“真正做梦”的状态，或者陷入 P. K. 迪克所激发的那种精神分裂的幻觉。转变幻觉的方式是一个小的、不重要的东西，但对它可以谈许多哲学内容：这就是那种小的、不起眼的“杰克”（类似抛接子游戏中的“杰克”），迪卡普里奥把它们装在口袋里，保证它们从一个世界转移另一个世界的同一性。它既不是物神也不是象征，既没有使用价值也没有交换价值，而是一个无论如何不能失去但却“失去了的东西”（仿佛在沙发软垫的下面），一个物体的骨骼，它的抽象，一个立方体变成一些横线，光秃秃的，你很难说出它的颜色——这个小小的杰克是拉康式的“缝合点”或“连接钉”，它把所有这一切聚合在一起。历史也需要这样一种物质的主题，它可能是一个胎记，一个讲故事的词，或者任何其他不显眼的物质符号，它的存在足以使我们觉得历史毕竟还有某种意义。或者，这是当代独特的“历史小说”《云图》（*Cloud Atlas*）别出心裁的建构，我们将以这部小说结束这本书。

303

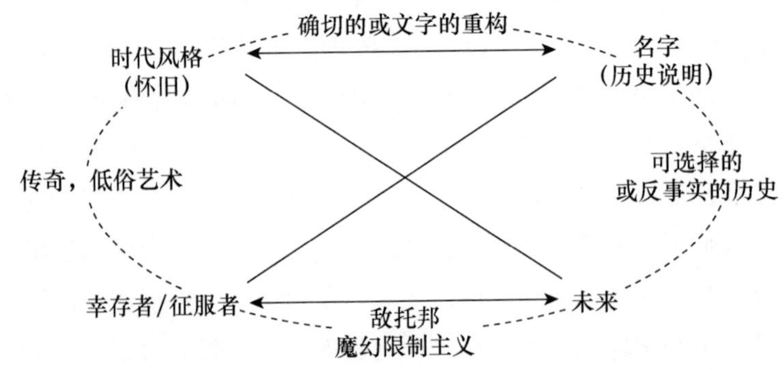

这是一部小说的电梯，在通向遥远未来的途中，它在许多非常不同的楼层短暂停留；而它们彼此在空间和时间中的关系主要以环太平洋为中心——有一些类似苏格兰和比利时那样的例外——通过明确的曲线连接起来，由于这种曲线，黑客掩盖了他的传播源泉，或者随意命令，在一系列旅游指南、回忆的书架上混淆了时间中的日期和地点。这种可能仍然压在抽屉里未完成的手稿不系统的堆积，引发了梦的无意识部分的作用，弗洛伊德称之为“不确定性”（这个词被强行用于理论目的，但自相矛盾的是它并非不是编史学的），其功能是“二次阐发”（我喜欢的一种早期的翻译），它迫使我们在继续进行的过程中尽可能多地发明一些联系和相互参照。可能所有现代主义都引发这种不一定令人欣赏的动机，而我们常常把这种动机等同于解释本身；但是，在这里，我们至少可以怀疑它的兴趣之所在：在于这种象征主题及相互联系的内容，还是在于本体突出的过程本身？

无论如何，由年轻作曲家—主人公计划创作的早期片段之一，为他的“云图六重奏”（Cloud Atlas Sextet）的计划以明显的暗示做了预设：

> 重叠的独唱：钢琴、黑管、大提琴、长笛、双簧管和小提琴，每一种都有自己的音调、音阶和音色。在第一组里，每一个
> 也都被它的后继者中断；在第二组里，每一次中断都按照次序重 304
> 构。革命还是欺骗？只有到它完成才知道，而到那时已经太晚。[47]

六重奏以及如此延伸和扩展的小说本身，两者都实践了一种称之为单一性的美学，其中构建的并不是精致的风格或文类实践（即使一种新建议的文类），而是一种独特的、别出心裁的一次性实验的投射，它不可模仿，没有遗产，也没有任何确立一种形式传统或其他传统的意图；它不是一种新的风格，而是各种风格的汇聚。这点我们后面将会看到。

因此，我们从以下几方面开始：第一，关于大海和太平洋殖民化的叙事，它的主人公是一个律师，正在绕世界旅行，执行一个合

同——乔纳森·哈克的影子！——在一个类似麦尔维尔描写的世界上，跟着库克船长的脚步行进，使人想到《梅森和迪克孙》，直到后来我们才认识到，它在 18 世纪的日志或日记和 19 世纪肮脏的殖民地现实之间造成的混乱，恰恰是轮船在一两年之内即将结束的一个世界的继续；第二，一个时代的结束或象征主义的戏剧，其中年轻的作曲家帮助半瘫痪的狄柳思写出他最后说的话，而作曲家本人虚构化的生活则以玩世不恭的文字表达出来，使艺术的独立自治与托马斯·曼作品中那种半乱伦的色情结合在一起；第三，一部综合性的惊险故事，描写一个进行调查的记者，他试图揭露隐藏在政府合同背后加利福尼亚的捕掠活动；第四，一个贫困而年迈的上层阶级出版商所写的第一人称的、颇有英国花边专栏作家风格的回忆录，他的家庭一向把他关在一个老农的家里；第五，科幻式遥远未来的敌托邦，在一个类似朝鲜那样专制的地方，充满了关于机器人压制的幻想，而且突然变得非常流行（参见《孤儿父亲之子》），仿佛在无形的宇宙里这种情形一直完全封闭，没有一个民族—国家是最后的所在，人们对未来无望的想象仍然可以放纵不羁，虽然也有基本的科幻技巧和星球大战的服装；第六，大灾难之后，重回夏威夷简朴的乡村生活，但受到更先进的、
305 残酷的相邻部落的威胁，故事以《哈克贝利·费恩》的方式叙述，其中交叉着一个小的、幸存的少数种族，他们受过技术训练，是一些有知识的专家，来自现在已成过去的未来，颇像卡默洛特的居住者遇到了康涅狄格的美国佬。

当然有多种多样的风格，很难说任何一个真正由小说完成，但风格的多样性值得根据它自身的情况理解。它们的结合无疑诱使我们猜想是否这只是一个随意的例子？或者是否把这些插曲集在一起可能形成一个老生常谈的整体画面？而这老生常谈一向支配我们当前对历史——过去、现在和未来——的看法，甚或投射出对太平洋沿岸那种文化不切实际的夸大，因为大卫·米契尔（自己是英国人）个人非常喜欢那种文化。倘若如此，由于选择的随意性阅读时似乎并不像那么随意，所以它便具有真正过去和未来的合理性，如我提出的那样，也

具有我们自己集体想象的合理性，不论其具体细节多么虚假。但我觉得不清楚的是，结合——布鲁日、南海、圣安德烈斯断层上的核电站、英国黑帮和光头党，更不用说朝鲜的敌托邦和新石器时代的夏威夷农村——是否穷尽了我们文化和历史所有的陈旧模式，甚至包括大众文化的模式？不过，由于它们提供了某种宏大叙事，我认为情况就是如此，至少它们寻求一种必然的、不可避免的模式。但是，这样包括两种科幻小说的未来，是否足以证实《云图》的特征是一种新的历史小说形式，通过它与未来和与过去一样的关系加以限定？

著名的电视采访者拉瑞·金曾经被问过这种问题，他自己也喜欢就这个问题追问他采访的名人。这个问题是，它自己的态度是什么——他自己已经退休，人们说他“上了岁数”——他自己对死亡是什么的态度？他那令人难忘的回答是：关于死亡，最坏的是我永远不知道死后会发生什么。你可能觉得，这种直率的回答说出了一种对线性历史情节非常难以接受的顺从。然而，它的优点是使我们注意到一种历史性，而在这个关于时间和历史的理论特别复杂而自相矛盾的时代，我们很少考虑这种历史性，但它肯定体现了阅读《云图》经验最
突出的特征。[48]因为，在这个像希赫雷扎德的影片一样不连贯的故事 306
系列里，我们确实想知道后来可能会发生什么；虽然关于日常不安的著名概念就在手边，但在这部小说的奇特结构里，它很难包括我们对历史本身所感到的不安。我想说的是，在维克多·雨果那里，这种不安掩盖了那种不安；而关于未来历史的哲学问题，其实也是关于星球本身未来历史的问题，今天是所有真正历史小说必须提出的问题。于是“宏大叙事”被未完成的叙事及其后继者的“语言游戏”微妙地取而代之。我们会继续提出关于宏大叙事的问题，谦虚地使我们自己在其不在场的情况下听命于后者；我们用后者构成前者，通过它的物质伪装质询前者。无论如何，在《威弗利》或《战争与和平》的结尾，我们不会提后来会发生什么的问题，甚至在《飘》或《幕府将军》的结尾也不会提这样的问题。[49]

当然，这里的技巧是用一种好奇的形式代替另一种，因为我们对

当下阅读的惊险故事后来会发生什么的关心，代替了对历史上后来会发生什么的担心。它是一种分层次的结构，其中我们以时序阅读各种故事的开始，达到顶点时改变我们的方向，在另一坡面下降，结束每一个叙事插曲，然后到达新的开始（当然这并不是我们自己的当下）。这样，它为每一个“宏大叙事”都提供了一个更小的“语言游戏”的答案，但不是使我们满足于知道最终目的，而是为我们提供解谜的兴趣，一步一步深入过去，以开篇时亚当·尤因的太平洋日志后续的幸福结尾而结束。那么，《云图》是否成功地形成了一种哪怕是短暂的景象，就像亚当·尤因从栏杆上看到的那种海洋生活？米契尔小说的历史性来自大量其他因素，而不只是我们与最著名的现存故事集相联系的独特形式（提供另一种“时间的思想形象”，前面我们没有提到
307 这点），但它也采取语言的嵌入形式，或者在简单句的句法内部插入各种方式的从句。实际上，人类学的语言学家相信，这种形式处于人类思想本身的原点；虽然它最稀奇的体现在于那种最奇特的现代主义人工制品，例如雷蒙·鲁塞尔的《非洲新印象》，一首巨长句子的诗，其中插入语开始套进插入语，并在插入语内部打开，直到在分水岭的另一面，它们又开始封闭，使读者感到宽慰，但应该补充的是，由于打开的次数非常有限，人的思维在结构上不可能回顾它们的开始。（无意识能起多大作用？确实是个受关注的问题，拉康喜欢对它反复思考。）

不过，《云图》素材的真正历史性质在于另外的地方，并且采取两种可能相关的形式。一种可以说是后现代的拼凑实践，它为我们定位这部作品提供了一个答案，与那些玩弄历史名字的后现代作品相对。后者实际上被假定在形式上沿袭了卢卡奇所说的那种历史现实主义，其中世界历史名人构成某种事件的视域，以及中等距离中等范围的高峰。因此我们这里要定位的是另类小说，即无名大众、人民运动或历史时期本身的小说（历史事件只不过是它的征象）。这种历史维度我们偶尔与怀旧影片相联系，现在应该揭开当代这种影片与拼凑的更深层的关系，换句话说，它与历史时期作为风格的关系。如果现代

美学在于努力创建新的风格，对绝对性进行各种探讨，那么后现代认为已经穷尽了那种计划，再没有创新的可能，现在只能标明它留下来的各种方式，其中断代的方式被具体化并在崇高的意义上以一种后现代的伪造呈现出来（天才的伪造者像全息摄影或机器人那样有效地生产他们的翻版产品）。诚然，这里在形式和内容之间仍然有一种必然的因果关系，内容提供风格所要求的素材，以便使风格得到复制。然而，风格除了在现代主义美学精神方面是一个历史范畴（本身作为一
个历史阶段）之外，在更深刻的构成一种生产方式的上层建筑的意义 308
上，至少在可以恢复并解释那种上层建筑的意义上，它还是人类学的历史范畴。

因此，同样重要的是，《云图》始于一系列不同的风格和拼贴。它不像现代主义那样，例如乔伊斯的《尤利西斯》的“太阳牛”一章，有目的地遵循英国风格的演变，从最早期开始，将开端比作子宫中胚胎的形成（发生在一个妇产医院里）；《云图》里连续出现的文类则是模仿风格，把它作为趣味、经验和社会约束的演进，决定着历史的“冒险”，它始于英国海员关于什么是文明行为或什么是“不文明”行为有限的思想。正是在这种意义上，最后夏威夷的插曲也许可以被认为是倒退和“文明”崩溃的景象，或重返野蛮的景象。但是，形式再一次戏弄了我们，因为它以一种不同的循环性回归——通过插曲逐渐使我们回到最初的太平洋日志——代替了更大的循环性历史“哲学”，或者这一特定遥远未来所隐含的宏大叙事。

但是，这只是《云图》为我们储藏的语言游戏之一，或时间实验。一个伟大的电影制作人曾说，不一定按照开始、中间、结尾的顺序，但他忽视了补充说，它们不仅可以随意被打乱并重新安排，而且还可以在单独一个框架里叠加。因为在《云图》里，从一个不同的视角来看，我们可以说，结尾出现在中间，到达了“那种思想能够到达”的最远处的时刻；这些最远的地方我们非常熟悉，因为它们是我们自己思想能够到达的最远的地方，即敌托邦和倒退、世界专制和回归野性、文明和野蛮、《1984》和《公路勇士》、国家和游牧状态，以

及它们各自在宗教和科学中的逃避线路，传播救世的传奇，保卫最新的、伟大的科学发明，因此《云图》实现了一种伟大的、不可或缺的意识形态分析功能，即表明我们自己困扰其中的矛盾，在这种对立之外我们无法思考。今天，这些选择暂时是我们可以想象未来、晚期资本主义未来的唯一方式；只有打碎它们的双重控制，我们才可能再次有效地进行政治思考，设想真正革命性差异的条件，再一次开始思考
309 乌托邦。同时，我们这里放弃了双重限制，自己选择，没有其他任何可以设想的未来，因此宽慰必定发生，其时逐渐从双重必然性以颠倒的顺序回到各自幸福的结局，以我们现在的过去结束，在一个看似更像 18 世纪的 19 世纪，出现的是库克船长而非麦尔维尔，于是一种过去的现在已经对我们明确解决，比我们自己未完成的问题更加简单：不是现在作为历史，而是已经过去和完成的未来。

但是，在这些序列里，还有另一种隐蔽的历史，它也许更是唯物主义的而非风格的变化，尽管它可能与那些风格变化密切相关；这种历史一定是所谓的媒体本身。每一个片段，每一个故事，实际上都是通过某种不同的物质传递设备记录下来，因而在那种意义上，《云图》提供了一种实验的历史，不是关于风格和事件的历史，而是关于传播技术的历史：确实，这是作品更深层的连续性，它本身也是一种叙事，如果你愿意也可以说只是一种难以察觉的叙事线索，它把前后各个部分巧妙地串联起来，在这里或那里明确地使它主题化。于是，亚当·伊文手写的沿海日志部分地保留下来，成为第二部分，作曲家带着某种兴趣阅读（丢失的部分出现在结束序列里）。至于作曲家（他的六重奏实际上后来在许多语境里演奏过），他写了一些信，有些在第三部分被记者读过（其余部分又恰当地出现在结尾部分）。至于记者本人，我们想象正在阅读的她的冒险是一种直接叙事，实际上是一部要送给第四部分中的出版商—主人公的手稿，其中的故事我们觉得也是“直接的”，直到我们发现它已经被制成一部虚拟影片，需要从下一部分那种遥远的未来看它。事实上那是她的实行者对索恩尼的审问，已经以一种全息摄影的方法记录下来，并且被保留到更遥远的未

来，因为到那时她已经转变成一个新宗教的主要人物，最后的叙述者向她祈祷。因此，按照吉特勒的说法，叙事的异质性被揭示为一种信息交流技术的多样性；于是，叙事和编史学的唯物主义基础得到恢 310
复，颇像在《科拉普最后的录音带》里，恰恰是录音带播放器本身变成了核心人物，在空洞的舞台上进行对话。[50]

“后现代小说”这个术语近些年确实变成了一个文类范畴，但重要的是，应该把这种交流体系的物质性与这个术语一般表示的那种自鸣得意的关于写作的写作区分开来。而这里的后果却相反，它们使我们想到那些“新小说”而不是纪德的《伪币制造者》。例如，在罗伯-格里耶的作品里，我们发现一种适当的施虐狂的描写，其中一个年轻的裸体女人，被某个不知姓名的袭击者捆绑起来，还把嘴塞住。然而，正如在电影的某些时刻，关于镜头是“客观的”还是“主观的”不确定性，或者我们观看这一景象是通过另一个人物的眼睛还是完全从中性的摄影机的观点出发，最终都以某种更独特的文学或语言学的方式发生作用：下一个句子仿佛离开了那个最后成为钥匙孔的东西，迄今活着且痛苦的受害者结果成了一期杂志封面上的半色情照 311
片。这是一种惊人的效果，一方面它把（虚构的）现实变成了形象，另一方面又以我所说的唯物主义方式突出了媒体本身。

在《云图》里，仿佛这是发生在打击之后的事情，而在我们已经进入下一个故事的那部分之后，它以回溯的方式揭示出我们在上一章阅读内容的本质。我想把这种情形看作一种严肃的陌生化，它使信息和传播的整个意识形态主题都显得奇特陌生，今天这种情形无处不在，几乎已经变成了官方的后现代哲学。这种技术意识对阅读过程的入侵，立刻将那种官方哲学降低为生产方式的概念反映，并以它自己的方式重写更新的技术“突破”旧的现代技术的历史。无论怎样，非常重要的是，《云图》以其在时间方面强烈的时序感，跳过了计算机和互联网的时刻，把我们自己的现在呈现为历史性的，并将它缩小成怀旧—过去和科幻小说遥远未来之间转瞬即逝的阶段。

我一直倡导这样一种观念：最有价值的作品是那些以形式而非

内容体现其观点的作品，它们把自己的主题和观念亦即“意义”相对化，以便有助于形式的表达，不需要解释“产生”它们的问题（或它们的质疑，复活昔日一个有用的词）。其实，利奥塔的“宏大叙事”概念本身的目标大致相同，在我看来，他所指责的“历史哲学”（自由主义和马克思主义）全都以某种方式包含着将历史转变成观念和意义：一个是“自由”，另一个是“解放”。因此，他所质疑的并非叙事，而是通过组织错误的连续性对叙事进行错误的解释：这里黑格尔是基本范式，尽管他认为人类历史发展的趋势是实现更大自由的概念，需要以微妙而复杂的方式通过他构想的历史或理性“策略”来加以论证——在准-前弗洛伊德的意义上，这有些像一种历史无意识。

但是，《云图》似乎也确实有某种意义和那种性质的解释（颇有反讽意味，因为最后自由和解放结合在一起）。因为，它是一种禁锢的历史：对莫里奥利的奴役，把伊文关在他狭小的房子里，年轻的作
312 曲家不名一文，原子能场所严密监管，年迈的出版商遭到囚禁，机器人被捕和受责，最后还有岛屿本身，岛上和平的居民遭到好战的、不可战胜的邻近部落的威胁。但在第二部分——叠加的叙事弧线下落——这些绝望的情境全都得到解决，对看似许多**历史**的梦魇提供了幸福的结局。那么我们是否必须接受这种作者的意图，而它已经被大量证明的人类固有的邪恶“弱肉强食”（503）所强化？或者，是否这种特殊的历史哲学像重复的模式那样被完全抛开，作为对仍然需要“意义”的读者的一种安慰？

然而，这种通过所有历史风格和效果的宏伟滑奏，以及它以滑稽的精确性所把握的无限贪婪，在其背后留下的是那种太古残酷的意味，这种残酷性也是历史本身，黑格尔只能把它当作无休止的屠场。这种艺术的欣悦，透过一页一页的传播和技术媒体主题的魅力，很少与我们其他的持续恐惧感发生矛盾，但那种恐惧本身并没有被我们经历过的救赎保证消除！我们逃脱了必然的、不可避免的危险，逃脱了历史的绝望和反复囚禁的毁灭，我们仍然还活着！科学幸存者遥远的

未来，使我们想到吉姆·斯坦利·罗宾孙为何坚持科学是真正的非异化劳动，类似以前对艺术的看法，因此完全不同于亚当·伊文对其使命的准宗教的忠诚；不过，这两条线如果分开都是意识形态的，它们可以比作同时听到不同的管弦乐，同时又是相互残暴的音调，而无限的贪欲很少因其另外的维度从这种连接的众声中消除。美学家一再回到艺术之外和艺术参照维度的问题，论及它浅陋的意识形态信息，它非常不充分地、相当可怜地对这种或那种行动的召唤，以及引发这种或那种愤怒或“战斗”（鲁迅语），这种或那种形成中的意识。但审美的时刻并非那种召唤，而是提醒所有那些冲动的存在：宛如对人类邪恶一样反感的革命的乌托邦冲动，布莱希特的“善的诱惑”，逃避和争取自由的意志，技艺和生产的乐趣，无法平息的讽刺，以及无限怀疑的注视。艺术没有任何功能，但可以在瞬间同时唤醒这些差异；历 313
史小说没有任何功能，除非它在更短暂的时刻重构这些差异在历史本身里的大量共存。在那以后，读者重又陷入当下的境遇，它与刚刚看到的情形可能有或者没有某种相似性。

这就是卢卡奇对历史小说中“现代化”的警告，即以我们自己的形象重新创造过去，忽视它的根本差别以及它的文化创新和苦难，忽视它的阶级对立。而正是这种警告变成了类似“红王后”的命令：远远走在了我们自己的前面，只有我们想象的未来才能公正地对待我们现在，而其一度埋葬的过去全都消失到我们的现在主义（Presentism）之中。“我们的哲学”想吸收所有这些域外的总体性，以为它们与我们完全相同；科幻小说拼命肯定它们的不同和域外性，探索想象的未来。也许，在一个理想的世界上，它们会同时是不同的和一致的：无论如何，不论更好还是更坏，我们的历史、我们历史的过去和我们的历史小说，现在都必须包括我们历史的未来。

注释

［1］Perry Anderson，“From Progress to Catastrophe，” *London Review of Books*，33：15（July，2011）.

[2] Peter Novick，*That Noble Dream*，Cambridge：Cambridge University Press，1988.

[3] 关于这种历史小说的简要讨论，参见后面注释 39。

[4] Bertolt Brecht，“Der Kaukasische Kreidekreis，” *Grosse Kommentierte Berliner und Frankfurter Augabe*，Berlin：Suhrkamp，1992，Vol. 8，107（Scene 1）. 詹姆逊自己翻译的。

[5] 参见我的 *Valences of the Dialectic*，London：Verso，2010，最后一章。

[6] Hans-Robert Jauss，*Studien zum Epochenwandel der äesthetischen Moderne*，Frankfurt：Suhrkamp，1990.

[7] Georg Lukács，*The Historical Novel*，trans. Hannah and Stanley Mitchell，Lincoln：University of Nebraska Press，1983. 文中页码出自这个版本。

[8] Gilles Deleuze and Flex Guattari，*The Anti-Oedipus*（see chapter 3：“Savages，Barbarians，Civilized”），Oxford：Oxford University Press，1989.

[9] Owen Lattimore，*The Inner Asian Frontier of China*，Oxford：Oxford University Press，1989 [1940].

[10] 相当奇怪，卢卡奇没有包括亚里士多德在《诗学》第八段提出的最古老的警告。“正如某些人所说，情节的统一不在于它只有一个人作为主体。无限的事情发生在一个人身上，其中有些不可能归纳统一；就像举止，一个人有许多行动，它们不可能只构成一种行动。”（*Aristotle's Rhetoric and Poetics*，trans. W. Rhys Roberts and Ingram Bywater，New York：Random House，1954，234）

[11] 参见 Robert Crawford，*Devolving English Literature*，Oxford：Oxford University Press，1992。

[12] 我的相关讨论参见 *Valences of the Dialectic*。

[13] 恩格斯致玛格丽特·哈克奈斯的信，1888 年 4 月：“作者的见解越隐蔽，对艺术作品来说就越好。我所指的现实主义甚至可以

不顾作者的见解而表露出来。让我举一个例子。巴尔扎克，我认为他是比过去、现在和未来的一切左拉都要伟大得多的现实主义大师，他在《人间喜剧》里给我们提供了一部法国‘社会’，特别是巴黎上流社会的无比精彩的现实主义历史，他用编年史的方式几乎逐年地把上升的资产阶级在1816—1848年这一时期对贵族社会日甚一日的冲击描写出来，这一贵族社会在1815年以后又重整旗鼓，并尽力重新恢复旧日法国生活方式的标准。他描写了这个在他看来是模范社会的最后残余怎样在庸俗的、满身铜臭的暴发户的逼攻之下逐渐屈服，或者被这种暴发户所腐蚀；他描写了贵妇人（她们在婚姻上的不忠只不过是维护自己的一种方式，这和她们在婚姻上听人摆布的情况是完全相适应的）怎样让位给为了金钱或衣着而给自己丈夫戴绿帽子的资产阶级妇女。围绕着这幅中心图画，他汇编了一部完整的法国社会的历史，我从这里，甚至在经济细节方面（诸如革命以后动产和不动产的重新分配）所学到的东西，也要比从当时所有职业的史学家、经济学家和统计学家那里学到的全部东西还要多。不错，巴尔扎克在政治上是一个正统派；他的伟大的作品是对上流社会无可阻挡的衰落的一曲无尽的挽歌；他对注定要灭亡的那个阶级寄予了全部的同情。但是，尽管如此，当他让他所深切同情的那些贵族男女行动起来的时候，他的嘲笑空前尖刻，他的讽刺空前辛辣。而他经常毫不掩饰地赞赏的唯一的一批人，却正是他政治上的死对头，圣玛丽修道院的共和党英雄们，这些人在那时（1830—1836年）的确是人民群众的代表。这样，巴尔扎克就不得不违背自己的阶级同情和政治偏见；他**看到了**他心爱的贵族们灭亡的必然性，把他们描写成不配有更好命运的人；他在当时唯一能找到未来的真正的人的地方**看到了**这样的人，——这一切我认为是现实主义的最伟大的胜利之一，是老巴尔扎克最大的特点之一。”［中译本：《马克思恩格斯选集》，第四卷，北京：人民出版社，2012：590-591。——译者注］

［14］我认为阿兰·巴迪欧的哲学和政治著作主要围绕着对革命作为绝对事件的分析。

［15］但是现在关于这个问题最详细的讨论，应该参见 Neil Davidson，*How Revolutionary were the Bourgeois Revolutions?*，Chicago：Haymarker，2012。

［16］参见本书前面“时间实验：天命和现实主义”那一章。

［17］这一虚构的“世界历史的主人公”在中篇小说《卡迪央王妃的秘密》里出现在幕后，卢卡奇（以及恩格斯）认为那是《人间喜剧》里最具启示意义的时刻之一。

［18］Jules Michelet，*Histoire de la revolution francaise*，Paris：Gallimard，2 volumes，1952，Vol.Ⅱ，990. 詹姆逊自己翻译成英文。

［19］Daniel Guérin，*La lutte de classes sous la première république*，Oaris：Gallimand，1946.

［20］根据曼特尔的说法，在动员了巴黎民众之后，丹东决定退出政治，转向私人生活，放弃了对他人的权力。

［21］V. I. Lenin，“Leo Tolstoy as the Mirror of the Russian Revolution，” in *Collected Works*，Vol. ⅩⅤ，Moscow：Progress，1973.

［22］参见前面注释 1.

［23］Boris Eikhenbaum，*Tolstoi in the Sixties*，Ann Arbor：Ardis，1982，242-243.

［24］关于《战争与和平》的页码均出自英译本：Trans. Louise and Aylmer Maude，*War and Peace*，New York：Simon and Schuster，1942。此处引文见第 685 页。

［25］Edmund Burke，*Reflections on the Revolution in France*（1790）.

［26］那个青年看到一个人身上涂着焦油，粘着羽毛，在铁路上，从城里出来，据此主人公以夸张的反讽结束故事：“几天之后，如果你仍然希望找到它，我会让你尽快上路。或者，如果你愿意留在我们这里，也许你会，因为你很聪明，你会在这个世界里大有前途，不需要你的亲戚莫里诺少校帮助。”（Hawthorn，*Tales and Sketches*，New York：Library of American，1982，87）

[27] Walter Scott, *The Heart of Midlothian*. London: Penguin, 1994, 59-60.

[28] Mikhail Bakhtin, *Rabelais and His World*, Bloomington: Indiana University Press, 1984, 72:"中世纪封建和神权的分离也促成了官方与非官方的融合。长期以来，以非官方形式维护人民创造性并通过口头表达或表演形成的民间幽默文化，此时可以上升到文学和意识形态的高级层面并对它促进。后来，在绝对专制和新官方秩序形成时期，民间幽默降低到文类等级中低级水平。它明确脱离了其流行的基础，变成了低下的、狭隘的和堕落的。"

[29] John Dos Passos, *The Big Money*, New York: New American Library, 1960, 76-77.

[30] David Lowenthal, *The Past is a Foreign Country*, Cambridge: Cambridge University Press, 1999, 328.

[31] Ibid., 288.

[32] Philip K. Dick, *Now Wait for Last Year*, New York: DAW, 1966, 27.

[33] E. R. Doctorow, *Ragtime*, New York: Random House, 1975, 173-174.

[34] Gilles Deleuze, *Cinéma II*, Paris: Minuit, 1985, chapter 6.

[35] Daniel Kehlmann, *Die Vermessung der Welt*, Hamburg: Rowohlt, 2005, 175.

[36] Daniel Kehlmann, *Wo ist Carlos Mentufar?*, Hamburg: Rowohlt, 2005, 12.

[37] T. S. Eliot, *The Waste Land*, note 360.

[38] Frank Worsley, *Endurance*, New York: Norton, 2000 [1931].

[39] 这里值得把这种经验与另一部历史小说《格茨和迈尔》(trans. Ellen Elias-Bursac, New York: Harcourt, 2004) 的叙事加

以比较。《格茨和迈尔》是一部大屠杀之前的魔幻现实主义或“后现代的”小说，描写两个三顺（SS）卡车司机的故事。他们被用作工具，在建造实际的毒气室之前，对大巴车里的人进行毒气实验。叙述者（一个教师）是小说的一个重要人物，或者说，小说明确地再现了他对危险卡车的这两个司机的想象，他自己的妻子就被杀死在卡车里。因此，问题不是叙述的事实是真是假，而是叙述者的想象是否真正发生；就是说，这种想象的经验是否应该归于名叫大卫·奥尔巴哈里的传记小说家（排除他自己家庭是否卷入的问题），或者不应该认为整个事情是小说家对新的、有趣的、以前没有人以这种方式写过的大屠杀小说的一种想法？（我们因此也略去了最后叙述者本人的自杀。）无论如何，在那种小说文类里，这是最成功的关于小说萎缩的作品，就像自《项狄传》以来它的发展那样，不同的是大屠杀的素材（本身是一种文类）被用作面具，掩盖或取消后现代玩弄文类本身的轻浮。不管怎样，现在使我们关注的这段话讲述了关于另外第三（或第四）个不需要的、虚构的人物出现的故事：“就格茨和迈尔现在的情形，如果他们活着，我宁愿以那种古老陈旧的方式冲击风车。我从未遇到他们，我只能想象他们。我回到我开始的地方。这就是我的生活变成的样子：跌跌撞撞，向后看，重新开始。我的生活与那三个生命中的一个相似，也许还与第四个生命相似。其他人继续跟着我，没有变化，而我像格茨或迈尔那样醒着，急于工作，但睡觉像个 13 岁的男孩，他在准备自己的成人仪式，重复说一些话，说得嗓子疼。集中营里我的亲戚没有一个可以被描绘成 13 岁的男孩，我也不知道他来自何处，属于哪一种生命，格茨和迈尔也不能帮助我。如果我们记着所有那些事实，他们说，我们别的什么都不记得。男孩不断冒出来，有一次，我清晰地看见他的手，而不是我自己的。他抓着一大杯牛奶，显得很渴。那天他在我心里，当时我以激动的尖利声向我的学生建议，我们下一节课实地演示。虽然除了他们想到自己不会在学校之外，他们还想知道会发生什么事情。与此同时，男孩消失了，让我来承担责任。我解释说，这像是实际世界和艺术之间的差异，又像是瞬间现实和想象虚构之间的类似。有几天我非常忙。我必须找到一辆校车，向学生收钱，设计路线，收拢我的思想”（126－127）。这个虚幻的第三人在理论上可以阐发为新的“主观的”第三人称从外部的回归，与前面第一部分的第八章一致。

［40］Kehlmann，*Vermessung*，239. “后现代小说”这个文类术语似乎对《树叶之家》（*House of Leaves*）之类的“文本”或严肃“反思”的作品已经相当流行，它具有更传统的历史—小说先驱的某些特点，例如《法国中尉的女人》或《占有》。相关的文本有恺撒·艾拉的《一个风景画家生活中的插曲》［Cesar Aira，*An Episode in the Life of a Landscape Painter*，New York：New Directions，2000（关于这个参考文献我要感谢埃米利奥·索里）］，或多克托罗的作品，或类似肯·卡尔弗斯那些作家的作品，这些作品表明需要一个新的叙事文类范畴，这个范畴不是围绕一个时期的感觉构成，而是围绕一些历史的专用名字构成，它常常通过纯虚构的作用传播，与该时期那种仿真的怀旧电影明显属于不同类型。

［41］Francis Spufford，*Red Plenty*，London：Greywolf，2012. 参见我的评论，见 *New Left Review* 75（May-June，2012）。

［42］参见我的 *Archaeologies of the Future*，London：Verso，2005，chapter 6。

［43］Gilles Deleuze and Felix Guattari，*Qu'est-ce que la philosophie?*，Paris：Éditions de Minuit，1991，39.

［44］George Kubler，*The Shape of Time*，New Haven：Yale，1962.

［45］Jay Lampert，*Simultaneity and Delay*，London：Continuum，2012，3.

［46］Kim Stanley Robinson，*The Years of Rice and Salt*，New York：Bantam，2002. 赋予历史观察者一生的时间对再现长期变化显然是一个关键问题，因为我们的生物存在与社会—经济历史的时间节奏并不一致。伍尔夫的《奥兰多》是一种解决方式，卢瑟·布利塞

特的《Q》是另一种（主要使你不去推测主人公的真实年龄；它是意大利的集体创作，现在都认为作者是“无名”，也就是“anonymous”的中文）。同时，仍然有一些家族小说，它们在世界上那些残存着氏族的地方可以看到，但在“西方”已不复存在。

[47] David Mitchell, *Cloud Atlas*, New York: Random House, 2004, 445. 文中页码出自这个版本。

[48] 此处也许最好考虑让-弗朗索瓦·利奥塔从时间方面对康德的崇高的新奇解释，即“因再没有任何事情发生的威胁所引发”的恐惧。J-F. Lyotard, “The Sublime and the Avant-Garde,” in *The Inhuman*, Stanford: Stanford University Press, 1991, 99.

[49] 但是，在科幻小说里，这种结尾有时是通过假定一个这种未来的未来实现的，如在伦敦用的《铁蹄》里那样（或者像在《公路勇士》的结尾，把镜头拉回到遥远的未来）：

> 他们走了——很久很久以前
> 这些情人消失在暴风雨里。

[50] 长期以来，我一直对小说改编成电影颇有兴趣，所以想对雄心勃勃的《云图》新电影版本（沃卓斯基和汤姆·提克维尔执导，2012年首发）进行一些评论。我的结论是（参见我写的后记，见Colin MacCabe, et el., eds., *True to the Spirit*, Oxford: Oxford University Press, 2011），除非两者都不好，否则原著和改编的影片必然都优于它的对立面。如果两者价值和影响相当（如文本里所表明的，见Lem/Takovsky, *Solaris*），那么两者的精神必然根本不同。《云图》的电影版本似乎拒绝这些看法，尤其拒绝提供可以找出某种对等的实例。然而这里，我认为，人们必须回顾战后时期对伟大的狄更斯的改编，它将使我们明白，这些影片（以及绝好的《云图》）更像是戏剧而非电影改编，仿佛为舞台改编，大量成就靠人物演出，对此人们可以说，是呀，比德尔一定有些像那样，年轻的作曲家一定像这样。这些表演不会取消其他版本，真正的电影改编总是如此（劳伦斯·奥利弗总会是希斯克利夫，不论提供什么新的版本，并不会考虑

这种永远的认同对原书如何）。所以米契尔小说的电影版本未必是一部伟大的电影，尽管人们不能说它不如原作，但我想补充说，也可以说是严肃的批判，它收集了大量的表演，而媒体具有使所有主题指涉物化的不幸效果（例如，胎记），因此它的时间安排违规地统一为这种或那种宗教或超自然的解释，而小说非常微妙地回避这种解释。

索　引

Ackermann, Virgil, 阿克曼，维吉尔，291

Adam Bede (Eliot),《亚当·比德》，122，155，159

Adorno, Theodor，阿多诺，西奥多，35，190，225，235，300

The Aesthetics of Resistance (Weiss),《抵抗的美学》(韦斯)，202 n10，271

Aethiopica,《埃塞俄皮卡》，195

Affect，感受（情动）10，27－44，46－93，139

autonomization of，自主化，35－36，38，50，55，65；

and body，和身体，28，32，42，98；

denarrativizes action，去叙事化行为，83；

and destiny，注定，50，186；

disappearance of，消失，191；

and emotion，和情感，29，32，40，44，73；

and everyday，日常，143，153，184；

and language，和语言，37；

and literature，和文学，184；

and material support，和物质支持，65，69－70；

and melancholia，与抑郁，71－72，148；

and modernity，与现代性，34；

and music，与音乐，38－40；

and naming，与命名，30－31，34－35，166；

and narrative，与叙事，76，83，85；

and perception，与感知，43，49；

and psychology，与心理学，78，154；

and realism，与现实主义，10，76，140；

realism after，现实主义以后，187－189；

and revolution in form，与形式革命，40；

and scene，和场景，240；

and subject，和主体，92；
and tales，和故事，35；
unequaled in Tolstoy，托尔斯泰无与伦比，93
Affective Mapping（Flatley），《感受的测绘》（弗兰特利），29n4
Afghanistan，阿富汗，234
Agamben，Giorgio，阿甘本，吉奥乔，91
Aldridge，John，奥尔德里奇，约翰，257
Althusser，Louis，阿尔都赛，路易，169
Altman，Robert，奥特曼，罗伯特，197，231；
Short Cuts，《短片集》230
Ancient Society（Morgan），《古代社会》（摩根），264
Anderson，Perry，安德森，佩里，147n16，259-260，279
Angenot，Marc，昂热诺，马克，128，149
Anna Karenina（Tolstoy），《安娜·卡列尼娜》（托尔斯泰）279
Annales school，年鉴学派，111，259，263，282
Antinomies，二律背反，2，6，11，26，69，76，83，88，96，108—109，177，201
Anti-Oedipus（Deleuze and Guattari），《反俄狄浦斯》（德勒兹和瓜塔里），28
Apuleius，*The Golden Ass*，阿普列乌斯，《金驴》，250
Archaeologies of the Future（Jameson），《未来考古学》（詹姆逊），199n7，300n42
L'Argent（Zola），《贪欲》（左拉），55，70
Arikha，Noga，*Passions and the Tempers*，阿里卡，诺加，《激情和性情》，29 n5
Aristotle，亚里士多德，1，25，29，38n22，78，120，168，182，263，268n10
The Art of the Novel（James），《小说的艺术》（詹姆斯），22n13，
Article，（in）definite，冠词，（不）定，175n19
L'Assommoir（Zola），《小酒馆》（左拉），56，76
Attention deficit disorder，注意力缺失症，87
Auerbach，Erich，奥尔巴赫，埃里希，1，27，141-143，153，163，167；
on everyday，论日常生活，142-143；
on mimesis，论模仿，3-4
Augustine，奥古斯丁，199n9
Austen，Jane，奥斯汀，简，164
Autonomization of，自主化，35-36，38，50-51，65，153，288

Bachelard，Gaston，巴什拉，加斯东，38
Bad faith，坏信仰，129-137，228；
and narrative，和叙事，135-137
Bakhtin，Mikhail，巴赫金，米哈伊尔，138，287；
"Epic and Novel"，《史诗小说》，3
Balzac，Honoré de，巴尔扎克，奥诺雷·德，8，22，32，37，50-51，66，71，99，110，112，146，147n15，153-154，156，161，179，210，217-218，223-224，229，231，264，266，271-

272，275，286；
characters in，作品中的人物，183；
Engels on，恩格斯论，270；
Eugénie Grandet，《欧也妮·葛朗台》，96；
Histoire des Treize，《十三个人的故事》218-219；
and historical novel，历史小说，272-273；
as-know-it-all，自以为无所不知，217；
retour des personnages，人物再现，96，108；
and senses，感官，32-34
Banfield，Ann，班菲尔德，安，164
Barthes，Roland，巴特，罗兰，9，23，64，178，187；
on novel，论小说，161-162；
reality effect，现实效果，34，36-37；
Writing Degree Zero，《零度写作》，36
Baudelaire，Charles，波德莱尔，夏尔，20，32，34-35，42，55，69，72，146，153，179
Beethoven，Ludwig van，贝多芬，路德维希·冯，39
Being and Nothingness (Sartre)，《存在与虚无》(萨特)，171
Benjamin，Walter，本雅明，瓦尔特，20，23，72 n24；
“the Storyteller”，《讲故事的人》，19
Bennett，Arnold，贝内特，阿诺德，166 n5
Bergman，Ingmar，伯格曼，英格玛，300
La bête humaine (Zola)，《衣冠禽兽》(左拉)，25
Betrothed (Manzoni)，《订婚》(曼佐尼)，266-267
Bierce，Ambrose，比尔斯，安布罗斯，248
Bildungsroman，教育小说，145-146，150，152，203，235
binary opposition，二元对立，2，7，29，73，115
参见 antinomies；ethical binary
biography，传记，268，288
Blissett，Luther，布里塞特，路德，302 n46
Bolch，Ernst，布洛赫，恩斯特，229
Blumenberg，Hans，布鲁伯格，汉斯，196
Boccaccio，Giovanni，薄伽丘，乔万尼，23-25；
The Decameron，《十日谈》，23
Body，身体，28，256；
and affect，和感受，28，32，42；
bourgeois，资产阶级的，32，34，42，65；
character becomes，人物变成，76；
and language，和语言，32；
new dimensions of，身体的新维度，59
Au Bonheur de Dames (Zola)，《妇女乐园》(左拉)，57
Booth，Wayne，布斯，韦恩，99，164，180
Boredom，厌烦，30.
参见 distraction
Borie，Jean，鲍里，让，95
Bourdieu，Pierre，布尔迪厄，皮埃尔，190，297
Bourgeois，资产阶级：

and body，和身体，32，34，42，65；
decadence，颓废，268；
and déclassement，失去社会地位，149；
Literature，文学，286；
novelists，小说家，102，113；
order，秩序，238；
and realism，和现实主义，5；
society，社会，107，109，146，148，271；
and temporality，时间性，28；
terror，恐怖，197；
writers，作家，177
Bouvard and Pécuchet（Flaubert），《布瓦尔和佩库歇》，45，214
Boyle，Nicholas，博伊尔，尼古拉，204
Brecht，Bertolt，布莱希特，贝托尔特，133，160，167，174，249，261－262，312
Brennan，Teresa，*The Transmission of Affect*，布伦南，特蕾莎，《情感的传递》，35，92
Buñuel，Luis，布努埃尔，路易斯，45，148
Burke，Edmund，伯克，艾德蒙，286
butterfly passion，蝴蝶激情（轻浮［多变］的激情），86

carnival，狂欢节，286－287
Carver，Raymond，卡弗尔，雷蒙德，191，230
Casalduero，Joaquin，卡萨杜埃罗，豪奎恩，108
cataphora，指代后项，165，176
Cavell，Stanley，卡威尔，斯坦利，169
Cervantes，Miguel de，塞万提斯，米格尔·德，100；
Don Quijote，《堂吉诃德》，4，113，139，248；
literary impact，文学影响，139n1
Cézanne，Paul，塞尚，保罗，56
chance，机遇，202，205，208；
and destiny，和命运，204
参见 contingency
chapter as form，章节作为形式，179
characters，人物：
dialogue，对话，98；
in Eliot，在艾略特的作品里，126－127；
existential states of，存在状态，97；
in Galdós，加尔多斯，96－113；
minor/secondary，小人物/次要角色，99－113，126；
supersession of，人物更迭，183，240，242；
in Tolstoy，在托尔斯泰的作品里，88－92，285；
view of，人物视角，182－183；
in Zola，在左拉的作品里，76
参见 hero；protagonist；villain
The Charterhouse of Parma（Stendhal），《帕尔马修道院》（司汤达），232，273
Chernyshevsky，Nikolay，车尔尼雪夫斯基，尼古拉，79，215
China，中国，180
chromaticism，半音论，41
cinema，电影
参见 film
civilization，文明（化），72n24，80，86
参见 society

class：déclassement，失去社会地位，148－149；
and ethics，和伦理，212；
and literature，和文学，149；
lower classes appear，下层阶级出现，263；
and naturalism，和自然主义，140－150
Clausewitz，Carl von，卡尔·冯，克劳塞维茨，239
Cloud Atlas（Mitchell），《云图》（米契尔），302－312；
ideological analysis of，意识形态分析，308
Coleridge，Samuel Taylor，柯勒律治，萨缪尔·泰勒，140
collective，集体，261，273，296；
and historical novel，和历史小说，267，273，280；
and history，和历史，267；
and individual，和个体，200－202，262；
and representation，和再现，280－282；
and revolution，和革命，276；
and war，和战争，235－237；
will of people，人民意志，282－283
Conrad，Joseph，*Secret Agent*，康拉德，约瑟夫，《特工》，214
consciousness，意识，78，129；
impersonal，非个人的，169，171；
impersonality of，非个人性，25，183；
self，自我，130－131
conspiracy，合谋：
and history，与历史，267；
and providence，与天意，219－220
contingency，偶然性，37，52，202
参见 chance
Cooper，Fenimore，库伯，费尼莫尔，241，266，274
corruption，腐败，50，278－279
The Counterfeiters（Gide），《伪币制造者》（纪德），17
Craft of Fiction（Lubbock），《小说的技巧》（卢伯克），21
Crane，Stephen，*Red Badge of Courage*，克莱恩，斯蒂芬，《红色英勇勋章》，235
Le crime de M. Lange（Renoir），《朗基先生的罪行》（雷诺阿），108
La Curée（Zola），《角逐》（左拉），46－50

Dahlhaus，Carl，达尔豪斯，卡尔，70
Daniel Deronda（Eliot），《丹尼尔·德隆达》（艾略特），123－124，130，155－156，158－159，161
Danton，Georges，丹顿，乔治，277－278
Davidson，Neil，戴维德森，尼尔，271 n15
de Man，Paul，德曼，保罗，164
Débacle（Zola），《崩溃》（左拉），43，66，74，93
The Decameron（Boccaccio），《十日谈》（薄伽丘），23
déclassement，失去社会地位，148－149
defamiliarization，陌生化
参见 ostranenie
Defoe，Daniel，笛福，丹尼尔，203，212；
Robinson Crusoe，《鲁滨孙漂流记》，202，248

Deleuze，Gilles，德勒兹，吉尔，7，28，36，45，64，70，121，148，190，237，265，293，297，301；
Anti-Oedipus，《反俄狄浦斯》，28
Derrida，Jacques，德里达，雅克，6，209 n17
Descartes，René，笛卡尔，勒内，29
description，描写，33，48，163；
and effect，效果，51－52；
transformation of，转变，50－51
Desmoulins，Camille，德穆兰，卡米尔，278
destiny，命运，21，46，75－76，121，149；
and effect，和结果，50，186；
and chance，和机遇，204；
deconstruction of ideology of，对意识形态解构，223；
vs eternal present，对永恒存在，26；
and everyday，日常［生活］，184；
individual vs collective，个体对集体，200－202；
and money，金钱，224；
predestination，预先注定，199－201；
and reality，和现实，143；
and tale，和故事，182；
waning of，正在消逝，109，160
参见 irrevocable
diachrony/synchrony，历时性/共时性，227－229
dialogue，对话，98
DiCaprio，Leonardo，迪卡普里奥，利奥纳多，299，302
Dick，Philip K.，迪克，菲利普·K.，197－199，302；
Do Androids Dream of Electric Sheep?，《仿生人会梦见电子羊吗?》，294；
Martian Time-Slip，《火星人的时光倒转》，197；
Now Wait for Last Year，《等待去年来临》，291
Dickens，Charles，狄更斯，查尔斯，148，153，156，179，197，215，222，225，274；
Bleak House，《荒凉山庄》，213，221，224；
as know-it-all，无所不知，217；
Our Mutual Friend，《我们共同的朋友》，220；
Pickwick Papers，《匹克威克外传》，96
The Tale of Two Cities，《双城记》，213
distraction，描写：
in Galdós，在加尔多斯作品里，102；
in Tolstoy，在托尔斯泰的作品里，86－88
参见 boredom
Do Androids Dream of Electric Sheep? (Dick)，《仿生人会梦见电子羊吗?》(迪克)，294
Döblin，Alfred，*Wallenstein*，多布林，阿尔弗雷德，《沃伦斯坦》，242－247
Le Docteur Pascal (Zola)，《帕斯卡医生》(左拉)，74
Don Quijote (Cervantes)，《堂吉诃德》(塞万提斯)，4，113，139，248
Dos Passos，John，多斯帕索斯，约翰，222，289，291，293

Dostoyevsky, Fyodor，陀思妥耶夫斯基，费奥多尔，4，22，166n5，170，226；
on Tolstoy，论托尔斯泰，79

eccentric，古怪，97
L'Education sentimentale（Flaubert），《情感教育》（福楼拜），179
Eikhenbaum, Boris，艾肯鲍姆，鲍里斯，79，81-83，88-90，238n3，280
Einstein, Albert，爱因斯坦，阿尔伯特，229
Eisenstein, Sergei，爱森斯坦，谢尔盖，20；
October，《十月》，286
Eisler, Hanns，埃斯勒，汉斯，62
Eliot, George，艾略特，乔治，8，98，109-110，113，120-135，139，156，226-230，274，289；
Adam Bede，《亚当·比德》，122，155，159；
and bad faith，自欺，130-137；
characters in，其中人物，126-127；
Daniel Deronda，《丹尼尔·德隆达》，123-124，130，155-156，158-159，161；
evil in，里面的邪恶，122，128，133；
Felix Holt，《费利克斯·霍尔特》，155，158；
history as whispering gallery，历史作为低语的人群，228；
and melodrama，和情节剧，157-157，161；
Middlemarch，《米德尔马契》，112，123，130，133，155-157，222-225，228；
The Mill on the Floss，《弗洛斯河上的磨坊》，155，161；
multiple centers in，其中的多中心，121；
Nietzsche on，尼采的评论，120；
plot in，其中的情节，124-125，128；
on point of view，关于观点，222；
and politics，和政治，157-160；
psychological complexity in，其中复杂的心理，125；
Romola，《罗慕拉》，123-124，130，133，155，161，213；
Silas Marner，《织工马南传》，155
Eliot, T. S.，艾略特，T. S.，72；
Murder in the Cathedral，《大教堂谋杀案》，174；
The Waste Land，《荒原》，294
emotion and affect，情感和感受因素，29，32，40，44，73
Engels, Friedrich，恩格斯，弗里德里希，273；
on Balzac，论巴尔扎克，270
epic，史诗，167，210；
and novel，和小说，265
equality，平等，109
eternal present，永远的现在，24，26，28，36，39-41，99，160，176
ethical binary，伦理的二元性，115-116，120，137，183
参见 antinomies；binary opposition
ethics，伦理，227；
and class，和阶级，212
Eugénie Grande（Balzac），《欧也妮·葛朗

台》(巴尔扎克)，96
everyday，日常，142－143，146－147，153，264；
and affect，感情因素，143，153，184；
and destiny，和命运，184；
and narrative，和叙事，153；
triumph of，胜利，109
evil，恶，117-118，121-123，128-129，137，140，157，227；
and good，善，115-116，120，183；
non-existence of，不存在，122，133
existential novel，存在主义小说，184，187

Fassbinder，Rainer Werner，赖纳·维尔纳·法斯宾德
Alexanderplatz，《亚历山大广场》，207
fate，命运
参见 destiny
Faulkner，William，福克纳，威廉，96，166n5，175-177，180，266；
"now" in，作品中的"当下"，177，180
Sanctuary，《圣殿》，176
Faust (Goethe)，《浮士德》(歌德)，122，155，159，259
Fernandez，Ramon，费尔南德斯，拉蒙，16-17
Ferris，David，费里斯，大卫，121，156
Fichte，Johann Gottlieb，费希特，约翰·戈特利布，61
fiction，小说，167，174，189；
and non-fiction，和非虚构小说，253；
science fiction，科幻小说，197，297－300
参见 characters；literature；narrative；novel；plot
fictionality，虚构性，168，190
film，影片，48，51，170，178，207，236，293，299，310；
crime，犯罪，236-237，299；
nostalgia，怀旧，298；
theory，理论，136－137，140，170，178
参见 individual filmmakers
finance，金融
参见 money
first-person narrative，第一人称叙事，169-175，177
Flatley，Jonathan，*Affective Mapping*，弗兰特利，乔纳森，《感受的测绘》，29n4
Flaubert，Gustave，福楼拜，居斯塔夫，32－34，37，40，42，45，61，72，142，156，164，178－179，215，222，300；
Bouvard and Pecuchet，《布瓦尔和佩库歇》，45，214；
L'Education sentimentale，《情感教育》，179，214，272；
and free indirect discourse，以及自由间接的话语，164，181；
and irony，和反讽，181；
Madame Bouvary，《包法利夫人》，45，101，124，141，148，150－151，153，180，214；
and *Ulysses*，和《尤利西斯》，150－151，153
Salammbô，《萨朗波》，72，213，275

Ford，Henry，福特，亨利，289-291

Ford，John，*Young Mr. Lincoln*，福特，约翰，《年轻的林肯先生》，289

Fortunata y Jacinta（Galdós），《福尔图娜塔和哈辛塔》（加尔多斯），100，102-105

La Fortune des Rougon（Zola），《卢贡-马卡尔家族史》（左拉），50

Foucault，Michel，福柯，米歇尔，32，115-116，199n8，288

Fourier，Charles，傅立叶，夏尔，86

Frankenstein（Shelley），《弗兰肯斯坦》（雪莱），298

Frankfurt School，法兰克福学派，1

Free indirect discourse，自由间接话语方式，130，135-136，164，170，175，177-178，180-181，185

French Revolution，法国革命，146，222，262，276，298

French theory，法国理论，136

Freud，Sigmund，弗洛伊德，西格蒙德，28，86，125，129，160，190，282，286，303，311

Fried，Michael，弗雷德，迈克尔，66，139-141，154，169，174，176

Frye，Northrop，弗莱，诺斯罗普，142，195，263

future，未来，309

future history，未来理论，306

Galdós，Pérez，加尔多斯，佩雷斯，95-113，139n1，146，153，185，215，274；

characters in，作品中的人物，96-113

Fortunata y Jacinta，《福尔图娜塔和哈辛塔》，100，102-105；

as mimic，作为模仿，98

minor/secondary characters in，其中小的/次要人物，99-113；

That Bringas Woman，《布林加斯夫人》，97；

triumph of everyday，日常生活的胜利，109

Gaultier，Jules de，高尔地耶，儒勒·德，142

genre，文体，141-142，144，152；

and novel，和小说，138

Germinal（Zola），《萌芽》（左拉），76

Ghost，幽灵，15，212，230

Gide，André，纪德，安德烈，16-17，122，258；

The Counterfeiters，《伪币制造者》，17；

on tale vs. novel，关于故事对小说，17

Gilman，Stephen，吉尔曼，斯蒂芬，100

Girard，René，吉拉德，热内，143

Goebbels，Joseph，戈培尔，约瑟夫，232，252

Goethe，Johann Wolfgang von，歌德，约翰·沃尔夫冈·冯，19-20，51n7，92n20，122，167，188，203-205，208-210，237，259，289；

Faust，《浮士德》，122，155，159，259；

"unerhörte Begebenheit"，"未曾听闻的事件"，188；

Wilhelm Meister，《威廉·迈斯特》，203，208-209，217

Gogol, Nikolai, 果戈理, 尼古莱, 72, 170

The Golden Ass (Apuleius),《金驴》(阿普列乌斯), 250

good, and evil, 善, 与恶, 115 – 116, 120, 183

Goody, Jack, 古迪, 杰克, 16n1

Griffith, D. W., 格里菲斯, D. W., 9

Grimmelshausen, Hans Jakob Christoffel von, *Simplicus Simplicissimus*, 格里梅尔斯豪森, 汉斯·雅各布·克里斯托夫尔·冯,《痴儿西木传》, 248–251

Gross, Daniel M., *The Secret History of Emotion*, 格罗斯, 丹尼尔·M.,《情感神秘史》, 29n5

Guattari, Félix, 瓜塔里, 菲利克斯, 28, 265, 297;

Anti-Oedipus,《反俄狄浦斯》, 28

Guérin, Daniel, 盖兰, 达尼埃尔, 278

Gunning, Tom, 冈宁, 汤姆, 9

Gustavus Adolfus (Strindberg),《古斯塔夫一世》(斯特林堡), 237

Hadji Mourad (Tolstoy),《哈吉·穆拉特》(托尔斯泰), 93

Hamburger, Käche, 汉伯格, 凯希, 182;

The Logic of Literature,《文学的逻辑》, 166–171

happiness, 幸福, 81–83

happy endings, 圆满结局, 195, 202, 230.

参见 providence

Hardt, Michael, 哈特, 迈克尔, 256

Harrow, Susan, 哈罗, 苏珊, 45

Hauser, Arnold, 豪瑟, 阿诺德, 2

Haussman, Georges-Eugène, 豪斯曼, 乔治-尤金, 50, 55, 146

Hawthorne, Nathaniel, 霍桑, 纳撒尼尔, "My Kinsman, Major Molineux",《我的亲戚莫里诺少校》, 286

The Heart of Midlothian (Scott),《米德洛锡安的心》(司各特), 266–267, 269

Hegel, G. W. F., 黑格尔, G. W. F., 7, 30, 113, 130 – 131, 167, 209 – 210, 226, 28, 233, 263 – 266, 299, 311–312;

and novel, 和小说, 210;

on war, 论战争, 258

Heidegger, Martin, 海德格尔, 马丁, 21, 38, 82, 136, 301

Hemingway, Ernest, 海明威, 欧尼斯特, 170, 191, 235

here and now, 此时此处, 168, 177, 180

heredity, 继承, 46, 73–74, 76

hero, 英雄, 20;

backgrounding of, [英雄] 背景, 96, 109, 111;

and villain, [英雄] 与坏人, 115;

worship of, 崇拜 [英雄], 91, 111, 288, 290

Heyse, Paul, 海斯, 保罗, 23

Historical novel, 历史小说, 146 – 146, 151, 179, 213, 259–313;

and Balzac, 与巴尔扎克, 272–273;

characteristics of, 其中的人物, 280;

and collective, 与集体, 267, 273, 280;

extinction of, 消失, 275;

first, 第一部, 263;

future of，未来的，297－298；
and history，和历史，263；
and names，和名人，288；
in question，质疑，271；
and realism，和现实主义，262，274；
and revolution，和革命，266；
and Tolstoy，和托尔斯泰，285－286；
and war，和战争 266

The Historical Novel（Lukács），《历史小说》（卢卡奇），111，263－264

history，历史，262；
and collective，和集体，267；
future，未来，306；
and historical novel，和历史小说，263；
and names，和名人，297；
passage of，过渡，216－217；
as whispering gallery，窃窃私语的人群，228；
and Zola，与左拉，73－74

History and Class Consciousness（Lukács），《历史和阶级意识》（卢卡奇），269

Hobbes，Thomas，*Leviathan*，霍布斯，托马斯，《利维坦》，246

Hogg，James，豪格，詹姆斯，200－201

Homer，荷马，165；
Odyssey，《奥德赛》，152

Horace，贺拉斯，165

Horkheimer，Max，霍克海默，马科斯，257

Hugo，Victor，雨果，维克多，148，154，179，272，306

Homboldt，Alexander von，洪堡，亚历山大·冯，293－294，296

Husserl，Edmund，胡塞尔，埃德蒙德，167，171

Ibsen，Henrik，易卜生，亨利克，51；
Peer Gynt，《培尔·金特》，20

identity，同一性，78；
and self，自我，25

ideology：providence 意识形态：天命，223；
of realism，现实主义的，5－6

immanence and transcendence，固有和超越，211－212，216

impersonality，非个人性，25，169，171，183

impressionism，印象主义，41

Inception（Nolan），《盗梦空间》（诺兰），299－302

individual，and collective，个体，和集体，200－202，262

individualism，个体主义，209－210

Ingarden，Roman，英伽登，罗曼，167；
Literary Work of Art，《文学艺术作品》，166

intensity，强度，36，69－70，72，75－76

introspection，内省，209，225

Iraq，伊拉克，234

irony，反讽，99，175，180－181，191；
and point of view，和观点，181－182

irrevocable，不可改变的，19－21
参见 destiny

Jakobson，Roman，雅各布森，罗曼，89

James，Henry，詹姆斯，亨利，4，21－23，26，51，66，82，99，101，124，155－157，164，179，181，214，226；

The Art of the Novel，《小说的艺术》，22n13；
point of view，观点，181，183；
prefaces，前言，21；
as writer，作为作家，182
Jameson，Fredric，詹姆逊，弗雷德里克，202n10；
The Ancients and the Postmoderns，《古代和后现代》，231；
Archaeologies of the Future，《未来考古学》，199n7，300n42；
“The End of Temporality”，《时间性的终结》，28；
The *Modernist Papers*，《现代主义文稿》，152n22；
The Poetics of Social Forms，《社会形式诗学》，11；
The Political Unconscious，《政治无意识》，147，196；
A Singular Modernity，《奇异的现代性》，9n15，187；
Valences of the Dialectic，《辩证法的效价》，262
Joyce，James，乔伊斯，詹姆斯，222，289；
Ulysses，《尤利西斯》，25，98，150-153，207，216，308；
and *Madame Bovary*，与《包法利夫人》，150-151，153
jubilation，欣悦，221-222

Kant，Immanuel，康德，伊曼纽尔，70，116，179，199，201，222
Kehlmann，Daniel，科尔曼，丹尼尔，294，296
Kierkegaard，Soren，克尔凯郭尔，索伦，42
King，Larry，近，拉里，305
Kittler，Friedrich，吉特勒，弗里德里希，309
Kleist，Heinrich von，克莱斯特，亨利希·冯，237，293
Kluge，Alexander，克鲁格，亚历山大，10，188-189，191-192，251-254
knowledge，absolute，知识，绝对，217
Kubler，George，库布勒，乔治，301
Kubrick，Stanley，*Paths of Glory*，库布里克，斯坦利，《光荣之路》，238

La Rochefoucauld，拉罗什富科，93
Lacan，Jacques，拉康，雅克，89，171，197，293，307
landscape，风光
参见 scene
Lang，Fritz，*Metropolis*，朗，费茨，《大都会》，269
Language：and effect，语言，和效果，37；
and body，和身体，32；
comparisons of，比较，72，82；
an experience，经验，34；
and historical transformation，和历史变革，32；
and literature，和文学，166；
and perception，和认识，53；
of protagonist，主人公的，99；
“unspeakable sentence”，“难以言说的句子”，164
参见 name/meaning

Laocoon (Lessing),《拉奥孔》(莱辛), 8
Latin America, 拉丁美洲, 180
Lattimore, Owen, 拉提摩尔, 欧文, 265
Leavis, F. R., 利维斯, F. R., 156-157
Lenin, Vladimir, 乐宁, 弗拉迪米尔, 1, 279, 285;
on Tolstoy,《论托尔斯泰》, 79, 285
Lessing, Gotthold Ephraim, *Laocoon*, 莱辛, 戈特霍尔德·埃夫莱姆,《拉奥孔》, 8
Lévi-Strauss, Claude, 列维-斯特劳斯, 克劳德, 297
Leviathan (Hobbes),《利维坦》(霍布斯), 246
Levin, Harry, 莱文, 哈利, 152n21
life, 生活, 32
Literary Works of Art (Ingarden),《文学艺术作品》(英伽登), 166
literature: and effect, 文学, 和效果, 184;
  bourgeois, 资产阶级的, 286;
  and class, 和阶级, 149;
  and language, 和语言, 166;
  and war, 和战争, 271
  参见 characters; fiction; narrative; novel; plot
The Logic of Literature (Hamburger),《文学的逻辑》(汉伯格), 166-171
Lubbock, Percy, *Craft of Fiction*, 卢伯克, 珀西,《小说的技巧》, 21
Luhmann, Niklas, 卢曼, 尼可拉斯, 153
Lukács, Gerog, 卢卡奇, 格奥尔格, 1, 5, 45, 51n6, 83, 138, 146, 190, 209-210, 216, 217, 231, 237, 262, 266-268, 271, 273-275, 279, 282, 287, 299, 313;
  on biography, 论传记, 268;
  The Historical Novel,《历史小说》, 111, 263-264;
  History and Class Consciousness,《历史和阶级意识》, 269;
  and realism, 与现实主义, 264;
  on Scott, 论司各特, 268;
  Theory of the Novel,《小说理论》, 4, 208;
  the typical, 典型, 144
Lyotard, Jean-Francois, 利奥塔, 让-弗朗索瓦, 36, 222n32, 305n48, 311

Madame Bovary (Flaubert),《包法利夫人》(福楼拜), 45, 101, 124, 141, 148, 150-151, 153, 180, 214;
  and *Ulysses*, 和《尤利西斯》, 150-151, 153
Maddox, Brenda, 马道克斯, 布伦纳, 150
magic realism, 魔幻现实主义, 180
Mahler, Gustav, 马勒, 古斯塔夫, 85-86
Malraux, André, 马尔罗, 安德烈, 22, 271
Manchevski, Milcho, *Before the Rain*, 曼彻夫斯基, 米尔科,《暴雨将至》, 230
Manet, Édouard, 马奈, 爱德华, 41, 45, 56, 67
Mann, Thomas, 曼, 托马斯, 67, 189-190, 289

Mantel, Hilary, 曼特尔, 希拉里, 277-280, 288;
Place of Greater Safety, 《一个更安全的地方》, 276
Manzoni, Alessandro, 曼佐尼, 阿里桑德罗, 274;
Betrothed, 《婚约》, 266-267
Marcuse, Herbert, 马尔库塞, 赫伯特, 147
Marx, Karl, 马克思, 卡尔, 6n12, 32n10, 42
Maupassant, Guy de, 莫泊桑, 居伊·德, 17-18, 23, 147
Mauriac, François, 莫里亚克, 弗朗索瓦, 18
McKeon, Michael, *Origins of the Novel*, 麦基翁, 迈克尔, 《小说的起源》, 1
Mcluhan, Marshall, 麦克卢汉, 马歇尔, 27
meaning, 意义, 33, 50, 142;
liberation from, 从意义释放, 64
medical speculation, 医学推测, 74-75
melancholia, 忧郁, 35, 43, 71;
and affect, 和感受, 71-72, 148
melodrama, 情节剧, 139-140, 145, 154-155, 159-160, 183;
and Eliot, 和艾略特, 156-157, 161;
supersession of, 取代, 183
Melville, Herman, *Redburn*, 麦尔维尔, 赫尔曼, 《雷德本》, 289
Merleau-Ponty, 梅洛-庞蒂, 38
Il mestiere delle armi (Olmi), 《职业武器》(奥尔米), 235
metaphor, 隐喻, 25-26
Metropolis (Lang), 《大都会》(朗) 269
Michelet, Jules, 米歇雷, 儒勒, 276-278
Middlemarch (Eliot), 《米德尔马契》(艾略特), 112, 123, 130, 133, 155-157, 222-225;
money in, 其中的金钱, 228
Milton, John, 弥尔顿, 约翰, 72;
Paradise Lost, 《失乐园》, 114
mimesis, 模仿, 1, 3-5, 141
minimalism, 极简主义, 191
Mitchell, David, 米契尔, 大卫, 304-305
modernism/modernity, 现代主义/现代性, 3, 9, 37, 73, 113, 138, 140, 144, 175n19, 176, 187, 225-226, 313;
and affect, 及感受, 34;
and Barthes, 和巴特, 33;
as breakdown of realism, 作为现实主义的断裂, 187;
dissolution of, 消解, 192;
liberation from tradition, 从传统解放, 39;
and realism, 与现实主义关系, 215-216
The Modernist Papers (Jameson), 《现代主义文稿》(詹姆逊), 152n22
Molière, 莫里哀, 51, 107
Monet, Claude, 莫奈, 克劳德, 41, 50
Money, 货币(金钱), 106, 133, 223-225, 236, 245
参见 wage; labor; worker
Montaigne, Michel de, 蒙田, 米歇尔·德, 92
morality, 道德, 120, 122, 133

Moretti，Franco，莫雷蒂，弗朗哥，5，16n1，145，190n7，203n12，217
Morgan，Lewis H.，摩根，刘易斯·H.，297；
American Society，《美国社会》，264
Mozart，The Magic Flute，莫扎特，《魔笛》，208
Munch，Edvard，蒙克，爱德华，43，72
Murder in the Cathedral（Eliot），《大教堂谋杀案》（艾略特），174
music，音乐，85；
and affect，和感受，38-40
Musil，Robert，穆西尔，罗伯特，117，257n19

name/naming，名字/命名，289，293，296；
and affect，和感受，30-31，34-35；
and discovery，和发现，87；
and historical novel，和历史小说，288；
and history，和历史，297
naming，and affect，命名，和感受，30-31，34-35，166
narrative：affect appropriates，叙事：情感占有，76；
and affect in Tolstoy，托尔斯泰作品中的感受，83，85；
after affect，感受之后，188-189；
and bad faith，和坏的信仰，135-137；
beginnings，开始，166；
for elites，对于精英，111，262；
endings，结束，160-161；
epic，史诗，167；
and everyday，日常生活，153；
existential，存在的，184，187；
first person，第一人称，169-175，177；
impulse for，冲动，8；
and pronoun，代称，171；
vs realism，对现实主义，15；
relations precede beings，先于存在的关系，226；
representation of villainy，对罪行的再现，117，122；
showing and telling，展示与述说，21-26；
statement，陈述，167；
and tale，与故事，15；
third-person，第三人称，170，172，174-176，180，182，184；
in Tolstoy，在托尔斯泰作品里，285-286；
waning of，削弱，109；
and war，与战争，233，251-252
参见 fiction；literature；novel；plot；space
nationalism，民族主义，158-159，236，260，263
naturalism，自然主义，148-150，152，179，229；
and class，149-150
Nausea（Sartre），《恶心》（萨特），18-37
Negri，Antonio，奈格里，安东尼奥，256
Negt，Oskar，奈格特，奥斯卡，191
New Criticism，新批评，49，73，210
Ngai，Sianne，Ugly Feeling，讷盖，塞安娜，《丑陋的感情》
Nietzsche，Friedrich，尼采，弗里德里希，

42-43，87，115，117-119，129，156；
on Eliot，论艾略特，120
Nolan，Christopher，*Inception*，诺兰，克里斯托弗，《盗梦空间》，299-302
novel of adultery，通奸小说，147-148，150，152；
Barthes on，巴特论［通奸小说］，161-162；
Bill of Rights for，权利法案，222；
closure of，终止，160-161；
components of，构成元素，153，155；
and epic，和史诗，265；
and evil，和邪恶，116；
evolution of，演变，108，222；
existential，存在的，184，187；
existential states of characters in，小说人物存在的状态，97；
first novels，第一批小说，179-180，210；
and genre，和文类，138；
history of，历史，3-4，179，215；
idealist，细节，2n3；
nineteenth century turning point for，19世纪转折点，203；
and other，和其他［小说］，116-118；
and politics，和政治，213-216；
postmodern，后现代，296n40，310；
and pronoun，代词，171；
and providence，和天命，204；
and psychology，和心理学，118；
and realism，和现实主义，161-162，264；
and status quo，现状，215；
vs tale，对故事，16-21；
and theater，和戏剧，264；
types of，类型，7-8；
word for，用词，16
参见 characters；fiction；historical novel；literature；narrative；plot；realism
Novick，Peter，诺威克，皮特，260
now，现在，168，177，180

odor，气味
参见 sense/sensation
Olmi，Ermanno，*Il mestiere delle armi*，奥尔米，埃尔曼诺，《职业武器》，235
The One vs The Many（Woloch），《一与多》（沃洛奇），96
ontological realism，本体论的现实主义，211-217
Origins of the Novel（McKeon），《小说的起源》（麦基翁），1
ostranenie，放逐，51，55-56，232-233，241，311
other，其他，116-118，225-226

Paradise Lost（Milton），《失乐园》（弥尔顿），114
Pascal，Blaise，帕斯卡，布莱兹，75
Paskaljevic，Goran，*Cabaret Balkan*，帕斯卡杰维奇，高兰，《巴尔干“卡巴莱”餐厅》，230
Pasolini，Pier Paolo，帕索里尼，比埃尔·鲍洛，164，166，170，177-178
passions：psychology of，激情：属于心理学，118；
and passions，激情，117-118，129，

133

Passions and the Tempers (Arikha),《激情和性情》(阿里卡),29n5

past-present-future,过去－现在－未来,10,25,39,73,81,88,176

pathetic fallacy,感情误置,49-50,73

Paths of Glory (Kubrick),《光荣之路》(库布里克),238

Peer Gynt (Ibsen),《培尔·金特》(易卜生),20

perception,认知,46-47,49,56,64;
  and language,和语言,54

periodization,断代,3

Picasso,Pablo,*Demoiselles d'Avignon*,毕加索,巴勃罗,《亚维农少女》,174

Pickwick Papers (Dickens),《匹克威克外传》(狄更斯),96

Place of Greater Safety (Mantel),《一个更安全的地方》(曼特尔),276

plot,情节,65,207,216n22,268n10;
  in Eliot,在艾略特作品里,124－125,128;
  supersession of,替代,109,153,160,183;
  and villain,和歹徒,138

The Poetics of Social Forms (Jameson),《社会形式诗学》(詹姆逊),11

point of view,视角,170;
  and déclassement,阶级沦落,149;
  on Eliot,关于艾略特,222;
  floodtide of,洪流,184;
  as ideology,作为意识形态,164;
  and irony,和反讽,181-182;
  and James,和詹姆斯,181,183;
  in Tolstoy,在托尔斯泰作品里,82,88;
  in Zola,在左拉作品里,51,56

The Political Unconscious (Jameson),《政治无意识》(詹姆逊),147

politics,政治,237;
  and Eliot,与艾略特,157-160;
  and novel,与小说,213-216;
  and Tolstoy,与托尔斯泰,78-79;
  war by other means,其他方式的战争,239

postmodernism,后现代主义,187－188,190,253,293,296n40,310-311

predestination,命中注定,199-201

Prefaces (James),《前言》(詹姆斯),21

present,eternal,现时,永恒,24,26,28,36,39-41,99,160,176

presentification,现时[当下]化,167

pronoun,and narrative,代词,和叙事,171

Propp,Vladimir,普洛普,弗拉迪米尔,114

protagonist,主人公,146;
deterioration of,衰落,96,109,111－112;
  In Eliot,在艾略特作品里,121;
  for elites,对于精英,111;
  language of,语言,9;
  and minor character,小人物,106,108,126;
  in Tolstoy,在托尔斯泰作品里,285－286
  参见 characters

Proust,Marcel,普鲁斯特,马瑟尔,25,

35，83，90n16，119，122，179，196，289
providence，天命，204－205，216－217，219，221－222，228，230；
and conspiracy，与共谋，219－220；
deconstruction of ideology of，意识形态的解构，223－224；
and novel，与小说，204；
replacement of ，替换，217
参见 happy endings
psychology，心理学，118－119；
and affect，与感受，78，154；
In Eliot，在艾略特作品里，125；
in Tolstoy，在托尔斯泰作品里，80
public sphere，公共领域，109

rationality，合理性，39
realism，现实主义，143－144；
and affect，和感受，10，76，140；
without affect，没有感受，187－189；
antinomies of，二律背反，2，6，11，26，69，76，83，88，96，108－109，177，201；
and archetypes，原型，160；
and bourgeois society，资产阶级社会，5；
breakdown of，断裂，187，192；
chronological endpoints of，历时发展，10，11；
defined，定义，5－6；
development in，发展，183；
genres of，现实主义的文类，145－152；
and historical novel，历史小说，262，274；
ideology of，其中的意识形态，5－6；
and Lukács，与卢卡奇，264；
and modernism，与现代主义，215－216；
vs narrative，对叙事，15；
and novel，与小说，161－162，264；
ontological 本体论的，211－217；
and psychology，与心理学，118；
and semiotics，与符号学，36；
and temporality，与暂时性，10；
and withdrawal of protagonist，与主人公退出，111
参见 mimesis；novel
reality affect，现实感受，34，36
reality principle，现实原则，229
Reardon，B. P.，里尔顿，B. P.，196
récit，叙述
参见 tale
Red Badge of Courage (Crane)，《红色英勇勋章》(克莱恩)，235
relations，关系，226
Renoir，Jean，*Le Crime de M. Lange*，雷诺阿，让，《兰基先生的罪行》，108
representation：and collective，再现：和集体，280－282；
of villainy，关于恶行，117，122；
and war，和战争，233，256－257，271
revolution，革命，267，270－271，276；
and collective，和集体，276；
French Revolution，法国革命，146，222，262，276，298；
historical ambiguity of，历史的模糊性，271－272；
and historical novel，和历史小说，266

rhetoric，修辞，140

Ricoeur，Paul，利科，保罗，25，274

Rise of the Novel（Watt），《小说的兴起》（瓦特），1

Robbe-Grillet，Alain，罗伯-格里耶，阿兰，1，9n15，45，310

Robespierre，Maximilien de，罗伯斯庇尔，马克西米连·德，276-279，288

Robinson Crusoe（Defoe），《鲁滨孙漂流记》（笛福），202，248

Robinson，Kim Stanley，罗宾孙，吉姆·斯坦利，198n6，302，312

Romola（Eliot），《罗慕拉》（艾略特），123-124，130，133，155，161，213

Ropars，Marie-Claire，罗帕斯，玛丽-克莱尔，62

Rousseau，Jean-Jacques，卢梭，让-雅克，80，282；

Social Contract，《社会契约论》，281，286

Roussel，Raymond，鲁塞尔，雷蒙德，307

sad passions，悲伤的情感，117-118，129，133

Said，Edward，萨义德，爱德华，161n30

Salammbô（Flaubert），《萨朗波》（福楼拜），72，213，275

Sarraute，Nathanlie，萨洛特，纳塔莉，45，178

Sartre，Jean-Paul，萨特，让-保罗，5，16，20-21，23，38，73，115-116，119，121，126，167，169，171，178，184，202，226，228，237，274，297；

bad faith，坏的信仰，129-132，228；

Being and Nothingness，《存在与虚无》，171；

Critique of Dialectical Reason，《辩证理性批判》，171，237；

Nausea，《恶心》，18，37；

on tale vs novel，论故事和小说，17-19

scene，场景，11，153，160，234，240，242，245，251，257；

and affect，和感受，240；

and war，和战争，251

参见 space

Schiller，Friedrich，席勒，弗里德里希，167，212，237；

Wallenstein，《沃伦斯坦》，237，242

Schlaffer，Heinz，施拉夫尔，海因茨，259

Science fiction，科幻小说，197，297-300

Scorsese，Martin，*Shutter Island*，斯科塞斯，马丁，《禁闭岛》，299

Scott，Walter，司各特，瓦尔特，109，123-124，147，154，179，213，263-267，269-270，272-273，279，287；

The Heart of Midlothian，《米德洛锡安的心》，266-267，269；

Lukács on，卢卡奇论，269；

Waverley，《威弗利》，147，263，266

Sebald，W. S.，西博尔德，W. G.，251

The Secret History of Emotion（Gross），《情感神秘史》（格罗斯），29n5

self：consciousness，自我：意识，130-131；

and identity，和身份，25

sense/sensation，感官/感觉，6n12，28，

33-35，54-56，61，64；
autonomization of，自主化，55；
transformation of，改变，32
参见 Zola，Émile，sensory，autonomization in
Shelley，Mary，*Frankenstein*，雪莱，玛丽，《弗兰肯斯坦》，298
showing and telling，展示和讲述，21-26，247
Shutter Island（Scoesese），《禁闭岛》（斯科塞斯），299
Simplicius Simplicissimus（Grimmelshausen），《痴儿西木传》（格里梅尔斯豪森），248-251
simultaneity，同时性，299-230
A Singular Modernity（Jameson），《奇异的现代性》（詹姆逊），9n15，187
singularity，奇异性，36
Sirk，Douglas，瑟克，道格拉斯，140，
Slaughterhouse-Five（Vonnegut），《第五号屠宰场》（冯尼戈特），251
smell，气味
参见 sense/sensation
Smith，Barbara Herrnstein，史密斯，芭芭拉·赫恩斯坦，161n30
Social Contract（Rousseau），《社会契约论》（卢梭），281，286
society：bourgeois，社会：资产阶级，107，109，146，148，271；
differentiation of，区分，110；
Tolstoy on，托尔斯泰论社会，80，91
Sorkin，Andrew Ross，索尔金，安德鲁·罗斯，161n31
space，空间，70-71，153，240，248-249，267
参见 scene
Spenser，Edmund，斯宾塞，艾德蒙，118
Spenser，Stanley，斯宾塞，斯坦利，196
Spinoza，Baruch，sad passion，斯宾诺莎，巴鲁赫，117-118，129，133
Spitzer，Leo，斯皮泽，利奥，167
Spufford，Francis，*Red Plenty*，斯普福德，弗兰西斯，《红色的繁荣》，297
state，国家，237，261
Stein，Gertrude，斯坦，格特鲁德，41，62
Steinberg，Leo，斯坦伯格，利奥，174
Stendhal，司汤达，30，82，88，91，93，95，183，210，215，232，273，281；
The Charterhouse of Parma，《帕尔马修道院》，232，272
The Red and the Black，《红与黑》，202
Stimmung，基调，38，77，143，148，240
storytelling，讲故事，8，46，173，253；
art of，［讲故事的］艺术，24；
impulse for，［讲故事的］冲动，15；
origin of，根源，20n7；
and realism，和现实主义，10
Strauss，Davis，*Life of Jesus*，施特劳斯，大卫，《耶稣传》，120
Strindberg，August，斯特林堡，奥古斯特，42；
Gustavus Adolfus，《古斯塔夫一世》，237
Stroheim，Erich von，斯特劳亨，埃里希·冯，45
style，风格，41，307
style indirect libre，间接的自由风格，

130，135-136，164，170，175，177-178，180-181，185
subject：and affect，主体：和感受，92；
death of，死亡，78
synchrony/diachrony，共时/历时，277-279
synesthesia，连带感觉，55

tale/récit：and affect，故事/讲述，35，46；
and destiny，与命运，182；
and irrevocability，与不可改变，19-21；
and narration，与叙述，15；
vs novel，与小说，16-21；
reestablished，重新确立，192；
survival of，幸存者，73；
and temporality，与暂时性，24-25，27；
typology of，分类，183；
weakening of，弱化，176；
word for，词语，10，16
Tarantino，Quentin，*Pulp Fiction*，塔伦蒂诺，昆丁，《低俗小说》，230
technology，技术，235；
telling and showing，讲述和展现，21-26，247
temporality，时间性，10；
as agitation，作为激动之事，85；
end of，结束，28；
here and now，此时此刻，168，177，180；
past-present-future，过去-现在-未来，10，25，39，73，81，88，176；
and tale，与故事，24-25，27；
two systems of，两种体系，24-26
参见 chance，contingency，destiny，everyday，present
Terada，Rei，特拉达，雷，32
La Terre（Zola），《土地》（左拉），47
Thackeray，William Makepeace，萨克雷，威廉·梅克比斯，117
That Bringas Woman（Galdós），《布林加斯夫人》（加尔多斯），97
theater，and novel，戏剧，和小说，264
theory，French，理论，法国的，136
Theory of the Novel（Lukács），《小说理论》（卢卡奇），4
Third-person narrative，第三人称叙事，170，172，174-176，180，182，184
Thirty Years' War，30 年的战争，240，242
Todorov，Tzvetan，托多罗夫，兹维坦，21
Tolstoy，Leo，托尔斯泰，列夫，77-94，111，164，232，238，268，284-285；
affect and narrative in，83-85；
affect unequaled in，无与伦比的感受，93；
Anna Karenina，《安娜·卡列尼娜》，279；
characters in，作品中的人物，88-92，285；
on civilized society，论文明化社会，80；
distraction in，冷漠，86-88；
on free will，论自由意志，282-283；
Hadji Mourad，《哈吉·穆拉特》，93；
happiness in，幸福问题，81-83；
and historical novel，与历史小说，285-

286；
and liberalism，与自由主义，79；
peasant pupils of，农民学生，89；
and political，和政治，78-79；
psychology in，其中的意识形态 80；
on society，关于社会，89，91；
and war，以及战争，93；
War and Peace，《战争与和平》，78，80，83，87，91，93，238，274，280-281，285
Tolstoy on Education，《托尔斯泰论教育》，89n14
torture，折磨，241
transcendence，and immanence，超越，和固有性，211-212，216
The Transmission of Affect，《感受的传递》，35，92
Tristan（Wagner），《特里斯坦》（瓦格纳），29，69-70，72
Trollope，Anthony，特罗洛普，安东尼，96，214，217，272
Twain，Mark，吐温，马克，170，172-174；
Connecticut Yankee，《亚瑟王宫廷的康涅狄格州的美国佬》，172；
Huckleberry Finn，《哈克贝利·费恩历险记》，172；
Innocent Abroad，《傻瓜国外旅行记》172
typical，典型，144

Ugly Feelings（Ngai），《丑陋的感情》（讷盖），29n4
Ulysses（Joyce），《尤利西斯》（乔伊斯），25，98，150-153，207，216，308；
and *Madame Bovary*，和《包法利夫人》，150-151，153
uncanny，奇怪，286
Upfield，Arthur，厄普菲尔德，阿瑟，166n5
Upheavals of Thought（Nussbaum），《思想的剧变》（努斯鲍姆），29n5
Utopia，乌托邦，28，55，86，110，133，158-159，200，211，215，236，249-250，258，309，312

Valences of the Dialectic（Jameson），《辩证法的效价》（詹姆逊），262
Vargas Llosa，Mario，*War of the End of the World*，巴尔加斯·略萨，马里奥，《世界末日之战》，277
Le ventre de Paris（Zola），《巴黎的肚子》（左拉），46，50
Verlaine，Paul，魏尔伦，保罗，154
Vidal，Gore，维达尔，戈尔，98，289
villain，歹徒，114-118，121-122，138-140；
and hero，和英雄，115；
narrative representation of，叙事的再现，117；
non-existence of，不存在，122；
and plot，情节，138
Vonnegut，Kurt，*Slaughterhouse-Five*，冯尼戈特，科特，《第五号屠宰场》，251

wage labor，雇佣（工资）劳动，236
参见 money，worker

Wagner，Richard，瓦格纳，理查德，39，41，67，87，109，300；
and affect，和感受，40；
Tristan，《特里斯坦》，39，69-70，72
Wallenstein（Döblin），《沃伦斯坦》（德布林），242-247
Wallenstein（Schiller），《沃伦斯坦》（席勒），237，242
war，战争，232-258；
civil war，241；collective experience of，集体经验，235-237；
existential experience of，存在的经验，235，257；
guerilla，游击战，234；
and historical novel，历史小说，266；
leaders and institutions，领导和机构，237-238；
and narrative，［战争］和叙事，233，251-252；
politics by other means，其他方式的政治，239；
and representation，再现，233，256-257，271；
and scene，和场景，251；
and Tolstoy，和托尔斯泰，93；
torture，折磨，241；
transformation of，变革，233
War and Peace（Tolstoy），《战争与和平》（托尔斯泰），78，80，83，87，91，93，238，274，280
War of the End of the World（Vargas Llosa），《世界末日之战》，（巴尔加斯·略萨），77，277
War of the Worlds（Wells），《星球大战》（威尔斯），298
The Waste Land（Eliot），《荒原》（艾略特），294
Watt，Ian，*Rise of the Novel*，瓦特，伊恩，《小说的兴起》，1
Waverley（Scott），《威弗利》（司各特），147，263，266
wealth，财富
参见 money
Weber，Max，韦伯，马克斯，4，39，203
Weimann，Robert，"Mimesis in Hamlet"，韦曼，罗伯特，《哈姆莱特的模仿》，1
Weiss，Peter，韦斯，皮特，272；*The Aesthetics of Resistance*，《抵抗的美学》，202n10
Wells，H. G.，*War of the Worlds*，威尔斯，H. G.，《星球大战》，298
Welsh，Alexander，威尔斯，亚历山大，155
White，Hayden，怀特，海登，164
Whitman，Walt，惠特曼，瓦尔特，61
Wilhelm Meister（Goethe），《威廉·迈斯特》（歌德），203，208-209，217
will，意志，282-283
Woloch，Alex，沃洛奇，亚历克斯，97；
The One vs The Many，《一与多》，96
women，妇女，147-148，158，236
Woolf，Virginia，伍尔夫，弗吉尼亚，37，43，151，302n46
Wordsworth，William，华兹华斯，威廉，140
worker，工人，97，148，158
参见 money，wage labor

world-historical-figures，世界历史人物，109，111，148，237-238，246，263，266－268，273n17，274－275，277，279-280，288，298，301，307

Worringer，Wilhelm，沃林杰，韦尔海姆，2

Worsley，Frank，沃斯利，弗兰克，295

writing：and affect，写作，和感受，184；as profession，作为职业，156

Writing Degree Zero（Barthes），《零度写作》（巴特），36

Wu Ming，无名，302n46

Zola，Émile，左拉，爱弥尔，44-77，110-113，146－147，154，156，161，164，176，179，266；

L'Argent，《金钱》，55，70；

L'Assomoir，《小酒馆》，56，76；

La bête humaine，《人兽》，25；

Au Bonheurdes Dames，《妇女乐园》，57；

La Curée，《贪欲》，46-50；

Débâcle，《崩溃》，43，66，74，93；

La docteur Pascal，《帕斯卡医生》，74；

doctrine of intensity in，强度理论，76，

enumeration in，列举，52-54，61；

La Fortune des Rougons，《卢贡-马卡尔家族史》，50；

Germinal，《萌芽》，76，286；

and heredity，与继承，46，73，76；

history in，历史，73-74；

light in，光，68-69；

medical speculation in，医学思考，74-75；

rhetoric of things，事物的修辞，66；

sensory autonomization in，感觉的自主化，55-56，59，61，64；

cheeses，奶酪，55，59-64；

whites，白种人，44，54，56-58，60，65；

La Terre，《土地》，47；

transformation of description，描写的变化，50-51；

Le ventre de Paris，《巴黎的肚子》，46，50-52，59

The Antinomies of Realism

by Fredric Jameson

First published by Verso 2013

图书在版编目(CIP)数据

现实主义的二律背反/（美）弗雷德里克·詹姆逊（Fredric Jameson）著；王逢振，高海青，王丽亚译. --北京：中国人民大学出版社，2020.12
（当代世界学术名著）
书名原文：THE ANTINOMIES OF REALISM
ISBN 978-7-300-28705-8

Ⅰ.①现… Ⅱ.①弗…②王…③高…④王… Ⅲ.①现实主义-文学研究 Ⅳ.①I109.9

中国版本图书馆 CIP 数据核字（2020）第 220340 号

当代世界学术名著
现实主义的二律背反
[美] 弗雷德里克·詹姆逊（Fredric Jameson） 著
王逢振 高海青 王丽亚 译
Xianshi Zhuyi de Erlü Beifan

出版发行	中国人民大学出版社		
社　　址	北京中关村大街 31 号	**邮政编码**	100080
电　　话	010－62511242（总编室）		010－62511770（质管部）
	010－82501766（邮购部）		010－62514148（门市部）
	010－62515195（发行公司）		010－62515275（盗版举报）
网　　址	http://www.crup.com.cn		
经　　销	新华书店		
印　　刷	北京东君印刷有限公司		
规　　格	155 mm×235 mm 16 开本	**版　　次**	2020 年 12 月第 1 版
印　　张	22.75 插页 2	**印　　次**	2020 年 12 月第 1 次印刷
字　　数	306 000	**定　　价**	78.00 元